袁凌

中信出版集团 · 北京

袁 凌

1973 年生于陕西平利。

复旦大学中文系硕士毕业，著名作家、记者。

曾获得 2012、2013 腾讯年度特稿和调查报道奖，暨南方传媒研究两届年度致敬。在《花城》《上海文学》《小说界》《作家》《天涯》等刊物发表小说、散文、诗歌数十万字。已出版《青苔不会消失》《我的九十九次死亡》《我们的命是这么土》《从出生地开始》等书，其中，《青苔不会消失》获新浪好书榜 2017 年度十大好书、2017 新京报·腾讯年度华文好书暨年度致敬作家。另曾获得腾讯书院文学奖 2015 年度非虚构作家，归园雅集 2014 年度散文奖等。

《世界》是其首部中篇小说集。

袁凌作品系列

世界 2018.7

青苔不会消失 2017.4

世上所有的风都在这里了

目录

世界

世界

刘树立听到了那股凉水的声音，刚过石拱桥不远。

石拱桥没有拆掉修成水泥桥。在桥头下车，车路总算坐完了，这是刘树立坐过的最长的路，后来他完全失去了感觉，任凭自己被带往什么地方。刘树立像是一架梯子被弟弟扶下来。但是脚底接触到石拱桥，一种坚硬却带着湿润的细致感觉传来，像是一缕线进入了心里，心思开始搜索是什么，忽然知道是青苔。

青苔还好好地生在没经多少车辗过的石拱桥面上。一时间，青苔绵绵匀净的样子出现在眼前，回到了眼睛干净的年轻时候。

这是几个月以来刘树立清晰看见的第一样东西，却来不及看清，弟弟已经扶他走完了石拱桥。桥头是下坡路，转着弯绕过了几家人户，听到人说"回来了"，声音不高，似乎透着没有说出来的很多话，弟弟以同样的声音作答。刘树立不想这是谁的声音，虽然声音很熟悉，少一用力就可够及。转过沟口最后一户人家的屋角，泉水滴注的声音忽然出现在耳里，就像它是从耳朵深处拿出来的。

声音是在水泥盖子的里面，水池底部的沁水。水池是沟口几户人家合砌，商量的时候分派钱粮和劳力，还是请的刘树立主持。

砌池子之先，这股水是从草莓坡上的一个小洞里流出来的，小洞周围的土很黏，里面露出黑火石，水一点没沾上土气。水顺着草莓坡打开了一条豁口，在陡的地方有点飞起来，打湿了周围的草莓花，在坡下路边汇成一个水潭，又越过了道路落下竹园溪。竹园溪刚刚接纳了小溪自己也落入大河了。

往年刘树立上学的时候，来去一气跑累了，上沟下沟就在这里喝水，歇气。草莓熟的时候，可以就着吃被水打湿的早草莓。秋天风过还会有掉下来的核桃，泉声随风变细。刘树立长大成人的几十年里，它没有变化，水流不大也不小，人们修拖拉机路也只是在路面上稍微给它留了个凹槽，用不着涵洞。水池扣好之后，泉眼和声音被封住，泉水通过胶管子流去了几家人户，成了龙头里的自来水。但是在水池的底部，它从什么微小的缝隙沁出，保留着声音和跟脚泥土的湿润。

沁水声很小，刘树立上次出门，还以为池子严丝合缝，眼下却清晰流利地听见。医生说，视力失去之后，器官会进行补偿，听力会变得更灵敏。在山西刘树立并没有感觉到。连矿井前几天被炸平的响声，他也没有听见，直到后来老板来说，煤矿不让开了，连工棚也要拆，你跟弟弟回老家吧。

忽然想起来刚才打招呼的人，就是当时请他主持修池子的，有姜老二和杨世伦。那个喉咙有点粗的就是杨世伦，经常唱丧鼓的，他大概想走上前来说两句话，走了两步又和他的话一起哽住了，有什么挡住了他。他们几家都在沟口上，是三队的，过了这股凉水的界，真的进沟了。

刘树立坐在火屋里。

屋子里很暖和，比山西暖得多。刘树立知道这是坐在土墙房子里。身下的凳子也是他熟悉的，磨光了的硬硬的感觉，面前有火炉的热力。但是火炉离得多远不知道，那些土墙就在附近，有一堵就在身后，却也不知确切在哪里，是从开在哪里的门进来。没有一丝亮光，一丝也没有，他的眼睛被扣在两个锅底了，锅底那样完整，像是造酒的天锅和地锅，找不到接口缝隙，正是这个让人绝望。他知道，也许就在他的对面，墙上开有一扇窗户，不大，是他亲手从墙里掏出来的。可是这些事情离得很远，是不是真有？

除非起身去摸一摸，可是中间地上很远，隔着火炉。他离那扇可能的窗户有一块地那样远。是在自己的家里吗？或者只是被人放在一个随便有火炉的地方？

弟弟把他放在了家里也就走了，回了他自己的家。老婆和还小的幺女儿接手了刘树立，把他落在火屋里的椅子上。他可能已经在这把椅子上坐了很多天，比他在山西呆得还要长久。老婆在做什么，动作很慢，自从他受伤，她的动作就慢了下来，也许是一种慢动作。她没有说话，他有时觉得想找到和捉到她的声音，她却躲着。只有幺女儿的是清脆的。

在山西的病房里，她的话就来得少了，明显比出事以前少得多，在什么地方掐掉了。

"你能不能看见啥子。"手术拆线之后，她扶着刘树立经过窗口，总是这样说。"眼前有点啥子。"

"有光线。"起初刘树立答话。他仰着头，追着自己左眼前的那点光感。

"能看见啥子不。"

妻子伸手到他眼前。

刘树立看不见。晃着也看不见。心里想到那是手，可是连一点点也看不见。

后来她就不伸手了。后来那光线越来越弱，完全消失了。医生说没希望了，也不让扶着刘树立游了。原来是说不能多睡，要走动。

刘树立心里的想法也没了，只剩下一个想法，是等她走以后就跳窗。他知道病房在六层，头冲着地面跳，一定会死。因为顾念家里的猪，她在出院前两天走了。出院头一晚半夜，刘树立站到窗户前面，摸索打开了被冻住的窗扇。

他在想怎样保证头部着地的姿势，被弟弟抱住了。陪床的弟弟听到了开窗的声音。

“你这么一死也容易，”弟弟说，“可是你还没见着普儿，两个女儿你也一个没见到。将来孙娃子出世，你想见也见不成，想抱也抱不成。你的手还在，你还能抱孙儿。”

回到矿上，弟弟下井，刘树立呆在工棚，吃饭的时候旁人带给他一碗。每天的大便是弟弟出井带他去。一直等到老板补了九千多块钱，刘树立想给弟弟一千块钱抵误工，弟弟把农行的折子搁到了他手里。

“是你的命价。不算这个账。”

洗了脚，刘树立站起来，想摸回睡房。

一声闷响，木脚盆一震，洗脚水溅了些出来。“爸，我来掌你。”幺女儿草兰慌忙说。

“你掌到我摸到墙走，我顺墙摸过去。”刘树立说。

草兰扶着爹沿火屋墙摸，摸到门的位置。刘树立站了一下，默念和板凳的距离。然后转拐，顺着堂屋的墙摸，向里又摸到另一扇门。这是进睡房的门，有一道门槛，是防鸡子的。刘树立的脚碰到了门槛，和刚才碰到脚盆一样闷痛，过了门槛之后一面是板壁，顺着板壁摸，再摸到睡房的门，睡房的门也有一道门槛，这次草兰提醒爹试探，没有碰到，进了门槛靠手就是大床，撩起半边帐子，就在床上坐下了。幺女儿出去，刘树立坐了一下，默想刚才的几道门，其实都是原来的，现在是放在了黑暗里，位置没有动，还在那里。默了一会，脱了衣服躺下，顺手搭在床头的黑漆铜锁大箱子上，铜搭扣响了一声，这是土改从蔡家抄来的浮财。头往下一落，熟惯了的枕头，里面是陈荞子壳，比出门衣服做枕头卷要安稳得多。刘树立安稳地闭眼睡着等妻子到来。

晚上黑，万籁声息一点没有。虽然一样看不见，刘树立觉得竹园沟里的夜比白天更黑一些。他真的是在一口锅底，外面的世界统统走失了，掉进了一个深不见底的矿井里。刚出事那阵，他觉得是自己在那个井里，身边的伙伴统统失踪，像矿脉忽然就在岩层里完全消失了，只有他一个人在地底下。现在身边有妻子均匀的呼吸，有时会忽然停一下，受到了啥东西打断。总是如他希望的那样，又出现了。

妻子在堂屋里剁萝卜丁丁喂猪。

堂屋里是清冷的，橐橐的声音像也有点冻住了，刘树立似乎看见妻子的手，捏住切刀把的地方发白，手背有细致的皴口。应该在火屋里来剁，可是妻子习惯了对着大门，光线好。小女儿出去了，只有刘树立在火屋里凳子上。单调的剁萝卜声里，刘树立有会儿要睡着了，想堂屋里的样子，屋顶比火屋高，靠大门的顶上整了一方楼板，当初起屋自己从神仙桥放下来的木料。没有粉刷的墙上，留着当时筑墙的层次，一板一板的清清楚楚，一层一层的土也有区别，看得出来哪一板取自核桃坪，哪一板又是屋后的。夹板的杠子卸下，自然地成了墙洞眼。不过墙洞眼又都是望不通的，小孩子时候，自己也喜欢扒着外面的墙洞眼朝里望，却只是一片黑乎乎的，不懂大人们用了啥子办法。其实他现在也不懂。真正透光的是石板屋顶，大晴天的正午，会有一柱一柱的光打下来，斜穿过堂屋，里面不论地面怎么干净湿润，总有无数的浮尘活动，也许是光本身的微尘，懒洋洋的不停息。妻子剁好了萝卜，起身进厨房的话，穿过这些光柱，就搅乱了浮尘，它们很快地上下流动了一阵，慢慢又复原，像锅里的潲水被人手搅了一下。妻子有一下子把光柱披在身上，从肩膀到下襟斜披着，像她嫁过来的那天，穿着绣花的红绸棉袄，从肩膀到领口再到下摆有两条斜的金线，是抄家时莫名其妙撂下的，妻子说是注定为她出嫁时候穿的。穿过了也就拿下来了，当天晚上压进箱底，回到阴凉的里面，又走进更黑的灶屋。

煤矿窝棚里也是黑的。收工时候，教当班的工人念自编的《十劝》，还有《煤窑十二月》。中间想不起来了，记得起头的“正月是新年，劝君莫赌钱，赌场之上无好汉”“赢的都是纸，输的是血汗，青春耗尽是枉然”。工人说编得好，有文化，他们从不当着他的面赌钱打架。

又想到很小的时候，父亲有天被人从坡上抬回来，不能动了，双腿还好好的，却松垮垮的，母亲掰着父亲的腿不停歇地哭着，像是在唱歌。从此父亲在床上躺了二十年，最多只能头靠起来一下，母亲拉着自己和两个弟弟长大了。后来父亲去世了，母亲却躺在了父亲躺的床上。

不知想到哪儿了，快睡着的时候，听见什么哧哧地响。

是火上的水开了。

刘树立想喊妻子，但她难得起身进来。水汽哧哧地不停冒着，茶壶盖被顶得啵啵地响，一些水溅到炉子里。妻子并没听见。刘树立在响声里迟疑了一会，起身自己去提。

挪到了火边，大体是一团热气，但是不清楚提手的位置。也许它并不是竖着，而是歪在一边，探了几次没探着。壶嘴喷出的热气冲到了脸上，顷刻凝结成水珠。再探的时候，手一下子摸在壶嘴上，一碰之下缩回来，灼伤的感觉已留在指头上。又伸手去抓提手，抓住了，用劲地提下来，很重地搁在火边上，一些水又扑出来，好在没溅在身上露着的部分。这时幺女儿进来了，她刚在堂屋里顿下水桶。

“爸，叫你莫做这个，好吓人啰！”

语气里真的有责备。

“我看你妈占到手的，我提一下。又没烫到。”

堂屋里剁声停了一下，仍旧单调地响起来。刘树立摸回到自己的板凳上。指头上还在作疼。没有别的什么事，就想着这一点烫痛的感觉。和电炮爆炸时，人飞起来又脸朝下挞在煤渣上的疼痛比起来，倒清晰得多，那时的情景怎么也想不起来了。

停电了。妻子和幺女在油灯下剥一箩干苞谷。刘树立坐在对面。

“我看见了，看见油灯了。”刘树立忽然说。

妻子和幺女睁着眼睛看他。

“你说油灯在哪？”

“在那，在窗台角上。”刘树立指着。大致是窗台的方向。

幺女儿把油灯拿下来，举到刘树立眼前。

“爸，你看见了吗？”

“我看见了，我看见油灯在窗台那儿，油不太行，烟子有些大，焰子不大。”

“爸，我给你把油灯拿来了啊。就在你面前。”

女儿的声音失望，像是带点责备。努力地看，灯焰消失了，眼前一片黑幕。女儿和灯在黑幕后的什么地方，隔着一层，就是穿不透。刚才也许是幕这边冒出的金星。

是的，这边有时候会有金星，或者一划而过的什么。可是这是在黑幕里，跟外边没关系。这里面的一切都和外面无关。

女儿把油灯放回原位。剥苞谷籽继续进行。

刘树立不再出声。

"你在灶屋里做么子？"

刘树立手扶门框，往屋后坡坎望着。飘雪了，有一阵从坡上漏下来，撒了几粒在眼皮上。像盐米子。

小时候在灶屋里看不到盐，装盐罐娘收着，怕娃子偷吃。炒菜的时候，拿出一颗来，冬天里还要掰成两半，放在锅铲上用水化了，浇进菜里去。九岁那年，父亲从四川背了两个盐回来，一个整的背下岚皋县，自己留了一小坨，看上去像一块冰，轻轻一掰就掰下一颗来。那往后，刘树立才知道菜是因为盐少没味。但是有天他偷偷尝了一颗，刚放到嘴里母亲进来了，一下子吞下喉咙，顿时冷噤一打背不过气了，就像针刺穿了五脏。娘给刘树立在石坎下水井里打了一瓢凉水咽下去，等刘树立缓过气了，又让他扒着磨子打了他一顿。刘树立永远记住了那瓢凉水的滋味。

那是一口好凉水井，在往坡里收的石龛子底下，石龛是爷爷一辈扣的，已经爬了两层人的青苔。水从青苔里层层往下滴，再热的天气，打水走到石龛前边，身子像泡在水井里了。冬天里水却冒白汽，雪米子飘下去就化了，娘大年二十九就在水井前边洗衣裳，手上不裂皴口，头发上都不结霜。竹园沟人家都羡慕，说好就便的水，他们都老远在沟里挑。

娘去世之后，本意是埋在核桃坪，和爹靠着。但是葬爹本来已经占了弟弟家的自留地，爹娘合葬地理先生又说要动脉气，后来只好埋在坎子后面的坡上。上坡的时候，不能从灶屋里过，出大门绕阳沟上坎，土料梆重的，人说这是死者不愿意上坡，两弟兄一路跪着求娘的恕。

娘的坟和水井在一条线上。真像地理先生说，坟埋在了水源上方，人睡下去之后水会干，水井干了，连湿气都没有了，那些经了几层人的青苔慢慢地枯垂，成了盖了几层人的被子里抽出来的黑棉絮。

水源没有了，灶屋后面的院子也就荒了，成了一个随便堆些什物的地方。后门还开着的原因是，有一条小路，爬坡上菜园里去，菜园没有培修，坎子边上因为连阴雨天气垮塌，把路都垮掉了，一下雨要穿水靴上去。院子的地上长了霉斑，那些跌落久了的土坷垃也发霉了，结了浓厚灰白的蛛网。就这么一趟趟地上坡点菜摘菜，包括年节烧纸，却没有想到要整一下坎子。后来出门割漆下煤窑挣钱，更念不及这些了。

眼下刘树立有些后悔，没有趁眼睛好的时候把院子整好，这个从爷娘起只属于自家的地方，外面的房子变动了几番，这面发黑的墙守旧如故，手触着门框会沾上烟灰，几十年灶房的火气。他愿意一直呆在这里，要穿过黑暗的灶房，没有人突然前来，问你好些没？在家里习惯了，行走撞不着东西啵？他们在亮处问他，他不能在黑里藏起来，他却是在黑的里面。回来以后，老村长在内，有两个人来看过，还带点红糖板栗之类，他看不见那些东西，他们总是叫他莫起身，他还是起来坐下。

妻子没有听到他的回答，刷完了锅，端起什么重的东西出去了，也许是装了半截水的猪食罐。感觉得出她有点吃力。她的腿子不好。刘树立想帮她提一点，又迈不过步去。等她走了心里有点茫然，摸着走进堂屋。堂屋和灶屋的门槛让他费了事，小心翼翼提脚放脚。到了堂屋里，感觉从一个小的地方出来，空间高了大了，也应该亮堂，可是一点亮看不见，真的看不见，原来怎么也想不到，眼睛会有一点光都不见的一天，连车上遇到四川的算命瞎子，眼睛也是能看见一丝光的。他说，他就靠着这光穿州过府。刘树立靠的是墙，他扶墙移到对面女儿的房间去，在堂屋靠里面墙上触到了一个漆桶，漆桶是去山西之前挂起来的，油光光的，里外鎏了好厚一层，手很少摸到这么光滑的东西。漆刀还好好地插在背面。不论离去了它们多久，它们沉默地依旧在这里。还有好多东西都在原来的地方，他手一摸到就想起来了。虽然有些东西是新的，有些换了地方，幸好新东西不是特别多。他一直在摸到和想起很多东西，他就把这个房子一点点地想起来了。这样他就能离开了墙，凭着对屋子里面的感觉，对直走进那些门。走近了伸手去探，探到是空的，脚下要提防门槛。除了火炉，门槛是屋里最大的困难，他不得不一个一个留心。这是他要过的一个个关，一次一次的练习。进了门，感到一种特别的气息，和上了岁数的人的房间自然不同的。他站在地上，有点出神。

“爸！”

幺女儿从沟口杨家回来了。

“爸，你是不是心里焦愁？姐姐电话里说，她托杨家碧儿带收音机回来，就要带到了。你就能听收音机了。”

“这个收音机小小的啊。”

“手里都拿得下。”

“碧儿说，现在都是这么大的。跟原来的收录机不一样。”

刚出门的那些年，时兴从外面提个收录机回来，四个喇叭两大两小，一排方形的按钮，还有颜色，一揿五光十色的闪带转，不光是唱。安康车站出站大厅一溜都是卖收录机的柜台，有两次刘树立实在想给屋里带一个，放在窗台上给两个女子听听，一想到还要买磁带，也没啥实际用处，普儿刚下平中读书，就忍了手。过年初几里儿女们就到别人家窗台下去听唱，学百十样的歌回来。这股风很快又吹过身了，窗台上的收录机都成了摆设，热的是VCD，刘树立家也没这些。倒是在煤矿里，倒班没事做的时候，想听听收音机，听过人家的几回。井下歇空的时候在黑里也想听听，可是隔着八百米根本不会有信号。现在倒是听上了。

有个节目是薛刚反唐，在煤矿里听了两段的，和老本子书讲的大体一样，又有些区别，单田芳的声音讲出来更不一样了。这会儿接下去听，薛刚回了北平府。虽然眼睛看不见，却也像是在煤矿里那样闭了眼睛，翘了二郎腿，只是两只手握紧摞在膝上。跟着那个世界走得很远了，似乎一样的有山水，过了护城河，和好汉们在校场，闹了花灯。一场热闹过后，归于寂静，一百年的时间过了，依旧在板凳上，声音来自小小的匣子，凭空曲折地到这山里面来，土屋外面密密的落雪的世界。一眼望出去，是望不透的。

有人经过了窗台，带着雪米子进来，“树立呀。”“队长啊。”要站起来，又被来人按下了，一双硬瘦的手握住他的手。搭档十几年，他从来不喊“五更”，一直把队长叫队长，大队撤了以后也喊，为的是这双黑炭一样的手。“树立呀，你出门挣钱我不拦，你一走，我也干不成了，睁眼瞎。”每次年底出门回来，要见一次面，在老队长的屋里烤柿子，闻老队长抽旱烟。“树立呀，你当了那么多年的干部，要找村上他们要个补助。”“煤矿上补的有。”“那是你挖眼睛的钱。”“我个人申请辞的职出门，人家会说，你要是一直眼睛好挣钱呢。”沉默。飘来老队长的旱烟味。

“队长，屋里还好吧。女儿女婿他们这在哪儿，打了电话的吧？”“在哪儿我不管，我也没得女儿女婿，我没生过两个女子！”

人说队长的命硬，丧妻，只有两个女儿，小女儿四十岁上才得的，生下来就要了娘的命。长大了大女子嫁到河南去，小女子招了女婿。前两年小女子在屋里呆不住，出门到东莞打工，说是做美容美发。谁知今年上年东莞那边公安局来了个通知，说小女子在那边从事卖淫活动被抓了，要这边兑五千块钱罚款取人。老队长退了之后在筲箕荡顶上种黄连挣了些钱，女婿想拿钱取人，那头两个老的也支持，老队长却死活不肯，说：“这样的女子，就让她死在派出所里，我姚五更没养这个女儿。”女婿和丈人吵了一架，一气之下走了，家里剩下队长和一对八十来岁的双亲，老母亲还要做饭浆洗。

两人一路听评书，猪食罐压住火的一半。妻子给老队长倒了杯水，动作很轻。有了这个收音机，她的行走似乎也安静下来。窗外雪米子变成了层层雪花飘落，这么厚的门帘，在冬天的日子里，没有人能掀得完，走得出去。牲口也一身雪回来，呆在家里。家变得熟悉了，恢复了从前的样子，他感觉得到那些房间和门，连门槛也可以自如地过去，他并没有什么不熟悉的地方。昨天在灶屋门上跌跤了，膝盖跪上了门槛上的一个凹，那是家里第一次有蜡的时候，普儿偷了蜡烛头立在门槛上，看立不立得住。点燃了蜡之后跑去玩别的，忘记了，结果蜡油滴在门槛上，蜡烛烧完之后把门槛烧出了一个煳凹，为这他结结实实打了普儿一顿，为了烧煳的门槛也为了那根蜡。这件事他早忘记了，没准屋里所有的人都忘了，这一跤叫他清楚想起来，远在汉中的普儿的面相，逼真现在眼前，像他不花钱回来了一趟。刘树立一时都不知道说什么了，就像同时失去了口舌。

在老队长面前，除了报账目，刘树立就不知道说别的什么。对于账目，老队长也不开口，就是点点头，实际上他是把所有那些难解的虫形符号都交给了刘树立处理。虽然这样，刘树立总是要在旱烟味里原原本本对他报上一遍，等待他点点头。老队长从县上回来之后，两个人就是这样搭档了十多年。眼下没有账目了，刘树立就像在面对小时候的普儿一样，失去了口舌。老村长没有点头就起身走了，刘树立跟着送出去，老队长似乎没有想到刘树立出事的眼睛，两个人一直走到门口，刘树立在门槛前停了下来，比以往少送了一步。老队长已经出门，这少送的一步让他明白了过来，回头看看刘树立，“哦”了一声，把旱烟袋背在腰后走了，似乎他今天来时并没想到刘树立的出事，两人对坐着的过程中也没看出来，到现在才发现了。发现了一句话没有说。

刘树立在门前站了一会，送老队长上坡。老队长的脚印会留在雪地上，和来往许多人的脚印杂在一起。这是一条每天要被人踩过几十道的雪地，每一个过来人都认识刘树立，他们看到的刘树立和出事以前自然大不一样了，也许看到的时候会受惊，这是刘树立不愿出头露面的原因。不过，也许他们其实已经见惯了，跟老队长一样，都注意不到他的伤势。

过年普儿回来的时候，刘树立正在门前院子里，看圈里的猪吃食。这条猪就等着普儿回来宰，请院子里的人吃泡汤肉。普儿看到爹专心注意地瞅着圈里，一时间疑心爹眼睛并没有瞎，那头肥猪吃的每一口都没有漏过爹的眼睛，就跟收漆的天数[1]，林子里漆树上的每一个口子一样。是爹手里的树棍提醒了他，棍子探着坎子的边缘，防止掉下去。喊了一声，刘树立转过脸来，儿子说实话有点吃惊，不是因为失去了光泽的眼睛，是因为这张脸是青的，普儿想起来了《水浒传》里的青面兽杨志。后来普儿知道，爆炸时炸药的烟子呛进了皮肤，再也出不来了。

“你为啥不写信。”刘树立问儿子。

过去三年普儿一直写信，每一封信刘树立看过之后都收起来。每到一个外面的地方，把地址告诉普儿，有时候是一些特别拗口拐弯的地点，跟这边的地名很不一样。收到了信读完之后，刘树立存起来，过年时候带回来集在一个抽屉里，就像他以往经手的历年账目。普儿偶然看到的时候自己都吃惊，写了这么多的信。听到父亲眼睛出事的消息，普儿不能到山西去，还想给父亲写一封信，说自

1 天数，指日子。

己想去又不能去。写了一半想到父亲已经不能看信了。父亲回来之后，只有沟口上张家店里有座机，电话都打不了了。普儿只给妈打过两回电话问父亲的情况。现在让自己再写信，普儿一时不知道怎么回答。

“我看不了了，叫你妹妹读给我，我拿到信了，就当是看见了。”

煮泡汤肉那天家里很热闹，两个老年人和刘树立一起听他的收音机。单田芳的薛刚反唐还没有讲完。普儿发现爹在别人忙的时候，自己提着空了的茶壶到厨房去打水，又回来垛到火上。做这些事的时候，他手里不拿树棍，遇到人也能让开，跟眼睛好的时候没多大两样。问爹哪么能让开对面来的人，爹说因为人带的有一股风。

初十天气放晴了，妻子在堂屋里剁萝卜，刘树立过去要剁，妻子说你能做这些事吧，小心手剁了。刘树立说这个活路[1]简单，我要帮到做些，闲得慌。妻子迟疑地让他拿刀，刘树立坐在妻子的位置上，他剁了两下伸手试探木盆的边沿，逐渐一下一下子敢使劲地提了。妻子去灶屋做饭，听着堂屋里有节奏的声音，有时停下来，是把偎近盆沿的萝卜往中间摸索拨拉，伸伸手指试试萝卜丁的粗细，盆里堆起了山岭又抹平。到妻子煮开了猪食水要倒萝卜丁的时候，萝卜丁已经剁好了，比自己剁得还要细，丈夫脸上留着些汗珠。妻子心里长出了一口气，在剁萝卜的凳子上长年蜷曲的腿却有点酸疼起来。从知道男人出事开始，不知为什么，首先是这条腿反应大，立刻就疼起来，也许是那几天变天，但过后就是没有先前得力了。去山西一趟，整天扶着他游，回来又家里地里忙，两条腿像是累过了劲，一坐下去起来就很背劲。好多事和从前是不一样了。

那天下午，刘树立自己撑着树棍子，去上了一趟坎下的茅厕。

1 活路，泛指各种体力劳动。

以往都是妻子或者幺女儿扶着，妻子扶着的话，还要进茅厕帮他站好或者是蹲下来。一个冬天下来，坎子路也摸熟了，刘树立自己探着走到了茅厕，也挺顺当的。阳光裹着风，有时忽然针刺一下脸面，却不凛冽，像在绵里包好了。他顺着拖拉机路往下走了一点。这是眼睛受伤后第一次离开自家房子，他没有往上头院子里走，那里几家有狗。有几天没有下雪了，路上干爽，转了一个弯，走近了竹园溪边，到了自家竹园底下。刘树立不敢再走远，在这里站下来。感到不一样的气息，脸上幽幽的冷的感觉，往深处走了一点。过了一会，他听见什么东西往下掉，落到地上发出碎开的噼啪声，声音不大，是一种特别脆的东西中断了。

忽然他想起这是冰。竹园下面由于沁水，每年进冬结冰，不断地加厚，到了开年成了几大的一幅冰，有半墙那么高，冰吊子里外层层下垂，显出青耿耿的颜色，往进看不透。人走到溪边，老远就感到凉气，一直保留到二月半。小孩子时候不怕冷，躲猫儿的时候藏到冰吊子里面，害得大人担心冰掉下来。

今年开春节气早，近处的雪化了，这幅冰也开始分解。冰笋子一会儿就噼啪一回，像是有人捏自己的手指节，就算一时没有断，明白地听见了里面的响声。刘树立站着，感到这个冬天真的要带着响声过去了。

一辈子里最长的一个冬。

春天是从后坡上的一声鸟叫开始的。

是这声鸟叫把刘树立叫醒的，他不知道天亮了没，但是依据身边妻子的动静，应该还黑着。自从出事以后，刘树立的睡眠也和以往不一样，有点把握不住长短，醒来之后时常有些惶恐，担心不到或者是超出了夜晚的界限。开年之后，夜晚是渐渐缩短的，光线比冬天更早地透进窗户，刘树立跟着妻子起身的时候，一点一点缩短自己的睡眠，他开始在屋里做一些在光线下干的活，比如扫地。最初这样做的时候总是让人难以置信，不过屋子的见方是固定的，远比夜晚要容易把握得多。冬天的夜晚寂静无声，连老鼠都似乎在墙纸里远走了，醒来后无可捉摸。总怀疑有什么唤醒了自己，却没法追上那个来源。这声鸟叫惊醒了刘树立之后，他和冬天夜里一样茫然，直到又两声。

听出来了，这是一种相思鸟，总在夜里啼叫，开始的一声婉转细致，像思念刚起头，还包含着隐秘的欣喜，渴望着应答。因为没有回应，逐渐地变得急迫，尖细，直到最后无法忍耐，把到了顶点的相思投掷出去，归于平息，一会儿却又开始了下一次过程，让人担心它会耗尽了自己的生命。整个春天的夜里，相思鸟一直在呼唤，寻求那一声不会有的应答，直到春天过去而消失，在整个余下的年份里不见踪影，就像它已经死去。下一个春天起头，只是稍稍露出了枝杪，它却又准确地站在了枝头，一定是在人家的屋后。人说树木百草春天发芽生长，晚上却睡着了，相思鸟唤着它们晚上趁人睡着了继续生长，竹子拔节，树芽鼓出树皮，苔藓渐渐活泛，白天人出门的时候，一切都一夜间变过来了，叫人不敢信自己的眼睛。没有相思鸟的啼叫，万物也会像人一样在春天睡过去。奇怪的是相思鸟整夜啼叫，却不扰人的睡眠，只有在五更时候将人唤醒，闻到空气里透出潮湿的青气，冬天的凛冽完全过去。人在土墙的房子里再也呆不住了。

刘树立决心走得更远一点。一清早女儿出门挑水，他跟在了后头。拄着树棍探着女儿的脚迹，眼皮上感到风，坎下竹园溪的喷溅，随风声忽而远近，明显比消冰时迅疾了。

这是去院子里的大路，一直走到院子靠上头的竹园溪。刘树立几千遍地熟悉这条路。刚进院子一棵大核桃树，在刘树立爷爷出生的时候，它已经长得有三人合抱那么粗了，而在爷爷、父亲到自己这几代人的时光，似乎并没有让它增粗多少。由于它一直在这里，并且从刘树立父亲出生起不再结核桃，以往刘树立和院子里的人一样把它忘掉了，没有谁想到它为何在这儿，也没人想到砍去它。刘树立走到树下感到了树干的气息，原来它和老年人一样，身上是有一种特别的气息的。那些老去的树皮像是被炮制过了，却和寄生的春天气息混合在一起，春天是用苔藓、树粉和小毛毛虫寄生在它身上的，这些小东西它们都醒得很早。

核桃树下是陈家，大路在陈家院子里转了个拐，刘树立正在想陈家院坝的路线，有谁在屋里，两条狗凶猛地冲他咆了起来，它们不认识这个拄着棍子的人了，刘树立还清楚地记得它们是一条黄狗、一条黑狗，黑狗其实是上头孙家的，只是它随常在陈家过伙计。刘树立并没有举起手中的棍子，这会使它们更加上劲。听见一个老人的哑声气吼："狗日的，咬么子！"力气不够止住狗子。狗子犹犹豫豫地还在狺狺。这是陈家老汉，自从那年两个孙子打核桃摔死了，跟着和第二门的老婆婆分家，他就好像受了一道暗伤，再不是从前声气。两个儿子也分了家，轮流养他，他现在是坐在两家中间的廊子口，这条廊子因为两家放东西争过。两人还不及招呼，女儿回头看见了父亲，赶忙凶狗子，一边过来说："爸，你怎么来了！"刘树立就探路跟女儿走，不要女儿牵，说："你走慢点就行了。"

女儿走到猫儿湾口上转了弯，刘树立还在对直走。女儿喊爸，刘树立说你怎么进湾。女儿说爸你还记得清楚，现在挑水不到溪里了，到猫儿湾口里的水井。怎么就不挑竹园溪的水了。上头侯延孙靠水边修了一个猪圈厕所，溪里的水不能吃了。噢。

怎么没人说。过了一会刘树立说。

没得哪个说。幺女说。他们起的水泥砖楼房。

侯家三顺在新疆包矿，说挣的有钱。

猫儿湾口上原来有个水井，不大，是洗猪草的，这条湾里的水是沁水，带的有土气，没有竹园溪的水好。往年子只有走蟒臭在杨家湾口上那一年，吃过这口井的水。女儿边舀水边说，陈家和孙家在竹园溪上头扣了水泥池子，拉水管到家里，别的人家也准备拉，往后没几户人家挑水吃了。女儿其实挑不满两桶，她往起站刘树立能感觉到吃力，颤颤地往回走，春天的树条子还在伸展呢，挑不了大梁。往年刘树立在屋里，从来不要幺女儿接扁担。自从眼睛出事，幺女自动退学回家照看，叫妈过山西照料，哥哥姐姐都在外边，家里的担子撂了一半到她身上了。

走回来陈家的狗依旧低低狺了两声，看来实在不习惯这么个拄着棍子探路的人。女儿还跟一两个人打了招呼，他们并没有和刘树立交谈，可能是不知道怎么开口。往后他们会习惯面对这个人的过身，就和出事之前一样，毕竟他回到了这里。刘树立很快跟女儿走到了家里，他觉得下一回自己可以去，只要提防那两条狗。

在屋子里，他仍然有一种奇怪的感觉，双脚穿的鞋不一样了，走到哪里留下了气息。却又并未打湿。后来忽然想到，是春天路面的气息，最初的一层绿已经冒出，像粉涂绿了地面，虽然难于分解，没有成茵，却浸沾了鞋，不能除去。

清明时候大女儿回来了，抱着新添的外孙女。

刘树立把孩子接到手里的时候，想到了弟弟在山西的那句话。两条手臂被孩子压得实实在在的，确实自己一直有这么一双手臂，割漆烧窑中练得更壮实，正好环抱外孙女。外孙女在刘树立的怀里很安静，看来她不觉得青色的脸和张不开的眼皮奇怪，她不知道这些应该用一个什么名字专门称呼。刘树立可以一边抱着外孙女一边听评书，他心里还有了个想法，这样听评书有助于启发孩子的智力，像外面大地方讲究的“胎教”，这至少算个“幼教”吧。他还愿意把外孙女抱到大门外，呼吸春风，听听溪水和山上的鸟叫，现在已经是百样的了，这样孩子是在自然的天地里成长。妻子怕小娃子在外头吹风患病，刘树立却不觉得，他说我们这儿的春风和外头的不一样，含的都是养分，不带病菌。

清明节头天，全家人到祖人坟上挂青。去母亲坟上的时候，妻子和大女儿带着一篓豆子和锄头，挂青之后就在那块地里点四季豆。刘树立跟着去了。

坟头返了青，刘树立触到了零散的新芽。拜台上青草长严了。娘母两个挂青，刘树立拿着四季豆篓在拜台一边坐下来，好像望对面的山。一阵阵风翻动没长齐的树叶，山离得更近，鸟儿尽力向高空飞去，直到最远最高的垭口。垭口下面挂着一直垂到川道的长长路线，又在垭口背面往下走，到另一条河川。风从背后高处的树林降到了刘树立身上，一寸寸翻动衣角，一个围着大人衣兜转悠的小孩子，有捉不住的好多只手。这样的季节里适合远行，风透着不是挽留是送别的气息，大路上细雨新湿，车辙轻捷。刘树立想起了《煤窑十二月》的开头：正月里离家乡，离家不为求风光。百般风光家乡有，求财下苦到远方。说是求财，在煤窑金不想银不想，想的还是家乡的风土柴米，梦里闻到竹园溪冷水的香味。念到这段的时候，所有打工的人都点头，有人的眼睛就湿了。

篓里的豆子圆鼓鼓的，摸起来有两种。一种在中间有个带扣的弯，应该有星点的花纹，摸上去却和纯黑的一样光溜溜的。一个冬天保留的胚芽，都还包藏着没有出来，可是不能再等了，经事[1]的扣

1 经事，指结实耐用。

子就要解开，小指头里要生长出一整架的生命。好多年以前，刘树立也亲手把这些豆子丢到过地里，看着它们像地下的小鸡一样钻出来，又亲手为它们插上攀附的架子。一个夏天的时光，一半要靠四季豆做菜也做饭，点豆子的时候，刘树立抱着外孙女坐在地旁。他想象她们怎样挖窝子，丢鸡屎粪，有一根看不见的线，定下了那些线路和距离。如果在黑暗中牵着这些线，他也许可以掌握距离，大致不走错。

昨天刘树立在后院里拿盆子，触到了坎壁的灰灰菜，已经探身出来，手底下一摇一晃。想到了坡上的四季豆，长出来多深。顺着坎子的缺口上去，到了地头，竹棍已经插下去，离得近的被绑成一束，豆苗爬上了底部，像正在转青的塔松。手摸上去已经绕得好好的。心里就落实了。豆秧是有灵性的东西，没有眼睛，准确地找到杆子，每攀过一圈，回过头来绕着上升。豆苗没出土就得插杆子，没有杆子，豆秧就失去了奔头乱爬，满地摸瞎。刘树立走进了树林之中，林子似乎已能将他收起来，他试着在行列中往前走，探索每一束竹架之间的距离，如何不踩到豆苗之上去，这样一直走出头到母亲坟前，又回来。

地上不结子的无儿嫦已经长出，软软的让脚打滑，走了一段似乎就累了，刘树立坐在草上，还有点凉却暖。一会儿里，似乎豆秧长起来，把他藏起了，他已经在夏天地的深处，不好走出去。却听到有人说话，从洋芋地那头传来。

“你明天走？”

“嗯。你再在屋里呆一段，总有出去的时候。”

“爹眼睛那么个，不晓得哪年能出去。”叹气的声音，是幺女儿。那个该是碧儿。碧儿是幺女儿的初中同学，初二就不读了，在东莞打工，说是一个洗脚城，专门给客人洗脚。样子有点想不起来，和出门之前应该是不一样了。

碧儿不答。两人似乎低头割猪草。

“外头真的是你说的？”

“给你说过好多道了。外头有外头的难处，你出去了才晓得。”

声音绕到一个什么东西后面，听不见了。去远了。

忽然想到那边有一棵核桃树，有两人合抱多粗了。过了核桃树，就到了别家的地界。

下坡刘树立滑了一跤，向后撑了两手泥巴。大女儿抱着孩子在灶屋里，看到了说爸爸你又个人跑。刘树立搓着两手笑了一下。心里是刚才幺女儿的话，想着点苞谷的时候，自己要跟着下地，可以学着沿着一条线丢籽，虽然那条线看不见。点洋芋的时候，刘树立只是在屋里掰了洋芋芽子，这些芽子是冬天把种洋芋竖在楼上有明瓦的地方生好的。手触着那些芽子，总能留下最大的，不碰伤。开始帮忙的人不信，后来也就让他做了。

可是不久发生的事情，让刘树立在屋里呆了五个月。

桑叶出来第一茬，妻子去年冬天买的半张蚕种，也刚刚孵出来米粒一样的小蚕子。蚕子就喂在大女儿回来住的睡房里。大女儿在堂屋里喂过了孩子奶，占着手，刘树立接过来抱进卧房。把孩子放到铺上盖上一角被子，刘树立在屋里站了一下，听蚕萝底下细细的沙沙声。妻子刚刚撒了一薄层暗绿，蚕蚁努力要仰头穿透。大女儿进来看孩子睡的情形，刘树立就出来，穿过堂屋进火屋，记得火上有个猪食罐，水烧开了，要挪开些加和食[1]。凭着感觉往火边走，感觉还没走到，热力不够，谁知抬脚碰了钢精罐沿一下，一脚踏进猪食罐烧开了的水里，顿时一阵钻心的疼，大叫了一声。也许在煤矿里

1 和食，指猪食，因需搅和，故称和食。

出事自己也这么大叫过一声，但那一声在爆炸里听不见，这一声自己却清清楚楚的，很凄惨，同时脚立刻拔出来，就势往后一坐，正好是在板凳上，就那么坐着，两只手抖着去捧火烧火燎的一条腿，又不敢挨着，整条腿虽然还穿着裤子，却感觉连皮一起脱掉了，不能挨着。脚不顾一切地蹬脱了鞋子，袜子却还包着烫。就这么坐着等到大女儿跑进来，妻子也从灶屋跑来，她们都被凄厉的叫声吓坏了。刘树立在疼的当中感到了愧。

后来知道，右腿腿肚子起了一块板的燎煎泡，脚整个变成通红的，像是从炉膛里退出来的铁条，脚背上的一块皮连袜子脱了下来。连忙请侯延孙帮忙，背到了狮坪医院，敷了一整层的药。躺了二十多天以后，伤势减轻，又拿了两个月敷的洗的药回家里养伤。

自从腿伤起，只好老老实实呆在屋里。蚕子上了山，伤势却没有完全平复，还有些流脓灌水，医生说是天气热了，恢复得慢。地里的活路多，刘树立只好一个人呆在屋里，外孙女也抱不了，又开始听收音机。

有天，刘树立一个人在屋里的时候，对面坡上陈家老婆婆来了。

陈老婆婆是佝着腰进来的，她一步一步挪到凳子上的动静刘树立听见了，重心很低，显得腰快折到了地面，心里有点吃惊，等着来人开口，开口声音颤颤的，比上一次陈了好多，都不太像是一个人的声音。“你咋来了，不是脚烫了嘛。”刘树立知道过年之前，陈老婆婆杀了一口猪，自己熬猪油，一勺热油倒在脚面上烫伤了，一直没好。

陈家老婆婆掏出一个油纸包，放到刘树立手上。“刘队长，听说你腿子烫了还没好，我这有一坨熊油，是我烫了脚，人家给我找的，你搽到试试。”

刘树立有些着慌，想要推拒，却担心熊油掉到火上，陈老婆婆的手已缩回去。你个人要用，给我了你用啥子。我还有，人家说你这个老婆子造孽，给了一大坨。

熊油还是凝的，这东西凉性，热天里也不化，所以能治烫伤。刘树立放到桌子上。

你脚好些没得。

就是没好完全，一只脚不敢穿袜子。简直不多于走得动路啊。

到医院去看没？你是有合作医疗本的吧。

我走不到医院去，那回我走到公路上，又没有摩托车愿意拉我，说我在后座上坐不稳，碰到一个蚂蚱车，把我带到医院，我拿的有那个绿本本，他们又说上面的钱已经用了，有一回给我送粮食就是那个钱。我就又回来了。

静了一下。

你看我这个样子，也没法给你倒水。

不消倒得水，我在屋里喝了半瓢。狗日的猫儿，我把它拴在屋里，它把缸缸也绊破了，还是那年你判给我的。

大生产那年，陈家老婆婆才从汉中到这方来，生产积极，被评为先进妇女社员，奖了一个搪瓷缸子，一直放着没用，跟随她到了第三门的陈家。她离开陈家住到牛圈的时候，要拿这个缸子，陈家后代不准，在场的刘树立记得这个缸子是她的奖品，判她拿走。往后她遇到人就说刘队长是好人，还记得到她得的奖。

刘队长，你眼睛硬是一点都看不见啦？

一点都看不见，光线都没得感觉。

他们有人说你看得见，说你还能到处走。提水。

刘树立想起来，有一次在路上提水遇见姜老二，姜老二也不避，对直过来，两个人差点碰到一起了，桶里水都洒了出来。现在晓得是试他。

刘队长，你是好人，咋么好人遭难啦。

陈家老婆婆刚来竹园沟时，是她的第二门，她的第一门在汉中勉县安电枪打熊把个人打死了。到这第二门找的沟口耿家，男的大饥荒的时候吃马桑莓，吃多了肚子疼，就活活疼死了。生了一个儿子长大了，脑袋疼，也是活活疼死，媳妇带着孙女嫁到河南。第三门是找的陈家老汉，当时陈家老汉只有四十来岁，老婆死了留下三个半桩子娃子，过不了拐，陈家老婆婆比他大二十岁。儿女养大之后分家，没有人承认赡养她，陈家老汉也不要她，她只好分出来，没有地方住，当时大集体刚刚散，队上的牛圈空了，刘树立带人收拾了一下叫她住进去。分家的时候，除了那个缸子，陈家老婆婆得了两百块钱，一口半边有眼的锅和一只碗，那两百块钱是刘树立和老队长一起逼着陈家后代凑的。

人的命有一定。

妻子回来了，留陈家老婆婆吃饭，她却非要不吃回去了。妻子说，她拄着一根竹棍，腰几乎和下身弯成两截，一踮一踮地挪回去。“看她那个脚噢，都烂成脓淤淤的了。可怜人，难为她还记得到你。”

妻子让试试那坨熊油，说熊油确实解凉。刘树立疑心作用不大，但还是洗了脚上的药，敷了一层。

“他们在哪打的熊？”

“说是仁溪沟。陈家老婆婆第二门有一个侄儿在那里。”

敷了两天真的减轻了，比医院的药还管用一些。只是不知陈家老婆婆的伤为何不好。妻子说你这是水伤疤，她那等于是火伤疤，又成天要动为自己弄吃的烧的。“哪么好得起来？”

蚕子做茧的时候，大女儿走了。地里的活就是妻子和幺女儿两个干。到挖洋芋的时候，刘树立的脚好完全了。他非要跟到下地，普儿正好回来也劝不住。

只好叫他拣洋芋。他跟不上挖的人，普儿一行挖出头，叫他慢慢拣。拣满一簭箕，幺女儿要来端，他非要自己端上，走到立背篓的行腰，脸被套种的苞谷叶子划了一路，簭箕里的洋芋也掉了几个出来。老婆说：“硬没见过你这么倔的人。”

刘树立在自己的行里慢慢拣。太阳火热，洋芋被板锄和着新土抖落出来的时候一股生鲜气，满地乱滚，皮肤是白皙的，只有黄洋芋另穿了一身黄皮，有些人就叫国民党。有的挖破了的洋芋，破口像地瓜一样水灵，拿在手里往下滴水。过一会就晒干了，像是被现场烤熟了，在手里不敢久拿。洋芋上带的泥块火烫坚硬，贴着不容易掰掉，有时候还会把手烫伤。这时地里的气息也变得火热浓重，叫人有些难于呼吸。

刘树立仔细地用手刨那些土，怕漏下洋芋。土的里层还是湿润的，和背上火烤的感觉形成对比，只想把两只手老是伸在潮气的土层里。土狗被刨出来之后暴露在太阳下，好容易钻回刨松了的土里，被手指碰到痒酥酥的。土蚕子是软绵绵的，跟捏着春蚕差别不大。这些东西年复一年地在土里，人们挖过了洋芋也就懒得理它们，它们的数目似乎也不见减少，只是蚯串子难得遇到了，据说是化肥的作用。刘树立拣了一行的洋芋，只碰到了两条蚯串子，其中一条被板锄斩断了。

终究出了行头，在地头上坐着的时候，喝一缸子壶里泡的凉茶，吹一点河风，身上很爽快，只是脖子和脸上有汗的地方火辣辣的疼，是刚才苞谷壳叶割的伤。听到普儿的挖地声音，知道他是特意在旁边。

“你们毕业到底能不能分到汉中？”

“能是能。”

“那你就分到汉中，汉中市多好的地方。”

以前刘树立到太白山割漆，经过汉中。

“我还是分回来，你跟妈有个照应。”

“你莫多想我们，要想你自己的奔头。”

“我关系已经转到平利了，看他往底下分，我志愿填的是八仙。”

刘树立不再说什么。似乎普儿谈了一个女朋友，是汉中的，要跟着过来，普儿没叫她过来。

普儿的孝心好。六岁的时候，普儿的腿杆被队上脱麦子的电动机皮带打了，一直有点问题，可是七八岁开始他就跟着姐姐在地里做活路了。后来下平利上学，第一年过年回来他省下伙食钱，带一斤二两五香瓜子回来吃。一家人都没吃过那味道的瓜子。大雪封山，从白果坪到八仙的七十里路上，他都没有嗑五香瓜子。

风很凉快，因为是在溪水的上头，从脚下起来吹透了。其实这整块地是在竹园溪上头，用石拱架起来的，上面种地，下面走河。以前这里是一片乱石凹，每年涨水冲一道，土的根子都冲光了。老队长领着大家把水箍起来，从山上挑来土培成了一坝田。老队长因为这事当了省劳模，在三结合的时候进了县革委会。老队长离开竹园沟的时候除了旱烟袋，还背了铺盖卷，他不知道“三结合”的意思，以为是到县上搞大会战。过一段时间说他当了副县长[1]，全沟都轰动了。过了两个月他却自己回来了，除了拿着那杆旱烟袋，还拿了一个搪瓷碗，乡下人大约因为这种大碗以前是木头挖的，改不过口，还叫“木碗”。

老队长是因为这个“木碗”回来的。

老队长下县的第一天，去了县供销社，想自己买个搪瓷碗到食堂打饭。老队长穿的还是竹园沟的装束，又拿着大旱烟杆，喊了几

1 当时应称“县革委会副主任”，但在农民心目中，仍旧是副县长的称谓。

声买东西，售货员故意不理他，还去招呼来得晚的人。等到没人了，不耐烦地用普通话问老队长买什么，老队长说买木碗儿。那人没听清，老队长又说了买木碗儿。那人嗤笑地说，你八仙下来的吧，我这是供销社，买木耳，你到土产公司去呀。

老队长指着货架上的搪瓷碗说，这不是木碗儿？

那人更嗤笑了，这是搪瓷碗，还是木耳？你连搪瓷碗和木耳都分不清楚，哪么下的县城！

老队长羞愤冲到脸上，脖子根都红了，憋了两句话说不出来，转身回了县革委会招待所。第二天开常委会，老队长听革委会主任讲了一会三结合，在会上提出，搞三结合，首先城里人的阶级态度要转变，不能瞧不起贫下中农。他举了头天买木碗儿的例子。这是老队长进革委会的第一次发言，革委会主任听完后带头鼓掌，说讲得生动，讲得深刻，给我们上了阶级斗争的现成一课。什么是阶级斗争，不一定是血雨腥风式的，也可能是于无声处，像今天老队长遇到的事情，随时可能都在发生，这样现行的阶级敌人可能就藏在我们的身边，没有暴露，必须挖出来。

听到最后几句，老队长觉得有些不对头，不过也没多想，在常委会上还是吸起了旱烟，虽说别人都吸纸烟。

老队长在县上的工作很不习惯。油厚了感觉背不住，拉稀。菜油吃了上火。发的干部服，扣得规规矩矩四个兜兜，穿着不习惯。整天开会，开头还听，后来就想睡觉，全靠抽旱烟撑着。闲得骨头都痒了，睡在床上腰酸背痛。“我就想竹园沟，竹园沟的坡，竹园沟的地，整天都想得很。”旱烟叶也快抽完了。因为不识字，老队长不能在文件后签名，只能画个圈，还往往收不拢口。自从那一天发表了意见之后，老队长也从来没有在常委会上发过超过三句的言，因为他从那一天发现，不能随便发言，一发言就可能引申到啥子根本不知道的上面去。这样过了一个多月，老队长实在闷得慌，有天上班时间出门溜达。路过供销社他随便往里边看了一眼，发现不是那个年轻人在卖货了。老队长心里有点吃惊，没有多想，又往前走到大桥上，看到几个小孩子围着一个蓬头垢面的叫花子，那个叫花子不停地嚷“我是阶级敌人，我是阶级敌人”。这个叫花子看来很年轻，说是叫花子，也不讨东西，其实是个癫子。

老队长正想走过去，那癫子从乱发底下抬起眼睛来看了老队长一下，老队长忽然认出他就是县供销社那个卖货的年轻人，一时间脑袋发蒙呆住了。年轻人并没有认出老队长，继续喊着“我是阶级敌人，我是阶级敌人”。

老队长问了旁边汽车站看大门的师傅，师傅说这个年轻人因为卖一只碗得罪了副县长，供销社把他打成了暗藏阶级敌人，批斗，开除公职，小伙子丢了工作，谈的对象也吹了，受的刺激太大，就疯了，有十来天了，天天在附近转。“看到造孽啊。”

老队长第二天一早就上了回八仙的班车，他把发的两套干部服都撂在了县招待所，也没给主任打招呼，人回来之后一个周，区上人来找，才晓得他回来了。他说什么也不去了，说从此就当把他免了，继续当队长可以。以后他就继续当队长。

“文革”结束之后，当时革委会的人都挨了整，县上也派人来调查老队长，说老队长迫害过群众，刘树立为老队长做了证。调查了一阵又算了，老队长还是当队长，领着大家在他造出来的这坝田上做活路。

再以后包产到户，老队长自己没有分这坝上的地，他要的是靠沟脑上的山坡坡地。却硬性给刘树立指定了这块，说靠刘家近。

据说这一阵，老队长父母的身体不好，老队长自己也害病。却没法去看他。

那年的阳光好，洋芋烂的少。择过了两遍背上楼的时候，普儿的分配下来了，就在八仙中学。他的女朋友真的从汉中过来了，住在中学普儿的宿舍里。和普儿同住的一个男老师，到另一个宿舍去挤。

有一天，家里在做四季豆洋芋饭，普儿领着那个姑娘进门了。

姑娘喊刘树立爸，喊妻子妈，刘树立和妻子都不敢答应，含糊“嗯”了一声。听说姑娘的父母不同意，心里总是不安。姑娘名字叫个婉君，人倒是大方，四季豆洋芋饭端碗就吃，吃完了还抢着洗碗。晚上坐在火屋里，说几句家常，也不敢多问。还是妻子开了口，姑娘说是工作分配在汉中市，自己和父母吵了架，偷着跑过来的。原来普儿没有都说实情。觉得是普儿抢了人家姑娘，心里就更不安，还怕人家父母找过来。晚上刘树立睡不着，姑娘和幺女儿睡里屋，有一阵隔着土墙听到她们小声说话，又像是梦话。妻子在那头翻了个身。

后来都安静了，过一会儿有一滴水落到地上的声音。灶屋的水缸漏。

那一段普儿有些心神不定。刘树立想不出来他在学校里是啥样子，不过刚去，一定要积极的，担着心。苞谷干浆的时候下了几天连阴，人闷在屋里，路上的泥浆有脚面深，普儿一直没回来，没有消息，竹园沟和外面完全隔绝了。白露那天早上白浩浩的露水，门前的几丛黄蒿，手一摸上去像是伸到水缸里，这是要大天晴。中午果然天开了，几阵风一吹，一阵比一阵干爽，山上的壳叶就一层层地干了，青壳里的苞谷眼看着成了黄色。路上的泥浆也干了，中午又是端碗时分，普儿从学校里回来了，一进家门就放开喉咙哭，妻子说他的眼睛都是肿的，在路上就哭过了的。哭完了哽了一阵才说出来，那姑娘走了。昨天她的父母冒着大雨来，硬是把她接走了。

婉君哭得好厉害，上车时人站不起来了，被她的爸爸抱上车的。从车窗户里还伸出手来，父母在场，普儿又不敢去拉她的手，看到她妈把她的手放回去，关上了车窗。车窗脏得很，普儿就看不见她们了。

普儿哭成了小娃子，伏在妈的怀里。刘树立在一旁定定坐着，心想妻子这两天说老是心上心下，被一个什么东西牵扯，拿起东西就忘了放下，原来就是普儿的事。人说娘和儿的心相连，不只是这一次，大女儿刚到广东那一年，妻子行走不安，晚上尽是做杀人放火的梦，后来女儿打电话来，招工的人把她们骗到一个工厂里的楼上关起来，她晚上爬水管子下楼，好在她从小溜刷会爬树，只是脚崴了，出门让大狼狗咬了，打了疫苗又住了八天院。

普儿出事那天，普儿的娘在屋里，听不到打谷场的动静，当时心里却咯噔一响，放下了菜刀就往晒场上跑。刘树立在火屋里对账，还说她慌慌张张啥子。妻子到了晒场上，普儿闭着眼躺在麦堆上，脚踝被打穿了一个洞，看起来跟小腿肚子只连着两张皮，脱粒机的轮子飞在一边，轮子上都是普儿的血，说是一颗螺丝打穿了脚腕，一股鲜血箭一样射上天空。连忙叫人来带信，刘树立放下账跑到麦场，普儿已经被姜老二背在背上，往狮坪医院赶了。血还在往外喷，刘树立脱下自己的衣裳包在口子上，血渗透了，姜老二又脱下自己的汗衫也包上，两个男人就这样赤着上身把普儿往医院送，眼见着普儿的脸越来越没了颜色。送到沟口溪水那儿，妻子赶上来把家里的洗脸洗脚巾都给普儿包住，还有一大捧锅底灰揾上，普儿的血这才算止住了。

普儿在妈的怀里哭够了，刘树立叫他莫太伤心，姑娘本来不是我们家的，人家的父母接回去了，只当是来帮助了你一时，也是一场缘分。接回去了也好，人家的工作也好安排。你也要安心工作，这么多年上学不容易，要不然我和你娘的苦楚就没有意义了。

普儿怔怔地不说话。

因为还有课，他下午就回街上了。

三个大太阳，苞谷就老了，竹园沟的下半截开始收苞谷。

刘树立非要背了一个背篓，一家人就都上了坡。幺女儿想领着刘树立，刘树立自己拿了两根棍棍跟在后头。他觉得一根不够。

这是一片灰包石地，土踩上去像面一样柔软，顶头片石不断在风化。一直往上是铁桶寨，是妻子的爷爷蔡一之嫌猫儿寨小起的，垒好了石头跟脚，他领人出去抗日就被吴清源县长害了，寨门是修起了的。

1970年的春天里，忽然传达要赶地主上山，说是中央一号战备，防止阶级敌人和苏修勾结搞破坏。妻子慌忙回娘家看，爹已经被民兵押上铁桶寨，寨门里自己搭了个窝棚，碗都只能拿一个，说杜绝阶级敌人搞串联。又传风声地主子女也要赶上山，妻子一天吓得走路脚打闪，只有干活拼命挣表现，不用说去看望爹了。队里开火地和挖黄姜的时候，岳父负责下沟里提水消渴，一桶水从沟里提上来要一个对时[1]，大太阳晒到，有一回滚到路上，水洒了，把人弄醒了开现场斗争会。妻子在场也呼口号举拳头，晚上才敢落眼水，打湿半边枕头，早上还怕人检查捂起来。

队上没有给赶上山的地主什么粮食，说是叫他们在山上自生自灭。亲戚偷偷往山上送粮食。一天半夜，妻子做了几个苞谷面窝头，一提篓洋芋，一双鞋，刘树立打黑送上铁桶寨。

是上弦月，爬上铁桶寨的时候，天上只剩冻住了的几颗星星。

---

1 对时，即时辰。

进了窝棚，丈人浑身一震从被窝底下弓起来，像牲畜一样僵着无话。没有油灯，就着星宿嘱咐，粮食要藏在石头底下，离窝棚远些。鞋子用土巴弄脏了再穿，让人看不出是新的。丈人哭了，眼泪冷在脸上。我要硬在山上了，进了豺狼口里。回来绕着道走，黑暗里溪涧的声音，在很深的底下。有一种什么嗷叫，兽走丢了，又像是鸟。

第二天晚上，刘树立用麻袋蒙着窗子，点灯在睡房里写了一封信。正好第二天老队长下县，请他带到县革委会。老队长没有细问信中内容就答应了。半个月以后区上下通知，撵地主上山是一些人别有用心散布危险气氛，应该制止，革命形势一片大好。岳父从铁桶寨下来了，仍旧住在抱溪沟自生桥。下山的时候他已经走不动了，刘树立背着。半年之后过世了，说是在山上冻很了，身上一直暖不过来。

灰包石土薄，苞谷杆子细高，刘树立要扶住秆子仰头摸索，把玉米棒够下来，回手扔进背上的背篼里。玉米秆子和壳叶都枯了，不再像春天那样刺人，它们就像一群在地里干活的农民那样柔和。刘树立把它们一个一个地摸过去，知道了玉米行的走势和范围，但是这片坡地有两处坎子，这也是她们不叫他来的原因。这两处坎子原来是刘树立带人砌的，微微朝外鼓出地围着坡地，垒砌的碎石头他都很熟悉。但是像屋子里黑了灯，他得从漆黑里把它们取出来。有一行苞谷掰完之后，他伸手去探外面一行，脚也往出探了一下，却是空的，这让旁边的幺女儿叫了起来。好在他像平时上厕所下坎子那样，并没有失去重心。空兜了一圈把手脚收了回来，继续摸索身旁的玉米，摸到的是失去果实的空秆子，原来这是他掰过的几株。他身后坎边的玉米有两株被顺坡风赶得往外倒，仍旧带着它们的结实，妻子在坎下够着掰了下来。

他穿过苞谷林往回走时踉跄闯过那些玉米秆，背篼里的玉米挡落了两个下来。他的两根棍子放在一处坎子下面，他摸到了这处坎子拿起了棍子，之后等着妻子，妻子也掰好一背之后在他面前走。他感到妻子的脚步比往年迟缓，一年来她肩上的背篓似乎突然加了分量。她的呼吸有点像个老年人接不上，这使他心里惊讶，他自己还没有感到这一点。心里想到大女儿回来有一次，帮妈梳头，说妈你头上这么多白头发，在黑头发底下藏了一层。刘树立看不见妻子的白头发，但是头发像那些苞谷一样会变枯，你取去了它的结实，它们忽然间失去了重心，变得风吹草动。

有时候在晚上，他想伸手去摸妻子的头发，害怕它们已经完全变枯了。但是他们没有睡在一头，怕弄醒了她。

路上遇到耿长学，吃惊说："表叔，你还掰苞谷啊！"

妻子不好意思说他非要掰。

耿长学说山西煤矿又出事了，这一阵他回来收一下苞谷，他一个单身汉请不了人。"表叔我先走了啊，你放慢些！"半年来出门的时候，渐渐有人这样跟他打招呼，习惯了在他看不见的情况下和他对面说话。提水的时候，两条狗也不再吼他。

幺女儿掰了一背就回家做饭，第三背回家的时候，四季豆汤洋芋做好了，幺女儿盛了递到刘树立手上，闻到了韭菜的清香，最后起锅撒了一层韭菜。刘树立觉得饭量增大了很多，吃喝的动静大了起来，也许超过了一个正常人的幅度。一连吃了三碗，在门墩上坐了一会，虽然没有像年轻人敞开前襟，感觉风直吹下了心窝里面去。

这天是星期六，晌午普儿回来了，不说话。两爷子挨着行掰苞谷，刘树立摸一棵秆子的时候摸到了普儿的手臂，感觉衣服底下空荡荡的，比以往细了一圈，要使劲才能捏住。酸水一股子冲上眼眶，没料到这样，使劲强忍住了。

刚才在地边摘苞谷，刘树立伸手碰到一根漆树，正好碰到漆口子，被人割过了还是半干的。只有一把粗的树，顺手捋上去割了四个口子，中间的树皮几乎断了。摸到普儿的手臂，一下子想起这棵小漆树，才长了半大，被人狠狠地割了几刀，可能再也不能复原了。说起来人和树各有各的命。

这面坡地的苞谷掰完了，晚上在家撕苞谷。自从生产队撤销，只是各家的人围着苞谷堆，听不见了那种下雨一样的声音。往年这时候刘树立和普儿不在屋里，今年是人最多的一回。撕到大的，要留下几匹叶子扔到一边，留苞谷种。嫩的花米子另做一堆，推浆粑和烧着吃。这些花米子还带着胡子要揪下来。屋里听到的是撕开壳叶的声音，清香就随着出来了，开始是一小堆，慢慢地气息占领了整个屋子。不停地撕开和扔苞谷的声音让刘树立知道家里人就在身边，刘树立扔出的苞谷有时都会和别人碰到一起，妻子还要开口说一句。自然没有生产队时候热闹，但这仍旧是最轻松又热闹的一项活路。

但是有一下，不知道为什么，大家都没有出声，刘树立忽然感到自己一个在黑暗中，屋子里没有别的人，这是一间弃废了很多年的老屋。心紧缩起来，回到了以往那些日子，坐在火屋里，忽然觉得老屋里没有一个人，整个竹园沟也没有人了，这是一个变得完全瞎掉了的地方。妻子和幺女见他伸出手去，问他拿啥子，以为他是要啥子东西，其实是想摸到人，听到她们的声音也就收手了。这会儿幸亏一阵往前挪凳子的声音，撕壳叶的声音又响了起来，刚才是因为够不上苞谷堆了。

晚上刘树立睡得几年来未有的香甜，在黑暗里又有一进的黑甜乡里。不到大天亮，难得把他从这两进的里面拉出来了。

天气寒冷之后，地里的苞谷像被拿走了包裹的农民，渐渐灰心。

有天传来消息，说是老队长的母亲死了。妻子去送了情。转丧鼓戴孝的人缺，老队长自己抱着灵牌。女儿没有回来。老年人秋天里已经走不动了，撑着做家务，还喊了一个娘家侄女来帮忙。那天下柿子，她有些嘴馋，吃了一个，堵在心里了，当天晚上就不行了。

老母亲就葬在队长父亲的旁边，柿子树底下的坎子里，打开了半边旧坟合葬的，却并没有把坟砌圆，一看是两半个坟拼在一起。往后老队长就剩侄女照顾了。

老队长的屋在院子上边，发丧那天是阴天，刘树立听到稀落的吹打声，像有人在远处扯一根很细的绳子。

刘树立一直没有见到老队长，他很少下来，似乎是母亲去世后他再没有出过门。不到一个月后的一天忽然传信，老队长死了。

老队长得的是急性黄疸肝炎。起病之后侄女想送医院，他无论如何不肯，三天脸黄成了磨刀石的颜色，人没死的时候全身已经硬了，气味冲得人不敢近身。

晚上妻子去送情，刘树立非要跟着一块儿，叫妻子引着他。

路沿着溪边往上去，坎下的声音一直很大，有地方结了冰。有两截路铺的熟煤炭灰，棍子探上去柔和一些。

路上遇到了陈家老婆婆，她走得比刘树立要慢，在陈家水井那里把她超过了。你哪儿去，妻子说。我到老队长屋里去。听到她的喘气，因为弯着腰不容易从胸口透出。队长你们也去呀。你能走这么远。我跟到她走呢。你的脚好没得。还没好完事，冬天里来了，好像在收口了，要不是我奔不到这高头来。我也没得情送得，他也没得人收，就是想去看一下。他还不满花甲，走到我前头了。你们先走，我走不动，疤子扯到的，腰直不起来呀。

雪路上少有裹着青布衣服的人。到队长家里的小路，下霜时踩过一道之后又过了一遍。柿子树只剩下一束铁丝，尖梢伸向空中。

丧堂上没有多少人，只有两炉火，几个老汉儿老婆婆围着。进门槛的时候，这些人都抬起眼睛望刘树立，空洞的眼里露出意外。“坐，坐。”妻子把刘树立引到他们堆里，他们都说，有人稍微挪了点位置。知道这是三姨婆，侯延孙的爹，陈家老汉，沟里的老年人走得动的都来了。

“你哪么还走得到这儿来呢。”给刘树立挪位置的人说，这是侯延孙，和刘树立一块儿到太白山割过漆，割漆回来那年，他的鼻子顶头上长了燕子蛋大小一颗花花绿绿的瘤，筋脉都露在外面，医生不敢下手，幸亏长成形了就止住了。算命先生说是见了不干净的东西，迎面冲了邪气，邪气没有入内聚在鼻尖上，破了相，还算是消灾。入内的话，人就要发狂丢命了，好比得狂犬病，是犬感了邪气传人，人又发狂去传他人。侯延孙一想，那年他是在树上割漆，看到一对花豹交配，阵仗大得很，晓得看不得，在山里闷人还是多看了两眼，随后鼻梁上就长瘤子了。从那以后侯延孙就不出门了，在附近割漆。他割漆手狠，做过“点天灯”的事，把一根大漆树从顶上点着，底下开一个大漆口子，火一燃漆脉都逼到根上来，哗哗啦啦流，一会可以接上一脸盆，漆树的血脉也就干枯了，看到看到死。那天他爬到漆树顶上，就是想点那棵树的天灯。

侯延孙这两年在竹园沟割漆。刘树立想到那棵小漆树儿，怕是被他下的刀，人老了心肠没穰。

三姨婆说刘树立歪，看不到了还能走到这地方来，“还没上坡做活路。我们起名眼睛好好儿的，攀住苞谷秆子还知不道上下。”刘树立说瞎子有好大个用，只要是屋里没得劳力。姨婆你也歪呀，八十多岁了还喂的有两条猪。说是你今年还喂了半张蚕子，卖得还好吵。操心还好，就跟你说的，哪个想歪，是奔的命，奔得动就在地里奔呢，实在奔不动了还不是没得法。奔不动了就是儿女的事了呢。晓得是不是儿女的事，你看老队长，女儿女婿都养的有，到头来还是他个人的事。女儿有回来的没得？大女儿回来了，看到在灵前头烧纸啦。小女儿音信无踪。

村里来了人的，送了一个花圈，靠在墙上的。棺材是村上垫到的，没上漆的泡桐树料。说是老村长可能还有点钱，就是放在哪里他侄女也不晓得，搜了几处都没得。有人疑心是侄女故意说没得。等到人上了坡，村里主持当公搜屋，搜出来多少，开支了棺材和丧事的钱，剩的归侄女。“棺材钱可能还够，老村长那几年心[1]药材还是存了些钱。”

丧堂上纸灰气味单薄，只有三四个近孝子。刘树立非要讨一块孝布，知客说远亲算了，刘树立说孝布够我就要一张。知客就给了一张，妻子不出声给刘树立扎上头。转丧鼓开始的时候，刘树立跟着走到孝子群里，怕碰着棺材拄着棍棍。前头歌郎杨世伦开口，唱起亡人生涯：

老队长他人正派——一心为党
敢用人抓生产——共度饥荒
辞县长回山沟——不求风光
可惜他少儿女——晚境凄凉

先前烤火的侯延孙的老汉接下去唱：

有外姓的孝子——来披孝布
好比是二贤庄——一本古书
虽说是命不强——少有儿女

1 心，用心培植。

他一生受敬重——不论贤愚

丧鼓一圈一圈地转不完，生的人在替死人走撒手了的路，歌郎的调子一成不变，意思却又总不一样。刘树立只是跟着前头的声音走，渐渐听到另一首歌的调子，在去年春天往山西开的火车上。一个河南的姓孙的算命先生，双眼失明戴墨镜，行的是麻衣相法。他在十堰上车，没有座位，拄着棍子来回探，拄着了刘树立的脚，刘树立让他挤着坐，他感激刘树立，伸手摸了刘树立的额头和颧骨，刘树立感到他手指腻长像女人的，温柔地抚过了，却闭住嘴沉默，似乎忘了开口。刘树立问他才说，你今年出门挣钱不孬，但是下年要出一场事情，这场事过，你这个人就没得好大用了。他像是很难过亏心，说好人命不强是真的，他摸过多少的命是这样。刘树立说人的命好孬有一定，谁也说不清，做个好人就行了。算命先生沉默了好久，说我三十三岁上瞎眼睛，靠一根棍子走南闯北，相了那么多的命，连镇长的脸我也摸过，没见过老哥你心肠这么明白，说得这么在理的，好人没生个好命，我心里真的有些过不得，我给你唱首歌吧，就当表达我对老哥的心意。

算命先生就开口了，他的声音有些哑，像是人家在二胡上拉出来的，不过调子都跟电视里的一样，他唱的是《好人一生平安》：

有过多少往事

仿佛就在昨天

……

如今举杯祝愿

好人一生平安

他一开口，车厢里的人就都朝着这看，他只是仰着脸唱下去，唱到举杯祝愿的时候，一只手扬了一下，像是个举杯的样子。

算命先生在南阳下的车，他说这是他的家乡，也是诸葛孔明的家，诸葛亮是算命先生的老祖先，他也确实姓诸葛，村子叫诸葛村，诸葛亮的坟就在他们村子背后。“你要是来玩，我带你去看诸葛祖师的坟，可是要趁早。”一路上刘树立想了一下算命先生的话，以前他是不信命的。后来觉得想了也没用，下井多注意。没想到算命先生说的是真的，是祸躲不过。老队长一辈子没害过病、看过病，连赤脚医生打疫苗他都不打，害头一场病就死了。老母亲前脚走，他后脚跟上，硬是没翻过冬天去。

亏天气冷，棺材虽说没响膛上漆，丧堂上倒没什么气味。据说以前得黄疸肝炎死的人，死之前人是硬的，先是肝子硬，后是全身都硬了，死之后肝子又化了，尸身流黄水，孝子都不敢近棺材。老队长死得急促，还是干净。

这个冬天没有去年的长，在老队长丧堂上的老人，年根都过了关。过年了几天，吹的风就感觉回潮了。竹园脚下的冰溜子还没有掉尽，竹笋子冒头了。地里家里的猪草活忙起来，幺女儿包了的。

幺女儿在堂屋里剁猪草。

斩起的芳香满屋，刀下嚓嚓的声音一直回响下去，眯着眼刮土豆的刘树立听着，却忽然中止了。有什么事发生。

声音后来又响了起来，却碰到了和刚才不一样的草，小刺杆、半边菜之类，嚓嚓中添了苦涩。断口冒出的黏浆，把刀的声音裹钝了。

后来声音停了下来。幺女儿车身朝这边望，刘树立以为她要说什么话。但她站起来走了出去。春天到来以后，幺女儿在屋里不怎么出声，像是把声气放到了别的地方。

刘树立心里有些空，问你到哪儿去。幺女儿说去找碧儿。碧儿前一向回来的。

刘树立想到了去年在四季豆地里听到的话。

洗脚之前幺女儿说要出门打工。妻子正提起茶壶往脚盆里倒水，听到声音就变了。

出去地里屋里的活路哪个做？你爸这么个样子。

那我就该一辈子呆在屋里头，都不能嫁人？

心野了啵，先在屋里帮我两年着。

黑里总觉得不安，想听听幺女儿那边屋的动静，像怕她就这样起身了，一个人在夜里走向远处。那些路刘树立多于想不起来了，似乎还没有大路，条条的川道狭仄，走着走着走掉了。

早上妻子腰杆疼，刘树立先起来了。大门已经开了，幺女儿的背篓却留在堂屋里。心里就有点慌。伸手碰到了系上的镰刀，刀口沾了苦味，小心伤手指。圈里的猪在远处哼哼。

刘树立取下镰刀，负好背篓，拿起自己的棍子。

怀里兜满了，佝头往猪草堆走，听到普儿在路上叫：爸爸，要下坎了！

忑了一下，想到自己是走过了。寸把高的苞谷苗子扫着脚杆，留神着不跌绊，像是怀着一窝苦味的鸡蛋。

一个人却上来，把怀里的兜过去，又拿起镰刀。是幺女儿，和普儿一起回来的。

晌午端碗普儿说，叫妹儿出去吧。地里的活路请人做。

妻子一会说，我的腿子这两年秧[1]起来了，天气一变就痛。

刘树立清了一下嗓子。叫幺女儿出门，猪草我能打。苞谷草我

1 秧，（禾苗）柔软状，代指腿脚发软。

能薅。除了点苞谷要请人。

点苞谷是刘树立头一回失手的事。

请的有人，刘树立要动手挖窝子。挖洋芋窝子的时候行，地头牵一条绳子，按茬口退着挖到头。点苞谷时却不行。掌握不了间隔，动不动就挖跑了，踩着套种的刚出土的洋芋苗。第二天刘树立还试了一下，又不行，只好下场背猪屎粪。帮忙的姜老二说，表叔，你还能把活路都做完啦。

有一会无人出声，刘树立又有个感觉，他是不是一个人，他们是不是在那里。窗外的鸟叫让他知道，他是在自己的屋里。他们并没有人已经离开。幺女儿也不出声，刘树立听到了她的呼吸，像抽条的通草花，春天开头的日子里在阳光下，能够听到枝条的呼吸。幺女儿这一年长高了一截，刘树立没有比着她的头量过，从她走路的风声察觉。一年回头了，没有一件东西会呆在原来的地方。

幺女儿是和碧儿一路走的。妻子生着气，一句话也没说。如果眼睛没出事，刘树立会扎咐一些话，以往大女儿出门扎咐的那些，现在却不知说什么，站在大门口送幺女儿和碧儿走了。回身进屋，堂屋里寂静，少了一分气息，只剩两个老的了。

背起女儿的背篓，刘树立上了坡。半人高的苞谷苗间，猪草蒙严起来了，似乎是把一个人蒙进去。刀口触断了草茎的气息，气息又合拢来，融化了尖锐的东西。闷着头往前，渐渐深入一片水中，伸出的手都不在了。头顶被苞谷叶笼住，另有一层青翠的天，近了很多又深了很多。有一种感觉，眼睛是亮的，黑暗最底层有一重清亮的世界，把前面的换掉了，那些沾了露水的红花蓼和米花是活鲜鲜的，刚刚来到这个世上。可以一直这样前往。

要过地界的时候，想不确切，只像是越过了小小的土埂，忽然间却晓得，走了很远了。越出了平常的界限。怎样回去呢？

这只是第一天。似乎一件忧愁的事情，又不那样令人着急。

那天刘树立下坡时走到了弟媳家的猪圈。猪看见了人背上的草哼哼，人以为这是自家的猪圈，已经要到了门前。他往里边迈了一步，忘记了探路，一步落空栽下了圈栏，险些被砸上的猪嗷嗷叫了几声，别了两下没别出圈栏。刘树立人拦腰昏死在猪槽上，一背猪草撒了满圈。

弟媳出来看见了，赶忙喊来妻子，叫了两声没答应，人就慌了，号了两声，又开口咒幺女子。弟媳在旁边说你看他胸口是不是热的。妻子摸了胸口，又想起来揉了几揉，又试一试口鼻，似乎没有明显的出气，再要开口号，刘树立眼皮却慢慢张开了。妻子满脸的眼水和那一长声的号，就生憋了回去，和男人对视着没有言语，好像男人和自己能够相互看见，看了半天，刘树立身体一动要坐起来。妻子开言说你动得了哇，刘树立慢慢说我没摔坏。妻子说你晓得你摔到了哇。刘树立觉得妻子抱着自己，就跟父亲那时从漆树上摔下来，母亲赶到抱着他。刘树立只看见那一回母亲抱着父亲，父亲像个子有点长得太早的半大娃子。刘树立从猪槽里坐了起来。他起来得很慢，想到电影里放慢动作。过了一下他又往起站，没站起来，妻子说我喊人来背你。刘树立摆手说等一下。就坐了一会，妻子给他掸掉身上沾的一些猪食，领子上还搭着一条猪草。等了一会，他又往起站，就站了起来，却又佝下身去摸背篓，妻子说背篓尽[1]它，我一会拿，先出猪圈。

摔跤的事，电话里没有给幺女子讲，知道她在那边进了一个厂，给布娃娃肚子里填东西，一天做到挺晚的。她没有讲到念家了。电话是打给普儿的，周末回家普儿告诉了家里。

1 尽，尽管，任凭的意思。

普儿这一段回家得少，下了两趟平利，说是培训。这次普儿说是谈了一个县缫丝厂的女朋友，想过两周引上来看。

刘树立说那工作得不得到一堆。普儿说一时不行。

刘树立说，莫把人家姑娘害到了。

妻子说，叫啥名字。

秦红梅。缫丝厂红火了两年，到了春天里，正是要收蚕茧卖丝的时候倒闭了。全县发动养的蚕茧都卖不出去，县委书记到地区求援也没用。缫丝厂关了一阵卖给了两个私人老板，秦红梅她们都下岗了。红梅说，是缫丝厂的厂长故意把厂子搞垮的，买厂子的私人老板是他的亲戚。买了以后效益好得很。全县人都知道这事却没人去查。

红梅就上八仙来了。她住在普儿的宿舍里，普儿分到了一间单身宿舍。

妻子上了一趟街，回来以后，晚上她睡得迟了一些，纳什么东西，刘树立催她去睡她才起身，东西搁在箩里刘树立摸着了，是鞋底。腰弓比较细，似乎是女孩子穿的。妻子给两个女儿纳过鞋底，很多年往前的事了。

鞋子纳了半个月，每晚收碗之后，针线的声音一抽一送。抽过去的声音长长的，知道纳得厚。这声音里刘树立似乎要睡着了，回到很远的年代，大女儿还躺在摇篮里，一个很好的宽竹条子编的摇篮，四方垫高了旧衣裳，孩子深陷在里面只是露出小脸，妻子坐在一边，伸出一只脚轻轻一蹬一蹬，竹篮就一摇一摇，口里还一哼一哼，手里却在纳着小鞋底，给摇篮里的婴儿预备。虽然分家出来，正屋留给跟爹娘的老二，只有一间偏厦，屋里却暖和富足，妻子脸上也现出光润，和嫁过来时的削瘦两样了。有时候这声音混在短波时远时近的嘟嘟声里，又让刘树立觉得自己走到了很远的地方，是第一次出门到东北，像书里面说的，路行到再远，有一根针线牵在心上的。

那天普儿回来，带着红梅。两个老的和后辈对面坐着，刘树立感到红梅在看自己的空眼窝。是婉君来时没有感到的。后来，红梅也喊了爸、妈。妻子拿出那双布鞋子来，叫红梅脱脚试了，算是开叫[1]的礼数。普儿说两人国庆节结婚，给红梅在学校里办个食店，已经跟校长打过招呼了。

刘树立起身进了房屋，伸手揭开床被露出稻草，往下掏。陈年的稻草，早年还打过敌敌畏，有一种深长的味，一直掏下底，触到了一个宝塔糖盒子，是那年给普儿他们几姊妹打虫留下的，揭开盖子似乎还有一股清香的甜味，里面放着两个存折。

一个信用社的是宽的短的，捏起来也旧，一个农业银行的新一些，是窄的长的。刘树立拿出旧的，他马上闻到一股漆的味道，以往他总是在供销社卖掉了漆，拿到了钱，马上就到信用社去存钱，手指上的漆可能过到了存折上。最后一次存款五年以来，又取了多次款，这旧的存折里面已经没钱了，最后一次是前年夏天给普儿交最后一年的学费。新的折子是在山西煤矿里办的，那次出事之后，赔偿款也存到了里面。刘树立锁好箱子，放好钥匙，拿着新的存折回到火屋，在门槛上面他又轻微地碰了一下。

刘树立径直把折子交给普儿，说屋里就是这些钱，你拿去盘算到，结婚开食店。

普儿过了一会说，爸爸，我硬拿不下手，这里头是你的性命钱。

儿子跟弟弟说的一样。弟弟一直还在山西打工。

我好好的，跟个正常人样的啥也能做。

---

1 开叫，（女方）开口叫男方爹娘。

这话刘树立声气比平常亮嗓。

那年秋天，普儿的婚结过了，是在中学里办的，在八仙宾馆包席，刘树立早上去中午就转来了，没有坐席。他非要回来，耿长学骑摩托车送回来的，进竹园沟的路陡，耿长学叫刘树立把他抱到，抱紧点。阳光很好，过了那坝水背田之后，刘树立叫他停车，自己慢慢走几步。耿长学调转车头，发动油门的时候问了一句："表叔，你不怪我？"

耿长学以往在刘树立手下打工，当时刘树立检查电炮，就是他在外头不小心搭上了电炮的线路。"不怪，各人的命运。"

往上走了几步，是父亲过世埋的地方，听到耿长学的摩托车出沟了。背后靠着横砭子路是一面坡坎，树叶子飘到刘树立身上，有核桃树也有别的叶子，还有野棉花苞的絮子，被风一条条扯出来。头倚坡坎半枯不青的丝茅草皮，朝太阳的方向眯起眼睛，眼皮上暖乎乎的，身上也很暖和。他这么靠在这里有点要睡着了，心里平平安安的，把一件大事刚刚放下了，又有点轻飘飘的，像幺女出门那次，有人把一件东西取走了。手落到靠着的坡坎上，上半年修过，平平整整的，只感到手背下有小小的洞。

小洞圆溜溜的，往里进也很圆，很深，到处都是。这么圆溜溜的小洞让刘树立有点疑惑，不知道是什么东西留下的。想了一会想不起来，又像是在想着别的：两尺高撵父亲的路到这里，看见路里边一窝蚂蚁子，被修亩头的人挖掉一半，露出星白的蛋，顾着看蚂蚁子忙手忙脚往里运，又拿棍子拨一拨那些搬运中的蛋，滚了一两个在路上，点点大的蚂蚁子一阵忙乱，心里又可惜。说是闹饥荒的时候，人要挖着吃这些蛋，路边的蚂蚁子要绝种了。父亲割漆渐渐地不见了，风吹过坡下的杨树叶子呜呜地响，忽然想起人说的杨树林下是个私娃子坟，埋的生下来就被掐死的小娃子，晚上擦黑以后能听到呜呜的一阵一阵的声音，跟眼下杨树的声音差不多，顿时心里害怕起来，想大声地哭又不敢，起身又不敢动，眼睁睁地看着一只蚂蚁子爬到手背上来了，心想那是私娃子的魂。

有人喊："队长，在这歇呀？"

开始一惊，是不是在叫他，反应过来是陈家老婆婆的声音。颤巍巍的像那些枯了的树叶。

"是你儿呀，一大年没看见了。脚好完全了吧？"

"好了，就是身体不精绷也，简直风一吹就要倒哇。"

"又害了病的哟？"

"就是无名的病，光看见矮倮子，睁到眼睛都在前头的呀，酒盅子大的，拳头子大的，小儿那么大的，满地只个跳啊。"

"人老了眼睛花了喔。我啥也看不到，倒是也没得那些。"

"他们咒我，我晓得的。陈家两个孙儿要爬到树上去摘核桃哇，那一个穿的是我缝的一件小红袄子，一个是我做的鞋子，也有红边边儿，两个扯来扯去地争核桃，一路摔下来死了，他们说是我使的法，在核桃树上搭红布，又把我撵出来了。晚上我一落床，两个小儿就在我床前头，直个跳哇，眼一眨就蹦到铺上来了。我那个墙洞眼里他们塞的泥巴人儿，还包的有红布，扎的有针，我都找到了的。难怪我的脑壳直个直个痛啊。"

"他们不想要我在这个沟里住，嫌我心烦，硬是要把我撵走哇。我个人到仁溪沟去，不到这个沟里住了，牛圈钥匙我给哪个哟。"

"你儿这是到仁溪沟去呀？"

"我提的有包袱。包袱都提不起了，走一截歇一截。擦黑走得到仁溪沟就行。我把钥匙给你哟。大队上的人我也认不到。"

"我也看不到，钥匙你个人拿到，恐怕还有些东西呢。路上走好些，莫叫车闯到了。”

“队长那我走了，你是个好人啦。”

陈家老婆婆走了。刘树立又在坡坎边靠了一阵。阳光还是那样暖和地晒着，像是野棉花苞被抖碎，又掺了一丝枯了的烟叶的味道。忽然想起身子下面那些小洞，是蝼蛄打的，蝼蛄这个季节不在坡上了，到了人家的灶头，擦黑以后就在灶里面叫，你要是找它，就是拆了灶也找不到。家里的人死之后，它又跟身到了棺材里，就在坟里叫。拆坟的时候，也从来找不着。

人家说，蝼蛄是孤魂化成的，找到了人，随人转世去了。

过年时候幺女儿和大女儿带着小外孙女一路回来了，这是幺女儿出门后第一次回来。妻子说幺女儿晒黑了些。幺女儿回来抢扁担去挑水。路上有凌光得很，爸你往后不能再这样挑水吃了，要学别人家修池子，我带了三千块钱回来，就是给屋里修水池子的。我在那边光想到你挑水滑倒了，水桶都摔成渣了，你在凌冰上摸摸的起不来。幺女儿说着眼泪就要出来了。还有我光看见你去打猪草着蛇咬了，或者你走到了哪条山里迷路了，再走不出来。我在书上看到有一种苜蓿草，可以专门当猪草种，割了又发，种上半亩地就用不着另打猪草了，我把种子带回来了，开春就种下去。

水池子就是在大寒里头动工的，引水的地方是在水井湾上一截。刘树立到了引水的地方去看，小外孙女跟在一路。遍地是雪，没见过这么多雪的小外孙女一路上光在问，这些雪是从哪里来的。刘树立说是从天上来的。小外孙女用南方的腔调问，我们那也有天，为什么没有雪。刘树立说姥爷刚才说错了，雪是从山里出来的。你们那里没有山，就没有这么多雪了。小外孙女说那我们一直往山里走，雪是不是越来越多。她拉着刘树立的手就要往上走，两人就从引水地方又往上走了一小截。斜坡的雪地，先是收割后剩余的天星米秆子，走到头是雪压了一半的蕨叶。外孙女说心里慌，饿了。刘树立知道这是到了凉水井。往年这里是个院子，后来成了荒扒，井衍[1]了。旁边一架岩屋，说是有个叫花子走到这里，在岩下歇了一夜，饿死了，从此小孩子由这里过心里都慌，觉得饿，刘树立小时候也是不敢经过这里，一直到十四岁以后好了。

这里是熟地到头了，刘树立领着外孙女往回走，外孙女忽然停住了，害怕地问姥爷这是什么，一串一串的跟人的不一样。刘树立蹲下，摸到陷下的蹄印，酒盅来深，后面是圆的，向前有一个分叉。是一仗[2]。大约是经过竹园溪上山。现在人都出门打工，山里面荒了，野牲口多了。

外孙女拉衣角说姥爷我们回去。我怕山里。

下昼家里的水池子砌好了，站在后院里，管子里的水忽溜溜地来，一会儿水池子就满了。水流的声音一直不断，偶尔有点卡壳，遇到了管子里的气泡，马上又通畅了。管子是一路从土里铺过来的，流出来的水还冒气，来不及在池沿下结成冰溜子。虽然是大寒里，院子活过来了。从母亲下葬起，后院里第一次又有了水，院子里站着心里也活泛过来。刘树立想到了那段坍塌的石坎子，应该把坎子垒起来，收拾得好好的，再种上瓜和葫芦，回到小时候深的湿润的院子。

幺女儿一直呆到苜蓿种子下地了才走。一场雨下，改天摸上去地里全是冒尖的芽星子。过了两天，就展开来把地里铺满了，一个周之内长了一尺高，赶得上竹子拔节，从来没见过长得这么快的东

---

1 荒扒，指灌木丛。衍，即衍灭。

2 仗，即行、列。

西。妻子说，这种东西的颜色深，展开得也宽大，看上去就跟一般庄稼不一样。试着割了一茬，掺在猪食里喂，猪还蛮喜欢吃。

刘树立就不用天天上坡打猪草了，不过他还是愿意过两天打一些插着喂。对这种长得太快的东西，他有点说不清的不放心。小女儿说苜蓿要半个月施一次化肥。

这年的活路，除了点苞谷和薅头道草请了人，普儿周末回家有时也帮助，都是刘树立自己和妻子在干。妻子的腿越来越伤力，背重东西都不行了。苞谷种子要从楼上背下来，刘树立要自己背，妻子掌到楼梯就行。

眼睛出事以后再没上过楼了，那以前几年也很少上来。屋子的这一部分像是橱柜里面的一个屉子，对刘树立关了起来。里面的东西随着时间的推移，变得心事重重的，当刘树立的脚离开梯子，小心翼翼地落到楼面上，它们全都没有发出一点回应，一下子不知身处何方，连脚下也感不到踏实的楼板。妻子先走到种洋芋堆那里喊他，他往过走时朝旁边歪了一点，触到一个烟筐。他站住了一下子，像是才触到一个世界的入口。童年的时候，每当妈妈在楼上拣拾什么，刘树立就想爬到楼梯口探望，里面的世界一点不比楼下的小，黑中有无尽的庞大器物，含有陈年的秘密。对穷家的孩子来说，楼上总是比显眼的楼下更为富足，一直有不能满足的念想。有一次，娘在往烟筐里收拾核桃，专心打望的刘树立从楼梯口倒跌了下去，头顶跌了一个洞。没有红糖，用锅灰撒进去。

说不清这个世界后来是怎样慢慢收缩，变成一只偶尔拉开的屉子。那些暗中的庞大器物逐渐现形，显出缩小了的平淡无奇，从这头一步简直可以走过所有的东西到那头。在长成半大小伙子那几年，还觉得它寒伧现眼，家里有这么个角落让人郁闷难受。眼下它却重回了那个黑暗的世界，好多东西不可掌握，只有一点点地去碰到，一小步一小步地经过。

种洋芋往背上一压，再下楼就不一样了。梯子像是没搭实，往一边飘。转背踩上头一级梯子，像是踩在树梢头，一颤一颤，背篓太大，腿脚太轻，向后倒要把人带梯子拉过去，使劲稳住了，腿弯子打闪，撑住了这步不好往低探下一步，人像回到了极小的时候，第一次肩筐着背，没想到力气随着视力变得很小，又要从那天开始，一步一步地长上去。好容易落地，妻子说你怎么汗像黄豆滚，自己觉出衣裳都离了肉，人从水缸里捞起来。好歹脚落到地上了。

第二趟上去的时候，人就有底些了。他知道秧子洋芋竖在哪个角落，一块顶上有明瓦的地方，可以照着让洋芋长芽子。蹲着拣洋芋的时候，虽然感觉不到一点射进来的光线，却有一股和周围不同的暖意打在背上一个地方，总是在让他想起什么事情。

忽然他放下掰好的洋芋，伸手到墙角靠右手摸一个墙洞。很顺手的就摸到了，墙洞在那儿。洞口堵着一团布。刘树立扯出了布，慢慢把手伸进去。墙洞似乎变细了，费着力才能往里探一些，有一下他想探不到了。但是他触到了那个东西，用两个指头在里面勾着，有点费力地拿出来。

是一坨盐。

硬的一点没化。手指触着，心里就感到了咸味，咸成了苦的，当时却稀缺不得。那年刘树立在竹园沟口捡核桃，杨世伦的爹背盐从四川回来，在水边上歇气。两个盐坨子卖了一个半，背篓里还剩下半坨整的和两坨零的。杨家老汉想吃核桃，刘树立说那你给我两颗盐，屋里没得盐了。杨家老汉答应了，刘树立把核桃给他砸好了吃了，他又不给了，说盐是从四川背回来的，比不得核桃是就近摘的。刘树立嫌他不守信用。等到他起身走的时候，刘树立在背后打马虎从背篓里拿了一坨零盐，有鸡蛋大，藏在袖子里。回家之后，娘正在炒菜，只能搁些盐希草当盐，刘树立想把那坨盐拿出来。可是想到平时娘说的不能拿人家东西，心里怕，又不愿意还给杨家老汉，就上楼把盐搁到了墙洞眼里，尽力搁深些。刚搁好没下楼听到杨家老汉在堂屋里说话，他找来了，说丢了鸡蛋大一坨盐，怕是刘树立拿了。娘说我们家娃子从来不拿别人东西，你看到他拿没有。杨家老汉说不出来话，只好走了，一边走一边骂是哪个三只手的偷的，偷到把他咸死。刘树立躲在楼上不敢下来，又找了块破布把墙洞塞上。堵上洞口的时候，明瓦透下的光照在他背上，就像打在背上，在受着暴露了的责罚。他怕这道光，心想要是完全的黑暗就好，能像老鼠一样的匿起来。过了一会刘树立偷着下楼，好在娘没对他提盐的事情。

过后刘树立还提心吊胆了几天，也不敢到杨家门前去，后来也渐渐忘了，再也没念及过这件事，这时却想起来。

刘树立把那坨盐依旧放回去，外头蒙上破布。黑暗里非常安静，没有老鼠的音信。

妻子的腿干被秋风吹透。

“以前不是这样的，那时候好溜刷啊，再高的板栗树，揪到就上去了。”

第一次见到妻子的时候，惊奇她的腿那样长，就像背不起沉重的背篓，然而她肩上正有一背篓搭一烟筐猪草。蹲身歇气和重新起来的时候替她担心，那看起来太细的腿弯会闪断。

人家偷偷说，到底是大户人家的小姐，穿着农民的衣服，人才还是不一样。但是没有小伙子敢提亲。只是在背后偷偷瞄她。

刘树立请了媒人去说。我家里是三代贫农，不怕她成分高。

到了当队上会计那一年，有人提出来刘树立娶地主崽子，和贫下中农不是一条心。老队长说毛主席讲了，看出身也看表现，蔡兰芝的表现完全是和我们一条心的。她背的烟筐没你的大？就没人说了。

过门那夜，看见了抄来的大箱子，妻子眼水下来。这是她小时候放衣服的，搁在她房屋里。绣金嫁袄脱下来，叠在箱子底里，再没拿出来穿过。

生大女儿和普儿的第三天，妻子都下了地背洋芋。那时候岳父正给人赶到山上，什么样的风声都有，妻子不敢多歇一天。

风吹了这么多年，终究把妻子的腿弯吹透了。到山西去的那一次，赶上那边的硬风，衣服又带少了，妻子说她从来没有吹过那么硬的风，直往腿弯里钻。

“就是那一回啊，回来腿子就渐渐地差劲了。感觉那股风钻到了骨头里，又一点一点往外钻。”

提水的时候，妻子的身体往一边斜着，要被带倒在地上。背苞谷回来，临到门前的槛，一步迈不过关。端猪食喂猪，双手运着怎样也倒不进猪槽。妻子心里有一种残废的感觉，有一天她对普儿媳妇说，简直对不住你，帮助不了你们，两个老的都是残废人。

红梅没有说话。刘树立也说不出话，一时屋里冷场了。

红梅有三个月身孕了，依旧在食店里忙，周末普儿和红梅也很少回来。

这一年霜降，弟弟家搬到了街上去。屋里的家什搬走之后，工人来拆掉老房的椽子和檩子。到下午时分安静下来，刘树立过去的时候，失去了脊骨的老屋还照样立着，能感觉屋里的细节暴露在天光下，那些从祖父开始，一点一节的添置。那些家鼠不知去了何处。风在鼠洞和大门里擦进擦出。

一个抽去了脊骨的房子已经死了，屋子里的一切情节无可挽回。那些人离开时决然抽出了自己的记忆。

有时候也许不是这样。

一天刘树立上坡薅草，口渴了找水走到一条湾里。顺着沟往上摸，忽然溪流的声音变得绵长，从高处顺延下来，感到迎面的凉意，是到了狐狸湾口的瀑布下了。

这是个小瀑布，水贴着门一样的岩壁滑下，有一些小虫子顶水结成硬壳的小巢穴，分开细微的水束。小时候娃子们常在这里玩，再往上就没人敢去了，说是湾里有狐狸。竹园沟的小孩子们谁也没见过狐狸，刘树立很小的时候狐狸窝被人烧了，但是传说狐狸湾里有一只狐狸精，迷过人，人一走进去不知道出来了。

十四岁那年有一天，生产队说狐狸湾里的漆树没有人开过刀，破除迷信，要有人去割头一把。父亲说他去。早上进湾之后，晌午刘树立去送饭。爬上瀑布之后，像是站在门口，看不透里面多深，树条长严了，脚下水分开。有一条依稀的小路，刘树立顺着走去，不知道父亲在哪里。四面望出去都一样深，树枝下结着藤蔓，心里就怕了。使劲喊了几声爹，没有应声，就不敢喊了，心里怕引来啥子。想到了狐狸精，陡然头皮发麻，要再也走不出去了，一直在这个湾里。

不知走了多久，只有百样的叶子，细枝交错，听得见小鸟却看不见。没有特别高的乔木，地上苔藓，千条纤细的道路，一个一切被迷住的地方，颜色冰一样青翠。自己也许会变成小鸟、小兽，手爪变得细长，划出雪线。这样感到的时候，真的在变小，比童年更早的时候。有点新奇，害怕消散了，剩下淡淡的惋惜，想到失去的父亲和十几年时间。

忽然看到远处的树枝上，有一处特别鲜红，像挂着一条红巾。心想是什么鲜艳的叶子，走到近处却又在更远的树上，始终赶不上。心里被一种东西推着，始终朝着红巾走，顾不得路径交错。后来红巾不见了，定下心一看到了山谷口上，脚下瀑布无声流泻。

心里忽然想起，说是狐狸精迷人就是用的红巾，其实是它脖颈上的一领火红，望着它走又始终拿不到，就到了人去不了的地方。但红巾却是把刘树立带了出来。

回到家里，父亲已经在了，说是他在湾里转了一趟，没有看见漆树，就出来了，也没听见刘树立喊他。

那一天之后，刘树立渐渐变得灵醒，百样的加减乘除，心里就能算出来，一本账清清楚楚的。后来搞会计培训，一个县的人，只有他没上过学，人家说他是狐狸精点化。

刘树立听了一会瀑布的声音，在脚下的潭里喝了水。往回走不知不觉到了另一条路上，走了一截，感觉进了一处气息里，比周围更安静。心里迟疑，忽然撞在一棵树干上。

这棵树干浑圆修长，没有丫杈。是一棵老秤砣梨。柔和的疼痛里，忽然知道是顾家院子。

耸起的遮住阳光，有些深，脚下匍匐青叶子。屋檐带着一半的阴影，刘树立已经走到了影子的内面，没有人。

主人走时把它好好地放下了，有些忍不下心，不知道何时回来拿。连那些穿过的布鞋和袜子也塞进了阶沿下的老树干洞里。但一走之后再没回来。

等待也许还存在，退到某个远处，人们难以触及。门安然锁着，卧房里是严实的黑暗。也许狗还在屋后檐沟下，再踩响一声就有吠叫应和。他们并没有回来，却像是昨天刚回来收拾过。还有先人的坟依附着屋子，这一切像是不能拆散的，甘愿就这样沉下去。

这样的安静中有一种东西不能忍耐，却是提示。刘树立离开了屋子，顺着记忆中的道路往下走，经过一片豌豆地。豌豆张开了丝络，气息和老屋一样明显。一个老年人在地里也许是摘豌豆，他看见了刘树立，似乎不认识，说："这个客你从哪下来的呀？""从顾家。"

“他们早搬走了哇，两年了。”老人回忆着有点提高声音说，不是追问，他停在自己说的往事里。

刘树立没想，他是哪家的老人。好像他是在这条沟里的，没有在外面过。他探着路往下走，觉得非常的熟悉。也许他确实是刚到顾家去串门了，主人送他出门，在阶沿站着望着他走。是他亲身把这样的情景留在了沟里，不止一次。

老二指挥拆房子的时候，刘树立在后院里垒坎子。他好像没有听见那边的多大动静，一块石头一块石头地垒上去，手指掂出石头间的缝隙、走向的斜直，凭风声也可判断它们实在的去向。每一块楔缝的石块都摸过了，这些从屋四角出来的坚固石头，像是刚刚从手指下摩挲生长出来，带着蜿蜒不弃的温柔，在各处容易松动的土坡下沿，让发热的根系在土下安心结实。现在它站在那里，还是新的，也许有点不适应，但明天一大早霜会下降到它们头角，它们一夜之间经历了岁月，属于这个家里了。

老二家拆走之后，两家共用的那一面墙背部现于室外。一些屋顶上的石板也相连在一起，拆散它们的时候，这边的屋顶也露出缝隙。偏枯的房子转身向里，围住这个小小的院子，像聚会上老年人的圈子，任风霜在他们的背部擦过去。

第二年的秋天，刘树立开始在坡地垒坎子，普儿说伢你嫌活路不够做吗，刘树立不说什么，他的手摸在石头上，心里有一种秘密一样的感觉，自从眼睛出事以后干各种活以来，这种感觉是没有过的，他发现这是自己最适合干的一件活。石头一块一块地堆砌，在手底下一节一节出来，一开始就属于自己，不像春种秋收那样需要棍子，在有时是陌生的地上东摸西撞。他砌着坎子的时候想到了城里做按摩的盲人，他们也和他一样用着手指，按摩着皮下的骨骼。也像是算命的瞎子摸他的脸。这个秘密不能说出来，现在没有人多于砌坎子了，这种农活像是消失在了过去那个年代里。那时人们集中起来砌了过多的坎子，把他们的心里掏空了。他们现在搬离山沟到镇子上的时候，心里空落落的没有眷恋，就像老二一句话没有留下。

这天刘树立在垒坎子的时候，有一行人从路上过，似乎抬着沉重的担架，走得慢。经过刘树立身边的时候，担架上有人发出声音喊："表叔！"

这是一个熟悉的声音，却带着一丝虚弱的尾音，使它变样了，刘树立正在寻想是谁。那人又说："表叔，我是耿长学。我的腿子没得了！"这个词说出来之后，声音明显地变为哭腔了。

刘树立站着，一时没反应过来。这行人经过了。刘树立又垒了半天坎子，下午带了半背猪草回家，在堂屋里剁猪草。妻子说起耿长学的事。

"两条腿连根没了，人躺在担架上只有短短的一截。矿上的人抬回来的。"

耿长学住在老队长坎下的房子里，原来也是一幢房子，耿长学住着偏厦，人家搬走之后，拆掉了屋顶，剩下他这间偏厦。刘树立进屋时耿长学正躺在铺上，向着一边，自己对自己小声说什么，矿上请的侍候的人木然地在一旁做什么。

刘树立走近些，听到他对自己小声说的是"哪么得了，哪么得了"，说得很轻，降低问话的严重性，像是一种昆虫的声音。刘树立立刻想到自己在山西的病床上，脸朝向被子里小声说"哪么弄，哪么弄"，几乎自己都听不见，陪床的弟弟更听不出。刘树立就对屋里熟悉了，他探到了床沿坐下，一手放下了收音机，叫了耿长学一声。床角声音就止住了，耿长学回头看见了他。

"表叔。"他说，声音比担架上的添上了意外。

刘树立两手握着棍子头，头也没车过去。“表叔你来看我？”耿长学说。听出来他眼泪下来了，用手背在擦。

“你莫着急。”刘树立说，“我头半年也着急得很。”

“我见天在床上，下不来。坐都坐不起来。”

“我见过的，在西安南大街上。你屁股还在。弄个木墩墩，底下装四个轮子，人在高头固定到，用手撑到还能走路。”

“收音机我原来用了的，给你留到，混心焦。”刘树立说，“不焦愁就好了。”

他示范了一下收听节目。正好有一段高宠挑铁滑车的节目，两人一起听了会，情节很紧促，眼前的事像是被挑在一边了，直到第十二辆滑车。

“表叔，有一句话我想说，你眼睛出事是我造成的，你不怪我，现在还来看我。我硬知不道哪么说。”

感觉他的脸上又凉了。

“莫想多了，各人有各人的命。”刘树立说，“你叫招呼的人找人做个车车，就能下床了。”

过了几天，听说耿长学装了个轮胎，坐在轮胎上能下地了。刘树立说也好，南大街上那个叫花子就装的轮胎。我是想到木头车车还灵巧些，不过回来又想到他要是上下坡哪么弄。还是轮胎好。

后来又听说耿长学能自己开伙了，矿上请的人就走了。耿长学能挫到院子里，上茅厕，还能到菜园子里摘菜。

开春有天，刘树立在地里割苜蓿，回去听说耿长学坐着轮胎挫到家里来了的，一只手板绑一块轮胎皮子。挎了一个黄挎包，把收音机送回来了，说现在用不着那个，还掏了一瓶蛇酒，说是他自己在后檐坎下抓的竹叶青泡的，能治妻子的腿。

“说是叫你上去看下，看他现在的样子。”

刘树立就上去看他。

天气暖洋洋的，竹园溪的水很大，又比刚开春化雪的声音亮一些。路上遇到两个人，都说二叔你走人家呀，刘树立说去看下耿长学，一个人说你去看他做么子，他反正能挫到院子里来。刘树立就笑笑不说。越往上走感觉溪水的声音越清亮，里面的垃圾少了，上头反而比下头的水大，有几户在下一截扣了水井。闻到了那棵柿树的气息，就知道到了横褊子路了，这时耿长学从门槛里头翻出来晒太阳看见他了，赶忙撑着地来迎接，刘树立觉得他撑得好快，比走着来并不慢。

到了阶沿下，耿长学要去拿椅子，刘树立说算了，我就坐在门墩上。耿长学说委屈表叔你坐门墩，我有天然椅子。两人坐着晒太阳。你心里不焦愁了。不焦愁了，一天玩到急人，我还想种点菜地，做点活路，把薅锄板锄把把都锯短了，坐在轮胎上就能做，不信表叔我拿来你看。耿长学就拿板锄来叫刘树立摸，果然把把短了。你这个把把短了，锄头也应该做小一些，要专门给铁匠定制，反正你种不到好大一坨坨地。耿长学说我确实是脑筋笨没想到这个，表叔你还提醒了。煤矿里的时候你就是随时给我们提醒到的，你带班的时候我们硬没得一个人出事，皮都没刮到，就是我把你弄到伤了眼睛。你给我们的那些教育，我都记得。叫人要自立，坚强。我没得文化，也不懂得。这一段装了轮胎以后，就琢磨了坚强是啥子意思，我一想到你眼睛看不到了还在地里做活路垒坎子，我就晓得我也能多坚强一股子。

风吹过眼眶，到了对坡一片树林顶头去。还去到更远的地方。

表叔你在煤矿里教的歌，说家乡的山多好水多好，风景秀美。我当时没多于领会得到。现在我坐在轮胎上，比以往三股子里头矮了两股子，看山比以前高些远些，看树木也比以前鲜些绿些，看得到到不了那去。我就晓得表叔你说的山川秀美是啥子意思，确实是好，以往去得了的时候没懂起。我看到这些山哪，就想到要好好活，我还看得到这些，表叔你都看不到这些了，你还是在好好活，还能扶持我，你肯定是把山啦树啦都装在心里了，所以能做别个做不了的活路，人家说你眼睛还看得到，我晓得不是那个原因。你心里看得到。就像我心里能走，我也能走好远。

两人走到柿子树下面的田地，这原来是老队长家的自留地，眼下荒了，长了一坝的米花，有一种炒出来样的香气。自留地里边坎子，紧挨着一连三座，是老队长的父母和老队长的坟。有一座坟摸到矮矮的扁扁的，往两边伸延，用的都是坎子里刨出来的碎石，这是老队长母亲的坟，叫人想起她生前的脸，有点短，像是被手往下压了一下。耿长学说他坐在轮胎上就比这座坟还高。老队长的坟有点尖有点高，两檐没有垒圆，显出棱角，新垒的石头也硬些。摸到了新的一座，刘树立的眼眶就有些湿了，虽然新的也旧了，旧中又还是有新，米花芽子盖过了陈年纸灰的余味。

表叔，这么往上一直望到那匹青崖子顶上，就是神仙桥。你望到了吧。我这么也望不到哪是桥，太远了，可是想得出来。下来是滴水岩，夏天一条线的水，冬天结成冰幢子，有几十丈粗，我爹埋在那底下的。再往下一截是填龙坝，一坝沙子还是好好的，也开的有米花。表叔我就这么说你望得到吧。

我望得到。风的气色从那下来的。

我望到神仙桥，有时候想到爹叫龙吓死的事情，爹出事的时候我还在娘肚子里。我有时候想，要是没那场事我是啥样子。想穿了也没啥子。

两个人又不说话。山的屏风在高处一些，崖边削着阳光拖出长条的青的阴影，伸下了脸上来。青气里面看不出。

耿长学的父亲为了生他上神仙桥去还愿，端的有猪脑壳。点了香，头顶上有动静。抬头一看魂魄吓掉了，一条房缸粗的蟒，盘到神仙桥的，眼睛两个灯笼样地盯到他，他脱口而出“好大一条蛇呀”，要说刚才还没得事，这一句就坏了事，蟒脑壳上已经修炼出了独角，闻到香烟味出来是讨封赠的，要是人灵醒，开口说：“哎呀，这是一条龙啊！”蟒就能修炼圆满，成龙归海了，封赠的人也要走运气。耿世学平时是个有见识的人，偏偏这时急不择口，那蟒一听，顿时气得从神仙桥一路跌下去，刚才的青天白日乌红黑暗，下的瓢泼雨，涨的滚坡水，摇头摆尾地走了，耿世学叫尾巴扫了一下，挂在树上了，人救回来以后，将将[1]说了几句话就哑口了，躺在床上动不得颤不得，像是叫使了定身法，第七天头上死的。

那条龙从滴水岩上冲下来，冲了一条大沟，走到杨家湾口上就断气了，一个大沙坝盖到的，中间堆起有一丈多高，一连几年臭得钻心，狗子都不敢去。刘树立那时候有十二三岁，一堆娃子有时候路过沙坝，沙堆还是熏人，只见结队的小蛇儿，总有几十条，在沙子里头缠进缠出，心里怕，比哪个跑得快些。后来又无明涨了一场水，沙堆陷下去，两边的沙偎过去覆严了，成了一坝好地。虽说是没成器的龙，天生天养，天还是葬了它。虽说是一坝好地，草都不长，老队长领大家开荒也没动这一块。

那时刘树立还没有上过神仙桥。好多时候，掩在神仙的云霭里。或者是一层青气，冬天才稍微看出巉岩形状，还是有一层暗青色。直到十六岁，刘树立才跟着父亲一起上了山顶。不知道经过了多长路线，离开了谷里的水，来到神仙桥的时候，坐在一处石梁下歇气吹风，父亲略微仰头说，啵这是神仙桥，才知道就是，比想象中小了

1 将将，将就勉强之意。也有刚刚的意思。

多少倍，一步即可跨过。石头搭得太久，长满了暗颜色的石苔，要是有水，颜色就会青鲜很多。石身上还有香燎的陈迹。山的尖顶很窄，树木都从窄缝里伸出去，身上挂了长条的霜一样的东西，叫见风长。他有点怀疑，却想起滴水岩下耿世学的坟，依附在坡边，生了深的虎耳草和兰心。刘树立不知道是心安还是失望，那一年他经常感到这样的心情。

后来刘树立经常上山了，却不再有那天的感觉，他慢慢地很自如，带刀爬到树上去，走很远找着水喝，还知道哪一带有只动物，和他在走同一条路却见不到，悄悄地躲着人，在他饮水时暗中看着。他习惯了这些。

只有一次他看见了一只黑子，快要走到一棵树下，猛然听见呼噜的吼，一只黑子在树后面露出身子来，它往刘树立走了几步，站起来望着，胸前像是围了一个白围腰，样子并不想过来却又不走。刘树立吼了它两声。它终于落下前脚转身慢慢走去。刘树立正在想它为啥出来，树上忽溜溜地退下来一个小黑子，漆黑发亮的，胸前一弯雪，漂亮。小黑子赶上了大黑子，刘树立才明白了，手心捏着漆刀出了一把汗，想起以往当民兵捏步枪的感觉。

普儿出生三个月，刘树立也抱了香和猪脑壳上神仙桥还愿。

在眼睛出事以后的那个冬天，有时这面山崖会在脑子里现了一下，自己吃惊，不知所措。很快过去了，留下一些像是惆怅又安心的痕迹。春天里，他看到了这些山，知道自己就在山下。山的气色和过去是一样的，落在手上感到了。

普儿的孩子生了，没有在沟里办席。有事情都是在街上过了。他们也在街上买了房子，店里忙，逢年过节能回来一次。在火屋里有一个感觉，门口经过的人越来越少，有的人经过一趟再也不回来。

妻子不能上坡做活路之后，一个人在地里有时会怀疑，这世界只有自己一个人在收割，人们在春天点下种之后忘记了，他们就像大集体散伙那样干完了最后一趟活。

在屋里的时间也越来越多，切菜做饭这些事情刘树立都学会了，他还学会了在黑暗里穿针。但是妻子没有叫他继续学会引线，她说这不是你该做的活路，你已经做了好多你不该做的活路了。妻子的腿随着季节和天气时好时坏，好的时候她和刘树立一起上坡，坏的时候都不能久坐着椅子。缝衣纳鞋是确实的她的事情，她说就算瘫在床上也还能做。孙子山山的所有小鞋都是她纳的。刘树立想，她的眼睛清亮如昔，到了最后都是的，和他遇到她的时候一个样，虽然他看不见了。

刘树立感觉自己在渐渐地老去。这个原本确定的过程，由于眼睛的受伤忽然打断了，以后的几年中，老去的过程从刘树立这里流到了妻子身上，虽然她比他实际小好多。现在衰老又回流了。刘树立感到身体里面的流动在减缓，流向腿脚又回去的股子渐渐没有那么粗，有时候会忽然停滞了。

力气还在，也许由于一趟东西没有背到家，放不下来。力气就像一座河上的桥，下面空了，靠着两头的牵系还能够维持多少年。但是力气有时会忽然打住，接不上了。这又往往是最需要力气的时候。

这年秋收苞谷砣子结得好，掰一个是一个。燕子洞下面的坡地，却受了顺槽下来的一股风，靠着坎子的苞谷往外伸出去，不容易掰到。刘树立站在坎子沿上揪苞谷，有两根苞谷探出去特别远，伸了两下手还摸不到秆子，又多伸了一点，背上本来有一平背的苞谷，重量忽然压过来，人撑不住了，身子往前一倾，连人带背篓跌下坎子，打了个旋转搁在底下路上，苞谷砣子乱飞，人就没有知觉了。

醒来的时候在妻子手上，背篓已经卸掉了，身下有一些苞谷砣子。妻子说你死了十几分钟。我去喊人背你到医院去。刘树立说莫喊了。感觉手脚都还是好的，就是浑身在肉里面痛。不知道骨头的情形。试着收了一下手脚，收不起来。刘树立想是不是又要瘫一回。又等了一会，感觉痛往里回了一点，再试着收一下手脚，竟然就收转来了，手撑在地上站起来了，走了两步，右腿一拐一拐的费劲些，膝头里面有一个东西铸到的，木的。这么几步一歇到了家，其他地方的痛慢慢都减了，就是膝头里面始终有一个东西。妻子说是骨头伤了，要去医院看。骨头应该没事情，是筋扯到了，过几天就好了，苞谷还没收完。

那年的苞谷是请人收完的，膝头始终有障碍。过几天普儿回来，说沟口杨家扎了一个河南来的医生，能扎干针，治风湿跌打特别好，有几十年的老腿子都治好了的。娘的腿病入秋也加重了，就商量把两个老的一块接到镇上的新房子，见天骑摩托车送下杨家扎腿子，比这里走下去方便些。刚好闹蓝耳病，屋里的猪不多于吃食，有发病的征兆，普儿就招呼卖给了收购的。

两个老的在镇子上普儿新房子里住了二十来天。普儿两口子和小孙子山山平常住在学校里，周末食店歇业才回来，普儿一早一晚趁课间骑车带爹娘下杨家打干针。医生姓左，屋里好多人排轮子。左医生说他一路过来，扎了无数的人，采了百样的草。你是伤到骨头了，是挫伤，没断。开始是妻子的腿见效了，走路有力量，能上下楼，一天两顿饭能动手了。后来刘树立的腿也有影响，慢慢地膝盖活泛了，过了二十来天如常了，只是变天有些隐痛。妻子的腿效果却又褪了，还是好一阵绵一阵的。

按医生说的，要再扎十来天，两口子的医药费加起来已经花到八百多，虽然普儿没打过嗯吞[1]，小女儿也汇了款回来，心里到底是不安。住在镇子上楼房里，也觉得不习惯，水泥砖的房子，感觉和外面只是隔了一层皮皮，白天路上过车噪得很，晚上也不安静。没有活路做，心里也是空的。正好左大夫说是无证行医，派出所的人下去一锅给他端了，人拘留起来了。普儿说，左大夫抢了镇医院的生意，镇医院跟派出所说通了的。两个老的就跟儿子媳妇商量，还是回沟里，坡上还有块迟苞谷没收，和几坨菜地。普儿说那些活路没有多大做场，也变不到几个钱。刘树立说总能帮衬些，不像现在两口人纯粹是架在楼上的。

说要回沟里的头天傍晚，普儿一家子请两个老的上街吃了顿火锅。山山也在一路，普儿说明天是周末了，你跟爷爷奶奶一路回沟里玩，陪爷爷奶奶两天。山山不出声。普儿又问，山山说沟里不好玩。普儿说光讲好玩？话里有些带气了。妻子赶紧说，叫山山在街上，热闹些。红梅说，二回再叫他回去，这两天他作业多，要监督到。

晚上回来妻子肚子不舒服，一夜起来三次，第二天添了倒呕，倒床了。送到镇医院里打了七天吊针，七天里没进一颗米，面条都不行，只能用米汤一勺一勺地喂下去。普儿要请假，刘树立说工作重要，店里又忙，自己在医院里开了伙招呼。第七天头上，妻子喝了头一碗稀饭。第十天妻子说复原了，在镇子上一天也呆不住，普儿把两个老的送回了沟里。

那两天交警不严，普儿把两个老的一路带在摩托车后座的。刘树立从后面搂着妻子腰，好多年没这么密切过。妻子瘦成了一束刺，手指隔着衣服，能感觉按到了肋骨上。

---

1 嗯吞，犹疑之义，模拟犹豫的语气。

妻子手里拿着一束盐希秧子，叫儿媳找的。回到沟里当天，她忙着面[1]在后坡菜地里。身体还没复原，秋风一吹她就受不住，面了一半回屋躺下，到夜里也没起来。半夜时候刘树立醒了，身边的妻子没有动静。伸手试了试她的鼻孔，竟然感不到气息。心里面什么也没有，在妻子身边坐起来，听着秋风细微地吹过土墙外，就像是最后一束。

到天亮，妻子醒过来了。她说，她到了一个黑暗的地方，像是打猪草失误走进了一个炭洞子，一直往里头走，越走越黑，看不见手指了，最后连闭上眼能在眼皮里头看到的那种余光都没有了，这时候她感到了他眼睛出事以后的情形，就是这样子。她知道他当时为啥子想飞楼了，人闭上眼睛都看不到一丝光的时候，就一点希望都没有了。

但是这时候，背后出现了两只眼睛，单单的两只眼睛，绿莹莹的闪光，她一下子就想起来十六岁那双豹子眼睛。妻子给刘树立讲过：那年抄家后搬到了自生桥上头住着，我给队上放了一群羊子，有一天溪口上冉家院子放电影，我和两个女娃子一起下去看，回去时因为烧洋芋吃落在大队后面了。那天只有几颗稀星，地上特别的黑，走到自生桥底下一截，坡上黑黢黢的停着些大石头，像要滚下来，一个大石头上头粗喉咙低声一吼，人心里打抖，豹儿就现面了。黑乎乎的看不清身上，只有两只眼睛是亮的，照着我们就下来了，我就奔起命来跑啊。一跑，世间就黑暗了，一点光都没有，没有路，伙伴们不知跑到哪里去了，只有豹狼儿的两只眼睛在背后。一直跟到的，像是有人打了两个手电，把我往洞子里头追，越追越黑，没有完头的时候，我力气用完了，想到就要倒下来，死了，给它吃

---

1 面，铺。

了——这时候眼前一片光一阵吼，大人们打着火把出来了，原来跑得快的春芽跑到院子喊人来了。昨晚上又是这两只眼睛在追，妻子就使劲地跑，跑着跑着到了一个很安静的地方，豹子眼睛不见了，她感觉自己是闭着眼睛在跑，却在眼皮里面感到了光，心里的怕和绝望就一丝丝消了，她试着睁开眼睛，天已经亮了。

这天阳光很好。天气虽然在凉了，地上还没有冷下去，午后暖暖和和的。最后一块迟苞谷收回来了，那块地的坎子有一截莫名地垮了，苞谷带土落下去一块，就在路边上依旧长着成熟了。刘树立想到垒起坎子，把落下去的土收回去。垒这截坎子的时候他摸到一个坍掉的墓门，里面有过年上亮留的蜡烛头，朝里摸还有一个苹果，一半是好的，一半蔫下去了剩了一张皮，像有些长在石坎子上受了霜的瓜。刘树立想了一下，却没想起这是哪家的祖人，看来是记性不行了。刘树立摸索着把墓门连同坎子砌好，想到老婆过了昨晚上的关，身体会慢慢复原。总算两个人平安了。忽然想起火车上算命先生查的八字，还有他最后唱的歌。准。

雪落

雪落

开了歌头起了腊

雪落高山霜打凹

——民歌

墙洞里微风，灶虮子的叫声冷了。铺盖里还是热和的，人攒了一会儿，像是想到了很久以前什么时候的事，又想不清楚，悉索地披上凉衣裳。地炉子里的灰堆是温的，灰底下火石的微红刨出来，见风一点点动，像要离去。系上袄子出门解手，迎脸一丝颤，老去的皮肉一束针刺，几根透进了脏腑，停在那里。身体里清冷的针，这样一根根攒起来。往山凹里一望，有啥子不一样。

有一层浮着的，像汽又像粉，抹着山凹里的草木，定睛望去又没有。也许眼睛老了，昨天还分明的东西，过了一夜隔了一层。一层一层，陈年的事情越去越远。

草木缩着，像是往下沉，被一只手在夜里有点按过。是这手从墙缝伸入，探到了黑里的姚道临，指尖止不住地颤，老年人脱榫的下巴，触觉熟悉，却有点忘记了。也许离开山上太久，回来的半年，有些东西还来不及想起来，特别人老了记忆迟。

姚道临忽然担心起来。他看不清山凹里的东西，也许有了啥子变化，再也找不到。担心渐渐变成着急，自己知道担心没道理，手上脚下的动作却加快，抱几根干柴回屋攒了火，升起煮开水的吊罐，连忙下凹里去。

斜路从蕨草里插下去，本来已经渐渐合起来，剩了一条线的意思。上半年回来后，又往两边分了一点。蕨叶上有白乎乎的露水，姚道临的深筒解放鞋很快被打湿了，露水见风干，风干了之后，草也就更褐了一分枯了一分。白露以前的露水养草的命，寒露以后的露水催草的命。

先前那层若有若无的气息，现在明显一些，聚成了一层，像云又像雾，却比雾和云都轻薄，停在一两处山凹里。姚道临往下走去，进入这一抹底下，比上面要更冷，蕨叶上的露水渐渐消失，积了一层粉，越低越厚，手脚碰上会打个冷噤，粘上一分。山凹底是一片参差银白色，随草木起落，已经到这片白色中间。姚道临开始有点茫然，忽然想到，打霜了。

山凹里积的露水厚，霜也就最先打在这里。草比经风的山背上还要凋得早。

姚道临有好几年没见到霜了。下城之前的几年，霜就少了，过了霜降的节气，也是几天意思一下。下城之后，雪下到县城有一回，霜没见过。虽说霜在节气上来得早，却是稀薄难捉摸，来处不定，说走就走了。

凹底石窝窝里撑着一块牛毛毡，黑色上也蒙了一层银灰。老婆子的棺木就在牛毛毡底下，架着两条高板凳，黑色的牛毛毡有点湿。棺木在牛毛毡下面好好的，大头顶上结了几绺霜花，像是人手搁上去的。

姚道临走到棺材旁边，手摸了一下棺材板子，心里踏实下来。棺材板子干干燥燥的，不冷手。

石窝窝里淋不到雨，太阳晒的时间也不长，七月份遣厝到现在，漆皮没有裂口，难得的了。

姚道临坐下来，裤腰上摘下旱烟杆。城里那几年，老二叫他莫随身总是烟杆烟袋，改吸纸烟，可姚道临纸烟也剥碎了揉到烟锅里吸，这样吸烟像是一件郑重事。姚道临的头靠着老婆子棺材板子，眼前升起了一缕烟，烟里看那些打霜的蒿子和蕨叶颜色深了。薄面上银色很快消逝，像老婆子的命，早上起来已消散。

那天早上姚道临醒了，意外地感到老婆子还在边上没醒，一般她总是起得更早。有一丝蒙蒙亮她就知道了，虽说她是瞎子。她还不是那些半瞎子，就算你把太阳摘下来放在她的眼皮前面，她也感不到一丝光。她像鸡一样靠另外的感觉定时候。狮坪街上那几年，倒没有把她的感觉弄混。姚道临碰了一下老婆子，老婆子没动，姚道临想是她昨晚上没睡好，半夜时候她好像咳嗽了一阵。他穿着衣服，穿着的时候忽然感到一丝不对劲，手碰着老婆子身体是冷的。她合着眼睛的神气和平时一样，侧着睡的姿势也没啥变化，像一把细柴朝姚道临这边弓着，因为她的背上有驼，不能仰着睡。这把柴比起平时却更细更僵。姚道临再看了两眼老婆子，伸手去试她的鼻子。没有气。

虽然还没立秋，山上早晨的气已经凉了。老婆子的鼻孔和眼皮凉凉的，倒比她活着的时候添了一点润。

算下来老婆子回山上整整呆了六个月，跟人家还愿的期限那么准。入伏以来，老婆子的身体表面看不出，想起来是一天比一天消缩。她照样佝着直不起来的腰进出，准确地做这摸那，但是动静越来越小，她碰着那些东西就像她没有挨着，一点声音也不发出，到后来她舀一瓢水也要好久好久，就像在舀空一只水缸。虽说是三伏天，晚上她那边没一点热气传来。她好像已经摆脱了这些东西，只留了一个影子最后跟他作别。

老婆子虚岁活了八十岁，她有这个命，年轻时当童养媳受尽了罪不死，三年饥荒在龙洞河庙求观音土胀肚子不死，前几年在狮坪街上生大病一只脚进了鬼门关不死，回山上整半年死了，死得安安静静的。

“你个老妈子，命比我好些啦，走在我前头，我还不晓得哪天入土为安。”姚道临对着老婆子说，“在生时候我占强些，现在算是扯平了。你在生的时候我没多受罪，往后或是半年，或是三五个月，我一个人要好好受罪了。受够了阎王爷来收，你站两步等到我。”

老婆子断气的时辰说不准，防止对后人不吉，土料遣到坡上，等大寒里动土下葬。丧事完毕，两个儿子叫姚道临下山，说县上街上，一个地方住一个月。

“接来接去的，我嫌麻烦。”姚道临说，“你妈还没入土，我在山上有个照看。一年半载过了，你们也总共只是一场事。不消办成两场事了。”

姚道临吸完一袋烟的时间，看不见的水汽从眼前的蕨草升起去，草上的霜粉剩了一点意思，意思也要消了，说不清有没有。

阳光露头，凹上空的薄云立刻化解，露出那些高高的包，人家都住在包上，背后一座座的石头山，耸得很高，有几处落上了阳光。石山中间陷下来这条凹，有水，所以叫石水沟。

凹里一面层的蕨叶和蒿草。老辈子说富长树穷长蒿，石水沟的石头露了头，土巴薄，经不起大树。祖上从洞庭湖搬过来的时候，就用遍坡蕨叶盖屋，一层一层的，堆了不知多厚，雨水顺着滑溜的万千茎枝走了，漏不下屋里。每年下霜了，割新的再盖一层。霜打了的蕨茎秆溜光柔韧些。有些东西经霜就败了，有些东西经霜了才合用。

姚家的蕨草房子一直住到姚道临成家，姚道临拉壮丁回来，学人家用石板盖屋，才把老屋场的顶子换了。再后来有人换瓦屋，姚道临就换不起了，但是他想到最好让子孙住瓦屋。女娃子就算了，总是嫁到低山有瓦屋住，两个儿娃子，老大笨拙，老二学习好，家里攒劲送他考上了中专，毕业后分到农机站，是石水沟出的第一个搞工作的人，后来又调到县上。

老二上中专那几年，正好三年饥荒，家里的口粮都吃完了，一袋子山药干给老二带走了。听说龙洞河街观音庙底下出了观音土，求了观音就能当粮食吃，老婆子背到姚道临去求了一袋子，吃饭的时候她说不饿，背人就吃观音土，吃了三天肚子胀成牛皮鼓，手解不出来，求观音也不顶用，她个人躲到这个石窝窝里，晒太阳等死。队长曹毛东路过这个石窝窝，看她弓在地上可怜，把二两清油叫她喝了，通了肠子，保住了一条命。背却从此伸不直了。

老婆子埋在这个石窝窝里，是姚道临定的。自小他熟悉这个石窝窝，石水沟里到处是石窝窝，老辈子的茅屋搭在石窝窝里，水从窝窝底下发源，从干石头里头流出来。石头窝窝里却干绷绷的，岩石着风吹化了，里面说是有好多地牯牛儿，拿小棍掏，一边唤着"地牯牛儿出来"，就能出来。姚道临一直怀疑他小时候没有真的掏出过地牯牛儿，也想不清楚真的是岩深处有牯牛，贴着耳朵能听到"哞哞"地叫？他不想问旁人，往后背盐过四川翻鸡心岭靠着岩歇脚，这疑问还隐隐浮上来，竟然含着一丝欠然[1]的苦味，清像好多年前咽进喉咙没有化的一粒青盐。

直到今年上年回来，和老婆子在凹里做活路，到这个石窝窝里歇气。老婆子头靠着岩，就说你看看，有地牯牛儿没得？姚道临说我

1 欠然，此处强调不满、欠缺感。

看不到。老婆子说你看岩底下有没有一个个的小窝儿。窝儿底下就有地牯牛儿了，你拿棍棍拨一拨唤一唤，就出来了。我们石水沟的石窝子多，八仙的牛儿都藏在我们这里呢。小的时候打猪草，我不敢跟别家的娃子玩，偷着自己刨地牯牛儿，一刨一堆。那时候地上的牛也多，我爹过四川那回，就是牵的一条牛沿路耕起走。

姚道临照老婆子说的杵地上，真的看见几个窝儿，圆溜溜的，奇怪自己小时候就没记到。老婆子说你刨，我唤，姚道临就刨，老婆子唤"地牯牛儿喔喔"，唤了几声说出来没，姚道临说没出来，老婆子说你要尖心瞅。姚道临尖心一瞅，一只小虫子，比黄豆长一点，真的是跟牛的形状一样，两个弯弯的角是牛角，只是太小了，跟想的不是一回事。姚道临说你听到过哞哞叫没得。

老婆子说我刚才就听见了。要尖心听。少了现在。

世上的牛少，地牯牛儿就少了。地上一头牛，地下一头地牯牛儿，数目配挨了的，爹讲的。就像吃观音土的那几年，岩坎子上到处结的叫花碗，坎子还在垒一边就结出来了，一摞一摞叠起好高，当时老年人就说要坏年成了。现在都没得了。

整个石水沟崂上，现在只剩了曹毛东的侄子曹俊有一条牛。今年种的两亩苞谷洋芋地，都靠姚道临和老婆子挖。荒了几年的地，草垛垛和刺杆盘得一饼饼的，挖了半天弄出屋场大一坨，手上的老皮磨掉了，背像要断了。曹俊看到，牵牛来帮忙耕了一个早上。

曹俊住在对门坡上，自己另立门户起的房子，背后也是一座岩，能挡住回声，这边一喊就听见了。老婆子死的那天，姚道临在山房上喊答应了曹俊下狮坪街带信。当天擦黑和大儿子一路转来。老婆子睡的棺料没有现成的，又是三伏天，不敢搁，还是曹俊联系了一副仁溪沟顶上的，是他的郎舅做好了准备一直放到自己用的。多出了一层价，请了八个人翻梁子抬过来。

说也奇，老婆子死的时候天气大，又等二儿子从县上上来，在屋里停了两天，倒一点气味没得。遣到坡上之后，整个热天姚道临在地里做活路，随常在棺材旁边抽烟歇气，没闻到过味道。和老婆子差不多时候遣上坡的陈才能，棺材底里水流出来了，人冲得不能过身。姚道临想到是老婆子一生没得恶忌[1]，死的时候干净。本来收成了一把骨头，好比一根柴，没得啥子可烂的了。有时姚道临靠着棺材，感觉棺材里头的老婆婆已经不是那一副皮包骨头，倒是一根草一束线，身子骨消了，剩几件衣裳。

霜的意思褪尽了。蕨叶暗绿色里透出一圈圈的褐斑。褐色完全盖住的时候，雪也就下了。

先前没有声息的沟水落上了第一丝阳光，发出滴溜的响声，草上和沟里都有哪儿发光。姚道临身上却没有回暖。清早刺面的一股寒意，似乎已经停到了脏腑里，再不会出来。这寒意会越来越深。想到一些事，应该及早交代。剩下的一些活路也要及时做。收起变冷的烟杆，穿过湿润的蕨草上坡，这一架坡是比以前又长了些。

曹家老屋场在高包上，靠近石山顶了，是最早搬空的一个屋场，最后一户搬走的王恒利把椽子檩子拆走，屋毁了，剩下几堵墙，立在一片灰包石土上，灰包石上有一层暗红的几代人烧的煤炭灰，长出一片尖栗子树。树下一层枯枝，姚道临拣起一根一根地往花背篓里插。

花背篓虽说颜色褪尽了，沿口和背系编织的式样还看得出来，竹子也是水竹，背起来柔软，背系还上过桐油。这是解放时从王恒利的爷爷手里分来的，王恒利的爷爷叫王得利，是地主，曹毛东领

1 忌，指做了不好的事。

导众人分浮财，当时姚道临不在屋，是老婆子去领的，她就背了这个花背篓回来，着姚道临踹了一脚。花背篓在楼上搁了几年，直到女儿有背篓高了，就背这个花背篓，有时两姊妹争到抢，抢哭了。女儿出嫁后，儿子不肯背，花背篓再搁在楼上，一搁几十年。当初下县把几个背篓送人了，这次回来，想起来楼顶上的花背篓，拿下来还是好的。别家屋里分到的浮财早不在了，坏的坏了丢的丢了，当时刘家分的描金绣凤带一管铜锁的大箱子，人都羡慕，前些年刘家搬下河，子孙做的组合家具，嫌老式箱子不好看，卖给收旧家具的人了，后来人又说卖亏了，亏了也要不回来。想来老婆子拿的是最经久的一个东西。

王家被抄了家之后，屋场成了小学校，王得利搬到石窝窝里搭草屋住。王得利人老眼花，在草棚里生火引了火灾，老两口死在一窝，只有儿子王恒利在千家坪受监督搞义务劳动没遭难，后来还成了人。往后曹毛东卖房子的时候，王恒利买了曹家老屋场。住了十几年，王家搬下河，就把屋场拆了。人家说一报还一报，曹毛东领导人抄了王家，毁了屋场，曹家的屋场又被王家后人毁了。王得利两口子烧死在石窝窝里，曹毛东老了没想到也烧死在桥洞里。

阳光照着土墙，土墙在树林间黄亮亮的，墙面上有几条凸出的雨痕，墙头一直吊下墙脚。再过几年，剩下的这两堵土一倒，压住了煤炭灰，屋场就没有痕迹了。没有啥子能表示这里以前有人住过，经了几辈人。

除了姚道临蹲着背篓的一方石磨子。搬下河的人都用电磨子，石磨子留在了老屋场。有的人把石磨子带到了镇子上，还是无用，甩在路边上像是路碑。几代之后，有人挖出了石磨子，不容易明白是啥子东西。

从县上回来的时候，姚道临还担心一副磨子搁在没上锁的灶屋里，叫人弄走了。打一副磨子不容易，要费一个石匠三天的工，管重活路的饭。回来一看操心是多余的，路上就遇上了几副撂下的磨子，有一副磨子的磨眼里长出了一窝山药，把磨扇都缠起来了，就像孩子淘气种的。

姚道临和老婆子走累了，就一路在这些磨子上歇气。

二儿子说，你回去做啥子，山崂崂上屋都倒了。有大半年时间，姚道临就是担心这个，没定心回来。后来曹毛东出事那回，在县上看见了曹俊，曹俊说老屋基本还是好的。

老婆子的眼睛瞎完了，奇怪的是，回石水沟的路她倒是熟悉的，几乎不要人掌就会走，哪里有几步石坎子，哪里过水上坡她都晓得。她的腰是弓起的，倒正好走上坡路，有的时候还走在他前头。有一处背壳壳岩坡她四手四脚爬过去，就像小孩子在铺上爬，手抓得紧。在磨子上歇气的时候，她说这是哪家的磨子，硬是说不差。姚道临觉得她跟在狮坪街上大儿子家里比变了一个人。

姚道临和老婆子三年没见面。自六年前离开石水沟，两个老的一人跟一个儿子，姚道临到县上，老婆子到狮坪街，一年只有初几里能见面，一块住三天。因为老婆子眼睛不行，每次都是县上的二儿子初二把老的往上送，初五又接回去，到第三年二儿子单位上值班，过了初七才来接，两弟兄争嘴，老二嫌老大不送，老大嫌老的每回过年在自家吃饭，老二又拖着不来接。下年老二就不说送老的上狮坪街，姚道临也不愿强求，后三年两个老的再没见到面。

那天在县上遇到曹俊，姚道临打听老婆子的情况。曹俊说二姨眼睛完全瞎了，很少出门，去年冬里害了一场病，以为她过不了年关的。

姚道临就下决心到狮坪街接老婆子，两个老的依旧回山上住，靠个人。小儿子拦，姚道临说，“我不想跟你妈落到最后像曹家两个老的。”小儿子给大哥打了电话。姚道临到狮坪街下了车，进大儿子的门，见了老婆子，老婆子躺在床上的，说是两天没下床了。姚道临就说走我们回石水沟。老婆子就起床收拾包袱。她在这个屋里一直不熟，摸摸索索两人往出走。大儿子和媳妇就拦，姚道临说你们莫消拦了，顺则为孝。

回山之后，两弟兄托人带了两回油盐米面。地里洋芋出来之后，搭到吃就够了。老婆子过事剩的粮食，姚道临吃了一段。前一阵自己点的苞谷陆续出来，也能接上顿了。

就是烧的不方便，没有煤，柴火不方便，要到这坡上弄。

栗树枯枝带着绵劲，像和老年人比试残余的臂力，手臂很可能一下子折断了。他本来只能再去碰那些柔软脆弱的东西，像磕跌在乱石凹上，被阳光和露水轮番搓碎的小树枝，或者门前屋后的黄蒿蕨叶。他虽然老了，一挥手还是可以让蕨茎一样的老婆子脆断。六年之前，就要下县城的那个秋天，山上的一切都枯簌了，老婆子那时眼睛还没有全瞎，在灶门前烧黄豆叶子点火的时候走火星了，火星引燃了竹棍楼板下挂着的剩余两块腊肉，姚道临回来的时候，油烟浸透的竹棍已经冒烟了。老婆子自己身上也要烧起来了。姚道临提了一桶水上楼泼下去，连腊肉带老婆子泼熄了。老婆子头发还在冒烟就被他剥光了衣服依旧吊在灶门口捶打，姚道临拿着自己的长烟杆抽她，抽得老婆子甩过来甩过去，他尤其一下下抽她的驼子。他厌恶这个驼子，和她，从小到大，叫他在人前抬不起头来。当放牛娃子的时候，先是有个比自己大两岁的童养媳被别的放牛娃子耻笑，再是娘要被人“种大麦”的事着邻居耻笑，解放以后，娘因为虐待童养媳的历史被批斗，姚道临挂着国民党走卒的牌子陪斗，她站在对面照人家教的控诉。三年灾害之后，娃子上学有点出息了，她又成了驼子，残废人，地里的工分只挣得到半个。有时候他觉得，自己这一辈子就坏在她手上，坏在她这个驼子上。他一次次地使劲抽打这个驼子，像那是老婆子居心藏在皱皮里头的一个木头疙瘩，抽着很实在地卜卜响。老婆子晃来晃去的不发出声音，好像那真是与她无关的一个木头疙瘩。他又恨她不发出声音，恨她在还叫小梅的时候就始终不发出声音，她在这个屋里就像没有一样，她就用这个来跟屋里的人作对。姚道临的手腕一直抽到像要断了才住手，那个木头疙瘩变成了紫红乌黑的，放下来之后，老婆子就在灶门口睡了两天。第三天是姚道临七十岁的寿辰，两个儿子都上来了，说是爹你也过了古稀了，两个老的年纪都大了，在一起也磕绊，不如我们分头供养。姚道临就答应了，老婆子的伤没好，大儿子请了一个人背下去的。

这次回山，同一条上山路歇了几十气，姚道临发现自己还没有老婆子硬朗。可能是县上的水不行，或是从小区到大桥又从大桥到小区的六年废掉了他的腿脚。奇怪老婆子还保存着六年前的质地，一到山上就复原了。

姚道临插了半背柴，有几个小娃子来捡尖栗子，中间有个是曹俊的儿子石山。姚道临说你们放学了哇，石山说是星期六。姚道临默过来他们现在都在狮坪上小学，王家老屋场的小学已经撤了，难怪平时总看不见他们，就像石水沟的小娃子都去了一个不知道的地方。娃子们瞅着地下找尖栗子，尖栗子用尖的那头钻到枝叶底下。树小栗子少，娃子们并不蹲下一片片找，他们垂直地俯着腰前行，眼睛转着在地上瞄。姚道临的腰佝不到那么低，一个尖栗子也瞅不出来。它们的味道也隐没在枝叶深处，只有一点隐约的记忆，那时候这片尖栗子林有主人家，娃子们只能偷偷地拣几颗，放轻了脚怕踩响枝叶。尖栗子的味里面，就含有一种偷来的不平常和不牢靠，找到了几颗躲起来赶紧吃掉。这群娃子们自在地找他们的尖栗子，姚道临依旧拣他的柴，他们起初对他的那点畏忌已经过去了。拣了一阵他们跑进墙里面去生火烧尖栗子吃，一小股烟子从土墙中间升起来。火就生在去年的火堆上，灰烬下还有去年的尖栗子壳。一个娃子说：

“这里原来贴的有一张画条，哪么不见了？”

一个说：“哪里来的画条，都搬了七八年了。”

“就是有一张画条，画的是一个小娃子抱鱼，鱼剩了半边。我用炭灰给鱼描了眼睛的。”

“抱洋芋（鱼）罗。总是你想吃鱼了。”石山的声音说。

“真的，可能是风撕掉了。”那个小娃子说，过了一下又说，“你们看，我没扯谎，这里还粘的有一个小角角。”

娃子们不出声了，也许是看那个小角角。栗子熟了，噗噗地跳，孩子们刨着各自的成果，却非要凑在一块吃。吃完了之后，一个个地去掏墙洞眼，像是要掏出点什么来，其实他们去年就一一地掏过了。有个娃子说他掏出了鸟窝，别的人不信，说是个旧窝，他故意提前放在那里的。石山的声音说：

“要是墙洞里有铜钱就好了。”

那个先前说鱼的娃子说：

“你当这是王家老屋场，墙洞里有银元。你二爷爷当时就是指挥挖银元的。你二爷爷藏了好多银元，都叫他儿子做生意花光了，个人死在桥底下造成事故。”

娃子们走的时候，姚道临喊石山站下，给他爸带个信。

黑暗中糊涂有些香了，姚道临把吊罐升起去。吊罐里的糊涂雪白，却含有一股焦味。这股焦味是姚道临喜欢的，他总是把锅底连着锅巴的一部分铲起来吃。就怕糊涂苦了，火堆下的烟道堵住了，火不肯燃，光是烟子秋，一会就把糊涂秋苦了。姚道临揭开炉子板，蹲在窖里刨炉子，又蹲在炉门前吹烟子。灰吹起来一层落到脸上，不敢伸手去擦。

小梅脸上的灰擦不干净，她睡在炉子窖里。

小梅出炉子灰。炉子窖很深，小梅的肩膀在窖口下面。小梅端一满箬箕炭灰，直起腰送到炉板上，又爬上来佝腰端出去。来回几十次，炉子窖就见底了。见底的炉子窖看起来很舒服，炉板缝之间看见炉膛下漏出来的火光，红红地在炉灰上。炉子窖没见底看不见火光，小梅就要挨打，说她故意的贪图睡觉软和。小梅挨打是三天两头的事，姚道临的印象中，她不挨打的时候是奇怪的。小梅是老婆子的小名，她是九岁那年招来的。八岁那年，小梅的爹牵牛过四川耕地，走到龙洞河街上头再没回来。有人说是垭子上的黑店谋牛害了他。小梅九岁那年娘改嫁了，小梅就到了姚家来。

早上火没上炉子面的时候小梅起来，通炉子，挑一大缸水，扫阶沿，放鸡子。鸡子出门了家里其他人才起来。小梅有一条辫子，小梅的辫子上总有灰。小梅的身上有灰，拍不净的灰。小梅睡过了头从炉子窖里被揪着辫子拖起来的时候，流的眼泪有灰。姚道临喊小梅灰婆子，揪小梅的灰辫子，小梅就流带灰的泪。小梅是姚道临的童养媳，对童养媳好，在放牛娃中间要遭耻笑。

小梅睡了三年炉子窖，第三年炉子窖里已经睡不下了，小梅的脚伸到了炉膛底下，脚背着掉下的红煤炭烫伤了，灌脓了。小梅冬天里跛着灌脓的脚挑水，从石窝窝底下的水沟里挑起坡。遇到了小梅爹那一族的族长，族长摔了小梅的水桶，当天领了小梅叔伯房的十几个长辈亲戚到姚家来，带了一把洋钉子，一升大麦，要用洋钉子在姚道临的妈脊梁上扎出眼来，点大麦进去。老辈子传下的规矩，婆子妈对童养媳过于虐待的话，娘家的人要用这种办法惩罚。姚道临的妈双膝跪在地上求告，小梅娘家的人最终饶过了娘，条件是给小梅把脚治好，不准再睡炉子窖，无故不随意打骂。以后小梅就睡在楼上，一架梯子上下。由于她在家里睡得最晚起得最早，不能打扰其他人，她上下都轻手轻脚，像一只猫，往后一辈子她都是轻手轻脚不发出声音。好多事情是她做的，却像没有她这个人。

回山上之后，老婆子每天比姚道临起得早。虽说屋里黑，东西又放得乱，老婆子从来不会碰到任何东西。她舀水都没有声音。她还是很少跟姚道临说话，就像没觉到姚道临的态度已经和从前不一样，或者感觉到了却不觉得要表示。她从没有说过这六年中的事情和东西。六年之间，她没有看见一件东西，一回来，她倒像是能看见所有的东西，连同老屋上漏风的墙洞，回来的当天下午，她拿油布和苞谷芯一个一个地堵上，说是夏天再拿掉些。姚道临找茶壶，半天找不到，老婆子说扣在那个箩筛底下的。姚道临一看果真在那里。第二天一早，老婆子提着茶壶下了山凹，回来好好地提着半壶水，连个杆杆都没挂。

取下了吊罐炒菜，菜是青菜，从屋背后窝荡里摘来的，窝荡从姚道临记事就在了，斜斜地伸进地底，露出了青岩的脉络。往下走缝就小了，没有人知道多深。窝荡里有一股热气出来，是长菜最好的地方。原来是别家人种，人家搬走之后就荒了。老婆子记得这个地方，回来后在窝荡里点了一片青菜，长得青油油的。

姚道临有两个妹妹生下来扔进了窝荡底里。小时候他走到这个窝荡的时候，觉得一股阴气往起冒，似乎还有细幽幽的哭声，头发都竖起来。老婆子种了青菜之后，他也从来不到窝荡去摘青菜。今天是他第一次去摘老婆子留下的青菜。别地方的菜着霜打了，只有这里青油油的，没有一皮黄叶。姚道临忽然觉得，老婆子种这一片青菜，是专门留给他现在吃的。这片青菜能一直吃到下雪。

炒菜的时候曹俊过来了，看到说："屋里黑，不如牵线安个灯泡，做饭方便了。"

姚道临说，我还有多久的讲究，个人已经晓得了。今天喊你来，就是托你带个信给老大，有些事情及早安排。

老婆子走的时候，棺材没置好，淘了大气，还幸亏破烦你。我也过不了今年大寒，你下街时候给老大带个话，叫他们弟兄商量，依旧在这沟顶上给我访一副料，啥子木料不讲究，能睡就行。

曹俊说料是要置起，不过表叔你身体蛮硬板，还早。

姚道临说个人的下数个人晓得。

姚道临吃饭，曹俊坐在对面不出声。青菜好像有点苦味，是被烟熏了。自己做饭以来，姚道临尝到了各样的味道，和以前老婆子做的不一样。他觉得像那荡青菜一样，这些味道是老婆子留下来的，也够他一直吃到雪落的时候，那时候他也就尝圆满了。

一长条阳光穿过屋顶石板哪处缝隙，准确地打在两人之间的地面上，像一面亮闪闪的小镜子。地面有些不平，经过几代人的脚，踩得黯淡光滑，有些地方凹凸着的小窝窝一个个只有指头大，明显显是赤脚趾留下的形状。这些脚趾有祖爷爷的，祖奶奶的，到父亲母亲兄弟姐妹，自己和老婆子的，还有儿子女儿的。这些脚趾都走了，不会有新的脚趾留在这个屋场里。

曹俊点了一支公主烟，问姚道临吸不，姚道临说我有旱烟。曹俊自己吸了，青烟袅过了那条阳光，要反复把那道阳光缠起来。曹俊望着光条里青烟的袅动说，石山娃子早上回去，怪他二爷爷，他为二爷爷的事遭人说。二爷爷桥洞里失火的事编进了火险教材，学生娃子都晓得了。

还是他命运不行。姚道临默了一下说。当初下县的时候欠考虑，把山场丢了，太相信儿子媳妇了。

当时曹毛东想下县跟幺儿子，曹俊那时刚立门户，想借他的房子住，曹毛东想卖给王恒利来现钱。姚道临劝他，卖几个钱拿到县上也不值什么，卖给外姓人，老屋场都丢了，不如让曹俊借住，到时候想回来，房子还是你的。曹毛东一心想促幺儿子做生意，就把房子卖了。女人跟到大儿子，搬到湖北住。

以后听说曹毛东幺儿子到镇坪贩麝香豹皮关系没走通，遭了罚款还关了半年，本钱都亏进去，房子也抵给债主了，两口子出门打工，曹毛东无处安身。女人在湖北前两年煤气中毒死掉了。

姚道临在县上，住在国土局的家属院里，一天没啥事做，晚饭了经常一个人走到大桥头，再走回来。这条桥特别长，姚道临以前没想到过有这样长的桥，跨河几个大拱，还有几十个窄一些的拱跨过一长片蔬菜地。这么长的一座桥不出声地在县城外面。姚道临走到桥中间下蔬菜地的阶梯旁边，往下看那些青黄的蔬菜。一个老汉背个破背篓过来，头很低，背篓里几块纸箱板子向前戳着。到阶梯口要下去，因为姚道临占着，等了一下，等着没动静，就仰头看了一下。

一张黢黑的盖住了本来颜色的脸，却叫姚道临多看了一下，一时没回过神，看他慢慢地走下阶梯，在下几级台阶的时候，回忆里一个难以说清的地方忽然连上，姚道临认出这是曹毛东。样子完全是另一个人了。背篓以外，一种很厉害的啥子压着了他，把原来伸抖的背脊按塌，眉眼揉皱，再刷上一层漆壳，站在一边看着心里就忑，怕落在自己身上。姚道临跟着曹毛东走下了阶梯，看着他走到一个离地面不高的桥拱下，那个桥拱里塞着稻草柴禾之类的东西。曹毛东要爬上那个桥拱里去的时候，姚道临喊了一声，曹队长！

曹毛东没有反应地往上爬。姚道临朝近走，喊了一声曹毛东。

他分明看到曹毛东身体里头啥地方动了一下，又定了一下，慢慢转过背。他和背篓一起挂在自己搭的石头蹬坎上，脸上看不出表情。姚道临走拢说，老表，你认不到我了？我姓姚。

桥拱里面一头用碎砖堵死了，只有缝隙里透进细丝的风。稻草和柴要堆满了，地上的柴堆却烧得很小，反映出爱惜草木，山上带下来的老习惯。搭话很难，姚道临去了三回，才晓得从幺儿子媳妇出门打工后，曹毛东先是在儿子抵给人家的房子走廊里搭了个偏厦，后来人家开修车铺子不方便住了，儿子媳妇又没有音信，他就搬到了大桥底下来，见天出街捡废品卖到收购站。那天他看那几张纸壳子好，想带回来自己垫床用。这些事姚道临是连问带猜出来的，曹毛东好像忘掉了大部分话怎么说，他只会用那么几十个词，总是那么一些字眼。他还不知道女人已经在湖北死了。他硬想不起来表姐这个人了，几十年的事他都不记得了。姚道临说。

那些天县城天气已经冷了，楼房外面都冻硬了。可是没有雪也没有一点霜的影子，每天早上起来，连露水也见不到，似乎因为草和树少，露水也躲起来了，干冷干冷的。大桥底下那些大便都被风吹得干黑，没有一丝水分，不像是和人身子相连的东西。一些包装泡沫和塑料袋在路上来去。

没想到以后天气会那样冷，倒还是没有一点雪。女娲广场上新栽的树都冻死了，第二年补栽的。

今年的天气也冷得快。“今天早上的霜好大，山坳里一面层像积的粉。寒露没到，这么大的霜，好多年没见过了。进九以后的雪肯定大，舅爷你要注意添衣裳，柴火缺了喊石山他们打点。”

“小学校里停的有一副，杉树的料，是刘家当时老了人做料，木料多，多做了一副准备卖的。他们搬到狮坪街之后棺材就放在那里，也没卖出去，漆都是上好了的。我给娃子大舅舅说一声，他们两家都在街上，价钱讲好了，依旧寄在学校里也行，抬上来也行。”曹俊走的时候讲。

寒露过了，山上的颜色一天比一天深，草木土巴石头陷到年月的里边，出不来了。倒再没有打那天早上那么大的霜。远处的山垭看得清楚，垭子那边风吹过来，拔过了萝卜的地里土吹松了，簌簌地往下梭，梭成一面坡。

春天点的火粪窝子苞谷，只剩下小学后坡上一砣没有掰，再拖要给天老爷收回去了。

土巴薄，又光靠火粪，苞谷根伶伶露在土外边，苞谷都不成人。经霜全枯了，少了夏天蜇人的芒刺，老年人的手也能不费力气地扭断摘下。长了大半年的苞谷棵像一群穷人被夺去贴身财物，忽然变得一无所有。昨天还是沉甸甸的苞谷林子，以后就等于废物，僵立在地里，一直到三九寒天里死去。眼睛望出去，满坡密麻麻的穷人站队，比一身黄皮组成的壮丁的队伍还多。背盐路上一起抓去的壮丁，乌鸦山的陈延孙，袁狗娃子，枪没摸到就拉痢疾拉死了。达县集训完，往宜昌战场上拉的时候，站满一个操场坝的人只剩了一半。到火线上，机枪一扫，一大群新兵又像割苞谷秆子再倒下一半。

到了快解放时候，一路去的壮丁没有剩几个下来，姚道临个人也不知道怎么就掰落下了他，也许像人家说的，独他家里有个童养媳，阎王放他回去尝一回媳妇味道吧！晚上睡在大篷子里或是靠在战壕里，一堆男人这么说说的，姚道临倒觉得对小梅的心思变了，他有点想她了，带着想石水沟的石窝窝，想遍坡枯了像床铺一样的蕨叶。他想把她推倒在这个大床铺上，趁她不注意一使劲压倒了，看她灰扑扑的衣服底下藏的有啥东西，过去他从来没觉得她有啥子是他不知道和值得弄懂的。好像是已经把小梅压在蕨叶上，他感到了坡上风稀微吹过的薄土巴，土巴上剩的有枯簌的萝卜缨子，垭口过来的风又柔和，又清爽，和南边的大不一样，可是醒来部队还在一路拖着枪往南边撤，说是要撤到国外去。他心里想的越厉害就越拖不动，后来一个晚上部队顺山腰撤退，坡下是密麻麻的尖栗子树林，他不知怎么来了勇气，连枪往路外边一闪，骨碌碌滚下去了。别人可能当他失足，他听到班长骂了两句，乱打了两枪，并没有人下来追。他踩着枯枝往下走，感到踩着了一些头朝下钻着的尖栗子，担心发出微小的声音，像孩子时偷拣尖栗子。走到川道里，他像一个地道的兵那样，拿枪托敲掉了一户逃难人家门上的锁，找到了一套青布衣服，把那身已经和泥巴一个颜色的黄皮连枪一起扔掉了。他又成了石水沟的一个农民。

那时候路上有很多军队，黄衣服、绿衣服和灰衣服的，也有很多逃兵，各样衣服和衣不遮羞的都有。姚道临竭力避开一切军队，隐瞒自己曾经的身份，像在一场风沙中逃命的黄鼠狼回到了家乡。他由洛河翻凤凰尖到了白沙，又从仁溪沟翻垭口过来，就是当时出门背盐的路。从这里望过去，正对着那个垭口，两边山头起去好高，中间一直吊下来，扯出一个筲箕口，看过去又柔和又敞远，过白沙一直到四川的大路，从山坳里爬起去，一直挂到垭口上，一代代背盐的人践硬的，山垭垭那边还是山垭垭，走不穷，还是觉得这个山垭垭长得好。走到这个垭口上，姚道临踩着了石水沟的土巴，枯枯的簌簌的，被风吹成了一包面，一踩就滑下去，滑成了一面坡。他知道他就要喝到石头流出来的水，见到自己的童养媳了。

那时候正是秋天，遍坡的蕨叶跟他想的一样枯了褐了。但姚道临没能把童养媳压在蕨叶铺的床上，她和一大群妇女一起，在坎下新成立的小学里识字。

背篓靠在坎底下，手落到石坎上。这段从他手里出来的石坎歪歪扭扭，几乎顺着岩坡贴过去，石块都是碎石，有点胀出来了，说不定啥时候就倒了。姚道临的手停了一会，有一种感觉，似乎石坎会顺从地缩回去。

坡上都是这样的石坎地，一窄溜一窄溜地系上去，说是梯田，只有点梯田的意思。对坡望过去，多见石头不多见地。有人在沟那边坎上摘黄豆，半天不动一动，看起来是砌在那些碎石里面了。有一会姚道临觉得那是一个熟悉的老年人的身形。等站直，看出是个孙家的女人，曹毛东的地转给孙家了。

曹毛东还没有下县的时候，开春两家隔沟在各自的地里做活路，烧火粪的烟子连在一起，两边的石坎子也隔着山沟连在一起。当年曹毛东领着修大寨田的时候，两边的坎子是一起垒好的，要对得严丝合缝。分田到户后，姚道临分了这边，曹毛东分了那边，两家对面种庄稼有十几年。

从这边看过去，那边坡上的人在地里移动非常慢，像是已经砌在石坎子里头。从那边看这边也是一样。一年年的活路，人做老了，歇气了，就埋在自家地里的坎子下，不占地。曹毛东的骨灰盒从县上拿上来，砌在对面石坎底下，留下一个升子口大的上亮的墓门。姚道临看不真那个墓门在啥子地方。姚道临不愿意自己砌在石坎里。石头太碎了，墓门可能很快就长拢了，压塌了。到处都是这样的碎石头，却找不出一块大的。

姚道临背起大半篓苞谷，捱下几步土坎路，在学校院坝歇气。

院坝里长了一坝丝茅草，跟周围的都不一样，绵绵柔柔的，进了九还枯不完，现在是面上一层青，底下开始黄了。丝茅草中间夹着熊喜欢吃的叶叶钱，一大盘一大盘，层层的圆绿叶子深嘟嘟的，就是盖在雪底下还是鲜翠的。其实不仅熊喜欢吃，猪也爱，小梅打猪草半背半背地扯。

小梅她们是这个小学的第一批学生，虽说她们都是大人了。王家堂屋的神龛拆掉了，天地君亲师位扔进猪圈，大门槛敲掉，女人们小脚大脚地进出，大门板拆掉了一扇上漆当作黑板。座位除了王家的几条高板凳大多是木疙瘩，小梅就坐在一个板栗木疙瘩上，睁起眼睛望着大黑板。她的暂时放下了扁担或者薅锄的双手有些不习惯地搁在两腿边上，随着讲台上老师的动作，无意地动一动。她的灰辫子长长了一些，不那么灰了，看上去像本来就该坐在这间教室里的。

以后在这个操场上，斗争了姚道临的娘，睡炉子窖和点大麦的事又一次被提了出来。娘和其他两个婆子一起站着，头要佝到了地上，小梅和另两个童养媳站在对面，两手像在教室里那样垂着。曹毛东让她控诉睡炉子窖的事，她始终不开口，旁边两个童养媳说了她还是不开口。但是大家喊“打倒恶公婆，解放童养媳”的时候，她的眼泪流了出来，清清楚楚地没有带着灰。

奇怪的是，小梅没有从家里搬出去，两年后她和姚道临成亲了。她在学校里学了自己的名字，登记的时候她在结婚证上写下了“小梅”这两个字，姚道临的名字却是文书代写的。但是以后她把这两个字忘了。后来“小梅”这个名字也被人忘了。

小梅她们上学的教室其实已经不在了。十多年以前，王家的老房子全部推倒重建，起了三排整整齐齐的房子，说是“希望小学”，门窗连一根根的细窗杠子都上了红绿两种颜色的漆。那一段时间学生娃子特别多，课堂里读书的声音在姚家听得清清楚楚，还有每天上课放学打铃子。每周还升一次旗，小娃子像当兵的出操一样整整齐齐站到，看那面红旗一直升到旗杆上，风扯着紧紧的。院子里站不下，有的小娃子都站到路上了。

前两年学校又撤了，说是石水沟现在的人少了，办学条件也不好，学生都转到狮坪中心小学。确实，这些年山上的人越搬越少，民办教师也不好找了。王恒利原来就是这个学校里的民办教师，在自家的老屋场里教书。他转了公办，学校撤了之后，他也调到三星小学教书了。他把学校钥匙交给了村长，村长让把两间教师宿舍改成了村支部和党员活动室，摆了几张桌子，其他的房子空到。那根旗杆高高地竖着，像是一根被割死了烂了皮的漆树。姚道临每次在坡上做活路，看见旗杆从瓦屋顶中间露出来，就像是看着自家的屋场，有一种说不出的感觉。

姚道临踩着丝茅草到靠里的教室外边，教室的门锁着，窗户被几张旧课桌叠起来遮了一半。黑板还在，上面还留着小孩子写的歪字，擦了一半留了一半。地面是平平整整干干燥燥的，储了一堆新挖的萝卜。这间教室的位置好像就是最先的一间，小梅她们上学的，黑板看起来都是那块，那些疙瘩块后来都各家炕了腊肉了。姚道临贴着窗子站了一会，走到第二间教室外，这间教室里空荡荡的，靠墙停着两副棺材。

两副棺材大小差不多，都上过漆，搁的时间久了，黑沉沉的。姚道临不晓得是哪一副。哪一副都行，只要紧沉。要是在城里，只有拉到安康火化，装在升子大小一个盒子里。曹毛东两口子都是火化的，曹毛东的骨灰就是在烧塌了的大桥的废堆上捡的，随便装了些灰和小骨头，当时是一个药盒子，后来曹俊买了一个一百块的骨灰盒，就这么窖进坎子里。

教室窗子玻璃破了两块，风吹着有点冷。整个学校似乎只停着这两副棺材，心里忽地悚然，像小时候那样有点慌地离开。院子里没有一点声音，以前学生儿要把房子抬起来的吵闹像是根本没有的事，像是装进了紧沉的棺材埋进了地下。这块草皮的地底下那些声音可能还在，站住了脚听，有很低的嗡嗡声。或者是旁边的水，人老了耳朵里头的回响。

学校这股水也是从石头里流出来，汇到了从石窝子下来的水沟里。石头凿的水槽还是好的，难得以前的人用心，在青石窝上凿了洞，像一张嘴把水吐出来，下面没有水桶来接了。姚道临接到嘴喝了两口。天气冷了，水没有冷。从石头里出来的水是硬些，可是越到冬天里越温和，到了下雪起凌的时候还冒雾气，在冰壳子底下潮乎乎地流。

老辈子说石头慢慢地化成水，汇成一个大水仓，昼夜四时地流。石头里头流少了，天上下雨又化成石头，长起来，石山是一场一场的雨浇起来的，不生草木。石山下面有好多洞，洞顶上石头还在化成水往下滴，刚刚变过来的水是浑的，滴出了一吊一吊的牛奶子一样的东西。王恒利说书上这叫石钟乳。

那次回山走到这里，歇气喝水。没有瓢，姚道临用手自己接了两捧，又给老婆子接了一捧。老婆子仰到脸接。我是第一次在你手上喝水啵。我当童养媳的时候，不敢喝挑回家里的水缸里的水，从来是自己在沟里捧水喝。我喝到这里的水是苦的，跟我们仁溪沟的不一样，我当这里的水是石头化的，硬得很。这里的人心也硬些。我喝了水，心就是苦的了。我挨打挨饿的时候不敢流眼泪，眼泪在眼睛里泡苦了，慢慢地就把我的眼睛泡瞎了。要是那些年你捧水给我喝，要是前些年你捧水给我喝，我喝到就是甜的了。我的心就不苦，眼睛不瞎了。

你再捧给我喝一口。

俯下身吹火的时候，姚道临的背就清痛，在壳壳里痛。

以前他没有多想过自己的背，白天里用，晚上往床上一搁。反正是自己的背，他用的时候从来不省，十七岁第一次背盐锞子，他就要了两个，那以前他的背还是活泛新鲜的，衣领里面落进一块荞子皮要痒起红疙瘩，一趟盐背回来，背就压实在了，成了一板死肉，旱烟火星子掉上去都感觉不到。那一趟路上遇到抓壮丁的，大家都背着自己的盐锞子猫腰跑，没有人肯丢掉，就这样被抓住了，盐锞子被抢走，人家命令他伸起腰杆来，姚道临好不习惯，背上轻飘飘地少了东西，像背也消失了。现在却感到身上另有一层背壳，分开在痛。老婆子的驼子也应该是这么负痛。晚上睡的时候，她把驼子靠墙抵着，不出声。

痛一阵阵地清晰，越来越近。近得很了，久了，又渐渐变得模糊，一步步地走得远，像是给了另外一个人。

当它走到感觉不到的地方，真的给了另外的人，现在这个人也就没有了，被磨人的病痛放下了。

现在它还压在身上，一个装得太重又取不掉的背篓，没有到家之前，只能一步步坎子地往上磕。那天的一背苞谷，姚道临是膝盖捱着土坎蹭上来的，旁人看来他就是一条壳壳虫，背着超出自己能力十倍的东西。但是姚道临不想撂掉背篓里的哪个苞谷，既然他从不成人的苞谷秆身上摘下来了。自从那一趟之后，姚道临的背痛忽然明显了，几十年埋的根子现了形，要把以前多背的盐锞子还回去。

到了地方，盐锞子进了大门槛，身上忽然塌了劲，连人带锞子一下子坐到地下，只等着亲人递水端茶招呼。但是现在还放不下自己，负着清痛的背攒柴火做饭，在屋里移动，维持到它。谚子说，八十岁的公公打黄蒿，一日不死要柴烧。

这些事以往是老婆子在做，也许她自己变成更小更安静，贴近暗中的东西不会惊动。这些东西像熟悉微扇翅膀来的蛾子那样熟悉她，水缸在她舀过水之后和以前一样安静，小火从木头纹理下顺从地被唤出。从还被叫作小梅开始，她触摸这间老屋的内里，靠着炉灰和阳尘庇护，从此属于这间老屋的黑，有机会时都没有走。在狮坪街上的时候，我一天基本是坐在屋子里，什么也不触碰，四周的东西都不熟悉，墙壁和地面要比这里硬，地上没有微微凹下去的脚趾样的小窝儿。晚上听不见墙洞里的风声，掺着坡上蕨叶被揉搓的细碎声响，耳力还灵醒，不知用来做什么。听不懂电视，他们跟我讲话都是几个字。她在那里等于被收起来了，她把自己收在老屋里，在黑暗里望。在黑暗里望深了，外面剩的那一点亮的感觉就褪掉了，人家说是她完全瞎了。亮的感觉退了，腿脚也退掉了，已经搁在另一个世界里头。他去找她的时候，就把她拿回来了。

回到这里她比以前更灵便，六年里她一直在这些东西中间，它们自己情愿地送到了她手里，其实并不是她伸手去拿。他们只是每天在这间屋子的黑里相会多少次。连火苗和梯子也停止了对她的试验，以前的差错再不会犯了。

火苗还没有出来，青烟却很重，直冲着姚道临的双眼。他一只膝盖跪着，要像受责罚流眼泪，它们就是要催下他的眼泪来。在这间屋里住了一辈子，实际上还是个外人。他只是依靠老婆子熟悉这里，一个人了，啥子都还要从头摸索，是个睁眼瞎。难怪老汉不能落单，女的落单犹自可，男的落了单非要跟到女的走。姚道临的眼泪流了下来，顺着陷下去的脸帮又流进嘴里，被烟熏过苦极了。

火苗这时却现出了，脸上一下子暖和，虽然背还在凛冽地发痛。屋里变得不一样，是一个家了。姚道临往上添柴，轻巧地怕把火弄熄了，小孩子捉虮子的专心，扑在这朵不算旺的火苗上。这时感觉自己是呆在大桥下的桥洞里，扑在地上吹着另一颗火苗。

那是县城最冷的一天，地上泼的脏水都结成了冰，天冻住了一动不动，马盘山远远望去缩了一截。山上却还是没有一星雪。姚道临讲给曹毛东他老婆子过世的事。老婆子房间里生了个煤炉子，晚上她把门窗关得死死的，早上孙女去看身上都冷了，脸却是红红的像喜色。湖北那边木料少，就弄到城里火化了，埋的是骨灰盒。姚道临到的时候，曹毛东刚卖啤酒瓶回来，在发火。姚道临一边讲，一边看他匐在地上吹旺了火苗，添加柴禾，用一个和石水沟用的差不多的吊罐煮饭。添加柴禾的时候，姚道临有些疑心他把自己的一双手搁进去，它们和裂茬的长着苔藓的柴禾分不清。曹毛东做这些的时候一句话也不说，他有一个腌菜坛子，黑色的手抓一把出来就饭吃，还有大半根他不知从哪里弄来的火腿肠。做这些的时候，曹毛东像没有姚道临在一旁，或者他自己太微小，对于强要进入这里的外物任由它。好像现在这样是最对头的，以前那个领导批斗会修大寨田的队长，是在情况不清楚的时候出的一个差错，一个过去了的麻烦。他一点也不要被人从这里带走。姚道临讲完了老婆子的过世，就再没说话。

桥拱里热烘烘的，曹毛东一大年积攒的柴禾是有效果的。这时候的桥拱比国土局家属楼的单元里要暖和，姚道临都不想走了。两个人就对面坐了不知多久，影子落在身后的桥洞和柴火上。曹毛东添柴的时候，影子就动一下，变大变小一点。

姚道临离开的时候，曹毛东没有动，像是睡着了。火还是暖暖地烧着。姚道临爬下坎子的时候，河坝里一股干风袭来，吹寒了瘦骨头，猛然觉出离开的桥拱里是多温暖，这温暖里有为他的一份，一个人的时候，曹毛东不会烧这么旺的火。心里生出一股油然的暖意。曹毛东把老婆子从石窝窝里救活那一回，他没有好多感激之情，心里还挂着批斗会的冤仇。现在是他第一次感激曹毛东。

第二天吃中饭，二儿子说大桥出事了，一个叫花子在桥拱底下生火引起了火灾，桥拱爆炸了，交通不知多久才能恢复。

姚道临赶到桥头，以往悠长起伏的大桥塌了一截，塌掉的地方在冒烟。现场拉的有警戒线，警察绷着脸一句话也不说。几个看热闹的老回民在议论，今天早上有几辆车险些掉下去。姚道临问叫花子呢？老回民说叫花子烧死了，推测他是睡着了忘记了蒙火，到死火没把他烧醒。“这倒好，大桥当棺材！”老回民的安康口音说。

下午姚道临看到了曹俊。曹俊从大桥底下上来，手里提着一个鞋盒子，他说盒子里面是二叔的骨灰。公安局在本县找不到别的亲属，通知了他。他跟湖北的堂哥联系，堂哥说安葬曹毛东是幺叔的事情，他们已经安葬了一个老的了。曹俊说我把灰带回石水沟。

曹俊前天说，棺材的话他带到了。

姚道临没有再到学校里去看过。虽然那副棺材是在那里，他倒不怎么去想它。他的走动范围已经缩小了，除了两顿饭就是柴和水。每天提水的时候，他会经过老婆子遣着的石窝子，在棺材旁边坐一会。太阳刚出来，牛毛毡冻住了，老婆子的棺材有点紧，太阳照到之后，有些东西就化开了。他坐在这里往往忘掉了时间，也不感到冷，好像本来就在这里，只是想起来还有些事要离开。

下雪了。

雪落在山顶一小块地方，底下山坡的褐色更深了。雪停在那里，看起来很远，还不打算下来。

屋子里的火蒙在灰里，或许余着一分暖意。其他地方已经冷彻了。屋里比平时更黑，姚道临在床上差不多看不见什么。但是他还是在望着黑里的啥子，望进很深的地方，有点光又像没有，是老婆子冬天堵住夏天来不及取下的墙洞。墙洞那头不是外面，倒是墙里更深的地方，老婆子也许是走到了深的地方。这样望着的时候，他用不着睁眼睛了。他感到了老婆子以往是这样看见东西的。

一整天姚道临没有下床，屋子里的事情跟他无关了。它们也让他安静地呆着，像在一个下雪的日子里那样，什么动静也不发出。水缸里新结的冰渣没有碎裂，灶虮子的声音消失在陈年深处。风声在墙洞里塞住的地方停下来。背壳壳下面的痛也离开了，走在远方上凌的路上。上凌的土巴紧绷绷的，干枯枯的，一踩一响。太阳出来一晒，就是一包面，风吹着一絮絮地离了根。不知走向何方，遇见谁。

晚上雪到了屋子外边来。雪无声地从空中下来，从墙脚围住老屋。碰在墙上的雪花一触就化了，墙还是那样干燥厚实。墙里面是柔和的黑暗，黑暗里的姚道临离开了撂在床铺上的身子。他是在暖和的石窝子里，跟老婆子在一起，坐在风化的岩土中间，不知为什么，岩土上那么多圆溜溜的地牯牛窝儿，老婆子教着他，他拿着小棍一唤就刨出了那么多，那些走掉了消失了的牛都回来了。小梅爸爸的那头牛回来了，牛尾跟着小梅的爸爸，小梅从炉子坑里一下站起来，流下了灰扑扑的泪水——炉子坑却原来还是石窝窝，小梅躺在棺材里，小梅说这里面真好，比炉子坑暖和多了，也宽敞多了，你也进来躺着吧，我们俩挤一起，这样儿子不能把我们分开了。你去给他们说，叫曹俊捎话给他们，我们回来是为了一起躺在这个窝窝里，外面打霜飘雪不要紧。我还在当童养媳，你每次骂我，抓我的灰辫子，我就在想把你拉下来，跟我一起躺在炉子坑里，一直到我们老了。这样你就知道了我的辫子为啥是灰的，眼泪是灰的，灰里面和着苦——

好多年没见的大雪。早上起来，山坡上只有白色，蕨叶和蒿子压在厚实的雪层下。姚家的老屋被雪压塌了，成了一个大雪堆，只有两根漆黑的断椽子挑出来。

年代长了。

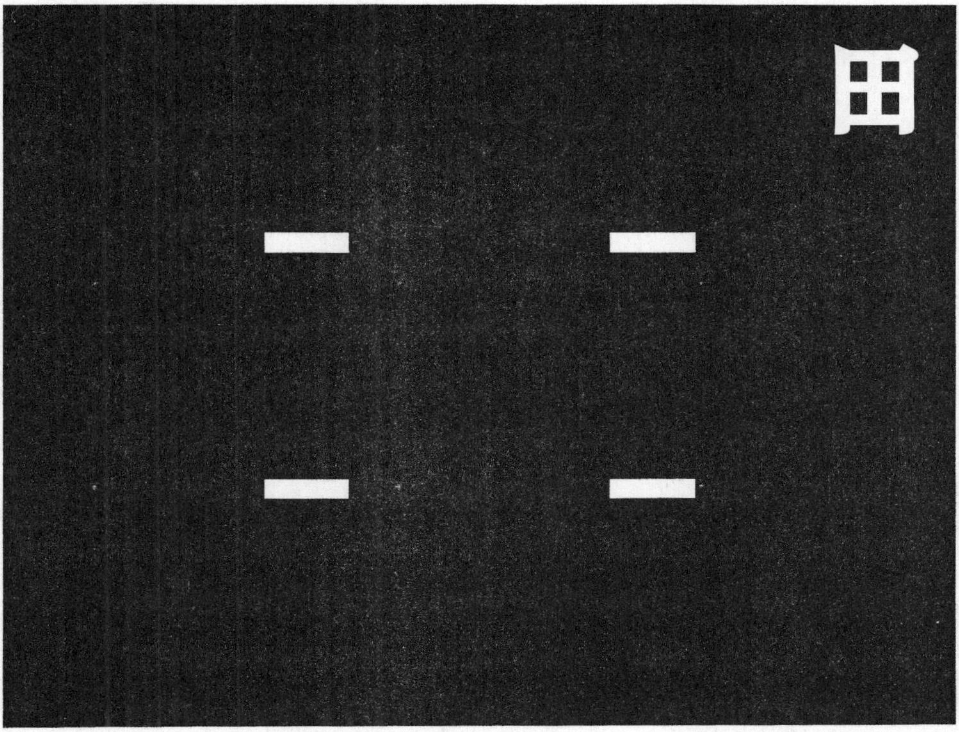
田

园

田园

一

这是一片墨绿的架，轻易碰破的叶，会让手指染成近乎中毒的靛。低山的品种到了高山，由于苦寒，物性就深了，味道厚了两层，低山人喜欢咂摸这厚味，却不知道人到高山就老，地到高山就荒，骨头老了，才体会出髓里的寒意。当初四季豆下种的时候，种籽颜色深得陈本国心里有点忑，就少撒了半升，不想今年本地品种走症，筋筋挂绺绺，只有这种结得乌昂昂一饼一饼的。

以往都是如此：引进了低山的良种，本地品种就殃了，败了，过几年至于绝种。好比人分善恶，恶人总是占强，善人就败亡。

“你听冉登菊说没得？广佛镇何尚香的三女子烫伤了。他们没送医院，祷告了三天，没得平安，女娃子死了。派出所抓了五个人，许世昌是领头的。”耿家老婆婆说。她在坎上摘红辣子。

陈本国手上刚揪下一把四季豆，当时没往背篓里搁。“听说放出来了。你下广佛，去看下他嘛。”

椿树排树密，露水比别处大，外层的衣裳和裤子都湿了。“看这样子下昼要下雨啊”。耿婆婆说。“晓得有没得，几天都要下雨没下下来。苞谷倒还要场把子雨。”“你们的四季豆还好啦，我们今年点少了，不够吃的。”“你们的红辣子还好，腌酸菜有了。”

今年高山的雨水匀净，年成好，四季豆也肥，不像去年走了症，麻子点点筋筋挂绺绺。广佛镇的人好吃高山的四季豆。大儿子陈金华的饭店里缺，昨天带话摘一背篓下去。

陈本国已经半年没下广佛镇了。正好在炭洞里上班的小儿子陈金宝一双皮鞋和一双高筒靴都穿破了，广佛有补鞋子机，要带下去修；大女儿陈金桂半年前搬了新屋，离镇子不远，陈本国还没去看过。最近陈金桂跟着陈金华从内蒙古矿上回来，听说受了风寒，身体不大好，咳咳咯咯的，恐怕结核病老根子发了。女婿娃子邓林见天喝酒，脑筋烧坏了。

冉登菊前一段在广佛街上遇到邓林，他歪着个头喊“妈”，跟那些半愚子样的，撒着一双半截布鞋，走路偏偏倒。只有他和芹女子双娃子两姊妹[1]在屋里，前半个月父女搞忤了，芹女子使气不上学了，跑下县城打工，不知找回来没有。

“前天我听说这事，心里疑惑，求神没得到指教。”耿家老婆婆又说，“一早我心里慌，说出门摘几个辣子，正好就遇到你要下广佛。你一定要去问下他，回来讲给我听。我们这些人啦，没得用，信是信了好多年，苕人一个，心里有疑惑硬解不开，亏欠神。”

陈本国“嗯”一声。背上四季豆带着露水，感觉又沉了一分。

太阳从大春崖冒头有两尺高，拖拉机路两旁苞谷林高过人头，有点青黄了，气味呼吸起来绵绵的。走到杨家坪岔路上，赶上弟媳黄禾兰挑了一担粪在前头，是清水粪，陈本国深吸了两口，才直了下腰竿。“三婶挑粪点萝卜啊？”

---

1 姊妹，泛指兄弟姐妹。

黄禾兰用着力，瞥着他说：“小槽里一点萝卜地，拖了几天了，今天我说把点萝卜秧散到。大伯这一大早，背一大背四季豆上哪去呀？”

“到陈金华那去。”

黄禾兰“哦”了一声，说：“那大伯走前头，我挑这点清水水粪，臭得很。”

往前走是上坡路，腰杆酸痛起来。昨天栽了一整天的萝卜秧子，也是人老了，虽说身体还精绷，做活路到底一年不如一年了，又靠不住帮手。

早上四季豆摘回屋，儿媳孟小兰抓了两捧说下午做菜。陈本国说这是要带下去的，你再去掐嘛。孟小兰说太阳大得很，她今天又不做四季豆汤洋芋，有这两把就行了，她中午还想眯一会。陈金宝在穿进炭洞子的靴子，也是一口一个哈欠，袜子都穿反了。这是头天晚上打麻将熬的。晚上孟小兰、陈忠海、陈金宝还有耿家叫花打麻将打到一点多，搓麻将的声音呼啦呼啦的，又念牌经，弄得两个老的一夜没睡好，冉登菊喊了几遍头疼。

为打麻将的事，给儿子、媳妇讲了也不是一回两回了，可是话都说尽了，一点点影响没得。当初入教的时候，陈金宝还忌了一阵手，可是他整天在煤矿里，一群工人一伙，要不了多久就回去了，见天不摸麻将手痒。往年是手里没得现的，人家不让他上桌子，现在是他不搞人家硬要扯到他，想的是他在洞子里上班有几个活钱。开始孟小兰还劝，还为宝娃子祷告让他忌手，可是这一二年连带孟小兰也传染上了，手一摸到牌，啥子真神都忘到脑背后去了。一天给宝娃子送两顿饭，去了就是一大天，晌午几个女的还聚在顾家打个半天牌。地里的活路都是老的做。屋里还有个小孙娃子，虽说是尽他长，好歹也得有个人挂心，自己田里忙到屋里，还好身体没得大病，要不是真不敢想。

前天陈本国操心后坡地里的萝卜秧子，转上去看看，果然菜园子桩斜了两根，一群鸡子在萝卜地里钻来叨去，还哩哩啦啦唱。萝卜秧子深深浅浅，像没人照看的孩子，一件好衣裳都没得穿的。“狗日的——喔——什”，鸡子慌不择路蹿过了篱笆，一看好多秧子叨得经经挂绺绺，有的只剩下根了。

“哪个管啦。”陈本国自语。他一个老年人，来照看这些细弱的萝卜秧子。好像这世界上没有人了，喊多少声也没有回音。人老了，总有好多事你关心的，年轻人不关心，他们想的完全是另一码子事，虽说住在一个屋顶下，感觉是两路人，没有关联似的。稍有能耐的都出门打工，到广佛镇上起房子，不要说各家屋里没几个年轻人，就是整个队上，也只剩几个老侉子，死一个少一个，真不知世界会变成啥样子。

大队上，刘平的经销店门前是等车点。李立强肩上扛了一堆管子走过来，要进小溪沟煤矿。刘平喊他歇会气，两人坐在一条板凳上装烟。

“你们小溪沟煤矿上是哪么搞的？真的来了记者的呀？”

“是来了的呢。还来了县上地区安监局的官。他们队上的人和包矿的人打了一架，万金银还挨了几拳头。”

“万金银没还手？”

“当时那边是一个队的人，他这边在场的人少些。他是个曹操，看到记者在场，宁肯吃点亏，过后有人收拾你，不用经他的手。”

“哪的记者？真的假的哟？”

“真的，省上来的，开头万金银他们没当回事，说人家是假记者，后头人家报社信给县上一传，说一证十几个矿，事实清楚，跟身就要曝光，县里就着急了。”

“队上是哪个挑的头？”

“是刘得利他们。”

“按说队上的人也是恼火哦，个人地里的煤炭，没得证采，叫承包的老板来，老板都挂在万金银的采矿证名下，他一个证带了十几个洞子。队里烧点炭都不行。搞都搞不下去了哦。”

有人买货，刘平进屋了，陈本国轻声问李立强：“刘得利他哪么又挑头闹？那些人都惹得起呀？”

李立强左右看看，轻声讲：“是的吔，他信了好多年，纷争的毛病还没免除，这回万金银他们说了，要整他，他们守安息还是成群大队的，你等到看嘛，要受逼迫的。现在的逼迫就大得吓人啦。前不久广佛又出了何尚香女娃子烧死的事。现在下发的道理就是要除嫉妒纷争，树爱心大旗，为当权的人祷告，他还把人家砸两拳。我在边上拦都拦不住。”旁人看过去，只看到他微微的笑意，猜不到他在讲啥子。

又有一个人来，李立强说了一句：“你这四季豆还嫩嘛。大清早没过夜的啵？”就起身扛起管子走了。刚好八仙的车下来。

许世昌搬下广佛镇之后，李立强接手牧养这两个队，有两年陈本国常到李立强家里参加守安息。这两年没多于去了，只有冉登菊好久到李家去一回半回，回来传一句半句道理，她讲得也不成理，自己听得更是荒腔走板。按李立强的比方，他们是文化低，摸不到门路。“所以叫进窄门，在先的要在后，先信的不算，后信的才得救。”

确实，早几年一条河都是信教的，聚会唱歌一搞一大屋人，现在信的真的好少了。李立强还经常在做工，还被抓去剃过头发，不过他家庭搞得好，两个儿子开车，自己开炭洞，不像有些做工人家里穷，和自己家里就更不能比了。

听说这次闹矛盾的煤矿，李立强在里面有股份，所以他的话站在万金银一边。

二

广佛镇比半年前又热闹了些，新起好多房子，到处还在盖房子，远近几处电锯子声音，重型车路上跑得轰隆轰隆的，灰尘大。陈本国花了一会工夫，才找到街口附近的“金华饭店”。

媳妇许其凤在炒菜，一看说：“爹，你来了，正好我炒菜缺些新鲜四季豆。”转身，“小梅，剥几根！”

帮忙打杂的女孩子小梅跑过来，等着陈本国放下背篓。陈本国一时不知放在哪里，许其凤又吩咐放在靠近灶案的墙边。陈本国卸下了背篓，默默地坐在椅子上。许其凤继续炒菜，过了一会扭头给小梅说，“给爹泡点水喝。”

陈本国等到那杯水来了，半天喝了一口，问陈金华呢？许其凤说晓得他的，刚才还坐在门上的又不见了，在屋里呆不住呢。广佛街上那些豹狼，想到他开的店店，有几个活钱，成天在店门前巡，喊他去瞧场子。

正说着，陈金华从里屋出来了，手上拿把钳子，说楼上有间客房的门锁有问题，弄了一下。爹你下来了？

陈本国看陈金华，比去内蒙古前黑瘦了一些。问他那边的情况，陈金华放了钳子，说那边冷得很，好大的雪，矿上的伙食也不习惯，人简直受不了，找的人靠不住，带班的事没得形影，就赶早回来了。

“来去有二十多天吧？”

“路上七天，矿上二十天，一共二十七天。”

“陈金桂的身体咋样？”

“那两天有些胸口痛，回来买了点药吃，要好些了吧。”

“二十多天，花了几千块钱，一分钱也没挣回来，这回门出得有想头。”正在切四季豆的许其凤没有扭头地说，“叫他们姊妹莫想得太好，他们硬要听人家惘，说那边多好多好，去了搞不下去又只有回来。”

陈金华没出声，陈本国想到上次来玩的情况。在这住了三天，媳妇说就安安心心坐到门上，莫到处跑，车子多，碰到了可是不得了。店里事情多，照顾不到，不指望你帮忙，疏忽的地方你也莫多心。第二天下午，没有煮饭，正好幺叔陈本军也来了，许其凤说那就吃牛肉泡馍，一人弄了一大碗牛肉泡馍，掺的酸辣子。陈本国那两天上火，嘴巴上有泡，勉强吃了两块，硬是进不了喉咙，只好说不要了。许其凤就沉脸说：“爹你是做么子，不要就不要，一大碗泡馍扫这么两下，叫我哪么弄？”陈本国只觉得一块馍堵在喉咙管里，上不能上下不能下，边上还有幺叔在，半天说不话来。

“我等会儿到陈金桂他们那去。”陈本国说。

“那急么子，在这先玩一天。”

“总要先把饭吃了吵。”许其凤说。

做饭的时间，陈本国把两双鞋子提着去补，人家指点说街下头叶培红家补得好，就是额头到太阳穴有块火伤疤的那个。陈本国找到了地方，看他那块疤确实大。刚把鞋子放好，许世昌过身，他们三年前从高山搬下街上来住，房子就在鞋铺子附近。“老亲家，走，到我屋里坐坐。”

许家子弟都在外头打工或工作，家里除了许世昌两个老的，就是一个孙女彩儿，又和芹娃子一路跑下县城了。两个人坐下了，说了一些近况，许世昌让陈本国跟他进睡房，说看样东西。陈本国看到门背后的墙上有个布绣的十字架，和医院门上的一样，白底红字。陈本国心里一震。

“这是十字架？”

“是啊。前不久才下发的，给信得刚强的基督教家庭。”

陈本国知道，李立强家里有这个。家里有了十字架，每天能赐福，祷告起来也更有效力。可是人家上头说了的，软弱的家庭，父母信儿女不信的家庭，都不能接十字架奉养。“唉，我们自己没个文化，懂不到道理，儿子媳妇又跟人伙，学了坏脾气。这几年简直是亏欠神。”

“现在逼迫大，所以十字架也是悄悄发的，不敢发多了，硬是要全家刚强的才有。个人要时常给神祷告，求神赦罪，不敢亏欠神。现在时候可是不早了啊，经上说，蒙召的多如海沙，选上的少。开头信了后头不信的犹大，比起初不信的罪过都大。”

“许其凤他们呢？你劝过没得？”

“劝过了的呀，他们现在都软弱了，听不进去，忙的是开店挣钱的事情。”

十多年前，许家还在银池队山顶上住，大家半夜三更到许家聚会。那时不像现在，讲究在半夜聚会，经常是鸡叫了才回家，执事说是耶稣重来“或夜半，或破晓”，都是在俗人昏睡的时刻，所在要在这个时候警醒祷告。一般人的说话则是这个教门名叫“鸡都叫”，所以聚会也在半夜鸡子叫的时候。那时的决心真的也大，数九寒天，冰天雪地的连夜走十几里山路，过滚石沟和大春崖，到了许家，一屋几十个人，大人小娃子都有，一起唱歌，磕头祷告，认罪，每过几天还有传道人下发道理。

那时候外地来传道的人也多，一群几个的，许家屋场偏僻安全，经常扎在那里。讲的道理还不像现在，那时候不大讲世界末日，主要是讲要爱人，不能恨人，改脾气做好人，没灾没病，吃生命粮。真正下发道理的时候，好多人晕头晃脑的，讲十条记得到一两条，陈本国一直把撒旦喊“沙旦”，顾家水儿还喊“傻蛋”，执事纠正她，她还辩：“他跟耶稣斗，不是傻蛋是什么？”大家真正来精神的时候还是唱歌，都喜欢唱的一首歌是夫妻互劝信教的，叫“一对蝴蝶就地飞”：

> 一对蝴蝶就地飞，一个高来一个低。高的上天堂，低的下地狱。亲人呀亲人呀，你要救救我！
>
> 我救你来天父不允许，我提你来天父不叫提，各人买马各人骑，各人信主各人得。

陈本国家里，是冉登菊先信的，她本身有个心慌病，每天早上起来心跳不过来，要吃些水果糖止心慌，平时一跟人怄气当时气就接不过来了，在一次许其凤过生日的会头上，许世昌的老婆刘文秀劝冉登菊说，信教能治病，不打针不吃药，因为耶稣是个好医生，她自己的老咳病就是信了耶稣就好了的，有一阵因为许世昌没信，神管教她浑身瘫软，拖了几个月，硬是许世昌信了就好了。

当时许世昌是松河乡的副乡长。刘文秀信教起初并没有告诉他。刘文秀得瘫病，许世昌带她找了好多医院，就像泥巴站不起来，医生都看不出症，一点办法没有，末了刘文秀自己说，我这不是病。正好来了几个跑江湖的外地人，许世昌就想走邪门，请那几个人到屋，画符烧纸，那些人叫他封八百八十八块钱，用一个红纸包严，他画上符，挂在楼顶屋梁上。第二天刘文秀的病没见好，许世昌就到楼上去看那包钱，解开绳扣一看，里头空空的哪有钱？原来那些人治病是假，会遁法，把钱遁跑了。

许世昌赶忙到广佛街上找那几个人，“硬是神的安排呀，那几个人到街上等车，第一趟车没赶上，第二趟车人满了，不搭他们，第三辆车恰好要到，我就赶上了，揪他们要去派出所，他们怕了，就跟我到屋，吩咐我依旧把红包扎好，挂在屋梁上，他使了一回法，说你去看，钱保险在包包里，那人家的遁法也厉害呢，我去一看真的都在包包里了，一分不少。就把这几个人放了。”

“老婆子的病还是没好，哪么办呢？她就给我说她不是病，是神要我信，信了她的病才得好。我说那好，我信。就有做工的人来领我归主，一归主，真的老婆子的病就好了，当时就有力气站起来！过后他们说我信了教，撤我的职，要开除党籍，我也想过打退堂鼓，可是心里一有想法就浑身瘫软，站不起来，在床上一倒几天。晓得这是神的指教，叫我不能软弱，就在神面前认错悔改，发誓继续做工，祷告了就平安了。有的人不信了没得事，我不行吔。神要拣选哪个，逃都逃不过。经上说的约拿，逃上帝的旨意逃到鱼肚子里，在鱼肚子呆了三天三夜，末后还是奉了上帝的旨意才得平安。”

冉登菊参加了两次聚会，就信了。信了以后，回家唱“一对蝴蝶”，说两口子一个信一个不信，是最大的有罪的事，陈本国看看她的心慌病好像信以后真的有减轻了，脾气也有改变。冉登菊说你是还没受到点化，和我们一路去吃一顿生命粮，你就相信了的。

那天在许家屋里做饭吃，一屋有六七个人。一袋子米搁在大桌子上，称了分量是三十斤零四两。执事拿碗去舀米，舀米之前先祷告了，神啦，求你赐给我们生命粮，叫人知道你的大能，叫我们平时富足，荒年的时候也不受饥荒。舀了两碗米下锅，一桌人都吃饱了，一人吃了一大碗，执事还叫大家只管放开吃，罐罐里还多。吃完饭之后，洗了手祷告，拿秤来称米袋子，剩了三十斤整的，就是说七个人一共吃了四两米，平均一个人不到六钱，还吃得很饱。“那要在平时，一个人没得三两米也不够嘛？”执事说这就是神的赐福，叫我们六钱米吃饱，实际吃的不是世间的粮食，是天上的馍馍“吗哪”。今天我们祷告的灵功还不是最大的，最大的时候在灯台队曹家屋里，六个人吃了一顿饱饭，米不仅没折，还涨出来二两，舀米之前是十五斤整的，吃完了一称是十五斤零二两！

“那为叫[1]化学粮。”冉登菊在底下给陈本国说。化学很厉害，点石成金，所以学娃子都要学化学。陈本国也想“化学确实神啦”。后来陈本国听明白了，其实不是叫化学粮，是化酵粮，好比做馍馍，一坨面加了酵母在里头，发胀就大了，够几个人吃，面本身没得那么大的发胀，关键是加的酵母。

这个酵母是神加的，所以是天上的馍馍，叫“吗哪”。吃到了发酵粮“吗哪”，是最高一等的生命粮，下来是几钱的，吃一两一两五的，二两五以上就不是生命粮，是世间的罪粮了。那天众人都汇报了自家吃生命粮的见证，所有人都多少吃到了的，有几钱的，有一两多的，还有二两的，执事就让那些吃二两的要加紧祷告，防止吃罪粮。许世昌讲到远处一个女人的生命粮见证，是石泉县的人。她的信心大，信了十几年了，日日祷告做工，见证就也大，八个月时间全家五口吃饭，不仅没有折耗，一缸粮食反倒多出来三百多斤，公安局说她搞迷信去查，粮食清清楚楚堆在那的，公安也没好弄走！

那次之后，陈本国就跟到信了，信了之后自己家里也求过生命粮，前后的米是冉登菊称的，她说吃是吃到了，没吃到几钱那样的，都是一两五、一两七的样子，那是因为宝娃子还没信实，神还没有完全赐福。以后宝娃子和孟小兰都信了，一家人也求过几次生命粮，都是一两多到二两的样子，冉登菊说那是两个小的信得不实。

1 为叫，所以叫。

冉登菊又要陈本国去劝几个兄弟信，结果被他们冷言冷语了一场。娃子二叔说，你们信教的人不讲亲戚，不认祖宗，逢年过节连纸都不烧，我们要都是信了，那陈家的老祖宗不是成了野鬼孤坟？大哥，我晓得你是个老实人，莫给人哄到走，人喊起不走，鬼喊起飞跑。当生产组长的三叔说，我是共产党员，相信共产主义，不信人生了病不吃药，更不相信粮食可以吃涨。大哥你信了教，不是还要在地里勤爬苦做嘛？

陈本国想想也是的，农民不种地不打粮食，这是从古没听说过的事情。一辈子只有这么个扛薅耙的本事，不种地又做啥子？

香港回归那一年有人传，收回香港要打仗，世界末日来了，活路不需要做了，信教的人都可以进天堂，吃生命粮，只是要赶快劝人信教。八仙青岩沟一沟的人信了教，都不搞生产了，大家转到吃饭，一家吃到一家。

第二年，好多转家吃饭的地方出现了饥荒，汝河还发生了农民围攻区政府的事。一个大教会上的执事李金明到魏汝来，说他是"三赎"，就是基督转世，带领农民造政府的反。他的权柄说是大得吓人，火车在跑，他一声"哈利路亚"，火车当时就停了。但是他骄傲，以为自己是神的儿子，还贪污教中的十几万块钱，离弃了老婆和教中姊妹结婚，犯下了大罪，为信徒招来了大逼迫和祸患，神就惩罚他，让他现在还在监狱里。

当时政府抓了不少教点的执事，许世昌就在派出所里过了一夜，砸了半天煤炭，头剃成秃子，三个月才长起来。当时信徒要"彼此相爱"，资助那些长年出门做工，家里生产荒废了的人，或拿钱，或拿油肉都行，陈本国就交过几回二十块钱和腊肉。政府就宣传许世昌李立强他们都是借传教骗人的钱，现在李立强家庭搞得好，娃子买车自己开煤矿，人家还传他是当初传教敛的钱起家的。

这一来聚会少了，好长一段时间断了，信教的人被人瞧不起，大多数都不信了，孟小兰和陈金宝也都恢复了老样子。那一年陈金华在大队上办店开炭洞子，光赌钱输了两万多，炭洞子最后也没打出来炭，女儿培林娃子烫伤了屁股，花了千把块。巧的是，陈金华因为赌博也受拘留，头剃成光葫芦，人家都传他是信教才被剃的。

这一次风波一过，信教的人就少之又少了，赌博却没打击下去，派出所长一换，一河二岸场子连场子，“小赌养家糊口，大赌发家致富”的口号都传了出来，东沟崖子还出现了外甥砍手跟舅舅开牌的事情。两甥舅诈金花赌钱，外甥输了几万块，最后一把拿了副同花顺金，舅舅也是把大牌，两个人使劲押钱，外甥押了两万块没钱押了，想跟舅舅平开舅舅不干，外甥拿了一把菜刀出来，把左手伸到桌子上，说舅舅，我用这只手跟你开行不行。舅舅吓住了，也没说行不行，外甥一刀砍下自己左手，开了舅舅的牌，就把本赢回来了。外甥马上包好了左腕，拿着自己砍下来的左手包车上县医院，把手接好了。事后舅舅说，你这娃子，当时要是你的牌小了咋办？外甥说：“舅舅，要是我的牌小了，今天你还能在这说话呀？”

传道的人说这就是末世的现象，像曾经的大城索多玛，所有赌博的人下到地狱，撒旦命令他们伸手到油锅里捞钱，捞出来以后要丢进去再捞——

那次风波过后两年，聚会才稍稍恢复起来，但也冷清多了，陈本国也基本恢复了老样子，只是在身体不好的时候想起来祷告，他感到自己对神也和儿女一样有很多的亏欠，七十来岁了还成天在地里辛苦，媳妇和儿子对他缺孝心没有好言好语，也是神的惩罚——这个神是什么神，陈本国也想不清楚，只知道和庙里的观音、土地和菩萨都不同，不坐庙不收敬供，这个神还有一个儿子为了凡间的人被钉死了，所以这是一个良心好的神，是真神，信了他就要诚诚实实的，不能再信别的神和鬼。

许世昌给陈本国讲了几句近来下发的道理，主要是要多为当权的执政的祷告，因为他们是上帝的仆人，最后必被拯救，不要对他们抱着恨意，否则必会招来更大的逼迫。他举了刘得利领头造反的例子，说他不听教，跟万金银那样的人斗，肯定会招来祸患。又说：

“期限已近了，不是以年来计算，也不是以月数天数计算，是以时候计算了。要多劝人悔改，各人要从亲戚劝起，劝回一个人就是为神做了一份工。你们家里，还不是要劝导全家都信，免得像挪亚时候，一家骨肉撇在洪水里哟。”

“我们屋里，宝娃子孟小兰想的是摸牌赌博，信了教受别，劝不转来也。我和冉登菊又不会讲什么道理。”

“那你还不是要尽你的力量传。”

沉默了一会，陈本国犹犹豫豫问起何尚香的女孩子死亡的事情。“说是你也在场？”

“我在。为了这件事，我被抓起来关了两天，给他们砸煤炭，现在手还洗不干净。好的是没剃头。”

“为啥祷告没起效力呢？”

许世昌摆了一下手。“哪么得起效力？他们个人不诚心，一会说是祷告，一会又想上医院，看到娃子喊痛，又弄些香油抹到。邹世银本来信得不实，三番两次要请医生，何尚香也拿不定主意，我劝她她也不听，结果医生请到半路上娃子死了。要是一直诚心祷告，多大的病不能好？那么多绝症好了你又不是晓不得。”

他像是极为断定，然而又止不住地愁烦。“那天的祷告，我知道不行，我没有得到任何指教，周围人也多也闹，心里愁烦，一点灵降在身上的感觉也没得。我说神啦，求你医治这个小孩子吧，她还小，是无辜的。求你把大能显给不信的人看，好让我们荣耀你。但是我这么祷告的时候心里没有一点信心，一点也不像平时，祷告啥子，心里硬是相信主会成就。

“神不听我们，他要带走小孩子，亲手打击我们这个教会，因为我们这些人大大地得罪了他。在派出所里我祷告了一夜，神还是没有听我的。出来之后我去找何尚香他们，邹尚银不叫我进门，何尚香也不敢见我。我知道耶和华的怒气没有消，他还要打击我。果然再过了两天，彩女子又下城打工，不肯在屋里呆了。”

“她哪么硬是要出门呢？”

“平常因为我传道，学校里同学就笑她，老师找她谈话。谈了话她回来就跟我争，我给她解释她又不懂，神没有呼召她。这次死了小娃子，我又拘留，开学报名的时候老师问彩娃子，她受不了就跑回来，第二天伙到芹娃子一路下的县城。一去也个把月了。”

许世昌看起来很难过，走到屋里的十字架前跪下祷告了。陈本国看许世昌，许世昌闭着眼睛，开始眼睛和脸面都是枯的，后来却有点湿了。

陈本国也跟到跪下，祷告彩娃子和芹娃子都平安。第一次在十字架前下跪祷告，陈本国心里很新鲜，又有些疼，站起来的时候有一种从来没有过的有依靠、暖和的感觉，连老年也不那么令人生畏了。陈本国心想回去把这种感觉告诉冉登菊，“我们要是能得一个十架多好啊”。

再坐了一下，陈本国想起来儿媳妇那边做着饭，回去晏了又要被说，估计鞋子也补好了，就出门取鞋子。三双鞋总共要了十块钱。叶培红说莫看我这要得贵些，我用的底子好，鞋子穿坏了底子不坏。

回到金华饭店，果然菜已经摆上桌子，许其凤说到哪去了这半天，还喊小梅找了一道。陈本国说我遇到你爹许世昌了呢，他非要喊我到家里坐会儿。许其凤说他一天在家里么子屁事，就是播他那个教门，把彩女子都逼下县城了，最近死了人，还被派出所抓了一回。你去了他又给你播了的吧？陈本国忍不住说，那又不是啥子坏教门，教的是不骂人，不恨人，孝敬父母，你们个人原来还不是信了的。

当初儿子儿媳信教，许其凤对老人的颜色改了几多。经上讲要孝顺，还专门有一首歌教儿女孝敬，讲的是羊跪乳鸦反哺，人的智慧胜过鸟兽，怎能不孝敬父母，叫父母不伤心，就要听道信福音，黄土也能变成金，全家赞美神。许其凤听过这歌，她自己没好意思唱过，但陈本国晓得她听进去了，过年在安康进货，给两个老的一人买了一件大袄子过冬，事先都量好了尺寸，买得特别合身。做年夜饭也以她为主，吃饭的时候摆筷子敬酒都还是中规中矩的，虽说她茶饭一般，老的吃到心里也舒服。

开春地里点洋芋，陈金华买了化肥运回来还下地帮忙，要在过去，这都是叫花子屋场挖金砖，想都别想的事情。那年三月间栽苞谷，陈本国背了一背砣砣上四方地，实在走不动了，陈金华下坡来接他的背篓。陈本国一边让出背篓系子一边想这是真神啦，可一定要好好信啦！只是没想到秋天逼迫一来，他们的心刚硬了，又成了老样子——

许其凤再要说什么，陈金华连忙叫莫争了，这是店店里，大路边上，传出去不好。一家人闷头吃饭，饭做得硬，陈本国又感到了那碗羊肉泡馍的硌喉咙。

三

陈本国走进童家沟口，草木深了，望不见人户。

这是一个月亮形的湾，湾口都是水田，有些没种的田灌满了水闪闪发亮，种了的田都熟了，金黄灿灿的。湾口当中一座圆形的山峦耸起，树木葱茏高挑，将满月分割为两个半月，树影投在水田里。半月湾的一边紧靠坡下有条拖拉机路，陈本国顺路走去，湿润的深青落下，路上的石子湿滑。坡上青色中有个猪圈，黑色的木头垒叠着，谁把猪圈建在这样的高处，猪叫声落下来有一种雾气的感觉。路边崖坡上，伸手可摘到几种植物的果籽，一种是鬼葡萄，黑乌乌的不能吃，另一种是糯米条，还是浅黄的，要到霜降前后变成鲜红水晶晶的。

转一个弯，蓬蓬的响声传来，两片稻田里正在收割，几个绾着裤子的人挥着镰刀和稻束，脱谷子的仓架打得蓬蓬响，谷子唰唰落入棚仓，挥发出一股浓烈的稻浆香味，陈本国想到应该有一些谷子在仓沿上被摔破了，新鲜的浆汁溅白了棚仓。有一架脚踩的机械脱粒机也在打谷，踩机子的人对打谷子的人感叹说，我们还没有你们打得快。对方笑说你们轻松些吵。藏在不断倒下的稻棵里的蚱蜢和青蛉乱撞到陈本国脚上，他似乎受了阻碍，轻抬脚走慢些，想到陈金桂家在这里应该也有几亩水田，就是那个酒癫子女婿顶不了事，这些活路不知道陈金桂一个人安排得下来不。

他问打谷子的人邓林家的房子在哪里，打谷子的人望了陈本国两眼，浮现出一丝笑意，指了西边的山坡，这面山坡是个土包包，在几家刺蓬和一个葫芦架之间，看见几分倾斜的屋顶和半截墙壁。

是最旧的土墙房子，虽然离镇子不远，和那些白瓷砖和涂料的门面相比，甚至和就在这条沟里的瓦屋相比，像是有不能打碎的隔阂，水田的景致一下子收起来，要上好一截坡路。一只坡下人家的狗大张旗鼓地叫，似乎见不得有人走这条小路。菜园子旁边道路又分岔，陈本国正在想，那边苞谷地里有人直起腰往这边喊："伢！"

苞谷苗青黄不接，因为背砣耗尽了力气，需要人来解脱负担。陈金桂正在摘下一个砣，往肩后的背篓里扔。苞谷砣剥去最外边的两层壳，仍然是碧青的，园地虽说到了秋天，由于深浅的萝卜苗，看进来也是深青的，这是家乡的颜色，让人深深呼吸，和刚去过的内蒙古可大不一样，那边只有深得陷进了地底的黄，没有一丝细致的水分，残存的庄稼不过是黄土的浮尘，仿佛一到了秋天，世界的另一面从地底翻上来，而地面上青碧细致的一切都被埋了，天地间是一座坟，人的所有希望、细致的心思、怅然的忧喜到这里都被断送了，若没有底下的矿，真不知人到这里干什么，靠什么活命。

这块地上套种了萝卜苗，缺照料，深浅不一，像一群被人遗忘在菜园里的孩子。陈金桂在它们之中，也不过是高出一头吧，还得领着丈夫邓林，他左一脚右一叉掰着苞谷，脚印里一丛丛萝卜苗陷进了泥里，浆汁都被踩溢了，虽说过两天它们会再爬起来，可毕竟也伤元气。背篓不断地碰着苞谷秆子，就往肩后一扔他也不准，几个砣被他扔进了地里，佝身捡了几回就难以直腰，眼前望去深浅的青色已使他晕眩了。

陈金桂直腰喘口气，望他背篓里的半背苞谷，这是他一大天的成果，胸口里忽然被人扯着疼了一下。这样的日子就像一眼望不穿、青得化不开的苞谷垄，何时有个头？胸口隐约的疼痛，从回来的火车上就开始了，让陈金桂意识到自己的身体，在硬座上一路硌到内蒙，在矿山石渣地上刮擦，骤然的冰雪里结霜，又在失望的硬座上一路硌过来。昨天离开金华饭店，就到广佛医院买了几颗药吃了，医生说不敢马虎，不敢太劳累防止复发。可是苞谷林在青黄地吼叫，稻谷已金黄，明天必须请两个人收谷子。想着这些，听到狗叫起来，意外看见了路上的爹。

“这是你们的地呀？”

“是他们原先的自留地，分了一半给我们，种了一季苞谷，我去内蒙古之前又栽了些萝卜。伢你等一下，我掰完这背就回去，只有这么大一块地。你吃饭没？”

陈本国说吃了，在陈金华那吃的。他望着陈金桂的背篓，苞谷的青已经睡平浅口了，个头看上去一个个有蛮长，“今年的苞谷高山低山都还好哦，雨水匀净。”陈金桂掰着苞谷，“嗯”了一声。邓林拣好了一个苞谷直起腰，陈本国看见了他。

“爹——儿，你——来——了——”邓林喊陈本国。

陈本国心里沉了一下，半年前，邓林的口齿还没有这样嗫嚅。他应了一声，就站着等。

过一下又问，你们在内蒙古是啥样？觉得总要问一下的。

陈金桂随便说了两句，其实都知道了，说完了又没话了，还是掰苞谷。似乎爹会问芹娃子的事。自己也觉得总该问问的，却没问。

也许是顾及邓林的面情。父亲似乎总是这样子，从自己十岁起，就永远是这么老。比起有些七十来岁的老汉，他没有那么老得厉害，还像一个中年人那样在地里做。但他也从来没年轻过，陈金桂知事第一天他就已经是个老汉了，和年轻有关的一切都离得很远，他的脸就像黄姜那样一开始就有许多不经意的漫长刻痕，这些刻痕比一般人加深得要缓慢。

陈金桂从来记不得他笑过，好像他不会这种感染的表情，就像他也不知道如何显得很严厉。他像从很早的时候就停在时间里，极缓慢极缓慢地衰老，完全不管周围的世界如何。有人的命像四季，一轮子过去变化很分明，比如娃子二叔，去年就去世了，患了几种癌症，年轻的时候一表人才，当生产队长，中年以后忽然就病病壳壳的。爹像是有很多个四季，每个季节又都近于秋天。

陈金桂背着苞谷，带陈本国走到家门。油纸窗的屋子明明暗暗，还算干燥，从厨房到火屋，再到卧室是要上坎子的，就着山坡地势。即使是在筲箕凹，这样屋里还要上下坎的房子也少见了，并且裸露着孔隙的石坎没有掩饰。“你们咋么买的这样的房子？好多钱？”

九千块，原来的家具他们都带走了，留了些烂家具，几张木料床，一副磨子，磨子我们也没得啥用，买了一副小钢磨，一个大树墩挖的猪食桶。一个大腰盆他们也带走，在坡上摔破了，他们个人不好意思，就把板子也拣走了。屋里这些东西都是从南大溪头上带下来的。还该了三千块钱账。

南大溪的房子哪么弄到的呢？两个老的在高头？

两个老的看着呢。芹娃子和双娃子有时候还回去住啦。我是几个月没上去了。眼不见心不烦。

陈本国心里有些不安，转头去看堂屋。堂屋的地面比火屋高一些，有些黑有些黄，东西基本都在地上，没有多少立得起来的家具。墙上挂着的大簸箕下面是苞谷堆。腰一欹，肩膀略为歪侧，苞谷呼地倾出，平常不注意的温柔姿势，苞谷像酒或者孩子一样被倾在地面，干燥的地面惹了一丝湿润，原来的黑色和黄褐色也丰富了，寡言自卑的屋子里有了难言的气息，耐心地等待着丰足。它的闲了大半年的竹棍楼板伸展得难受，想着玉米砣来压弯；缸老早是空的，希求充实。

邓林刚刚走到，垂着脑袋卸下背篓里的苞谷，没有听到这句话。看他有气无力的样子，这几天恐怕酒瘾渴了。陈本国失悔当初会相中这个女婿。

四

当初“看家儿”，陈本国去了一趟，没过夜，冉登菊去了两趟，都过了夜的。邓家在南大溪最深的地方，南大溪进口就窄，进去之后有些水田坝子，邓家前面陡然有一座山，绕过了山又是一道沟，沟对岸是一片桦柳树林，邓家就在桦柳树林里面，面临深坎，猪圈就靠在深坎沿上，给人的感觉像是一处寨子。邓家生了四个女儿，才添的老幺邓林，头两个姑娘已经出嫁了，还有两个在屋里。邓林看起来眉清目秀，言语也不多。陈本国有事先下广佛了，冉登菊住了一夜回来说，邓家家儿不错，在低山，有几亩水田，圈里八月份的猪有二百多斤了，晚上老鼠子在楼板上跑声音都是闷的，说明是在陈年粮食上践，家里还有烤酒的炉子，说明人家粮食确实多，有副业！

陈本国说你觉得好就好啰，还要看陈金桂的想法。冉登菊说她小娃子，哪有大人想得周全。第二次是冉登菊带着陈金桂去，回来陈金桂人满意，对家儿不是太满意，说地方偏僻。“名气嫁到低山，比我们这还荒些。”冉登菊说人家有水田，哪像我们这里就是坡坡地。

事情就定下来，婚也订了礼也交了。但在订婚礼上，邓林喝酒喝醉了，跟这边的人吵架，吵完了人事不省，事后又听人说邓林从小爱喝酒，家里酿酒就是为了邓林喝，陈金桂就有些后悔了，想退彩礼，母女俩吵了一回。吵急了冉登菊发了心慌病，缓不过气来，倒了三天床，陈本国侍候了三天，祷告了三天，对陈金桂说你就听你娘的啰，她还不是为你好。她有这么个毛病，你不让到她怎么办？陈金桂只好不争了，出嫁的时候大哭了一场。

过门之后，很快了解邓林因为年纪小，头上有四个姐姐，从小惯养得厉害，体质弱，干不了活路，又喜欢喝酒，经常一喝酒睡一大天，陈金桂不让他喝还和陈金桂吵架，关键是两个老的一直护幺儿，两口子一吵架就说“邓林从小就是这样的，你叫他哪么改吗”或者“我们邓林挺好的，你高山嫁到这里，还挑拣啥子”，陈金桂根本管不了邓林。刚过门的时候邓林怕陈金桂，还有些收敛，往后一天比一天狠。邓家两个老的护幺儿的情形，陈本国见过一次。

那一年陈本国到南大溪逮猪崽，晚上住在女儿家。当天女儿女婿家就有米无油了，来了亲戚，老的给了十块钱叫孙儿双娃子去买油，邓林看到双娃子手里有钱，就要双娃子给他去买，双娃子不放心，不给，邓林骂你狗日的给不给，拿起布鞋子底撵，双娃子一边跑一边回嘴，两爷子撵得团团转，双娃子爷爷就说你这小娃子也是的，大人叫你把钱给他买，你就给他嘛，他是你爹吵。双娃子说钱到他手里都变成酒了，他爷爷说你晓得，这回亲戚来了，他这么点长短晓不得，买油的钱打酒喝？

双娃子只好把钱给了他爹，又不放心，半路上跟到，后来早早跑回来说，爹把钱都买酒了。老的还不信，结果邓林提了个酒壶壶回来，喝得晕乎乎的，酒壶壶是满的，油却只打了半斤。双娃子一怄气，骂他爹说“你简直不是人变的”，邓林抡起来就给了双娃子一巴掌。双娃子哭了，邓林还要打，陈金桂护住孩子。邓林嘟囔了两句什么，就进屋倒在床上。双娃子奶奶进屋看了，给他盖上被子，抹了两把泪。陈金桂给双娃子擦了泪还是做晚饭。饭做好了老的让喊邓林，双娃子不喊，爷爷自己进去喊，喊了两声不应，出来说睡着了，晚上醒了给他下面条吧。

芹娃子八岁的时候，陈金桂得了肺结核，在广佛医院开药吃。当时捡药没有钱，想问陈金华借钱，陈金华说钱许其凤掌到的，只私下给了一百块钱。后来还是从娘家拿一点，外面借一点。医生说一定要注意营养，注意休息，可是家里只有几只下蛋的鸡，地里屋里的活路一样也离不了陈金桂。陈金桂捡完药，在医院背后坡上哭了一场。

陈本国当时叫她信耶稣，耶稣能医治穷人的病，还能改人的脾气。最好叫邓林也信，把他喝酒的毛病改过来。“看我跟你妈身体多健旺，硬是一点药都不吃。歌上不是唱的，耶稣基督救苦难，治病赶鬼他有权，他是天国的大医生，又是天国的大医院，治病不花一分钱。”“我信了，五更半夜地跑，地头的活路哪个做？”“现在不叫五更半夜跑了，每七天守安息就行。你们附近有传教的点吧？”“有，童家沟里的蒋世泽的媳妇，是邓林的姨表兄弟媳妇，还来劝过了的。”“那你就在她手里信。”

心里想到往事，火上水壶就开了。陈金桂提到火边，起身取下窗台上的一个青瓷杯。窗台是油纸和报纸糊的，一溜搁着六七个青瓷的杯子，几乎每个都在瓶盖、身体或者把手上有某种缺损的痕迹或尘垢，拿下来泡茶的这个比较完整，只在瓶底边沿有泛黄的痕迹，这可能是出厂的质量有问题。

“伢，你要喝糖茶啵？”陈本国点头，邓林说我到街上去买点糖。“那也好，反正你掰苞谷也是瞎的。你带到看一下张世兰那里卖的油菜种，说是新来了两种宝抗二号，你问一下还有没得，有的话我明天去买。”陈金桂说。邓林就出去了。陈本国问他这一段没喝酒？“没得钱喝，忌了两天，酒瘾欠撒急了，一天垂着个脑壳。”

陈金桂将猪食罐重新半垛在火上。陈本国尝了一口茶，这是秋茶，有点苦。水的颜色倒还好，低山的水没有高山硬。

陈金桂说伢你坐，喝点水，我再去掰一背苞谷回来，那块地再掰得到两背也完了。择几个嫩的，晌午煮苞谷米饭吃。陈本国说我不喝水了，跟你一路去掰，一回就完事了。你给我找件衣裳。陈金桂不说什么，把刚才邓林掰苞谷披的旧衣裳给了陈本国，陈本国再喝了一口水，背起邓林的背篓，父女就出门了。

狗子跟着跑了两步，陈金桂喝它，狗子就回去，过地沟的时候还摔了一跤，呜呜叫了一声，自己爬起来卧在门前了。陈金桂骂了它一句，“狗日的人搞穷了狗子也没得威势。”陈本国说儿不嫌母丑狗不恨家穷么。李立强说了的，骂狗不能过于，撵鸡都不能咒得过分，比如说栽岩啦，毛狗子拖啦，因为它们都曾是方舟上的动物，老祖宗传下来的。

苞谷背砣确实不错。听下来讲道理的人说，圣灵做工感动了现在的中央领导人，叫他们给农村好政策，免了农业税又退耕还林建设新农村，地上政策好了，神也赐福风调雨顺，高山低山玉米稻子都是好收成。虽说自家亏欠，这几年煮饭没吃到生命粮，但好收成不也是生命粮吗？道理上讲了，神赐生命粮是赐福到田里，赐福到仓里，赐福到盆里，赐福到锅里，赐福到碗里。神年年赐福，灾荒年成地上现观音土，和着艾蒿推细了能吃，其实是神赐给灾荒年的粮食。一到丰年，哪里也找不着观音土了。是人不知道珍惜生命粮，骄傲浪费，还酿酒饮酒糟蹋粮食，亏欠了神，所以才有荒年。

邓林喝酒的脾气硬是改不过来呀？

问的声音不大，像是慎到的，隔着一行苞谷林的陈金桂还是听得清楚。“他还不是在说要改，要忌口。人家拿他不当人，他也难受。可是小时候惯使的脾气，哪么改得过来。他脑筋都喝黄昏了，瘾一上来的时候，啥都忘了”。

陈本国想到今天许世昌叫他劝亲人的话，下决心说：

怪你们个人呢，当时叫你们信耶稣，你们信了，得了赐福，病也好了，酒也戒了，家庭和睦。后来病一好，活路一忙，人家一说，你们又软弱了。信神信不实，神要管教吔，比不信的还要管教得狠些。

陈金桂没出声，只有两个人有节奏的掰苞谷的“嘶”和衣服背篓擦过苞谷叶的声音。陈本国清清嗓子又讲，经上说的一个开荒的人，开好了荒撒种，站在高头一阵冒撒，有的不发芽，有的要结一百倍。

结一百倍就是说在天堂里要给你一百倍的福分嘛。凡间哪有这样的福分？你们就是撒种撒在了石头上和刺蓬里，信也信了，耳朵软，人家一说，活路一忙，就软弱了。到后来人家为了种地，只有把石头撬了把刺蓬烧了，把不结果子的树也砍了。

陈金桂不出声。做女娃子的时候嘴巴多，啥事都要争个是非，出嫁以后这十多年，话是一天比一天少了。腰背佝得痛，在苞谷垄底下又直不起来，吃了个子大的亏。伢把儿女生得个子都大，他自己个子也大，个子大还是个农民，只有佝肩哈腰的份，长个大个子倒麻烦。芹娃子就是吃了个子大的亏，年纪其实不大，个子像大人，比班上同学都高出一头，竖在那光遭老师笑话。不晓得她在县上到底咋样了，三两天总还得找回来，屋里活路忙，下县城来回又要车费。

陈本国正好问到芹娃子，在县上哪家餐馆打工？

陈金桂说不晓得。

那初中总要住满吵？陈本国在旁边垄里，两人的说话隔着苞谷行子，像是自言自语。

她不住呢。邓林有个舅舅跟学校教导主任熟，说是能帮忙弄个初中毕业证。

陈本国不言语了。两人各自掰苞谷，听到呼哧呼哧的苞谷壳响，再是"咔"的一声脆响，下来是苞谷砣扔进背篓里的声音。背篓在渐渐鼓起来，陈金桂的左胸压得有些作痛。结核的病根子没有好完。

信教当初，讲的是神药两解，一边吃药一边信，后来病真的好了，医生拍片子，说"钙化"得很彻底，"像你这个条件，每天还要做活路，治得这么好不容易”。一家人都高兴，说是信神的效验，两个老的也不反对。

起矛盾是过年，老的想贴对子，陈金桂因为信教不能贴对子，老的就不高兴。等到要给祖宗烧纸上亮叫饭，专门去问了何尚香，何尚香说不行，还讲了松河一个小伙子的事情，说是小伙子烧纸时一跪下去就起不来了，他把火纸都甩了，祷告了一大天，神才解开了管教，腿子才站起来了。回来就说不烧，老的非要烧纸叫饭，就吵起来了。一个年过得不安生。

想到教里规矩多，也真是麻烦，开春活路一忙，信的心渐渐地就淡了。

有时候在地里做活路，忽然也想起学过的歌中的一句，拄着镐把一站半天。一阵风吹醒了，又淡忘了，说不清是喜是怅。有时候困极了，夜里反而睡不着，听见风吹，知更鸟叫，也觉得心里空了点什么。也没多想，穷人的命就是这样。

去年开始，邓林喝酒更厉害，脑筋渐渐有些黄昏了。收了苞谷，他硬要拿来酿酒，猪都没有吃的，陈金桂硬是不让，两口子推搡，邓林个子小被推倒了，地上正好有一个酒瓶子，他拿起酒瓶子就砸过来，正砸在陈金桂额角上，当时鲜血直流，陈金桂晕过去了，在床上躺了两天，两眼望着帐子角，只觉得一团漆黑望不到头，心像苦菜经水揪得紧紧的，眼泪唰唰地往心里倒流。不知为什么，忽然感到轻松了些，好像有一个人来到，轻轻地将陈金桂心上的包袱接了过去。他虽然很瘦，力气看起来不大，却一声不响地负担了。

那以后，陈金桂开始偷偷地祷告。芹娃子发现过一次，大惊小怪地说：“妈你又在拜神了！老师说是迷信！”陈金桂说，我是在求神让你们尖心学习，有啥子不对的？

从南大溪搬下来之后，正好离何尚香家挨着了。开始也没什么来往，有一天猪忽然两只后脚站不起来。请猪医生来看了，找不出是啥毛病，后来说你这猪硬不是走症。陈金桂自己祷告了两次也没好，猪整天拖在泥里，瘦了好多，毛都竖起来了。刚好何尚香来借东西，陈金桂正在喂猪，何尚香就说你这个猪有个缘故，不是病，世间的医生看不好。陈金桂问不是病是啥子。

何尚香看看四周说，这是神的指教。“神的指教是啥子呢？”“你个人默一下。”陈金桂想了一下，“我总是有啥子亏欠了神。具体啥子也说不上来。”何尚香笑了一下，“你最近个人偷偷在祷告啵？”陈金桂点了下头，心想她怎么知道。

何尚香慢悠悠地说：“你个人又在祷告，心里承认神，可是你又不敢参加聚会，不接待保守，怕逼迫，怕讥笑。你现在是心里信，在世人面前不敢信；前脚立住了，后脚还拖在世俗的泥水里。所以你的猪是前脚立得住，后脚站不起来；前脚站在食槽里享福，后脚却拖在泥巴里受罪。你要是把信心刚强了，你的猪保管就好了，因为这是神的旨意。”

陈金桂心想有理，何尚香就带着她一起蒙上头帕在灶屋里祷告。过了两天，猪真的后脚能站起来了。陈金桂跑去见何尚香。

那天晚上，陈金桂再一次参加了教点的聚会。

因为何尚香家影响大，聚会在高桥河坝李家姊妹家。李家姊妹是一个老年人，她两个儿子都在镇上起房子，她嫌镇上嘈杂闹人，一个人还住在河对岸，几间水泥砖房子，墙上也没搪啥子，地面不平，正对门是猪圈，李姊妹自己坐在正对门地方，时时把门关上，说气味臭。

那天来了两个弟兄三个姊妹，连同何尚香夫妇，大家在睡房里跪着，拉灭了灯为陈金桂祷告，祷告邓林忌酒，祷告她重新刚强，又为一个老人祷告，因为他为抚养费和儿子打官司，又改不掉赌牌的毛病，把生活费都输了，对基督徒的名声影响也不好。何尚香的三女子也来了，把陈金桂喊“姨”，跟着一起跪着祷告。好久没参加聚会的陈金桂跪在一条蛇皮袋上一个多小时，拉亮电灯后半天站不起来。

之后大家坐在火屋里学道理。李姊妹拿手电到屋子外面去找圣经，“我收到山房上坎子里头的。”她说，上一本圣经收在几床旧铺盖里被搜走了，这一本她想了半天想了这个地方。“人家说坎子里有蛇，我也不怕，有神保佑，神不是把蛇赶出伊甸园了吗？我就祷告神把蛇从坎子里头赶走。”

一个弟兄说当然啊，神有大能啦。桃园一家弟兄和邻居因为划地有矛盾，邻居说你们不是基督徒嘛，不恨人不骂人，别人打你们左脸把右脸也伸过来打，故意把一头牛放到弟兄家的苕地里，吃苕藤子，又吃麦苗。刚长起来的苕秧秧，半尺高的青麦苗，吃了一天，弟兄家看见了，商量说我们不去跟他们争吵，个人回来发爱心，就回家祷告神宽恕他们的罪。牛吃了一天，吃饱了，就回家了。

第二天邻居看弟兄家善弱，继续把牛放到基督徒家地里吃。弟兄看见了，说我还是不和他们争，个人回家发爱心祷告。牛吃了一上午，又下河喝了一肚子水。下午牛个人不吃了，邻居家又赶着它到苕地里吃，肚子吃得圆圆的。结果忽然一头栽在地里，胀死了。你说我们基督徒发爱心还是效力大哦！我们一发爱心，他们就怕吔！

姓李的姊妹说，神的爱心，我是经历了的。二娃子和三娃子在山西下金矿，那一段不是出事了，具体情况还晓不得，当天晚上我向神祷告，求神赐给二娃子三娃子平安。就在这跪了个把小时，后来看见二娃子朝我走来了，偏偏倒倒的，虚弱得很，但还站得起来，走得动，走到我近前，喊“妈”。第二天给山西挂电话，问二娃子到底啥情况，他们还在电话里哄我，说没得事，不要紧。我说你们莫消哄得我，不要紧，我晓得，我看见二娃子了的，人有些虚弱，但还站得起来，还能喊妈。他们说你哪里晓得，知道我是信教的人，有人还在笑。我说你们莫笑，我真的看见二娃子了，你们告诉他，说好好养伤，我这不操心，没得事。

我那一段又不着急，该栽秧的栽秧，该喂猪的喂猪，心里硬是不急。后来知道是一块矿石打在二娃子头上，脑壳打穿了一个洞，脑浆白花花的都流光了，人家都说不行了，死了，可是感谢神，硬是回转过来了，现在脑壳上还缺一块，戴了个硬壳壳罩子罩到的，人硬是没得事。你说是不是神的大能啊。

晚上回来，几个女人一路，经过大河坝，田埂上露水重，解放鞋都湿了。陈金桂很久没有这样走夜路，万分清澈的星星在暗绿色的须弥山顶，感觉头一回见，夜太静，连草里的青蛙都懒得用力出声地跳下水去。有个姊妹在哼歌，哼的就是最近开始教的《亲爱的灵同胞》：

亲爱的灵同胞我们来相会唱起灵歌儿心中多么美 罪认完灵充满心中乐陶陶天堂恩门一定为我开啊亲爱的灵同胞耶稣再来迎接谁他接你他接我我们一同快乐进天堂

王姊妹的嗓子好，平时唱歌都是她领着。那些青蛙听她一唱，才扑扑腾腾活跃起来，跳到了水里还呱呱地叫，似乎在打拍子，脚前不远处似乎还有蛇悄然滑走，轻声掠过水面。何尚香说，我们信教的走夜路一点都用不着害怕，啥子三煞五通，过往神，夜游神，有圣灵的保佑一概不得沾身。

广佛镇的灯光在河对岸，看上去像个繁华世界，这个世界本没有自己的份，陈金桂也不多想。按照经上说的，这个世界的繁华很快会消灭，连尼尼微那样的大城都毁灭了，何况小小的广佛镇？耶稣重临审判世界之后，大家都要在天堂里，不吃饭不喝酒不抽烟，闻香气就饱了。也不消种得地。那里也就没有穷人富人了吧？耶稣说，富人要进天国，比骡子穿针眼还难。耶稣好会比喻，骡子穿过针眼怎么可能呢？

现在信教比以前多一宗好处，聚会一定要在十一点半以前结束，免得夜归引起怀疑，也不耽误生产。那天陈金桂到家是十二点左右，邓林已经睡了，迷迷糊糊问了一句，陈金桂没理他，心里在想如何劝他。

那以后不久，哥哥要去内蒙矿上带班，听说那边有个矿上做饭的机会，人穷慌了，想到跟哥哥挣几个钱，就一路过去了。谁知道落了空，来回这趟一个多月，中间就出了何尚香的女孩子烫伤，还有芹娃子和彩女子一起下县的事。回来听说，信教的人都不敢露头了。陈金桂也就罢了念头。

眼下听爹一说，心里又矛盾得很。

五

最后两行掰出了头，两背苞谷装好，邓林转来了，手里提着一包白糖和一瓶利福平，说王家店里确实有那两样油菜种。他又说在医院遇到蔡家明娃子了，他遭蜂子蜇了脸肿起多高，正在医院敷药。“明天打谷子，你另外请人没得？”

陈金桂想起来这件事，本来说好请蔡家老三，谁知他昨天割蜂糖没遮严实，被蜇成这个样子。这几天都在收谷子，不容易请个合适的人。

陈本国插好了背篓，从地上往起挣，膝盖跪了两下没起来，邓林看见要抢背篓。陈本国说算了，你力气也不够，你扶到我一下我就挣起来了。邓林还想背，陈金桂说你把伢的苞谷拣几个出来，弄那个提篮提到。邓林看到篱笆脚下有一个提篮，里面有几个苞谷。他从岳父的背篓中拣了半提篮出来，陈本国就说行了，一挣起来了，在前头走。他个子高，佝着头，走上坡路背篓像是高高地挂在一个山梁上，邓林提着自己的篮子跟到，望过去心里惭愧。

刚才在街上，邓林手里拿着买药和糖的钱，经过卖苞谷烧的商店心里有点活，忍了一下没进去。从医院买药出来，经过叶培红补鞋子的摊子，叶培红是初中同学，喊他坐一会，说："你丈儿老还有两双鞋子甩在这的，这不，我正在给他整呢。"

邓林就坐下看他整鞋子。叶培红拿钉子钻眼，一边问你现在酒瘾么样?

"就是酒瘾大了呢，一天不喝个半斤过不得，又没得钱喝，喝了脑壳一直是晕的。"

"你喝了酒脑壳晕，我不喝酒脑壳里头都是木的。我的瘾比你还大些，有一段一天要喝斤把白酒。"

邓林没想到叶培红酒瘾大成这个样子。他的脸也有些变了，有点浮肿或者发福，显出中年人的样子。上中学的时候，叶培红几乎不喝酒，他说他会喝，而且不容易喝醉，但是现在是在上学，不能喝酒。有一次同学过生，邓林见识过叶培红的酒量，一桌人喝倒了，叶培红还坐着，只是眼睛红红的，额角上那块烫伤的疤也泛红。这块疤是叶培红三岁时一头扑在煤炭火上烫伤的，几乎毁了他挺清秀的脸。也许为了这个，他笑起来时隐藏着一丝害羞的神情。

邓林上到初三没考起高中，叶培红考到了平中，以后来往就少了，不过叶培红结婚的时候，邓林还去送过礼，那一天叶培红有些害羞地笑，跟每个人碰杯，终于喝醉了，喝得几个人都架不起来，额角上那块伤疤像要燃烧起来，人家说他那晚让媳妇守了一夜空床。

之后不久媳妇就怀娃子了。由于结婚的场面办得大，彩礼也给得多，叶培红欠下了债，就出门打工，谁知招工用人的地方一见他那块疤就都不要，说影响职工形象。叶培红一气之下去了山西下煤矿。不久就传来煤矿冒顶他腰杆被砸断的消息。都说他这辈子要瘫在床上了。谁知半年后他竟然又能下床了，只是要拄个拐棍，干不了重活。

那时候叶培红闲在家里，邓林有次看见他，他正在喝闷酒。邓林跟他喝了两盅，说你做别么子职业做不了，干脆坐到做点么子，做不了裁缝你弄套工具补鞋子嘛，还不是能养活个人。

也是随口说说，叶培红倒听进去了，不久就开始在广佛街上补鞋。

"你在这补了六七年鞋了吧？"

"八年。"叶培红一边上胶水一边说，开始几年他忌了酒，想干一番事业。"我家里有两千多块钱的电器修理书，广佛街上没得哪个有我的书多。"但由于娃子小光害病，媳妇又在李家坝那边侍侯老的，电器修理的想法一直没实现。往后他还和安康一家鞋厂联合，他自己进鞋皮子，安康鞋厂出鞋底子和加工，做成成鞋卖了分成，为这他还去过两趟重庆进鞋皮子。街上有两家做鞋子的，他的鞋子价钱大些，但用的皮子是五层的好皮子。但是从前年开始，他又渐渐开始喝酒，越喝越上瘾，喝的量越来越大，简直不知道咋办了。

"你想我这个补鞋子的，成天坐在这，工作时间只有两三个钟头，其他的时间没得事做。喝点酒，日子好过。"

"你下棋嘛。"

"下棋我只会走步步。打牌我不搞，也没得本。搞写作我几个字写得像螃蟹样的。喝点酒，脑壳晕乎乎的往床上一倒，几个小时就过去了。不喝酒那几年，坐在这里手里一闲，想到这几十年的命，心里就像滚油煎。人家腿脚好的有千条路，我只有这一条路，动不了吔。你好手好脚的，是哪么酒瘾大得很？”

“我还不是小娃子就养成的习惯，想忌忌不了。忌过两回，倒是那么个场合人家非要你喝，又只有喝。一喝就止不住了。”

“那也是的，我们中国劝酒这个风俗不好。喝酒不好哇，喝到最后只有死，现在我都感觉脑壳已经遭酒精烧坏了。我哪怕没事去打电子游戏，也不想喝酒了。说起来，你老汉老娘还是把你害了哦。”

“还不是怪我个人。”邓林说。

离开叶培红的铺子，邓林想到今年重开酒戒的经历，是正月初三在一个堂弟家的酒桌上。斟酒的时候邓林说不喝，堂弟惊讶：“你都忌酒了哇？”当过供销社主任的堂哥陈忠在坐，笑着说你们晓得吧，他是为啥子忌的酒？你们问他。

邓林没好意思说。陈忠说他在信教，信教的人不能喝酒哇。邓林很窘，低着头。陈忠就问你们信基督教的人六亲不认，不送礼不请客，是不是这样的？看来还是不像，要不是你今天不得在这坐席嘛。既然人来了，大家又晓得你喝酒，你不喝，我们还喝个啥子？他把酒杯拿过去，直接倒上了，端到邓林面前，说：“未必我的面子你也不买？”邓林只好从他手上接了那杯酒。那天大家似乎故意敬了他好多杯酒，他最后喝吐了。以后却发生了街头借钱的那场事，导致他回家打了芹娃子——

春天里陈金桂过内蒙，只有邓林和芹女子两父女在家，邓林又喝上了瘾，头见天是昏的。躺在家里，只想把屋椽子拆下来卖了换酒，椽子又是烂的。有天喝了二两酒在街上逛，遇见陈忠，邓林忽然想到向他借钱。这个念头一冒出来，就像蚯蚓在脑袋里面拱，不知怎么嘴巴就张腔了，不过还是想了个理由：

“哥，你最近手头活不活，我们芹娃子双娃子开学交学费，想问你借一百块钱，陈金桂在内蒙金矿上挣钱，她叫我先向你佐点，钱寄转来就还。”

陈忠望了他一眼，完全没有了那天劝酒的神情。“我没得钱。”他像看着一件令人嫌恶的东西，就像街上游荡的牲口。

邓林回到家里，头还是昏的，酒瘾不肯退阵。下午躺在屋里，听到有人来收猪，三轮摩托嘣嘣响，起来到猪圈头，看到坡下杨家在赶猪出圈，猪嗷嗷叫咬人的棍子。自家圈里的猪跟着也叫了，芹娃子提桶来喂猪，邓林盯那几头猪。芹娃子怀疑地看了他一眼，厌恶地问了一句：“你想卖猪换酒喝哇？”

邓林没回答，她又加了一句，“你要是敢，我就打电话给妈。”

邓林忽然怒从心起，联想到刚才在街上陈忠的作践。他甩手就给了芹娃子一嘴巴，芹娃子捂住嘴还没来得及哭，邓林又是一脚踢过去，“人家欺负老子，你也跟到欺负你老子。”芹娃子一屁股坐下去，黄狗想吃点猪食，挤到猪圈跟前跟猪抢嘴，芹娃子一屁股坐在黄狗身上，“哇”地就大哭起来，黄狗慌忙逃开，邓林不解恨，又给黄狗屁股上添了一脚，黄狗汪汪惨叫跑上山。邓林回屋自己睡了，芹娃子还坐在地坝上哭。

等邓林醒，屋里人影都没有，发了半天愣，想起来下午好像打了芹娃子。邓林有点慌，找了半天没得人，院子里晾的两件衣裳也不见了。后来邓林到金华饭店问看见芹娃子没得，许其凤说她下县城打工了，叫你个人弄饭吃。邓林不好意思多问，低着个头回来。

要是初三那天不重开酒戒，也许就不会有今天的局面，邓林会是另外一个人——到家卸了背篓，煮上了腊肉，陈金桂叫爹喝点茶，她去一趟何尚香家里，请邹世银明天帮忙打谷子。

从出事以来，何尚香家猪叫食的声音都似乎小了许多。不大看得到何尚香和邹世银两口子，据说邹世银想带着何尚香出门，远离这里的是非。邹家堂屋没有人，灶屋里有响动，走进去看到一个黑影在浮动。黑影看见陈金桂就直了腰，是何尚香。

“在忙啊。”陈金桂一时不知说什么好。

何尚香的眼睛是亮的，她在从水缸里舀水到灶里，窗子前的水缸反着亮光，这就是她眼睛发亮的原因吧。陈金桂感到她的身形似乎小了一圈，她盖上了水缸，亮光也就熄灭了。

“陈金桂呀，有啥子事啵？”她的声音也像老了一些，小了一些。她向着陈金桂走过来，和她一起走到堂屋。她的脸似乎有什么东西往下掉了，和以前不一样了，有另一张看不见的脸从原来的额头一直掉到了下巴，剩下的这张是衰老的农妇的脸，一点也看不出她在讲道时脸上的光彩。在她拉一把椅子给陈金桂坐的时候，陈金桂看见了她左手腕上的伤疤。

听说这是三女子死的那天晚上，邹世银打的。那以前他一直顺从何尚香，三女子烫了他也一直跟着大家祷告，虽然提出过送娃子上医院，还是顺了何尚香的意思。但看到三女子死了，他坐在尸体面前痴了半天，回转过来后忽然暴怒，把所有祷告的人都拼命赶走，进屋扯下墙上的木头十字架，劈头盖脸就照何尚香打，何尚香当时还跪在三女子面前发痴，左手一挡，当时就一声响脆断了，后来在医院接了的，十字架也断了。邹世银把何尚香骑在地上捶，嘴里骂你这个死女人，叫你信个狗日的教，把三娃子都信死了，老子今天打死你，不打死你老子不姓邹。

人家说邹世银一直是个驯善的人，那天却是往死里打的架式，何尚香抱住脑壳连声喊哎哟，天父呀，耶稣呀，救救你女儿，救救我吧，邹世银一听更恼火，一顿拳头擂下去，何尚香又叫神你饶恕他，饶恕他的罪。邹世银说妈的老子有罪，你是我女人，我打死你不犯法。说着拿起洗衣棒照脑袋就要抡，他的兄弟看到要出人命，一把抓住他扬起来的手，派出所的民警也正好赶到，控制了邹世银。

邹世银还在哭天骂地，何尚香却伏在地上嘴里喃喃地念叨。民警说女娃子都死了你还在祷告，连你的命都差点丢了。陈金桂当时也在人群里，大气不敢出。何尚香忽然抬起头来说，三娃子不是死了，是神接她到天堂里去了。本来我也要去，我们两个做伴，上帝又把我留下了，要我背十架。她满脸是血，披头散发，又说这样的话，大家都感到悚然。

三女子埋了之后，何尚香还在医院里躺了两天，医生说打断了两根肋骨。邹世银自从那一次发飙，比以前言语更少了，出门都少，何尚香也不再到处跑，有段时间，好像童家沟没这家人，只是松林子下边添了一座新坟。满七那天，有人看见何尚香在坟前给三女子烧纸。

陈金桂说了来意，何尚香说他在屋背后看烟叶，“我去喊他。”

起身的时候，她忽然回头望着陈金桂，轻声说：

“我不信了。”

又补了一句：“我害了三女子。”晚上陈本国和双娃子睡一床，挨着灶屋。

灶屋里水缸有点漏，隔一会发出“叮”的一声。竹编楼顶上堆着今天掰下的玉米，它们也在发出声音。它们在楼上继续生长，包含浆汁的玉米太沉重，竹棍压弯了身子，有时嘎吱响一声。

电灯拉灭了，不知哪里的光线，还透进这间屋子，说是月亮又看不见。也许穷人的房子，自身藏有一种细微的光，像萤火虫藏着它渺小的灯。地上从门口到床脚半月形搁着一些铁器或木器，他们的轮廓变得黯淡柔和。床前放着祖孙一大一小两双鞋子。

陈本国的太婆曾经看见地上的光里一群金小鸡走，啁啁地叫，她顺着小鸡赶一直到一个洞，鸡儿没见了，一洞金元宝！陈家就靠这些金元宝成了地主，后来由于陈本国的祖父抽大烟赌博败光了。人家说肯定是亲家祖上做了善事，才能见到地上的金鸡儿。

陈本国做了睡觉前的祷告，祈求胳膊不要太久酸疼，祈祷耶稣叫芹女子平平安安。因为怕弄醒双娃子，只动嘴皮子没出声。

慢慢地陈本国也睡着了。梦里似乎还想了很多事情，又没有一件事是想得起的。老年人的梦就是这样，猴儿掰苞谷。这也许是神赐的，否则注定无法安眠，谁也不能把一生记忆的收成负在身上。屋子也睡去，比那些镇子上的两层小楼睡得更安稳黑甜，从外面看，它把睡眠完全吸收了，没有放出一点点光线，就像暂时在这个世界上离开，在一个安宁的地方，一点不寒伧地安顿下来。

六

第二天一早，陈金桂张罗人打谷子，陈本国出沟回广佛镇，在陈金华店门口看见彩儿。

你不是在县上打工吵，今天回来的呀？

彩儿"嗯"了一声。许其凤在里边说："我下去找回来的，她个人晓得回来？"

昨天许其凤下县城进货，顺便就去把彩儿找回来了。

"芹娃子哪么没一路回来？"

"老板说干满一个月才给工资，我们才干了二十天就走，老板不给工资，芹娃子想干一个月拿工资。"彩儿说。

好多钱一个月？

六百块钱。

包吃包住?

吃的是饭店卖不完的剩饭菜，一点味都没有。有时候顾客只动了几筷子的菜和点心我们也在吃。住在一个楼梯下面的房子里，一边的屋顶顶到脚，我和芹娃子睡一张床，只能睡一头。

许其凤进了一趟里屋，这会儿又出来，正好陈金华也和一个客人从外头进来，她提高了声气说，“那个老板好坏的良心，这么大的娃子在那干，那么点工资，说彩娃子有天醒晚了，叫都叫不醒，要扣一天的；芹娃子端盘子打碎了一个茶盅，又扣一天的工钱，三扣两扣都没有了。我跟他交涉，芹娃子还想干，彩娃子只叫我莫争了莫争了，拉到我走，一分钱没有拿到。芹娃子就算做满一个月，只怕也是给人家白卖工。她们两个小娃子，跟老板签合同，写明干不满一月不给工资。人家把合同一拿，我也有理说不伸展。”

彩儿说，其实客人吃剩的饭菜，除了她们吃，有时把上面的刮一刮，又混在新饭菜里头端上来。用油看人讲好坏，遇到老实人吃一碗面啥的，油就是买的阴沟油。

你问一下小梅，我们这里有没得这样的事情嘛?许其凤一边舀汤，一边向着端菜上桌的小梅说。小梅腼腆地笑了笑，端好了饭，就退到门外去了。

陈金华留彩儿在这吃饭。许其凤说：

“你以为呀，我看她们饿到寡瘦的，把彩儿从店里带出来，就喊她和芹娃子一起在大桥头吃了一顿，一人一大品碗羊肉泡馍。”

吃了饭，彩儿放碗最早，一个人坐到屋外。陈本国也坐到屋外，跟她轻声说：

你走了，芹娃子落了单，更要受欺负嘛。

他像是自言自语，也没有看彩儿，彩儿疑心是不是问她的，却想到了芹娃子一个人在县上的样子。

在县城餐馆里，晚上洗完了差不多有自己肩膀那么高的一叠脏碗，躺在两只脚抵着屋顶的床上，梦里感觉天空向自己倾塌下来，那一叠碗是通向天空的歪歪扭扭的柱子，忽然撑不住了，天空忽地砸下来，结结实实压在彩女子身上，惊醒才晓得是芹娃子的一只脚。

有时候老板心情好，多半是吃过了肉丝面剔牙齿的时候，给彩儿和芹娃子讲道理：你们初中都没毕业，想出门打工，以为工有那么好打，哪里要你们呀？当小姐人家还嫌你们年纪小，不会当。教训完之后，他像是自己有点感动了，语气稍微温和地说：我是良心好，看你们两个小娃子没出过门，不懂事，怕你们受骗，收留你们，还开给你们这么高的工资。不信我在大街上招人洗盘子刷碗，一天能招一百个，大学生中专生都招得到，轮得到你们？现在北大学生都卖肉呢，你们能做啥子？

那天店里来了几个开煤矿的人，他们开着小车来，一人两个手机，荷包都鼓囊囊的，装的是烟和钱，一坐下就满店烟雾和响亮的话，其中一个面无表情的中年人像是头，彩儿后来知道他叫万金银。店老板尤其巴结他，一边让彩儿赶忙倒茶，一边哈腰递烟，人家又不要。店老板喊上菜单，要拣最好的菜给万老板做，万老板却说不必了，几天大席吃腻了，随便吃点。

几个人一边吃饭，一边还是讲话抽烟，彩儿从来没见过人在吃饭时要抽这么多烟，整个店被烟罩住了，浓得有些睁不开眼睛出不了气，真不懂这样怎么吃饭。他们大概在商量事，听起来是和广佛镇小溪沟的人闹纠纷，第二天要谈判，据说那边领头的叫刘德利，请的有记者，万金银安排那几个年轻人到时候在场，见机行事，验一验记者的真假。那几个人连忙说我们听万叔的。万金银还说：“叫他们闹嘛，我晓得他们是搞基督教的，结成帮子闹，过两天就叫派出所把他们都抓起来。连他们的传道人李立强，都说刘德利几爷子瞎闹，他们教门里头自己分裂了。”

万金银一行人走了之后，店里面恰好有一个熟客，他叫老板估计万金银到底有几千万。老板说两千万，熟客说不止，有这个数，说着伸出三根指头。忽然又想起来似的说，“你知不知道他哑巴兄弟的事？”老板说不清楚。熟客喝了酒有些感慨，说起万金银的发迹。

万金银起先家里穷，到山西下井当工人。万金银只有一个哑巴弟弟，又傻又哑，做活路倒是好的，一直没有娶亲，娘老子还是有蛮心痛，万金银把他带过山西，和他在一个矿上做活，后来哑巴就出事了。据人传哑巴死于一次绞车事故，那天哑巴和万金银一起坐钩，就是没有罐的时候，用蛇皮袋做成一个环套在臀部，挂在吊钩上下井。哑巴的环松了，掉下去摔个极死。哑巴的环怎么会松了，谁也说不清，只有跟他一起坐钩的万金银清楚。可是下井之前有人看见，哑巴本来准备了一个好的蛇皮环，万金银说那个不牢实，要他换了一个，偏偏换的这个就断了。

哑巴死后万金银去找老板，要求赔钱和带班，否则要向安监局检举事故瞒报，当时正是繁峙大矿难之后，发生一起死亡就要停产，老板赔了万金银钱又让他带班，万金银就从这发的迹。哑巴死了后为了保密随便一烧一扔，骨灰都没带回来，万金银爹气恼，要告儿子，就把这件事传出来了，所以万金银现在虽然这样发达，却不养爹的老。

显然万金银这些事情老板也熟知，只是他不太愿意接话头。熟客讲着这些事的时候，流露一种既畏忌又莫名佩服的感叹。

晚上彩儿梦见了山西的大矿，她和芹娃子坐着环下井，井底是红通通的火湖，硫黄烟子的气味冒上来，她心里怕得想喊出来，忽然万金银出现了，他像白天在馆子里那样笑着，一把扭断了吊链，彩儿和芹娃子“啊”地一声就向火湖的深渊坠去——火湖忽然变了，万金银就泡在里面，他的眼睛、鼻子、嘴巴、耳朵里还有伤疤里都冒出硫黄火苗，他的整个人在烧，一边扭动挣扎一边喊“饶了我吧，我杀了自己的兄弟”，这时候老板出现了，他带着谄媚的笑容，手里拿着一盒烟，一步步向火湖的边缘走去，他只看见了万金银看不见他身上的火，也看不见火湖，他一边走一边喊“万老板好，来抽根我的孬烟”，把手伸得老长地递着，他走进了火湖还没有知觉，还回头招呼彩儿和芹娃子：“你们快来，给万老板倒茶点菜。”彩儿心跳都停止了，芹娃子却听老板的向火湖走去，彩儿伸手拼命拉她却拉不住，芹娃子走到了火湖边上，一伸腿踏进了火湖——“啊”，彩儿大叫了一声，伸手拼命去拉芹娃子手臂，可是芹娃子的这条手臂马上就融化了——

“哎哟，你这么死掐我做啥子？”芹娃子大声喊道。彩儿猛地醒过来，愣了半天，看到芹娃子瞪着自己，才知道做了个梦。

彩娃子知道自己为啥会梦见火湖，那是爷爷讲的，耶稣说杀害兄弟的人，要抛在硫黄的火湖里。

爷爷奶奶信耶稣的事，彩女子一直没弄懂，只晓得爷爷从前是干部，后来进了拘留所，还在平利县电视台上宣布“双开”，老师又按照教委的布置，在各班上讲反对迷信、邪教，讲东方闪电、门徒会，同学们就纷纷议论爷爷。

家里有个十字架，彩儿在医院的大门上看到过，但是家里这个要细长些。爷爷讲了耶稣钉在十字架上的事，耶稣是个好人，但把人活活钉死的故事实在可怕，看到十字架彩儿就心里阴森，自从十字架挂在门背后的墙上，彩儿不敢走进那间屋。彩儿知道爷爷总是跪在那个十字架前祷告，她偷偷听过，还有祷告她好好学习之类。但彩儿一想到自己在班上受到的耻笑就禁不住恨爷爷，恨他放着好好的干部不当，被“开除”了，连累了自己。

新分来的历史老师师专刚毕业，那天讲斯巴达克斯，提到了十字架的来历，连带说到耶稣。下了课彩儿就去问老师，基督教到底是不是坏的。老师解释西方人一般都信，中国大地方也有教堂。但是我们这种小地方不能信，一信就信歪了。

彩儿也没有完全明白，爷爷信的到底是不是歪的，直到这次死了人。芹儿来找她的时候，爷爷还在拘留，她实在不想再在家里呆了，两人就搭伙出门，却只走到了县上。

做了噩梦之后，彩儿就不大想在店里干了。和芹娃子商量，芹娃子还想以后出门打工。她见不得酒癫子爸爸，和娘的一双眼睛，好像已经没有了活气。

“晓得有没有人要我们？”

“总有人要吧。进工厂，进不了的话，外边也有餐馆，照样扫地洗碗。”

“外面人家要用的恐怕素质高些，讲学历。”彩儿想起老板的话，又加了一句，“起码要高中，或者初中毕了业的。我们还是要回去把学念完。”

“他们未必洗碗洗得好些？”芹女子想了想忽然说，“就算做小姐我也要出门打工。小姐不要学历吧？”

彩儿大惊，“你癫了吔？”

陈本国背着两包白糖和两双补过的靴子，在十字路口等车。路上灰尘很大，阳光也很大，陈本国眯起了眼睛。这曾经是个稻田中间的小镇，如今它的屋子极度地鼓胀起来，把围绕它的稻田都用干净了。到处都是响亮的听不清的声音，像一团明亮又模糊的尘雾，却又似乎安静而遥远，与陈本国无关。

车子还有一会，陈本国没有卸下他的背篓，他就这样站着等着他的车子，从远处看去像个稻草人，他的脸上也完全是个稻草人的表情。实际上他心里是活泛的，在想着一些其他的事，想到高山的苞谷，在阳光里又老了一天，采摘的日子即将到来，满山将是柔和的苞谷叶，像老年人失去了水分。采摘苞谷的日子，人的颈项痒痒的疼，身上落满了胡子和粉，感到新鲜的刺痛。只有回到了堂屋，“呼”地倾出苞谷，想到收成归了屋，心也就平平安安落进胸膛了。虽说是人活百岁，要操一辈子的心，一辈子还有完头的时候，末了心无挂欠，擦擦汗，掸掸灰，就在天国的门槛前排队，跟在镇政府门前排队领二代身份证一样，等到耶稣点名叫进去。

感谢神！

歌郎

过了门槛，鼓调一变为阳板。陈克忠在灵前接过歌头，都官喊叫孝子从地上起身，跟在锣鼓响器身后，为首的孝子抱着灵牌，丧鼓就开锣了。孝子们下昼已经哭放下了，这会儿不作声跟住唱歌的人。

在陈克忠后头唱歌的有四五个，是孝家事先请好的。徒弟王文德以外，有抱溪沟的华漆匠，过去陈克忠常和他搭班子，自从他老婆子过世，今天是华漆匠第一次唱丧鼓。本地的谭老二，喜欢唱，唱得粗。还有小学退休教师严老师和一个姓李的年轻人，是会唱老书的。敲鼓的是黄家驼背子老汉，老汉敲了一辈子的鼓，跟在歌郎后面不声不响地转，从来不错一个鼓点。这场人比起前天孟石岭那一场要强些。

画眉叫的归归阳
亡人跨河归无常
请动歌郎来闹丧

黄雀叫的车咕柳
亡人要归青云路
亲戚朋友陪灵柩

第一圈，接着歌头唱两段，算是回答了都官，也给丧堂亲友和一起唱歌的人打招呼。今天丧堂上人多，四个角落里生了三堆蜂窝煤叠的火，老少围得是满的。孝子也多，刚才开歌头到九重门上进大门时候，一群孝子、歌鼓师和看热闹的堵在棺柩前头，灵前简直车不开身。跟着转灵的孝子有六七个，抱灵牌的是女婿崔波，看上去老得厉害。崔波在镇上做生意，和陈克忠一起唱过丧歌，请陈克忠来的就是他。不然陈克忠打算在屋里歇一天，进大寒以来，几乎天天有看阴地垒坟的，老人也特别多，前天陈克忠下中岚河孟石岭熬了一夜，今天早上又上了南伽山，中午下山赶到这里。感冒一向才好，生怕又发作了。

严老师是亡人王老汉的姑老表，从仁溪沟到这里来帮忙。今天他本来没想上场，是都官硬拉上来的，晓得他会唱老本子。他一开口就是古典。

开了歌头起了鼓
今晚你为歌师傅
会唱文来会唱武

唱文就唱包丞相
夜断阴来日断阳
唱武就唱杨家将
杨家满门是忠良
大郎替了宋皇上
二郎替了八贤王
……

他胸中有本章，腔板听起来有味，可惜声音小了，丧堂上一闹，就把他的声音收住，还以为是从好远的地方。后面的谭老二声音大，以前是渡船口一霸，唱起歌来像吼，唱词他个人说有罐罐粗。刚才商量，他就在说要替亡人鸣冤，把公道讲出来。都官说过分了也不好，毕竟计划生育是国家政策。可是谭老二自认和亡人生前关系好，一张口还是比炮筒子冲：

亡者死得有冤枉

方便袋挎在尻子上

死在八仙衙门旁

这回计生办着了忙

稀屎吓了一裤裆

说来也巧，王老汉倒在镇政府院子的时候，陈克忠正好也到镇上去，和王老汉一同进的院子。看见他腰上拴了一个黑色方便袋，里面大概是一个瓶子。看到他往计生办走，陈克忠知道他的儿子超生罚了两万块钱，几年中一直交不起，计生办掳了他家的东西还是不够，一副手铐把家主拘留了，他是来看儿子的。陈克忠到镇政府先找了镇长，交了一份提高低保和复员补助金的申请，镇长让他再去民政科找谢登科。等到他从民政办出来，王老汉已经倒在计生办门前，计生办的人在手忙脚乱喊镇医院的人来抢救。

陈克忠的低保只有每月四十元。那天谢登科看了申请，说你有儿女，应该是这个标准。陈克忠说我虽然有儿女，但是情况特殊，自从出狱之后，多年来就一直一个人生活，没有任何经济来源，这个低保本上标的就是特困。他尽力想说得委婉些，但自己觉得语气还是硬邦邦的，气氛有些僵。两个人沉默着，听到了院子里的吵闹声。

谢登科说你先回去，我们会按照政策考虑。

出狱之后，陈克忠一直住着粮管所的房子。虽说他的公职被开除了，毕竟是粮管所的老人，占着两间房子人家也不敢撵他。后来粮管所垮台，一年到头上不了几天班，陈克忠就算给粮管所看房子，上班那两个月兼做饭，照着粮管所的电，烧所里的煤炭。平时做道场唱丧鼓挣些零用钱。

谢登科按辈分说是陈克忠的侄子。在一次喜事场合，陈克忠喝了四两酒，正好谢登科也在一席，说起低保的事情，陈克忠骂谢登科说，日妈的，说起来你把我喊个表叔，哪么啥子事情你就卡住我呢。

那次吵架之后，陈克忠就一直拿每月四十元的标准。前一段听人说，特困的低保标准应该是一百四十多，另外上个世纪七十年代当过兵的人还有补助，一月也有六十多，镇上两个比陈克忠参军时间晚的人都拿到了。陈克忠知道他们走的门路，不送东西不行，但他一直鼓不起勇气去找谢登科，直到前一阵儿子从西安来玩。这还是儿子第一次到八仙来看他。

儿子来的那几天，天气很好，粮管所里在搞退耕还林补助。陈克忠给几个职工做饭，儿子跟陈克忠一起吃伙食。晚上没人了，两父子在火屋里说说话。

儿子说你一个人住这儿孤独，有个病痛没人照顾。等我成了家有了房子，接你过去。

“你个人这么个情况，不要多想我的事，你能来看我，平常打个电话，心里有我这个老子我就满足了。”

儿子三十三四岁了，至今没有结婚，前一阵找了一个对象，这次过来说又算了，嫌他年纪大又没钱。他赌气说这两年再不找女人了，三十六岁再开始找。儿子和陈克忠年轻时的职业一样，在建筑上包活路，总是东不成西不就。

自从结发妻子死后，儿子留在西安由他二叔抚养长大，三十来年里陈克忠只见过他几次。儿子喊二叔爸爸，不认陈克忠，前几年陈克忠在西安呆了两个月，两父子没说一句话。这两年联系了，偶尔打打电话。

晚上躺在床上，陈克忠睡不好，想到自己晚年的安排。这个事情他想过几回，尤其是为庙沟顶上的耿老汉送了终之后。陈克忠今年六十二，自己按照八字推算，七十三是一道关。这十几年时间只要自己还站得起身，打得了丧鼓，赖着粮管所的房子好歹混一天算一天。只是怕老了走不动了，害上一场病，一时不得死，死了烂在床上没人晓得。前一阵感冒发作的时候，两天倒在床上不吃不喝，跟死了没多大区别，第三天才还阳。

一年有好几个月的时间，粮管所没有人，晚上陈克忠一人住在坡上一大院房子里。灯一关就黑定了，悄静里只有坡下远远的河水声音。假如有天睡过去了，个把周不会有人到这屋里来。

假如将来儿子有了条件，叫跟着他，毕竟自己没有尽抚养之责。遇到媳妇说上一句，自己当时就会下不了台。像耿老汉那样起房造屋，为儿女置下家产，后来都难免被嫌死。

思前想后，还是打算争取些低保，靠自己保晚年。只有放下脸皮去求人。

那天从民政科出来，目睹王老汉被医院的人抬走，地上留下个空瓶子，一股浓烈甜润的敌敌畏气味。旁边人说，他进了计生办问我能不能见我的儿，人家说不能，人在县上。他又问能不能放了我的儿，人家说不能。他说不放我的儿我就死在这里。人家还没当回事，他掏出瓶子咕嘟嘟就喝，瓶子抢下来大半瓶已经下肚了。

人到了镇医院之后没救转来，赶来的亲戚朋友把人抬回镇政府院子。搁了半天县上就下来人了，调解的结果，剩下的罚款不再追缴，镇上当场拿一万块钱办丧事，但王老汉的儿子还在县拘留所里。

孝堂上烤火的一些人在议论老人死得到底值不值得，有人说值得，他到底这么大个岁数了，拼一死为子孙，今后计生办的人再要铐人掳东西要考虑一下了。“哪个人不想活，活到九十九岁还想活一百，这样死还是伤惨了一些，”一个七八十岁的老头吐出一口旱烟，好像想到了自己。“他命该在这天死，死之前生魂已经走了。”王家的一个邻居说，他望着火有些出神，陈克忠转过他身边的时候，看到他的脸半明半暗的。

谭老二的那几句唱过了，丧堂上的人显然在议论。陈克忠有一丝不安，接到唱：

奉承老弟你真大胆
你今晚穿针来引线
倘若你能说圆满
我当时要尊你为贤
假如你要落坎坎
我只能双泪洒胸前
搬起石头去砸天
你个人都要入黄泉

陈克忠的歌是跟耿老汉学的。“文化大革命”之前，和耿老汉一起在三线上和泥巴，后来又在千家坪烧火地种洋芋，名义上陈克忠是民兵，耿老汉是受管制分子，久了也成了忘年交。耿老汉喜欢编词唱歌儿，打成右派就是为唱花鼓子，成了右派还是不忌口，陈克忠当时年轻，跟到也记了一些，“文化大革命”一来甩了。

用心学是在十年前，当时庙沟口粮管所的房子还没卖，陈克忠一个人住着一大院房子，耿老汉是那一带有名的打丧鼓的，下河路过粮管所经常来玩。他家里儿媳妇不贤惠，出门打丧鼓之外，不大愿意回家，有时在粮管所一呆几天，一套响器也甩在那里，两人泡着茶水干唱，一唱大半夜，从盘古开天地到雪梅吊孝，薛仁贵征西到八仙过海，耿老汉都唱尽了，就像一条大河，流也流不完。陈克忠跟到学会了锣鼓和丧歌，学不会的是耿老汉的腔调，柔里面含着点沙，好像一把烟叶子不停地揉，散发出来说不清是香是苦的味道。

现在年纪大了，也有人开始说陈克忠唱歌像耿老汉。陈克忠自己也觉得，慢慢地能领会到耿老汉唱歌的那种调子，原来这要靠岁数，不是学来的。

今天是王文德开的歌头。孝家的房子临河，歌头就从河坎上开始。坎下一幅急水，被大小石头的棱角扯碎了，声音激切。水是山里出来的生水，石头也是生石头，还没有冲刷得圆润。毕竟是上岚河。

王家的邻居说，亡人出事的头天下午，他拿着梃杖去给一户人家帮忙杀猪，走到河坎上看到王老汉站在水边，穿着平时的灰布衣服。他说王老汉你在看水么，人家不理他。他以为是王老汉耳朵聋，就想悄声走到背后拿梃杖吓他一下。他刚刚下坎，王老汉就涉水过河了。他急得又喊了一句："王老汉你充能干啰，这么急的水。"王老汉还是不理他，也不回头。奇怪的是没见王老汉脱鞋袜，也看不清他的鞋脚，似乎是漂在水上。他心里有点紧了，看到那人上了那边河岸，大起胆子踩跳石赶过去，到了河对岸，那人已经上了公路，走得不紧不慢，却始终赶不上。他赶上公路，那人已过了公路拐弯，他几步赶到拐弯处一望，哪里有人？只见一坡青黄的草皮。

"我背上就出了一层毛毛汗。索性车身到王家，王老汉好好地在堂屋里。我问他刚才过河没有，他说我一直在屋里，过啥子河？我就犯猜疑。

“第二天看到他出门，我心里突突跳，劝他今天日期不好，改天再出门。他说儿子铐在计生办，我还选啥子日期？果真他当天就出了事，头天见到的是他的生魂。”说到这里他像轻松了一些，脸从阴影里扬起来。

生魂出走的事情，看到了不太吉利。陈克忠也经过一次。二十多年前，陈克忠还和舅舅吴少陵挨近住在鸭河口，跟吴少陵在学道士。一天晚上，鸡笼里的鸡子要死要活地叫，他怕是黄鼠狼或者蛇钻进了鸡窝，起夜去看，鸡子好好地在笼子里，啥都没有。回来才睡了一会，鸡又一片乱叫。心里有些麻麻的，大起胆子起夜去看，把门板一抽，鸡子高声叫唤地飞出来，扑了他一脸的毛，转眼工夫一笼鸡子全飞到院坝里。鸡笼里还是啥都没有。回到床上陈克忠给媳妇说了，媳妇说恐怕是生魂。人死之前，有的人想吃点好的，生魂就会来掐鸡子。两人想了一番附近哪个人要老了，想到可能会是师父吴少陵，他得哽食病已经有半年了。

第二天一早吴少陵来了，说他现在啥也吃不进，就想喝点鸡汤。陈克忠心里一默，知道是昨晚的事对上了。吴少陵似乎自己也明白，说你跟我学了这么久的艺，有合适的场合也可以自己搞起来了，我那一套东西你就拿过来，反正我也用不着了。陈克忠说往后再拿，吴少陵非要他马上去拿，“我在的时候我做主，我不在的时候你不一定拿得到了”。他引陈克忠过去，拿了一块“道经师宝”的印，两块桃木卦，一叠绵纸和几本老书，还有一块二十四层的罗盘。“最要紧是把印收好。”

那块印是用雷劈过的桃木，雕着“道经师宝”四个篆字。这四个字的来源，有两句歌“天留岁月道留经，人留子孙草留根”，指的是历代先师的传承。吴少陵说，印是洪油大仙传给他师父的师父，师父的师父又传下来的，附着洪油大仙的法力。“有这个印，你就算是道士，没这个印了，你就算不上道士，算是骗人混饭吃的了。”

“破四旧的时候，他们硬逼我把印交出去，我命可以交这个不能交。他们来搜，我把印藏在个人棺材里。”

下午陈克忠和媳妇杀了一只鸡，把一洋瓷碗鸡汤端过去，吴少陵喝了小半碗，就睡觉了。第三天早上，他的女儿就来报丧，说是昨晚上爹过世了。

那以后陈克忠也害了一场病，用师父送的印盖了符喝了，又给师父放了河灯，送他的魂一路走好，往下游笔架山去皈依洪油大仙。等到自己死了，既入了道士的门，也要皈依祖师，只是没有人放河灯送一程了。电站垒起了堰，也不一定走得通。

王家邻居先前向陈克忠讨教，陈克忠也给他画了符，叫他喝了符水再打些火纸，到河边烧了，把纸灰倒进水里顺水流走，这一截河坝才得干净。

岚河从深山而出，终年像一股雪水喷涌，到杨柳坝以下才渐渐变得云母一样缥碧平滑，接纳大小河口，水里有各样的鱼鳖潜伏。从有这些山，就有这条河，俗话说“除非大河里水干”，意为世界终了。王文德开歌头的声音混在河声里，倒多了些味道，不像平时是干巴巴的。

靠山吃山靠水吃江

天公降下了洪雨一场

九州万国共成一条大江

伏羲姊妹女娲娘娘

坐在瓜中飘飘荡荡

天下人民都死尽

拯救乾坤谁人担当

歌头从啥时候传下来，连耿老汉和耿老汉的父亲秀才耿大先生都不清楚。歌词里有一句“自古唱歌不简单，未曾挎鼓汗淌水流”，看来是古时候的事，有八仙河就有人唱歌。两种歌头，七重门和九重门的，也不知道是何时定的规矩，各人唱的又稍有不一样。比如唱歌的来到门上，都官拦门问歌师是从哪里来，以前唱“扬州来的歌鼓师，柳州来的歌先生”。现在有人唱“苏州来的歌鼓师”，说现在用的鼓都是苏州产的。唱到三重门上，“孝家门上三手幡，一手插在东岳庙，一手插在五台山”。有人唱的是“一手插在昆仑山，一手又插丰都城”。说是电视上节目讲的，昆仑山才是道教的祖庭，丰都是鬼城。旧社会打丧鼓还有个规矩，歌郎来到孝家七重门或者九重门上向都官“拜码头”时，都官会拦门而问，问答又有百样的套路，还有临时对口，歌郎对上了才能进灵堂，否则只能换人。

今天都官黄道朋真的对歌师拦门而问了。黄道朋当过八仙乡书记，退了休是白沙河有名的都官，祖上是三代的好都官，啥子板路都懂。当时开到七重门上，王文德唱到“扬州来的歌鼓师，柳州来的歌先生”，锣鼓一催动，都官发问：

你走的是水路是旱路？到此多少的路程？

王文德就愣了一下。王文德是陈克忠的远方侄子，还当过几天生产组长，近几年一直跟着陈克忠做道场打丧鼓。他就是心思不灵巧，学得慢。陈克忠晓得老黄书记这是徒弟面前考师父，连忙接过去：

我先走旱路后水路

水旱二路一齐行

旱路行八百

水路走三千

都官又问，沿途遇到什么风景，又看到多少的名胜？

都官和歌郎问答眼下少见，人一下就拥上来了。

陈克忠答，我旱路翻了九十九座山，遇到八十岁的公公肩挑一担。水路过了九十九条滩，遇到九十岁的婆婆手提一笼。

肩挑一担是什么，手提一笼是何物？

肩挑一担是洋雀，手提一笼是画眉。

老黄书记还是拦着门问，洋雀是怎样叫，画眉是怎样啼？

人已经簇得很多，这样对答下去，都官只管发问，歌郎总有词穷的时候。一般是都官适可而止，歌郎乘虚而入。今天的老黄书记因为和陈克忠是老伙计，上一次在青龙沟唱丧鼓说了的：你逞你是歌场孙猴子，拔根寒毛都是歌把式，我下回要考考你。陈克忠急中生智，顺口对上：

都官先生请注意，我丧堂打鼓闹丧再告诉你。

眼睛看着都官，两人都微微一笑。老黄书记让开了门，招呼孝子从地上起来，歌郎拜完码头要进灵堂了。

打丧鼓夜辰太长，围到棺材要走一晚上，不想点由头打发时间，哪有那么多可唱的，孝堂上坐夜的人也提不起精神。往往是一点话头两人就对起来，一直唱上几十转。词全凭现想，要凑韵，遇到是对手的，难解难分，灵堂上的人都挤满了，听一夜没瞌睡。唱家子不行，越唱越油盐寡淡，丧堂上的人能走得一个不剩，天明移亡人出门着大忙。

耿老汉教陈克忠的，唱歌一定不能太直白，不能把古典丢了，丢了古典，歌就不委婉，成了干骂人，没意思了。他最后下河那回，在粮管所玩了一夜，两人干唱了一夜的丧鼓歌，耿老汉末了意思要走了，唱了一段：

贤侄你莫嫌我贫寒
你有时间到庙沟转
一定要到我家玩
我家虽说很贫寒
有酒喝能吃饭
还有几匹孬孬旱烟
要玩你硬要玩三天

陈克忠懂得话里的落头，是说陈家的姑娘嫁给耿家，要他去当上亲。玩三天是上亲做客的规矩。但是耿老汉只有一个儿子，早就娶妻添孙子了。倒是有三个女儿，有个女儿离了婚，在外面打工。谈不上娶媳妇，招门婿倒还说得上。回话要把这层意思唱出来，又要委婉，默了一会想到三国的典故。

贤叔你不消多招呼
我抽出时间来冲府
金银财宝都带足
好似刘备走东吴

耿老汉连连点头说好："我个人刚才唱得不对，唱梭了瓦，你回得好，意思说到了，又不伤筋动骨。"

耿老汉教陈克忠押韵。丧鼓总共十四个半韵，儿字是半个韵，“不懂韵头，就是乱唱”。他唱了前四个韵头，自己起头，陈克忠接，点点头说接得不错。“往后你走到哪里，不消人带得，跟人能对上腔了。我是土巴蒙到了脖颈，打不动丧鼓也还不了阳了。”

“儿呀儿呀，分别了我的儿。”他唱了这最后半个韵，眼泪就下来了。

老年人的眼泪少，石磨子面上流滴水，没开头就渗没了。

对唱了王老汉身故的事，谭老二就有些气短了，闷转了两圈，终究还是不服气：

今晚唱歌真恼火
歌师扯住我的脚
可惜我文化不太多
急得直抠后脑壳

陈克忠晓得谭老二是个义气人，又是孝家请的，得饶人处且饶人，跟他讲和了：

歌师你是好把式
要下大河不怕脚湿
我们一人四句把白日
唱得金鸡来拍翅

孝堂上的火烧得旺，门外又搭了场棚，虽说装烟递水上菜的人进出，透入一股股的冷风，转灵的人手脚还热和。棺柩顶上用黄泥巴糊着，点着三根蜡，要陪转灵的人燃到天明。灵柩底下也烧着火纸。孝堂上的香火旺了，驱走亡者的寒气。亡者虽然魄散，魂还恋住在灵堂上，丧堂上人多热闹，棺材里面的亡者就不寂寞，安稳过夜，清晨去往生方。灵位前面搁着几杯茶几包烟，唱歌的人一边唱歌一边端起来喝，讲究烟茶不断。茶随时在添热水，说明都官先生想得周到。只有孝子不吃不喝也不出声，一直跟着歌郎转下去。王家孝子的尾巴上有一个四五岁的孩子，不声不响地被一个姑娘拉着转灵，眼睛半闭着闹瞌睡。陈克忠猜想这是让王家发坐牢的那个超生的孩子。

那天离开镇政府，陈克忠心里忐忑，估计王老汉这件事情来了，民政科一忙，自己的事情又要拖了。

二十多年前在粮管所工作，没想到会走到这一步。根由还是管不住自己的脾气，喝了几两酒啥话都要说，得罪了领导。1984年粮站搞优化组合，说是抽到县上搞基建，回来就发现自己被优化掉了，作为富余人员出外联系生意。赚了利润提成，亏了要自己承担一部分。

那年从湖南贩了一车干辣椒回来，所长说进价高了，要直接与批发辣椒的老板谈价。谈的结果，老板一斤辣子让了两毛钱的价，钱没有付完。所长说仓库紧张，干辣椒就先堆在陈克忠宿舍。

半年之后陈克忠回来，干辣椒照样堆在宿舍。陈克忠找所长，说辣子扯潮霉变了，说了两次所长不理。晚上陈克忠睡在宿舍，床脚干辣子气味呛人，把火都呛起来。早上起来他拣出几百斤好辣椒堆在一边，其余的端起箬箕倒下鸭河了。

之后批发干辣子的四川老板过来要余款，和粮管所打官司，粮管所赔了一万多块钱。所里要陈克忠负责，拿每个月的工资扣，几年之间拿不到一分钱工资。到西安做了两次建筑生意都亏了，欠了上万块钱的账。没事干成天在家喝闷酒，喝醉了打媳妇孩子。

后来媳妇说，这样的日子过不下去了。干脆你带我出门，假装我是你妹妹，把我嫁到别人家，得一笔彩礼，我再偷偷跑出来找你。

鬼迷心窍听了媳妇的话。两口子走到河南，头一次骗成功了，两人连夜从信阳逃到伏牛。虽说担惊受怕，好歹挣了三千块钱。到了伏牛，找到一户殷实人家。那家男人是死了妻子续弦，前妻没有留下儿女，看上去是个忠厚人。留两个人住了十来天，还热热闹闹办了婚礼。陈克忠住在镇上旅馆里，等媳妇出来会合，等了一个周不见出来。后来媳妇托人带一个条子，说这户人家很好，男人脾气温善，不打不骂，前妻又没留子女。“我不想跟你再过了，担惊受怕还要挨打，我们夫妻的缘分尽了。我就留在这家了，你个人回家好好生活。”

陈克忠心想媳妇当时出门想好了的，要在外面找个好人家，难怪她会出这个主意。他越想越气，一瓶白酒下肚，无明火往上撞，趁傍晚摸到那家屋后头，点了一把火烧房子。刚点着草房屋顶，那家的狗叫了，屋里的人起夜救火，把火救灭了。陈克忠想跑，狗扯住了脚杆。法院最后判了三年徒刑。后来想起来，幸亏那条狗，不然是几条人命的事。

牢房坐满，公职自然开了，两个女孩跟着母亲到了河南。鸭河口剩了几间空房子，屋里只有水响和大小蜘蛛网。陈克忠一咬牙，房子卖了还账，搬到了庙沟口粮管所……

从镇政府回来，陈克忠带上印和罗盘下了孟石岭。先是到孟石岭为人做道场，而后上南伽山去给人垒坟。

为这一趟出门，和粮管所严主任争执。所里正在搞退耕还林发放粮食，陈克忠给他们做了半个月饭。严主任说这几天你不要到哪去，就给我们做饭。陈克忠说我饭做伤了，不想侍候人了。

天气很好，沿途看见这家垒坟，那家下根脚。进大寒之后阳光暴暖，岚河两岸坡上的土都晒松了。这季节没有种庄稼，好像突然涌出来这么多的黄土。历书上讲大寒里众神鬼升天，人间百无禁忌，适宜动土。想来也是由于大寒里土多，一年四季最适合垒坟或者造屋。

刚垒的新坟，比新房子更容易分辨，坟头上只是土，一根草也没有，就像一些小伙子剃的青皮脑袋。过了一个春天，草就长严了，新坟也就老了。陈克忠知道这一河二岸有哪些坟是他指挥垒的，垒了有几年了。但是一座坟真正变老还不是几年的事。

儿子来那几天，阳光也很好，正好是柿子熟的季节。中午吃了饭，父子俩出门沿着公路转转，田里还有很多青的，萝卜和油菜之类。路边湿润的地方密麻麻长着还水青的无儿嫦，山坡的大寨田石坎已经显出枯燥了。

一些坟垒在田里，用的是和坎子一样的石头，坎子是青石就用青石，是麻果石就用麻果石，几乎和坎子分辨不出来。细心一看，坡上坟的数目要比活人住的房子多得多，只是占的地方小，不发出声息。

“这些是个啥？”

坎子下三三两两的洞，一个升子口大，留着去年上亮蜡烛的残迹。有些一半的浓草遮住眼眉。

这是坟，葬在田坎下，不跟活人争地。要是埋在好田里，死人再有势力，哪里争得过活人。

我明白了，好比我们那边在塬半腰上挖个洞，把人放进去。我妈也这样就好哩。儿子说。

陈克忠默了一下。前妻的坟埋在长安县塬上终南山脚下。埋葬之后，几次到西安想去看，却一直没有看过。后来听说修环山公路，坟地铺成柏油路面，骨殖化为尘灰了。

前妻死后的头几年，清明节还托过梦。站在床前，望，也不说话，很悲伤的样子。醒来回忆，似乎比在生时更瘦，衣裳被雨淋湿了。山高水远，有心烧纸上香也无能为力。虽然丈夫还在世，却成了一座孤坟。时间长了渐渐也淡了，十几年了再没托过梦，也许推土机把魂灵和着骨殖碾散了。就像世上没有过这个六六届的高中生，长安一中的学毛著积极分子。

公路里边凹地里有座坟，紧陷在山根下，坟是个不高的丘，路外边人家起房子，土倒在路里面，几乎把坟埋完了。“这家人太霸道了些，为起阳宅就不顾人家的阴宅了”。陈克忠对儿子说，这座坟有个事情。

中学一个女孩子有天骑车回家落了单，天已黄昏了，骑到这一截有人喊她的名字。一看田里有座房子，三间大石板房灯火通明，一个年轻人站在门上喊她烤火，看相貌有点熟悉，又想不起来是谁。她也不知怎么回事，就进了那家房子，房子里多大的火，她就和年轻人一起烤火，还说了蛮多话。她拼命想这是谁的家，年轻人是谁，想不起来。烤着说着就睡着了。第二天清早醒了，一看自己靠在一座坟上睡着，自行车停在墓门旁边，她记得是年轻人帮她推进了门的。她车没敢要就回了家，到家倒床病了三天。端公[1]叫她想那晚上叫她的人像哪个，她想到自己班上有个同学，上到高二就出门打工，在煤窑里塌死了，埋在那一带的。相貌像喊她的那个年轻人。这个同学以前追过她，退学的时候想要她一张照片，她没有给。一打听，真的就是她的同学埋在这里的。就是这座蒙住了的坟。

1 端公，又称神汉，旧社会从事迷信活动、施行巫术的人，一般指男性。

这事得是真的？

真的。

女娃好了没？

好了，到底那个小伙子在阳间喜欢她，只是喊她烤火，没有害她。

好多人睡在坟旁边被发现的时候，耳朵鼻子里都塞的泥巴，有的已经死了。有的人醒过来说，看到人家往他耳朵鼻子里塞泥巴，抬不起来手来挡。

我晓得喔[1]男娃不得害她。儿子说。

那个女孩子把自己的一张照片在坟前烧了，还写了一封信，先在坟前念了然后烧了，信的意思是知道你爱我，但是阴阳相隔，我还有自己的学业，请你不要再找我，我送给你一张照片作为纪念。

他还找过她不？

再没找过了。女孩子考上了西安的大学。

灵堂上在闹丧，旁边屋里还在开最后一轮席，端菜案子开路的师父不停地进出喊着：“闯——闯了！”两个“闯”字之间，声音尽量拉得长，虽然丧堂上的人已不像先前的多。剩了三坨固定的听歌的人，火又重新烧旺了。河谷里也许起了风，风从场棚缝隙进来，吹得高处的花圈不停地抖动，奇怪的是风在高处不下来，灵柩上的蜡烛火苗只是被转灵的人轻轻带动。

孝子的行列没有变化。整个队列径自一成不变地前行，灵堂上的歌声与人事都和他们无关，连那个最小的孩子也保持着相同的姿势。这是好孝子。前天在孟石岭，转灵的孝子越转越少，半夜时分只剩下两个吊到，抱灵牌的孝子还打瞌睡，碰到棺材上，灵牌差点掉

---

1 喔，关中方言，那个。

到地上。相比之下这一队算得过硬的孝子，都没怎么换班。

歌郎中王文德换班下场了，抱溪沟的华漆匠唱了一段，意思他这两天身体有点不舒服，要提早回去。陈克忠就劝：

你莫嫌灵堂不热和

你屋里没得人暖脚

说起来你我好扯伙

你走了我心里没得捞摸

这样唱了，华漆匠就不说话。华漆匠去年丧妻，人一直就有点委靡。华漆匠只有一个女儿，两个老的单独住到的，料不到这么快拆了单。他的老婆子不识字，歌却记得多，梁山伯祝英台，十二杯子酒十二花名，顺采茶倒采茶，一首歌几种的调子都唱得熟。老婆子娘家是大香河的人，爹是老歌郎，那条河唱歌跟这边不一样，是两人一班，自己打响器，各人唱完整的段子。爹经常在家里自己唱，她就学会了，虽说从来没在灵堂上唱过。她最爱唱的是目连救母连带怀胎歌，声气拉长又带点颤，是在赶脚往前走，似乎越走越高，却又像是反反复复在唱那一句，人的心也被系着不能着落。陈克忠专门到华漆匠家里请她唱过，拿笔誊下来有时奠酒唱。

华漆匠有几圈没出声气，只是跟到走。等到锣鼓停了，他朝敲鼓的黄老汉微微做了个手势，黄老汉的鼓捶就变了调子，华漆匠声气一转，唱起十个字的长板：

我锣打得一锤鼓一哟声

养儿的要学喂目连哟尊

……

只有的目连啰真心哟孝
十八层地狱喂找母哟亲
我把亲娘哟找到的了喂
一头的亲娘哟一头喂经
……
我把的亲娘的挑在哟前
得罪的经书舍罪不喂轻
我把的经书舍挑在哟前
又怕的得罪舍老母喔亲
我把的扁担舍横挑喂起
山中的树木舍两边哟分
大树的见了舍随风喂倒
小树的见了舍一扫喂平
只有的漆树喔不让哦路
千刀的万剐舍血喂淋淋
马桑的树儿哦不让哦路
罚在的人间舍犯咒喂身
……

上岚河一带的歌场上，少有人唱这样长的段子。唱得久了，敲锣的人就要磕两记鼓锤，示意停住，该打锣鼓了。这会儿倒没有人去示意华漆匠，大家跟着他慢慢地走，唱的声音长了，走得也更慢。灵堂上烤火的人住了声，都在听华漆匠唱歌。连传菜的人喊“闯”的声气也小了。对于华漆匠来说，周围的动静他也听不见了，一气把这个长段子唱下去。

正月的怀胎在娘哦身啰
娘怀的孩儿舍受苦哦情
好比塘里的浮萍儿草喂
不知的扎根啰没扎喂根
……
六月的怀胎在娘哦身啰
娘怀的孩儿舍受苦喂情
娘在的阳间舍洗盆啰水
阴间的丢下舍血火喂盆
……
十月的怀胎哟在娘身啰
娘怀的孩儿哟受苦喂情
一时的觉得哦肚子疼啰
怕是的娇儿舍要降哦生
头一的阵来舍疼得紧啰
二一的阵来哟抽了喂筋
腰疼的一阵退三喂魂啰
好比的榔头喂打得哟狠
牙齿的咬得哟铁钉钉啰
双膝的跪在舍地埃哟尘
十指的捏得紧骨喂紧啰
好像的一命舍见阎哟君
是儿的是女喂早分啰明
乖乖的娇儿哦降了喂生
……

华漆匠唱过了，黄老汉的鼓点是照样打起来，下一个人却没有接到唱，灵堂上有一阵鸦雀无声。华漆匠垂着两只手慢慢走着，佝得厉害，陈克忠看他有点站不住了的样子，拍了他一下，让他下去烤会儿火。华漆匠就下去了。

华漆匠的老婆子养过两个儿子，没养大就丢了，陈克忠给她算过命，说是她命主克子。前年子她唱到结尾两句，声调降下去，有点咽气的形势，陈克忠心里就有点忐忑。没想到翻了年成了真，陈克忠为华漆匠的老婆子打了一回丧鼓。

华漆匠老婆子的棺材是他自己漆的。家里只有做一副料的木头，说是先给华漆匠做。华漆匠说，上漆的时候他感觉不对，这副料他睡不到，是为别人预备的。开年，老婆子身体好好的，太阳天在地里做活路，身体一偏就倒了，送到卫生院没救活。老婆子死以后，女儿要把华漆匠接起走，一家养一个月，他不愿意，陈克忠揣测他是怕走了，以后就和老婆子睡不到一堆了。

眼看有些冷场，陈克忠开腔建议：

华表叔他烤火下了场
剩我们几个在歌场上
山高水远路线长
我与诸位做商量
一人四句相跟上
好比黄鹤楼水流长

唱歌是个苦差事。陈克忠跟耿老汉一起算过，一晚上不停歇唱丧鼓的话，要围着灵走上四千多圈，将近六十里路。还比不得孝子，孝子抱着灵牌，垂着头跟着走就是，有的是一边走一边蛊[1]瞌睡。歌郎是一边走一边要不停地动脑筋。所以说歌郎白天是先人，孝家请进门的时候烟酒茶样样好好招待，晚上是孝子，比孝子还过于。早上却是叫花子，等着主人拿几个钱打发。尽管有些人想拿唱歌挣几个钱，却没有专心把唱歌作为职业的，只有耿老汉那样的人，会想到把唱歌唱成学艺，唱歌唱成了右派。

解放之初，会比牛毛还多，成天说打倒反动派，队上一个小娃子说了句打倒某某某（生产队长）也要开会挖特情。水田里发现一根稗子要开现场会。后来提出“楼上楼下，电灯电话”，再后来是办食堂，吃白馍馍。紧接着就是三年困难时期，八仙河的人都上山挖蕨根推“营养粉”，耿老汉一边薅草一边唱花鼓子：

合作社好过恶 大会小会堆起摞宣传政策把大话说从来不把实事做

合作社说大话 什么楼上楼下电灯电话 我屋里点的枞树疙瘩 衣裳裤子扯得打刷刷

做庄稼不把地来挖搞的什么堆积法 等于细娃儿玩泥巴熟地里无庄稼 要找粮食进树扒男的泼起老命把蕨挖姑娘来把救命粮刷

旁边的人听到了，报告给民兵连，当时陈克忠和另一个民兵过去，一根绳子捆住背梁筋，送到公社关了三天，定为管制分子，弄到三线上监督做活路，由民兵监守。他说：“唉，这就是唱歌儿

---

1 蛊，形容人似乎中了蛊，打不起精神。

2 救命粮，一种野生浆果，味道酸涩。

的下场。”可还是照样唱。怕他破坏工程，又弄回来到千家坪顶上种洋芋。

那年夏天有一个月的时间，只有陈克忠和耿老汉两个人在山上，开始耿老汉唱歌陈克忠还挡，后来却渐渐听入迷了。有一天两人摘了好多灰扑儿草煮汤喝，汤里没有油不好喝。耿老汉喝着汤对陈克忠说，当朝没有真命天子。真命天子金口玉言，即位之后风调雨顺国泰民安。陈克忠听了心里震动，从没有告诉别人。他知道一旦说出去，耿老汉就是死。在心里他时常揣摩这几句话，一直揣摩不透，直到多年以后在涪陵坐监狱，和反革命分子杨武关在一起，多少懂得了话头里的意思。

那是1969年，各地清理阶级队伍，陈克忠因为西安武斗“九二事件”在涪陵的302造潜艇部队上被关了，一同关着的有一个老基督徒，一个哈工大的化学教授，另外就是杨武。杨武是六六届的高中毕业生，被打成了现行反革命。陈克忠很少见到杨武这样多才的人，他会吹笛子、拉二胡，还看了很多很多的书。他说，自己是因为看了一本叫《第三帝国的兴亡》的书，书里讲的希特勒第三帝国的种种情形，越看越像今天闹“文革”，就对同乡战友偷偷说了，没想到战友马上告诉了排长，他就进了牢房。哈工大的教授床底下有一箱子科学书，他把这些书都烧了，说：“难道留给他们吗？”他觉得自己再也出不去了，什么希望也没有了，一天不怎么说话，只是偶尔叹息几声。老基督徒每天都要祈祷，不准祈祷他就闭着眼睛，问他，他说是在心里祷告，求上帝赦免我们的罪。

只有杨武有精神，他总在说，我们没有什么罪，不能任他们这样处理，要和他们斗争。他还对教授说，现在的政策最失误的就是对待知识分子，“把你们这样的知识分子打成臭老九了，国家就没有希望了。”有天他趁老基督徒和教授睡着了，悄悄弄醒陈克忠，问他想不想跟他一起跑出去。“我想了很久，呆在这儿是没有希望了，我们不能陪他们殉葬，世上一定还有好的地方。”他的想法是往西南方向跑到越南，找河内的苏联大使馆，当时中苏两国正在珍宝岛开战，到苏联去。“我研究了历史，他们那里从赫鲁晓夫上台之后，和我们这里已经不一样了。”“你怕不怕死，要是不怕死就听我的，没问题。”陈克忠说我怕啥子死，反正这里也没得希望。

潜艇部队的牢房外面是架陡岩，紧靠嘉陵江，江声能把撬窗的声音淹没。看守的战士都是老乡，夜间管得松，两人撬开了窗户，顺着陡崖溜下了江边，两人都是好水性，把衣服举在头上游过了江面，脱出了部队的范围。两人不敢坐船乘车，扒货车去贵阳昆明，又翻越边界进了越南。那里的山比八仙的山还高，水比八仙的河还大，树林密得挤不进人，湿得头脚流水。陈克忠这方面比杨武有经验，知道哪些野果子能吃，山上越南农民种的也有苞谷，将就着到了越南。

找到了河内的苏联大使馆，大使馆却将两人抓了起来，很快遣送回了国内。杨武供认他为主，陈克忠为从，两人各挨了一顿打。陈克忠的部队上都是老乡，人没打坏，打完之后关了三个月单人禁闭。杨武的两个踝骨被敲碎了，人家是故意敲的，说：“看你还能跑？”

之后不久杨武就死了。那年头，一个正常人生存尚且为难，何况一个残废人。死之后埋在部队附近的山头上。

那时候陈克忠刚刚学着看地理书，他偷偷看过杨武的坟，发现这是一棺青龙抱月的地形。龙脉连续而来，眼前一个江湾，水口从左出，右开左闭，龙脉养成了又没闭死，前面三座小山似乎屏风，主子孙大发。荒唐的是，杨武无儿无女，能发谁呢？哪怕自己能有个儿子，认杨武做干爹也好。

昨天在南伽山半腰，陈克忠拿着罗盘蹲上了一户姓高的孝家坟头。这座坟自从埋葬起，后人一直不发旺，嫌坟的向山没对好，要陈克忠定个方位，旧坟新做的意思。

孝家递上来一升米，罗盘平放在米面上。蹲在这个位置是他特有的权力，十几年来，他不知蹲过了多少座坟头，看过了多少地形，只是不知道自己容身的三尺黄土在哪里。这座坟地形其实不孬，处在一个崖窝窝里，坟土干干燥燥的。崖窝窝又没有长拢，免去落在虎口的嫌疑。坟前右手有一条溪，东向流入山涧，再汇入山下大河。大河从山后而来，山前而去，地理上称玉带水。来山高峻，望上去一片雪荡。从金鸡河口上这座山走了两个小时，山路的凌没有化，走起来很硬。

岚河两岸这样的高山陈克忠以往都走遍了，今年感觉一趟比一趟吃力，硬往上走的。山上的风比河里的硬，阳光却比河里稀薄，河里的土都晒松晒化了，山上的还是一坨一坨的。河里的树叶子还阳了，高山阴面崖坡的树木还是冷青的，翠色在一个冬天里被凝住了。山离河似乎越来越远，山老了，一天天呆在老地方，心里封的东西越来越深。河却远远地走了，一天一个变化。

我早路走的是深山
山高要人把路引
水路经的是长潭
水深要有渡船人

岚河二岸，都是这样的高山，高得露出骨骼。阴面的雪一直存到深春，雪路往深处穿过黄奔马，顺龙洞河一直走到四川。河把山中间的川道削下去，临着河岸都是岩壑，往年的路挂在山腰上，棉线一样细而不断，串起半山上一个个人户院子，人也都住在山上。八仙人的祖宗大都来自湖广，陈克忠的祖爷爷从荆州逃难来到八仙，挑着两个箩筐，一个箩筐里挑着行李，另一个箩筐里挑着爷爷。陈克忠见过的年代最老的墓碑是在跳蚤河口，墓碑是方家在雍正年间立的，刻着“屏山公再迁至上岚河，挽草为界”的字样，下面半截都模糊了。修了公路，人才下了河坝住，一截河坝就是一家人户的名字，王家河坝、李家河坝之类。陈克忠这一辈也搬下了河。

在高家坟头上，陈克忠把罗盘方位对准了笔架山。

隔着岚河，两座山峰之间正好望见笔架山，蓝幽幽的三个山影子，中间高两边低，像墨养过的光润。

笔架山离中岚河四十里，陈克忠十四岁就去过一次。当时洪油大仙的肉身还在，养在水缸里一个莲花台上的，小孩子得了病，哪个手长隔着水缸能摸到他的脚，摸到以后病就会好。洪油大仙的头低着，据说原来是抬着的，他的舅舅来拜他，他受不起拜，头就低下来了，低下来就再也没抬起去。洪油大仙是岚河道士的祖师爷，吴少陵师父的师父的师父见过他，八仙的人没有不到笔架山拜洪油大仙的。他原来是个做活路的人，已经成仙之后，人家还喊他做活路，他家家都答应，结果东家他也在做，西家他也在做，这才晓得他成仙了。

洪油大仙在笔架山呆了三十年，道光年间上的天，肉身一直留在笔架山直到“文革”。陈克忠见过洪油大仙的肉身不久，开始“破四旧”，一个王大汉的人领头，把洪油大仙的肉身剁成块，一块块地火烧了，烧得冒生血，吱吱叫，一股青烟标直上天。

洪油大仙的肉身虽然烧了，化身在八仙河却到处有。金毛关那棵大青树，长在丘陵中突出的一个山尖上，外来人一进八仙地界就望见了，活像是迎客松，树上搭的有红[1]，据说洪油大仙曾经在这里显圣。树下面原来有座庙，也是"文革"的时候拆了。

河对面有几座石灰窑，前一段有人挖石灰矿，挖出一个菩萨头，鼻子眼睛长得好好的，就是右边耳朵缺了一点，看到的人都说是石头天生长成了这个样子。挖出石头的刘明汉说，当天晚上洪油大仙给他托梦，让他把头供起来。他就搭红布帐篷供起了这个菩萨头，好多人去敬香火。今天过河上山之前，陈克忠特意去看了，确实是一个菩萨头，只是下面没有配身子。

他想，可能是河对面的庙抄了，有人把菩萨头埋在这里，现在又挖出来了。但这毕竟是座菩萨，算不算洪油大仙显圣呢？

半夜子时，歌郎们的声音有点沉下去，孝家请的响器班子的吹鼓手进来说，"你们歇一阵，我们搞会儿？"

陈克忠说正好，我腿脚有点转麻了。再转了半圈歌郎们就下场，响器班子的锣鼓接上。孝子还是那几个，崔波让那个小孩子下去了，又劝捧灵牌的女子歇一会，说："这么长一晚上，你能一直转？"女子似乎没听见，低着头继续走。她似乎是决心完成一项比自己大出很多倍的任务。

陈克忠坐到旁边烤火，问歇场烤火的驼背子打鼓老汉"这是不是崔波的媳妇"，老汉正回答陈克忠，却被唢呐锣鼓的声音起来，把丧堂上一切的声音都盖过了。

响器班子的气势比刚才唱丧鼓高多了，两只长唢呐的音也吹得嘹亮，陈克忠听他们最初吹的是《荒年歌》，接着是《十二杯酒》的调子，再是《十二花名》的长调，再是《十绣》，另有几种调子听得

---

1 红，指红布。

很熟说不出名字。这一套吹下来，大约有二十来种调子，还要重复上一遍，绕着灵柩也就走了三十来圈。不知道为何，唢呐的声音虽然嘹亮，高到不能再高，真实的调子却总含着凄凉，就算是结婚时的吹奏也一样。实际上八仙人把结婚和出丧合称“红白喜事”，两种场合吹奏的是同一种调子，同一套路，说不清悲喜。

高家的坟，原来的地理师没看错，只是罗盘架得不平，或者孝家砌坟偏了方位，坟头没有对准笔架山，却偏到了左边那一架高山，山势太凶恶，压住了气脉。

吴少陵常说，千错万错罗盘不能错一分，这是当阴阳的把凭，也是阴阳的良心。罗盘错一分，向山能错千里，活龙错成死龙，发旺变成绝户。陈克忠小心放平了罗盘，在坟尾岩上做了标记，叫人拿一根竹竿子，瞄准罗盘指针的位置插在坟前，定下了火眼石的位置。这一趟事情就算完成了。

跳下坟头，陈克忠接过一根烟，站在旁边看人们砌坟。坟原来的封石都被拆掉了，有些地方露出的土质微微发红，工人捻了一撮看看，说这是见到料了。孝子有点不信地说十几年功夫，怎么就烂成这样子了。坟旁准备了几十匹水泥砖，工人觉得用砖砌的话又不太够，孝子就问陈克忠的意见。陈克忠说要是你们愿意，干脆还是用石头砌，水泥砖砌的坟，封死了，魂出不来，不是啥好事。“我以前遇到过这种事，有体会。”

前两年陈克忠给仁溪沟一户人家看了阴地，安葬之时，孝家用水泥砖砌的坟。葬完之后不久，孝家来找陈克忠，说亡人给儿女托了个梦，梦里老汉说地形是不错，我住着也还舒服，就是坟封得太死了，我闭得慌。孝子问陈克忠怎么办，陈克忠说你们再砌坟又淘大气，取两块砖，算是多开了个窗户吧。

孝子把红包给了陈克忠，问这棺坟地形到底如何，今后是不是能兴旺了。

“刚才我上山的时候，看到河坝里有人在施工打洞子，是修电站吧？”

“是的，这是安康老板上来修的电站，从这里打洞子，一直到花里出来，水从山里引起走，要穿过几匹山呢。水坝到时就修在这座山脚下长潭。”

陈克忠点点头。“发旺还是发旺，想大发就没把握了。山底下本来是玉带水，一修电站，河里水干了，水从山里走了，地形就没有了。”

“那不是我们岚河上下都没得地形了？从佐龙往上，电站密密麻麻修起走的，政府还提的口号啦，要把岚河每一寸都榨干吃尽。”

陈克忠默了一下。

“是的呢，我估计我们这一带的人，不说过二百年，过一个甲子以后怕就没啥用了。那大河坝的水流着，你以为是白流的，有水的地方，人自然都不同。拿我们这个职业比方，现在好的道士和端公都少了，好多东西只是听说过，实际失传了。”

听吴少陵讲，他的师父高文玉驱鬼，手拿着两块红煤炭，两手不停倒来倒去走遍人家的屋子，煤炭稍微有点阴了就要换红的，一边还要念咒驱邪。做大斋的时候，要过奈何桥，用一匹红布一匹白布悬空搭起来，上面垫一层黄表纸，白布下面插着刀，烧的有火，两个道士手持阳伞，对面从红布白布上走过去，一面走一面唱经，掉下去就是刀山火海。

那时岚河有个好端公陈端公。一天高文玉在做道场，陈端公远远地走来，用水牛角挑着端公的行头，他把水牛角往土墙上随手一插，进去了一尺多深，行头就挂在上头。高文玉看见了，端了一杯茶给陈端公，茶水冒出杯子面有两寸高，一点也不泼。陈端公接过去，用掌当中一切，把水竖切成两半，他喝了一半，另一半给高文玉。高文玉伸了一个指头进杯子里，水吸溜溜就被他的指头吸干了，然后指头对准自己的嘴，像倒酒那样倒进自己嘴里。两人相视一笑，从此互相再不为难。陈端公没有后人，在“文革”开始的时候被斗死了。

“文革”时的一天夜里，吴少陵悄悄跑到陈克忠家，手里提了一个蛇皮口袋。他喊陈克忠把这个口袋埋在炉子坑里，陈克忠一看是开坛经文的雕版。吴少陵说，白天里红卫兵到了他家，把从师父手里传下来两箱子雕版都逼着他交了，交出去之后，他们当柴烧烤了一顿转转火。“我悄悄留了这几张开坛用的雕版，不敢藏在屋里，你收好，不然往后就缺了本章了。”一边交代，一边叹气说自己这个道士也当到头了。果然两年之后吴少陵就死了。陈克忠把蛇皮口袋在炉子坑里藏了好几年，每次出炉子坑都不出完。炉子坑其实是个好地方，雕版不会扯潮。“文革”之后拿出来一看还是好好的，为了怕遗失，又拿绵纸抄下来，装订成一本书，现在开路就是依照这个本子。

过了半夜，丧堂上增了些寒意。丧鼓唱得倦了，严老汉和小李想唱老书。

徐茂公左手定阴阳

老杨林三收秦叔宝

小罗成善使回马枪

尉迟恭单骑能救主

程咬金斧劈老君堂

单雄信至死不投唐

严老汉想唱的是《隋唐演义》。从隋炀帝观琼花开始，中间经过薛仁贵征东征西，一直唱到薛刚反唐。耿老汉死的那一回，儿子媳妇半心半意，打丧鼓没请好歌郎，到子时就冷场了。陈克忠跟王文德商量，两人一人一句，就把这本《隋唐演义》一直唱到天明，围着灵柩走了五个多小时，手脚都麻了。早上还完阳，陈克忠靠在一个大树疙瘩上就睡着了，一直睡到上坡下葬，下了葬也没要孝家的钱，说："我走到别处是为钱，走到这里为他是我师父。"回到粮管所，嗓子哑了半个月。往后再没唱过整本的老书。

华漆匠不愿意接严老汉的下文，他现编的歌唱得好，却不会老本子，仍旧唱了几句应景的。转到严老汉，他意思还是想唱老书，换了刘邦楚霸王相争的起头。

闲下无事去游玩

鬼谷先生摆卦摊

韩信一见忙下马

长枪插入地平川

尊声先生听我言

请你给我把八字算

人算我有高寿七十二

你算我几十几岁命归黄泉

后面小李正要接，华漆匠打断了歌头：

师父你点书很明显
要点韩信这一段
唱歌都是图热闹
打鼓闹丧混时间
哪个唱歌能当英雄
哪个又能当歌状元
何如一人四句热闹点
硬是要唱这古典
好比竹子蒙火火熄完
你二位只有邀伙伴
我正好瞌睡把灯残

陈克忠听得出华老汉歌里头有话。本来在孝家丧堂上唱老书是有忌讳的，比如唱《三国演义》，不能唱到走麦城。唱楚汉相争，最好只唱到约法三章。韩信是古人中最短命的，歌里说“命短只有韩信短，三十二岁赴黄泉”，又是犯了五宗亏心事，短了阳寿四十年。王老汉虽说算是凶死，并不是做亏心事年轻身故，在他灵前唱韩信的段子不合适。

今天转灵既是自己领头，不如提议改个和缓的十字句韵头，追忆亡者生平，大家一人四句接下去，都能参与。

劝孝子听言章——要记心上
你父他住高山——受尽苦况
刚下河促起了——两间住房
遇到了四人帮——命运不强

十字的阴阳板又长又缓，像有一股含悲的丝，不停地往外抽，往往唱得孝子流泪，唱歌的人自己心里发沉，半天缓不过劲。耿老汉在世的时候，十字韵的《秦雪梅吊孝》唱得最好，往往唱得孝子一路捧着灵牌一路哭。他的声气不算高，不像有些人在起头的“秦”字上咬得梆重，带着哭腔，是娓娓地含着平和，孝堂上怎样的闹声和哭声却始终盖不住他的调子。特别每段末尾的“放悲声哭过了二更以后”“悲切切哭到了四更时间”，轻轻的一句，自然叫人的心提起来，等着更悲切的下一段。下一段却像轻轻放下了，有些意思没说完，调子没有停止，要穿过无数个更次，永远没有还阳的时候。

“文革”的时候，因为这段丧鼓，耿老汉被八仙中学的红卫兵从千家坪拉下来斗了两回，说他唱得那么悲切是为灭亡的地主阶级吊丧，秦雪梅是一个地主婆，她吊的丈夫更是一个大地主恶霸，从一更哭到五更，分明是想变天，污蔑我们社会主义祖国是黑夜。耿老汉在卡车上胸前挂了黑板大的牌子，写着“地主阶级的右派吹鼓手××”，颈脖勒出了一条沟。

那之前陈克忠被招工成了省建筑公司的工人，离开了千家坪。八年以后，陈克忠在白沙粮站看到了耿老汉后颈上的一条沟，挂牌子那一天之后，这条沟没有平过。看得出来当时用的是极细的铁丝，故意往肉里切。“我要是在，就不得叫他们用这么细的铁丝。”“莫消讲得，你那时候也是造反派。”耿老汉说。

1967年9月1号，陈克忠上午还在西安大差市工地上开车送材料，下午却成了“建革司”的副司令。一个见天一起喝酒的哥们当了司令，为了在司令部里多几个亲信就写上了陈克忠的名字，还送给他一把五四式手枪，带着一个皮枪套，好像是麂子皮的。第二天，“建革司”上头的“工革总”和“红革总”的武斗爆发了，陈克忠开着一辆卡车冲在最头里，车上插的都是人。对方的人来截车，车上的人喊着:“碾死他们!碾死他们!”“毛主席万岁!”截车的人却在大叫:“停车,停车,滚下来!”陈克忠的脑子风车一样地转,心一横,以为踏的油门,却踩了急刹车,车子向上一跳停住了,对方的人涌上来爬到车头和车窗上,砸破了驾驶楼的玻璃,陈克忠的五四手枪还挎在腰上的皮套里,手还没从方向盘上放下来,眼前就一片红光——

事后知道,那天的武斗一共死了几十人,最后部队开坦克弹压才止住。陈克忠被救回司令部,从省铁路医院被强拉来的医生裹好了他头上的伤口。这次武斗之后,“建革司”失势,当司令的那个哥们有些心灰意冷,和陈克忠约好坐火车周游中国,出发时一个人带了两千块钱公款。

当时两千块钱是个大数目,坐火车又不要钱,还可以免费吃饭,两人一直在外玩了大半年。首先去北京,在天安门见了城楼上的毛主席,然后南下武汉、广州,参观黄花岗七十二烈士墓,又上井冈山黄洋界,到上海,还去了遵义和重庆——

同行的还有这个哥们的妹妹,这小丫头原来是长安中学的学毛著积极分子,“反到底”派,却被躺在教室当中一具老师的尸体吓晕了,她走进教室的时候,两个男同学正在尸体上撒尿。她跑回家就摘下了红袖章。路上她成了陈克忠的女朋友。回西安之后,清算造反派的风声紧了,当司令的这个哥们被抓了进去。当时中苏形势紧张,正在号召参军,陈克忠和女朋友商量了应征入伍,分到重庆涪陵的工兵部队,在乌江旁边的山洞里造潜艇。女朋友说好在西安等他,复员了就结婚。不料部队上清理阶级异己分子,终于还是把他揪了出来……

十字韵比七字韵要难唱得多,不是上了年纪的人,唱不出其中的韵味。几个人连唱，水平有参差，特别是谭老二，唱出来不像个名堂，陈克忠觉得意思不大。唱到王老汉死了妻子那年，陈克忠下场解手，叫王文德顶班。

出门一股凛意入骨。星宿很稀，似乎天气太寒，缩小了。牵扯的光像冷刀子，没有一丁点的暖意。坡上的土地被月光冻硬，有些田埂像刃。这里到底是山高，早上在孟石岭河坝，虽然土也上了霜，底下却是熟的，太阳出来就化完了，水汽像蒸笼。陈克忠走到河坎上，解开裤子。水比白天更疾，水面上有一点莫测闪动的光，一股寒意让他打了个冷噤。

二十年以前，岚河的水比现在大得多，水里面的鱼拥挤。夏天晚上月光洒在河面，正好打鱼，不会像白天惊动鱼群。陈克忠在鸭河口撒网，那里鸭河的水和岚河的水连成一片，银色茫茫，水面就像有无数的鱼在跳跃。刚收了几网，发现不远处有个人也在撒网，你撒一网，他也撒一网，你收网，他也收网。陈克忠想这是哪个，你离我这么近撒网，我哪里打得到鱼。他冲那人喊了两声，那人不理他，脸也不转过来。照旧是你撒一网他撒一网，你收网他也收网。陈克忠有点恼火，扔下网朝那人走，心想看看你到底是谁。走着走着被啥子迷了眼，眨了一下，睁眼再看那人不见了，月光下茫茫一片河滩，哪里有人？附近也没有藏人的石头或树林。

河坝是魂喜欢呆的地方。落水的灵魂在水面游荡，总要抓住另一个落水的人代替了，自己才能投生。小时候住在乌鸦山，房子在河边半坡上，厕所还要下几步路，快到了河滩，那一段河面紧挨山脚又特别宽广。有天黄昏，星星没有出齐，陈克忠和姐姐搭伴上茅厕。刚从茅厕出来，听见一种凄厉嘹亮的声音从下游河面上传来，一声比一声近，不是任何鸟类或人的声音，但又含有人心能领会的无穷哀怨，让人心颤。第一声还在两块石的长潭底下，第二声就到了下边不远的响水滩。姐姐叫了一声就飞快地逃了，陈克忠毛骨悚然落在后面，却迈不开步，耳听着那哀叫一声声近来。

那时候有放河灯的风俗，每过一段时间，河坝里不清静了，就由当地的富家出钱做道场，用黄表纸涂过清油折成船的样子，中间点上一小截蜡烛，选一处长潭顺水漂去。河灯闪闪烁烁，有点无常又温暖。河面上缠绵的灵魂，也随这点光渡远了，就像歌里唱的：

大河无水把船弯
一路唱到天光现
过船人员都是寿元
哪怕戴银把金穿

一条岚河，养活了多少的鱼多少的人，又带走了多少的魂魄，管你生前成王败寇，好汉恶煞。烧洪油大仙当年的6月26日，王大汉满三十六岁，背了一背苞谷过鸭河口跳石。那天下了毛毛雨，长了一点水，水还是青绿的，他失脚被大河打起走，到蛇蚤河口才捞起来，背篓还在背上，像个手铐子牢牢铐住，脸上身上的肉让鳖咬缺了。他平常水性好，人家说这是洪油大仙铐住了他的手。他家里为他打了一夜丧鼓，打丧鼓的正好是耿老汉，他顺口唱了一段三起头的调子：

今日赶鼓陪灵柩 亡者刚满三十六 他天生该要短阳寿

破四旧他当头头 做事短见又刮毒 把洪油大仙剁成块块肉烧得一阵烟子秋

洪油大仙把他咒 他无儿无女断了后 死在大河进鱼肚

在河边不敢久呆。回到丧堂里，严老汉和王文德两个人终究还是唱起了老本子，唱的是《封神榜》。歌郎就剩下他们两个，敲鼓的驼背子黄老汉又上场了，像旧社会的打更人，沿着长路一直走到天明。陈克忠进里屋里烤了一阵火。

火是用几十块蜂窝煤在地上堆起来，烧成熊熊的一大堆火，围了六七个不打牌的人，一边有而无地听外面的唱歌，一边讲古经。有人连忙屁股挪开了一点让他坐下，说让歌师父坐。有人说你从下午一直到这时候，辛苦啊。陈克忠说这几天事特别多，没办法。

“这几天老鸹子就在坡上不停地哇，怕是有几个老疙瘩又要翻垛了。”一个女孩子说。

儿子住在粮管所那几天，河对门的一种雀时常地叫，声音咕咕地像闷在夜壶里发出来。儿子问陈克忠这是啥雀儿，“叫得人心里发瘆”。

“这种雀儿没得名字，平时叫得少，一叫就要死人。”陈克忠说，这种雀儿站在阳坡叫，阴坡要死人；从阴坡朝阳坡叫，阳坡要死人。“我们这个坡上这一段时间要死人了。”

第三天，仁溪沟口上一户人家的老人烧死了。老婆婆有八十来岁了，前不久出门被狗咬，躺在床上十几天了。屎尿在床上，铺盖脏了，儿媳妇烧了一炉火，把尿铺盖搭在火上烤。楼下屋里还坐了一屋人烤火打牌。火把铺盖烤燃了，连帐子带人烧成一个火洞，底下打牌的人还不知道，后来闻到烟气，上楼打开门，一股火直扑出来。好在是新砌的水泥砖房子，只是把人烧缩了，手脚断了，依旧用一床被子裹到一起入殓。出殡那天下雨，父子两个站在粮管所院子里，看着一帮人在细雨里踩着跳石把白木棺材抬过了河，下葬在对面山壑下的田地里。一班唢呐的声音像被雨淋湿，一阵飘近又一阵飘远了。

“我们那边现在都是火葬了。”儿子说。

“其实都无所谓，人死了哪么都是一样的。怕的是要死不得活，瘫在床上无人照应。”

让河有个周老汉前不久死了，儿子在县上工作，他一个人住在老房子里，害了病拿着钱却起不了身捡药，死在屋里第五天邻居一个小伙子去敲门，看到他躺在火边上的长板凳上，老鼠吃掉了他的鼻子和耳朵。

“相比起来这个老婆婆还算好的。”陈克忠说。儿子没出声。

好像明天刘元的骨灰就运回来了，你们干脆莫走了，连到唱儿晚上。一个从山西打工回来的小伙子说。

刘元是哪个，哪么死的？

就是坎下的，跟我们一路在山西干，炸死了，骨头又没拣全，拣了些骨头渣渣烧的。

哪么炸得这么狠？

刘元是煤矿上的炮手。一次点的十二炮，点炮的茬口到巷道要上一截梯子。点完之后爬梯子，巷道滴水，梯子打滑倒下来了。他连忙喊上面把风管子垂下来。上面也搞得快，把风管子垂下来，他刚抱住管子往上提，第一炮响了，以下他就翻来覆去地抛上抛下，收尸的时候只找到一只完整的穿着皮鞋的脚。这次带回来的骨灰，主要是这只脚烧成的。

“刘元的骨灰还没送回来，他的魂回来了。”那个女孩子说。

“未必在山西炸死的人，魂还没炸散，还能回来？”挪位置的中年人问陈克忠。

“嗯，十八那天他妈在坡上打土巴坨，顶上有一架岩，就在那儿洒泥巴啊，抬头望啥都没得，一低头又洒。晚上刚睡着，大门嘭嘭地像有人拍，拍了几道，她起来开门去看，月亮底下啥没有，一股风扑到脸上。”女孩子说。

“他是要回来，这是他的家乡啊。”陈克忠说。

一个在狮坪上学的中学生说：“怕是他的脑电波回来了，脑电波比声音还走得快，跟网络一样的。”

“这个学生娃说得好，人死了可能就是一种电。”陈克忠笑说。“都说有鬼，又没哪个真正看到过。”

“那为啥又要打丧鼓呢？”

“打丧鼓是活人的心意。”

沉默了一刻。外面唱歌的声音传来，唱到了妲己骗贾氏夫人上摘星楼的一段。妲己为贾氏夫人在楼上摆好了酒宴，这头催纣王上楼相见，纣王本来是个昏君，见色起意，忘了这是大将黄飞虎的妻室。

只因纣王他贪了色
得罪了女娲老娘娘
逼得比干挖心亡
杨任又挖眼一双
贾氏夫人坠楼死
黄家父子反朝纲

再往下要唱黄飞虎带领兵马反出朝歌，投奔西岐周武王。等他们把这段唱完，还阳的时候也就到了。

中学生问：“这些老歌到底是书上有的，还是口口相传的？”

“都是书上传下来的，《隋唐演义》，《封神榜》，就是这些书，我原来还读过的。”一个一直抱着腿子烤火不出声的中年人说。

“那书上又不押韵，他们硬是一句句押韵唱下来的。”

“是的，书也有，不押韵，唱的人根据书编词，要有韵。”陈克忠说，“这个东西还要两个人能对到唱，唱一段想一段，大体是那么个意思，能凑韵就行了。要这么凭空唱还不行。”

给陈克忠让坐的人听了一会说：“老本子有老本子的味道，要说还是对唱有意思。九月间黄家成死，一个人唱到盘古开天地，打鼓的人接过去唱，盘古没得我瘪鼓大，盘古把我瘪鼓喊伢伢。他唱得粗是粗，有些道理。老歌里唱盘古身高一尺二寸五，说起来是跟瘪鼓差不多高，倒能拿起开天辟地的斧子，也是怪事。”

唱歌的好对手，陈克忠遇见过一个，是一个年轻人，还把陈克忠喊叔，现在出门打工了。这个年轻人唱歌文雅，从来不说粗话，懂礼数，平时喜欢坐在垭口上吹笛子。第一回同唱丧鼓，他先到，是领头的，陈克忠后到，上场他就唱了一段三起头的韵，给陈克忠打招呼。

文王访贤到溪头
不见贤人不见钩
一纶青丝垂绿柳
满江红日水空流

这是敬陈克忠年纪大，用了文王访贤的典故。陈克忠听了点头，一时找不到合适的回赠，因着他年轻，用了张飞的典故：

安喜曾闻鞭督邮
扫灭黄巾佐炎刘
虎牢关上声先振

长坂桥下水倒流
义释严颜安蜀境
智欺张郃定中州

末后唱了两句落板“月过十五光明少，人到中年万事休”，表示自己不敢自居贤人的意思。那个年轻人也懂得，两人相视一笑。这个年轻人有个亲戚在乌鲁木齐那边开矿，后来他也从山西到了新疆，听说在那边发了，家都迁到了那边。

有时候唱歌，越唱越孤单，像回到了自己粮管所的那间屋里，只有几堆衣服，几本书，墙上糊着十几年前的报纸，箱子底一张复员证，一张部队发的平反证明，没贴照片。床底下一把老夜壶。

最后一次耿老汉来，两人对着炉火各唱一段，唱了好多做道场开路的歌词。耿老汉身体有病，吃不下东西，倒点糖水还是一口一口抿，端着杯子把叹息亡人的词从头到尾唱了一遍：

一年春去一年春
莫说无春是有春
路上逢人来探问
今年哪见去年人

生有死来死有生
生死从来不由人
世上若无生死事
黄泉路上少行人

人生在世苦奔波

好比南山草一窝

草死本是霜来扫

人亡又是病来磨

唱着他就眼泪双流，成了哽咽，陈克忠的眼睛也湿了。经常在为孝家开路的时候，感觉在唱自己。丧堂之上闹哄哄，无人听见，这些歌也只是唱给自己听。不知道是谁首先编出这些词，编词的人晓不晓得后人会唱这些词，唱的时候他化成了哪里的尘灰。唱歌的人唱了一辈子，把自己也唱成了歌中的亡人。

敲鼓的黄家驼背子老头，年轻时候背本来是不驼的，由于他会敲鼓，一直驮着两个鼓给人家打丧鼓，围着灵柩不知道转了几千几万圈，慢慢地自己就转成这么个驼背了。

交了寅时，还阳的时辰到了。唱歌的人都下场，只留下陈克忠和王文德，都官喊孝子多上来几个。锣鼓的调子改了，行走的路线不再是绕着棺材转圈，变成每到了灵位两侧打回转，人双向来往，都官黄书记这会儿又忙了起来，大声喊叫："孝子你们都听到，给我把路线好好走，哪个把路线搞错了着！"

亡者站在云端上

回过头来看孝堂

看到贤妻双流泪

又见儿女都悲伤

鼓调变成长阳板，悠悠不断的流水调，亡者从棺材中起来，灵魂托在歌郎身上，最后返回阳间看一遍香火堂，嘱咐儿孙。嘱咐之后，亡者就要真的离开家门，灵柩也要被请动，不能再停留在中堂上了。歌郎这时是代替亡者说阳间的话，要细细地把身后事交代好，一件也不能遗漏。

亡者云端开了口
恩爱贤妻听言章
天降一根无情棒
拆散我们一对老鸳鸯

自从你我配成双
上了我家香火堂
养了儿女一大仗
打了一生的孩儿仗

前妻死的时候才二十六岁，儿子才一岁大。死的那几个月，痛得在铺上打滚，药镇不住痛，头发都掉光了。陈克忠从监狱里被放出来的时候，她的身体就很差，有人劝他不要结婚，可是他坐了四年牢她一直等了四年，实在不忍心。结婚之后她生山娃子，就落下了病，检查出来的时候已经是盆腔癌。她的那好德行啊，可惜命运不强。姊妹两个，哥哥从入监之后发配到新疆，从此下落不明，她身体又不行。妻子死后，睡在一张硬板板床上，一根纱置不起，一根木料没得。

那时候二弟在省建筑公司开车，陈克忠把心一横，前妻的尸身放在驾驶楼顶的平台上，一直开到302部队在西安的总部。总部这边有几个人也是涪陵过来的，陈克忠都认识，他把车子在部队大门前一停，尸体抱到阶沿上，说我好好的一个家庭，你们平白无故叫我坐一场牢，害得我妻子命丧，家破人亡，如今人死了无钱入土，只有停在这大门上。

部队的领导吓住了，也因为是老乡，商量了一番，让陈克忠把搞基建剩下的一车木料拉走，装了一整车，都是好杉树料，茶壶粗一根根的，又给了一千块钱。热热闹闹办了丧事入了土，还落下了半车木料。可惜那时候不兴照相，连一张相片都没落下。

埋葬妻子之后，陈克忠就不想呆在西安了。二弟说你一个人没有家业，带着孩子艰难，就留在我这里吧。陈克忠带着一身衣裳回到了平利县，正好部队上军管，找一个熟人开条子进了粮管所……

白天在南伽山上接到儿子的电话，他说自己已经到西安了，路上很平安。“我想还是把你接过来，以后我包建筑工程，你也能帮忙照看。”

心想假如到了关中，住在厚实的砖房里，看看电视。串串门，学着用关中话和邻居聊聊。沣河里有鱼，需要织一副网，过去好打鱼。老了一把火烧了，装在一个盒子里。

当初在河南出狱，老基督徒的儿子办了一个建筑公司，让陈克忠去西安给他帮忙，一月几百块钱工资。以后他的生意越做越大，现在是上亿资产的大老板。假如一直跟着他，陈克忠自己可能也有了公司。

可他跑回了八仙，宁愿呆在粮管所的空房子里，日夜听着大河的水响。粮管所对面有一座山壑，看过去又清又深。下面几十丈陡直地临着涧水。有人家吃水，用长长的管子附过阴崖，伸入山壑里去。日子一长，管子染青了。烧死的老太婆就在这山壑之下，得了三尺的土坑。山间清气飘落，每天润湿坟墓的石头，长出青苔。像还留着些生气。

假如自己死在这里，提前让女儿们出钱打一副棺材，亲戚总要帮忙入土。地形谈不上，总会有三尺土坑和几块石头。比过了前妻的骨殖无存，也强于杨武的埋骨他乡。灵前的孝子中，崔波的媳妇是首先哭出来的，晚上灵牌她抱了大半夜，这时一下子扑倒在棺柩上，发出一种唱歌似的哀诉。这种调子是哭丧的时候特有的，女人们都无师自通，在岚河两岸不知流传了几百几千年。崔固的媳妇在哀诉之中，还带有风抖树叶的一阵阵颤抖，也许是她晚上抱灵牌太累受不住了。她扑到了灵柩之上，头挨着漆皮，旁人拉也拉不起来。另两个孝女也跟着她哭起来。崔波责怪她："你哪么不听教，这么哭，哪么办呢？"他显出束手无策的样子。

刚才烤火的时候，有人说她是伤心，她自己的三个儿子，一个十年前夏天洗澡遇到竹筒水淹死了，一个前两年死在山西金矿里，只剩了一个。如今又死了父亲。

这种场面陈克忠见得多。奇怪的是耿老汉过世那回，他的儿媳妇也是这样扑到棺柩上，唱歌一样地哭。实际上，棺柩里面的老人连临死时的衣服都没有换，沾着潭底丝丝长的青苔。

白天陈克忠从南伽山下来，经过吊索桥下的青潭。上山过桥时看不出来，回来却见出长长飘过河底的青绿。滩长而缓，绿得不深，有时若有若无，石头像大片云母卧在青白之中。山中郁闭的心，到这里忽然清润，却又像被缠绕了。

十年前耿老汉在粮管所玩了最后一夜，第二天下孟石岭女儿家。几天之后，陈克忠忽然听说，耿老汉在吊桥下的青潭投水自尽了。尸体没有顺水漂远，就搁在平展的滩口上，人家发现他的时候，头和身粘了一层水青苔。

眼下的青潭平滑安静，那些柔长的青苔未有人触动过，水面下长长的阴影。

后来听说，耿老汉自从生病打不动丧鼓之后，在家里吃饭不能上桌子，只能蹲在灶门口，几个月尝不到肉味。写信给在山西包矿的儿子，儿子也没有回音。有天耿老汉的女儿上庙沟看父亲，提了一只鸡，过后耿老汉让媳妇煮鸡汤，媳妇骂你老不死的想得倒美。耿老汉就自己拿到灶门口拔毛，媳妇看见了怒从心起，背后飞起一脚，把耿老汉踢了个跟斗，连盆带鸡子踢飞了，鸡毛和热水撒了耿老汉一身。媳妇站在门坎上破口大骂："你还想嗵鸡子！"邻居都看见了。耿老汉把几件旧衣裳打成一个小包袱，含着两包眼泪下了河，一边起身媳妇一边还在后面骂："老日的死远些，永远莫回来！"

孝子一片跪在灵前，歌郎开始代亡人吩咐孝子，挨个点到每一个孝子头上，唱的都是好话，即使是不孝之子，也要讽赠他的孝心好，旁人心里自然明白。虽然歌郎是代替亡者的灵魂说心里话，心里的话却不能完全说出来，要为生人留地步。在这灵堂之上，亡魂不过是客，活着的人才是主人。其中委曲，非日久不能明白。眼下王老汉儿子不在，媳妇就成了讽赠的对象：

儿子孝心不能养
媳妇孝心才恰当
儿子出门全靠你
每时每刻你在身旁

儿孝不及媳妇孝
说得你媳妇听端详
要在你婆子面前顺
孝顺场面比人强

排头一个个唱下去，唱到了王老汉的侄子侄女，外侄和外侄女。外面的天光微微发亮了。亡魂离开香火堂的时候就要到来。这时候亡者的灵魂归阴，刚才代替亡者的歌郎的灵魂却要还阳。

归阴之前，亡者还要赐给后代几样东西，左边是摇钱树，右边是聚宝盆，福星赐福，送子娘娘赐贵子。赐完了这些，亡者的灵魂真的该走了，阳间的使命已经完成，再没有啥子放不下的。想起来倒像不是真的，只是他乡的一场大梦，剩下丧堂的一堆纸灰，一股蜡烛熄灭的灯油臭味，风吹而散。

一场大梦赴黄粱
气绝咽喉返故乡
化帛化纸空掉泪
魂飞魄荡往生方

虽然如此，亡魂离开孝堂的脚步却走得很慢，慢得不像是灵魂该有的脚步。看到儿女跪地相送，免不得迟延了片刻，又啰唆几句。走到门上，左脚出门叮嘱要早生儿女，右脚出门又要嘱咐后代比这代强。来到阶沿上，要请屋檐童子保佑儿孙。来到院坝里，儿女还要跪地讨风光。亡魂张了口却说不出话，只是洒下几滴迎风泪。再要留恋，青衣童子已在空中催促，一脉悠悠，随风前往丰都……

陈克忠刚从部队监狱里出来，和一个家住丰都的战友一起到鬼城名山玩过一次。当时鬼城已经被“红卫兵”砸烂了，没有人管，也无人游玩。陈克忠和战友麻起胆子上山，山紧靠着大江，江中淘出一个大沙洲，亡魂顺江而来，看到满江是笆篓挑沙服苦役的亡魂。上名山要爬几百级梯子，亡魂挑沙上山，牛头马面当监工，漏掉一粒沙在路上又得重新背。到了山顶上膝盖早软了，一抬头面前是高墙大殿，十殿阎罗满堂恶鬼青面獠牙，没有哪尊有一丁点慈善之意。战友说，鬼魂在这殿上判了刑，就发配到江中挑沙，这名山十殿都是苦役的鬼魂挑沙上山建成的，“好比劳改场”。

陈克忠背上直出毛毛汗，又反感。他想，就算我犯了一点小罪，有一点小错，但也不是什么大恶人，也受了那么多的苦，难道到了阴间就该让这般恶鬼来惩治，替他们当牛马，这些恶鬼哪一个作的恶不比我大千倍万倍。

他觉得自己很讨厌这个地方，看到正殿中被砸毁的阎王像和几尊缺胳膊断腿的恶鬼，心里倒有几分快意，却又想到杨武被敲碎的脚踝。难道他的亡魂，也要来到这地方继续劳改。拖着打碎的脚踝，他如何背得起那沉重的湿沙。

歌头里面唱，“亡人身归极乐乡，请动歌郎来闹丧。”这样说来亡魂应该有更好的地方。一起坐监的时候，信基督教的老头子讲，有一个地上乐园，长满了草木，亡魂在其中睡眠，枯了又青，青了又枯，等待进入天堂。大家郁闷的时候，他就都躲在角落里为这个乐园祈祷。

粮管所对面有一个山谷，谷中都是草，冬天半青半黄，很整齐地倒伏着。有时候陈克忠望着，想到老头子说的亡魂睡眠的样子。等到春天，亡魂返青了，倒伏的身子慢慢直起来。

老头子以前有四个儿子。一天他做梦，一个白胡子老汉站在他床前，说你的两个儿子会死去，之后你要信基督教，信以后你的家庭后代就会很好。一年之中，老头子的两个儿子真的死去了。老头子就信了教。“文革”来的时候，老头子收藏了三十四本圣经，悄悄散发，后来被揭发坐了牢。

老头子出狱几年后死了，死的时候相信他的灵魂会被接到乐园。

他一有空就劝陈克忠信教，可是连他的儿女也没有被他劝信。陈克忠当时得到一本舅舅吴少陵的书《渊海子平》，正看得起劲。

这会陈克忠想，要是能像老头子一样相信自己的灵魂会归到乐园就好了。可是细心一理，自己犯的错造的孽不少，这样的灵魂，怕是注定要到丰都城和杨武会合。假如杨武在阴间的腿仍然是坏的，驮不起湿沙子，自己能搭个手。

还阳刚收尾，都官站在门上喊："力量些的小伙子都来帮忙，请动灵柩了！"有人拔掉了棺材顶上的蜡烛，丧堂上脚步忙乱，七八个小伙子围住棺柩套上绳索，嗨哟一声抬了起来。棺材离开高板凳之前，陈克忠在灵前卜了卦，起身的时候，又极快地摔了灰碗。摔碗的手法须干脆猛烈，拿起灵前昨晚积存了一晚上的香灰，猛地摔出屋门去，务必要碗摔得粉碎，碗不碎的话，不是孝家还要死人，就是摔灰碗的人自己有劫数。

灰碗摔不破的情况陈克忠没见过，但师父吴少陵遇上一回。当时是解放前夕，杨柳坝肖家做道场，七天的大斋，请了七七四十九个道士，上山砍扎十殿阎罗用的葛麻藤就用了一个月。临到摔灰碗，师父多熟的手法，脱手一甩窑碗却没碎，灰也全部落在屋里地下。肖家的人势大，当时扣住吴少陵就不让走，关在一处楼上，楼梯一扯，好吃好喝供着，屎尿用一个罐子端下楼，就是不让下楼。关了一个月，解放军来了，才把吴少陵放了。不出几天，肖家五兄弟有四个在县上一根绳子捆住镇压了，连丧鼓都没人打。人家才晓得不是师父故意，是肖家的气运到了那步，灰碗硬是摔不出去。

到了"文革"后期，吴少陵得了哽食病，撑着替人家做道场。最后一回替人发丧，灰碗一摔，灰腾起丈来，高碗却打了几个转转，跌到地上还完完整整。吴少陵长叹一声，对孝家说你们没事，这是列位先师要我去见他们了。不久之后他就倒床了，直到喝了那最后一次的鸡汤。

香灰像箭往门外一射，都官大喊着“起来”，一阵吆喝号子，几十双腿脚腾起烟雾，棺材迅速抬出了门槛，移到院棚下搁好的几条高板凳上。这过程似乎生死攸关，稍有迟延会有不测的灾祸。因为该走的过场都已走完，活人不能容许死人在堂上再停留一刻。

灰碗脱手，陈克忠的事算是完了，站在门上看热闹。一个人凑过来问：

“看灰扑的样子，这里还要老人吧？”

陈克忠轻轻地点点头。刚才灰不往上升，直往旁边扑。

“是男是女？”

“这就不晓得了。”

刚才灰往右边扑。灰往左边扑要死男的，往右边扑死女的，并且这个人发丧肯定还是陈克忠来摔灰碗。但这不能深说。

“棺材好重啊！”

一个刚才抬灵柩的小伙子进来烤火，大声地说。

“说明王老汉还是舍不得他的儿女。儿子还没出来，他的心事还没有了。”一个老头说。“你们那天从镇政府把他抬走的时候，说是他就重得很吧？”

“是的呀，当时把他往起抬，我抬肩膀，那哪里抬得起？他简直像一坨铁，你说他平时瘦得一把把刺，哪里来的那么重，我一个，王小山一个，两个大小伙子抬不起。我晓得他不愿意离开镇政府，当时就骂了他两句：‘你再怪搞，我就把你摔到马路上！’骂了以后，就轻些了。你说这是怪事吧，又不由人不信。”

王老汉的灵停在院子里，等天大亮了要抬上坡落葬。坟地是在高山上，以前的王家屋场，王老汉在那里住了三十多年才搬下河，他的心愿是要睡到老屋场去。今天的日子不好，王家只是把灵柩遣到平坡上，等待以后安葬。这个过程陈克忠就不参与了。他困得头皮发麻，只想回到粮管所睡觉。

临出门，孝家提来了发丧用过的公鸡，又给了一百五十的红包，陈克忠分了五十给王文德。王文德的脾气好，虽说干过两年的组长，在陈克忠面前还是尊敬，哪些地方弄得不对头，说他几句他也不回嘴，分给他多少也不计较。只是学东西一直心粗。陈克忠心里在想，假如自己真的过了西安，只怕找不到一个人，将那颗印和本章托付了。

清晨比夜晚更寒冷，山上虽然亮了，河还沉在阴影里。还好遇上了一辆跑早班的面包车。回到粮管所，好好补个冷瞌睡，回头再把火发燃，屋里就会暖和起来。这只发过丧的公鸡，要尖心喂两天，提到谢登科家里去。

猎鱼

猎鱼

晌午过一点，冉东走到了油榨坪。背上的筐变重了，像一坨铁。

太阳很大，地下草木现出灰白。哑巴佝腰在岩石间移动，身后浅色的带子，掠过干燥的土巴砂石，苞谷籽三两点散在窝里。

“嗯，太稀了，这样，这样。”冉东支脚示意。

哑巴伸腰“唔唔”，眼睛盯着筐里伸出来的小猪嘴。猪崽哼哼了两声。

“干活！”冉东说。他又佝下腰。

看见房子了。猪圈那儿狗叫声起来，房前后立刻连成一片。过了一会，河对门山上崔家的狗也叫起来。它们的叫声很闷，因为关在屋子里，要秋收放出来。

冉东迎着狗叫声往近走，丈母在山房上现了。太阳把她黑小的影子压在脚底，只是一点。

“这两个猪儿才好啦，怕要长五百斤。”两只小猪尼尼从筐子里跃下地，伸嘴在地上找青草吃，丈母眉眼就笑了。

“嘴巴儿长得好。”她又说。

冉东坐在院坝里一把椅子上，这把椅子只有半边靠背，他慎到往后靠一点，伸伸被筐子压酸的脖子。小猪把编织袋和筐子拱出了大洞，嘴筒子挂在洞口上。过水费了大劲，手上还提着塑料酒壶。

有一条狗脖子上带着铁丝跑过来，在石头和草上嗅来嗅去。

“我怕小猪儿来了，它们跟小猪抢食吃，我拴了三条狗子。”丈母说，“尽却它跑一会，也拴累了。”

冉东吃着丈母端出的酸汤洋芋片，有几块腊肉。

“小兰没说啥时候回来？”

“没说，就是让我带酒。”

丈母打开酒壶闻了一下。“这是酒啵？”

她倒了一盖子喝，“不像酒。”

冉东也喝了一口。

“酒是酒。不是啥好酒。”

“晓得是在哪里打的几块钱一斤的酒啊。”丈母说。

一只蜜蜂站上了碗沿。这只蜂子的两脚下吊着。冉东用手指接住它，搁到门上方的一个蜂桶盖上。这个蜂桶盖上涂抹了一些蜂蜜。

丈母挎着个背篓要出门，望他弄，“水缸底下爬了好多。”

“那是吸水的蜂子，腿子没吊起。”

“你今天就莫走了啊。我到河对岸扯几背猪草，早上带到哑巴在点苞谷了。”丈母不放心地等冉东回答。冉东“嗯”了一声。她看了一下他，确定他是答应了，才走。到猪圈那下坡，又回头来。

“没说你丈人啥时回来？”

“说是这两天就回来了。”

“两天，都说了一个月了。”背篓才在坎下消失了。

太阳很大。冉东在屋里坐了一会。

火屋竹棍编的楼顶微红，看上去又高了一些。蒙灰的火堆上架着两根大柴，悬着一个黢黑的吊罐。似乎有嗡嗡的声音，是锯木蜂在深处活动，以致某天房子的倒塌。

从第一次在这个火屋里烤火，冉东放在坡上的牛已经下了三只小的，牯牛长大了到了别的人家，又开始配种了。

油榨坪的人家原来有九户，去年袁家搬了只剩了三户，一户是后坡上的五保户鄢长友。河对岸山上还有一户崔家，离得远，狗叫声传得到，人喊话听不见。

今天在镇上逮好了猪崽，把筐子往后座上绑，遇见了袁子人。当时他从小汽车里出来，有人喊“袁校长”，他应了一声，回头看见了冉东，似笑非笑地：“你还在让河？”

冉东“唔”了一声。

袁子人看筐里的猪崽，说这是你丈母的？他们还没搬出来？

冉东系着筐子，依旧“唔”了一声。猪崽一直在哼哼。

袁子人看了两眼就上车了，临上车说：“我倒是想回去看看，硬没得时候。”

丈母过河后顺着山坳一直往上走。远处山顶秀气，像个美女发髻，两边山梁修长地一直伸下河，像两条腿，中间的山坳到头又隆起一个小山包，圆圆的，山包下流出一股凉水，袁家的祖坟就埋在山包上。说这里是美女晒羞的地形，袁家的祖坟在羞子上，所以袁家的人子孙兴旺，人才出众。泉水旁边不远是以前大队的晒药材场，现在密麻麻一整坪的无儿嫦。

路几乎长严了，丈母在蒿子洞里走，头顶一线天蓝得透底，却有一丝畏惧。过去这段路是大路，几个人能并排跑的。到了坪里，丈母加劲割猪草。忽然觉得有人叫：

“灰铃！”

这个声音丈母很熟悉，但想不起是谁的。欠腰望了望，没有人在，她也知道不会有啥子人。她继续割着，偶尔听到几声鸟叫。丈母有点出神。她在想着这个声音，还想不起来。

好像眼前不是无儿嫦，是烫熟的麦草，当时还叫灰铃的她，和鄢长芝她们几个人在草垛里躲猫玩。

那是社里唯有的两年种麦子，收成孬，麦秆倒长得深。晚上全社的人点起火把脱麦子，麦秆越堆越深，孩子们挖的洞也就越深。躲在最里面，几个人听见各自的呼吸，一个鼻尖也看不到。灰铃晓得，那个细长匀称的呼吸总是鄢长芝的，她从呼气上就不一样，叫灰铃心服。要是有人放了一个屁，大家就捏住鼻子憋着不笑出来，因为外边有人在搜。听见头顶高处麦草不断在加厚，像备战躲防空洞。

到底哪天是最后一回躲猫呢？哪一回是回家以后第二天再也没到草垛子去？当时没注意，所以想不起来。

后来种药材了，全村的人有几个月要呆在这里，起了好多的屋。有时候分不清是种花还是种药，有一股药味，药的气息比一般的要深些。

人们都忘了油榨坪的房子，这里生出了好多小孩，和王明霞一起长起来。鄢长芝为首的几个人，她们从这里一起背药材下河时，总是扭成一团下去的，背上有那么重的药。路都蹚大了，衣服上是蒿子浆。

后来人户却都搬走了，说去修飞机场。飞机场没有修，他们却再也不回来了。那些药在地里变了野的，偶尔会有一两株保持原来的形势，在草洞里开花，比一般的花大，像是永远也不会变的一类。

这里留了好多坟，都是老人。

有一座年轻的，在这块坪旁边，是生产疮死去的鄢长芝。丈母割到了它附近，想到刚才那个声音是鄢长芝的，她当姑娘时候的那个声音，不是她害病时候烧干了的声音。

比起各家祖人的坟来，没有后人的鄢长芝的坟要小一圈。石头砌得细致整齐，合乎她生前为人。坟头密密的长条无娘藤，像是刘海，砌石已经有一大半被遮住。鄢长芝过世的时候是妇女了，是生了孩子死的，她的坟却像是回到了严密的少女时代，就算在狂得最疯的时候，刚才带头的她会忽然身在事外，脸上出现严肃的表情，和伙伴们一点不像了。有人看到了，她马上又是刚才的开心表情，和大家逗狂，就这样把她的秘密藏起来。丈母心里过了一个念头：她一整年没有到这里来，这时间里雪覆着那些密麻麻的无娘藤又渐渐消薄，最后在细致的藤子里完全化了。坪里草长深了，旧的茎中抽出了新草，雀儿叫声新中有旧。鄢长芝也许是在同她讲这个。

丈母有点怕，她提着沾着草浆的镰刀，像少女时候骂人那样，说："鄢长芝，你做么子，吓我呀？"又想起来地说："过年五保户他们没给你烧纸啊？也是的，他们个人成了那么个样子，你们鄢家一族的祖人都没得人烧纸，你一个过了门的姑娘莫见怪了。今年七月半，双娃子他们在屋里的话，我喊他们来给你烧几张。"

四舅爷在世的时候，他一个人暗地里来给鄢长芝烧纸。自从四舅爷过世，陈家也搬到了张家河口，鄢长芝的坟成了一座孤坟。其实河里孤坟何止鄢长芝一座，各家的祖坟也无人逢年过节上亮，好像他们的子孙都忘记了。

"鄢长芝你晓得吧，四舅爷前年过世了，埋得远，埋在蛇蚤河口的。要死的那一年，他儿子把他接到猪场上去了。他死的时候念你。你们好了一场，我从来没怪说[1]过你。你们在生没成夫妇，如今你们也不能到一处。这都是命。"

鄢长芝要死的时候，躺在床上，大腿里边都烂了，长鸡蛋，流脓灌水。四舅爷去看她，她说："我活不成了。"四舅爷就抱着她哭。鄢长芝死了娃儿没人喂奶，丈夫是个老实人，弄了点黄豆打豆浆喂，拖了十多天也死了。

---

1 怪说，说某人的怪话。

鄢长芝的坟没动静。也许根本没听到，也许是一个人完全听进去了，外面一点不留。丈母低头继续割猪草，心想今天到这儿来该是有原因。

这几天，她老是做梦，尽是梦见油榨坪以往的事情。先是爷爷死了，他望见乱石坳里那个白衣服的秀才之后第三年死的，秀才不现面之后，他就知道了自己会在第三个年头上死去，所以他虽然还是壮年，自己却把棺材置好了，大家上千家坪修飞机场他也不去，安安静静呆在家里等到了个人死。他是忽然中风就再也说不出话，活像有人把他的舌头攒劲拔了半截出来，一会就死了。依照他的吩咐，把他埋在了河对岸袁家屋场背后的板栗坡，就在他第一次望见白衣秀才的地方。

之后是大哥的童养媳小苗儿的死，那时候吃河里的水，小苗儿黄昏下河打水，有棵老核桃树干倒在地下，水桶那么粗，长的尽是青苔藓。小苗儿跨过去。提水回来因为水桶重，她一脚没跨过去，就把水桶搁在树干上，心想哪根老核桃树砍倒了，这时树干忽然动了一下。小苗儿一看吓哑口了，一条大蟒，头伸到河里，尾巴摆在院子边上，身上一片片鼓起的鳞，清像老核桃树的皮。小苗儿回来以后就再说不出话，她从此越来越瘦，成了一把刺，身上像蛇一样的蜕皮，后来就死了。小苗儿没圆房就死了，钉了个火匣子埋在核桃坪里，大哥一直到三年灾害拣了个河南媳妇成的亲。灰铃亲眼看着小苗儿陡然不能说话了，她的眼珠越来越大地睁着，里头就像有一头蟒。

过了几年就是油榨坪走龙。油渣变成的龙走那回，所有坪里祖人的坟连同油坊和房子都被打走了。小苗儿的坟也被打走了。伯伯说，小苗儿看见的可能就是后来走的龙，那时候没成器。

再走龙的话淹不到多少房子了，人户都搬走了。半年前鄢长芝的丈夫他们一家才搬走，鄢长芝死后，丈夫娶第二门生了一大家人，他们都搬到张家乡上了。之前是陈家搬走，把老汉也接走了。再往前是袁家。有钱起新房子的就搬得早。

“他们走了，河对岸就只剩我们和你兄弟他们一家了，他们两个老光光[1]，也不晓得能撑几天。河这岸的崔家，离得远，照应不到。到时候剩了我们一家，这个场子也就拆了，我们也住不下去了，虽说双娃子他爹想把屋场守到。那时候油榨坪就真的没人户啦。你们的坟再也没有人来望，也晓不得坟里埋的是哪个了。路封严了。”

丈母觉得有一只鸟儿在鄢长芝的坟头叫，伸腰没有望见。也许躲在无娘藤里，应该是一只尾巴很长的翠鸟，鄢长芝伸手采一把树叶就能编出来。天上地下的百样，鄢长芝都从里面懂，丈母只能眼羡学不会。可是现在鄢长芝化了土巴，丈母还活到。

门框投进来的一块白光中，锯木蜂的扇动消失了，也许酷热使一切停了下来。但这不过是春天，是强烈的光线本身的热。冉东走进晃眼的院坝，只有哑巴没有声息地在薅洋芋草。有一会冉东不知道做什么。但过一会他进屋拿了粘网，望油榨坪的上游走去。

这也是一条深草中的小路，快要遮拢了。弯曲经过了整个坪，有些依稀淡红色的煤炭灰堆，说明以前是人户，房子的痕迹是一点也看不出来了。有一个地方横着几根木头，这些烂了一半的木头是从山上放下来，准备以后弄回屋生火。山上一片缓坡，看不见木头从哪下来，其实山上有山。小路一直通到了油榨坪尽头，转弯是峡谷，布满了修路放炮打下的大块麻姑石，尖棱四角地耸起很高，曾经砌成车路，又被大水猛然弄成现在样子。石头背面落着些干枯的植物叶片和果粒，果粒像是一把一起落下来，挨着有小兽的粪便。

1 老光光，儿女不在身边，近似老光棍。

对岸树压得低，要贴着坡了。底下小的褐色，还是在冬天里。

顺着残的一截车路往上走，来到宽的地方。

这里再遇不到人。

他提着粘网踩跳石过了河，在一个潭边观察潭里的水，几乎看不出来地摇了摇头。之后他在附近的一块大石头上坐着，抽了一支烟。这方石头是灰白色的，像土窑烧出来的陶坯，中间有一条奇怪的花纹，像一只窄长的人脸又带着尾巴，这是冉东早注意到的。有时他躺在这里，脸贴着石头人脸，头顶是几枝胡杨树枝条。抽完了烟，他折断这些为自己遮阴的枝条，剥皮捏成一些小绳子，拴上了石头，一个个系在粘网底端。他只系了一半，另外半副粘网留到隔人潭用。

他提着重得多了的半截粘网放在水里，一头系在这边的石头上，扯着另一头跳过水去，系着另一边支起的一根木棍。水流一下子把粘网冲弯了，他尽力弄直些。水里的一些新旧叶子粘在了网上。水很清，留着开春的意思，叶子都还细小，他觉得这样的水里还粘不上鱼。但他还是下了。

冉东提着剩下的大半截粘网往上走，太阳升起来，照亮河水，水底石头晃动金线。水被一个一个这样的石头隔开流动，像是大河里有很多条小河。露出水面的石头白光光的，在这样的一个石头上，人可能会被晒死。

影子在自己脚前，身后好像缺点什么，不好断定是少一个人，还是一条狗。出门的时候，那条拖着半截铁丝的狗跟着他到了木头那里，被他吼回去了。只有撵仗的时候它们能跟紧猎物，其余时间难免三心二意。

走过了一个老屋场，地势特别平形状又方圆，据说是鄢家的祖屋场，叫回龙坪。冉东第一次来到这里，这里就长满了密麻麻的小树，这些小树据说有几辈人的年龄了。在树林里边的草地上开着草莓花，早的草莓已经熟了，要不是嫌太酸或者是在往常，他会走进去摘两捧。一根烧焦的树桩立在草地上，它是在人们不知道的年代里烧焦的，到现在雨水没能叫它的黑色褪一点。这根树桩明白显出屋场的痕迹，虽然周围找不到一棺坟和一个土墩。据说鄢主事的坟为了怕盗墓是没有立碑的，也无具体地点。只有地质队的人用钻山镜找到了方位，盗了鄢主事的墓。鄢主事留下事迹的只剩了屋场上方不远的隔人潭。

隔人潭是两块河中心高高耸起的大石头，轮廓一点未在水流冲刷下柔和，顶上生着像是在极干旱地方扎根的刀口草。石下有一个潭，对着绝壁，从石头上可以垂下杆子钓鱼。

说是鄢主事在石头上读书，山洪下来，把他隔在最高的石头上，他就一直呆在石头上读书，眼睛根本不看水，直到最后水退了。他说水好，隔住了世人。隔人潭的名字就是这么来的。

冉东飞过跳石，在大石头下一个小潭下网。这个小潭一端通过大石悬空的底部连着隔人潭，一边流入河水，无数的叶子停在大石底下，有很多泡沫。看不透的水底下，最好安身躲藏。河里的鱼来去隔人潭，要经过这个小潭。冉东和先前一样下了粘网，这次的水流冲力不大，他只是把粘网搁在浅水里。

他面对隔人潭坐了一会。

太阳还没照到潭里来，眼前的岩颜色冷淡，水光在岩壁上动。岩壁稍微往里抠，有点像修行的洞窟。水像个吊罐很深却见底，清里有摄人心的什么。有个人这样坐着面对过隔人潭，也许就是年轻时的鄢主事，手里捧着诗书。那时他还没有上京赶考中进士，也没有那些法力，只是一个有心事的年轻人，喜欢安静。坐久了，偶尔扔出的一颗石头，咚地下去又慢慢沉底，进了一个洞。人少了话，意思在心里，面对别人的招呼和询问，往往忘了回答。

冉东从哪一天变得少话的？个人想不起来，但一定是在这条河里的哪一天。也许以前他心里有个沉默的线，无人去动，在这条河里被牵了出来，牵得很长，只剩下零落的回答：“而。”

今天上午在天书峡，他把猪崽放下来喝口水，自己也抽根烟。猪崽在肩上的时候乱拱，放到了地上很安分，只是把嘴伸出袋子的破口呼吸。也许它们觉得这个太陌生安静的地方，乱动不是好事。岸上湿的石头堆积起去，黑暗中两根藤条吊着。一大方岩石，可以跳下去钓鱼的，底下的水是清的，一圈树叶在水面上簇积。

想到以前在这坐过，抽过烟吃过干粮，说过话，那些话头消失了，起了一半又落了。

冉东没有在潭边抽烟，也许气息太清，烟会在嘴上熄灭。他顺着岩缝爬上了最高的石头。

他像是和那个人重合成了一个，呆在这个寨子一样耸起的石头上。大石头上面人显得很小，像是猴子或者松鼠，与人世相隔。从那时起到现在，这里没有变化，像是也和时间隔绝了。视线里上游的雷劈石，背上生着弯曲的树木，倾斜下到河流，以前的车路从它背上经过。除了那次万年前的雷劈，以后没有什么让它改变分毫，包括修车路。但是现在冉东的打望里，似乎有什么东西隐约显现，是这里没经历过的。

今天在下游公路走完头的肖家还摩托车，歇了一气。和肖春说起伐木的事，因为人都出门了，找不到人手，只能作罢了。肖春说他不出门，过一段修电站就有活干了，“今天电站老板来，说是过一段就要开工，电站就修在下面一点，出水的地方在那高头，”肖春指到河对岸的高处，“水从山里引到这上边，两根大管子里头冲下来，说落差有一百五十米！”

冉东“哦”了一声，肖春又说：“进水的地方就在你丈母娘他们上面隔人潭那儿，你记得到吧，那块雷劈石，从雷劈石底下进。”冉东心里动了一下，问水从洞里引走了？“引走了，说是要打好大的洞子，车都进得去。”“河里不留水？”“河里的水全部吃干。”肖春说，“‘要利用让河的全部水能’，老板说的。到时候要拣一场好鱼，跟黄白马样的。”

黄白马现在是白光光的一滩干石头。电站关水那天，有人下毒，还没毒死的鱼在最后一些小水洼里死去了。第二天冉东看到一些人在干河里来去寻找，也下去看了一下。翻着石堆的河道里有一股腥臭味。一块石头下面还有点水，翻起石头，他的心里一震，一窝已经死去或还有气的土鱼和趴岩鱼，土鱼晒得半干了，命最长的趴岩鱼还在最后扑腾，这像是一处小鱼的墓穴。这些鱼实在太小，掏鱼的人看不上眼，冉东也没有要。

有一方石头上有一只顶小的鱼的头部，眼睛翻着，太阳下面闪着银色的光。这只小鱼的眼睛冉东忘不了。

“那旅游局的人前一阵还说，要搞旅游线路。”

“我晓得你丈人的意思，他就是想那要搞旅游接待站，扎在那儿不走，指望挣游客的钱。旅游点不搞了，他也扎不成几年了。”

雷劈石朝上一方迎着河谷挡着，硬让河流转向。回水伤不了黑火石头，就将石头底下的窝荡越淘越深，水过后那里总积着一层沙和奇形怪状水泡过的木头，人往底下看心有点紧，总担心有什么。这里进口引水，一河的水轻易就走了。隔人潭这里会像黄白马，开始有点水，渐渐就没有水了。它再也隔不住人，石头下面也会变成一个坟。有人进了那个洞里，把洞翻转来了。

到现在，看起还没啥子变化。

但细末地方已有分别。岩石间的水束子可能减了一点。石头面上的花纹模糊了，有点加深，好像是水晃的。有几处岸边，原来一层层的绿苔藓，苔藓包不住水，到处往出冒，味道抿甜的。现在苔藓却有点干黑了，剩几颗水珠子巴到，水珠子味道变苦了。可能过一段就干水气了。就像牧场山坡上的水源，原来从一处岩罅中喷出，下雨能喷到路上，忽然就没有了，连水气都干了，原来饮水的塑料管失去了用处。干旱成了牧场的最大问题，羊子为了寻找水源摔伤。也许，山里面不是静止的，水去了别处。但冉东有点怀疑，泉水消失和姐夫他们伐木种香菇有关。姐夫承包了这面山，办了四十立方的杂木手续，实际砍了一百立方的桦柳树。点上菌种的木头在沟里堆成了山。山上的树稀疏了。

让河河里也伐过了几轮子，到处是树墩，伐木的人有时围坐在圆桌大小的老树墩上吃饭，这些树墩是从鄢主事伐木时留下来的，年轮有几百上千圈。鄢主事在兵部当主事，陕西闹白莲教他奉旨回来剿灭，最后把一个女的叫王聪儿的头挂在了安康城门上。鄢主事要重修安康城，在让河里伐木，扎成木排放下安康城，那时候让河里水大，再大的木头碰不伤。鄢主事早上骑明鬃羊从安康上来招呼伐木，下午又骑明鬃羊下安康升堂问事，比木排走得快几倍。安康城还没修齐全，鄢主事被女人毒死了。没运走的木头在山里头阴腐了，说是变成了龙。

明天，人也许就来了。

火光亮亮的。哑巴还在吃饭。

“他吃饭总是这样的，好像他跟那些牛羊一样，进了喉咙的东西又回出来嚼二遍。”丈母看着哑巴说。

“他估计是以往饿怕了。”冉东抽着烟，看着哑巴，“你没看到他地上掉一颗苞谷都要拣起来。”

哑巴对粮食是有精打细算意识的。才来油榨坪的时候，从千家坪四岔河下来，背着个蛇皮袋子。丈母看见过去了一个哑巴，家里正缺劳力，就喊兰子去追。兰子看他偏偏倒倒的，拿了一根苞谷秆戳他，一戳就倒下了。说明他确实饿得不行了。但是蛇皮袋子里还有几个起皱的红薯，已经背了好长时间。

冉东和丈母端碗的时候，哑巴还在坡上。“他故意不回来，挣表现呢。指望我喊他。我就看他个人回不回来。”丈母说。

哑巴在坡上挖出的地和没挖过的地方分界形成了一条线。他慢慢地做着，似乎是乐于在坡上做活路。下午在坪里薅苞谷的时候，丈母说他偷懒，干一会就要直腰杆，腰杆一直拄起薅锄望半天，不知道他在望啥子。

天要黑了，丈母在喂两间空屋里的猪，彪形的猪又尖又低沉地哼哼，从黑暗的屋子里传出，似乎带着威胁。那些要抢食的狗不敢接近。冉东放碗走到房子朝里一方，蜂箱高高低低呆在石头上，蜂群已经回巢。蜂桶后面的山坡很近，像清清楚楚摆设在他面前。

两方大一些的石头，贴近山坡竖着，已经暗了。冉东想到丈母常说的，有两条没走的龙，说不定就在哪个立蜂箱的石头下面。它们走的时候，这个院子就完了，和上次油渣龙走的时候一样。她脑子里总是绕着这些想法，晚上解手都不敢到这方来。

自从丈人和内弟黄平出门，她的这些想法变厉害了。每次冉东来，她都会说到好多神神道道的事情，他不搭腔，她还是说个半夜。有时候他早就睡着了，她还在说着什么，他也搞不清她是不是梦里边在说。

丈人是去年春天点完苞谷后走的，春节没回来。儿媳妇刘兰又一直呆在娘家，丈母一个人在油榨坪呆了一年多。

这当中，搬走了袁家和陈家两户人。这一长排房子搬空了，丈母把两间住人的房子改作了猪圈。

幸好哑巴从常青公司跑了下来。

哑巴的身影在山上模糊了。他挖的那条线已经看不出来。再过一会，山上也没了他的痕迹。冉东向着那边喊了一长声的“哦”，别人会当他在朝一个没有人的地方呼叫。

有一只狗汪汪地叫起来，丈母叱骂：“狗日的！”哑巴往下走。

哑巴端了一大洋瓷碗饭，面上盖着炒土豆片。

“哑巴简直在不着这一大碗饭，”丈母递着饭说，“一个下午，门前那块块地都没薅完。”

“那天太阳大，叫他跟到我点苞谷，他点到中午，薅耙一甩就不做了，我打了他两下都不动。实在把我怄伤心了，我拿起棍子赶他走，说‘回你的常青公司去，’他还听得懂，比画说不回去，回去吃不饱，这里吃得饱，还用两个手对着嘴巴比画那里是那么小的碗，这里是这么大一碗。下午我就没给他饭吃，晚上也不叫他睡屋里，他在院里扯起嗓子嚎啊，跟那些野牲口样的，狗子也跟到叫了一夜，我都没合着眼，想出去赶他又怕。第二天一早我上坡，他嚎了一夜嚎累了，睡在石包上的，看到我在坡上干活，他个人就到地里来了，比画说干活，只要给饭吃。那回把他整治好了，现在再大的太阳不敢不做活路，就是手脚慢，有时候还发呆。”

两只猫爬到了哑巴膝盖上，一边一只。小的那只是冉东从牧场带下来的，冉东不在牧场的时候，给它留一块方便面，它自己从墙脚底下一个洞进出。见不到人，它整天地叫着，喉咙嘶哑了。上次冉东把它带下来。哑巴的左手搂着它，它像是已经不认识冉东了。

丈母攒亮了火，火苗从两大根木柴上升起来，缠绕着木头。

“昨天晚上火笑了，我就在想哪个要来，还是你来了。”丈母说。

“火笑得好厉害，扯起转转笑，笑了半天。”

“恐怕是丈人和黄平要回来了。”

“你丈人回来？说了个把月了还没得动静，他也不算啥子亲人嘛。回来了我还难得侍候。”

她忽然自己笑了起来，心里想到了有意思的什么，止不住的样子。

“你笑啥子？”

“我想到你丈人，铁砸的正是他原来受伤的地方，两回都是砸在一个地方，就想笑。”

冉东看了她一眼。

丈母抿着嘴在笑，难为情又抑不住的样子。

丈人出门之前，和丈母打了一架。那天丈母过抱溪沟找女儿黄菊，要冉东以前借着买苞谷的五百块钱，碰巧冉东不在家，黄菊拿不出钱，丈母多了两句嘴。冉东的姐姐银花正好在娘家，听到了说：“黄平是你儿子，黄菊不是你女儿啊，要到那么见近！”丈母说我问冉东他们要钱，关你当姐姐的啥事。银花说那你到别处要，赖在冉家屋里来做啥子。丈母说我女儿嫁给了冉东，明媒正娶地过来，我丈母娘到女婿女儿屋里来，比你姑娘回门还硬直些。银花说好稀奇你个丈母娘，几天我给冉东另买个媳妇，把你女娃子送回去。黄菊听到了说：“你买吵，这么多年没见你给冉东买回来。”银花就要去打黄菊，说你敢和姐姐顶嘴。丈母说：“空口说买，你掏得出钱买吧？你要掏得出钱另买一个，我就把女娃子带回去。”银花掏出五十块钱晃着，说我有钱，我就是要给冉东买。丈母说你拿这么张票子哄哪个，恐怕是下个月的油盐钱。我还不知道你们冉家屋里，一屋的穷鬼。

冉东的母亲在扎蚕棵子，听到这话跳起来，说你骂哪个？母亲、银花和丈母揪在一起，丈母没头没脑地还了两下手，母亲说好哇，你跑到冉家屋里来打人，走到派出所去。两个人把母亲往派出所拖，黄菊想挡，又被公婆骂，不晓得怎么办。

冉东回来之后，黄菊没说这件事，银花姐先说了，说到黄菊顶撞母亲，还推推搡搡的。冉东就打了黄菊两下，银花姐又在一边说另买一个的事。丈母给黄菊扎咐了，怎么也要呆在冉家，不能个人跑回去。黄菊不说话受了。

事情不知怎么传到了油榨坪，丈人骂丈母说你结的好亲事，招的好女婿，丈母回了两句嘴，丈人就打丈母，跟以前冉东打黄菊的时候一样。

过了一段，冉东再到油榨坪的时候，丈母对他说，你可莫再打黄菊了，你一打，你丈人就要打我。冉东没话。

今天上午路过刘家，听到兰子说丈人还没回来，冉东暗地感到一阵轻松。从那次打架起，冉东已经一年多没见到丈人，想到见面心里有点发愣，就像没想到他是要回来的。

丈母点亮了一盏灯。这是用柴油烧的，烟很大。

"那两只小猪儿不知道睡得好不好哦。"丈母说，"它们不愿意睡屋里，挤在墙边一堆乱衣裳里头，我给他们多搭了两件衣裳，都是原来你丈人和黄平穿剩下的。"

"你去逮猪儿的时候，山娃子说啥没得？"

"没说啥子，就是说现在蓝耳病多，给小猪一人打了一针疫苗，疫苗的钱没算在猪价里。"

山娃子是丈母四舅的孙子，几年前搬下鸭河口，后来把四舅爷也接了下去。四舅爷死的时候，冉东抬过棺材，因为老年人生前亲热冉东。

丈母"哦"了一声，说："鄢长友他们的猪都走症了，不吃食，光打摆子。"有一会她像是在担心里头，过了一下又说：

"今天我到湾里鄢长芝的坟那儿打猪草，好像听到鄢长芝跟我说话，一望鄢长芝的坟上站了一个雀儿，蓝的毛，红的腿腿，跟画条里的样的。它望到我，又不飞，望了半天我揉了一下眼睛，再一看就不见了。我在想鄢长芝是不是因为你今天到了四舅那儿去，要问四舅的消息。”

“你就是不信科学。”冉东说。“哪来那么多神神鬼鬼的？我那回不是给你讲了的，啥子事情后面都有一个科学道理。好比我们营房厕所底下的声音，其实是风吹到水管子在叫，女的晚上上厕所本来害怕，只听见声音是从地底下出来，又有些像哭，就当作是有鬼。后来查明了，把管子封严了，不就没得鬼了？”

在青海部队上的时候，有一段时间，传说一到晚上营房厕所下面有鬼哭，有时候有，有时候没有，到后来女兵上厕所都要结伴，有的男战士都怕了。部队首长晓得以后，认为这件事对士气造成了很大影响，专门派了一组士兵，晚上守在厕所里听。听了两通夜都没动静。第三天半夜时候，真的听到声音了，呜呜地一阵远一阵近，是从男女厕所之间的墙下面传上来的。当时蹲守的人都怕了，那声音确实有点像个女人，伤心得要哭又哭不出来的样子。汇报之后，首长说管它是人是鬼，给我挖出来再说，就封闭了厕所，派了三个班昼夜轮换往下挖，开始没什么动静，挖的时候有时还听到那个声音，而且一定是晚上。挖到两丈多深，挖出一个水管子的接头，接头有些漏水，水一阵小一阵大。其他没有别的。领导让把这个接头封死，连那条线路都取了，又用水泥把周围的地方砌好。回填之后，再也没有人听见鬼哭了。经过分析，认为是水管子漏水后被地下缝隙里的风一吹，声音传了出来，漏水时大时小，声音也就一阵大一阵小，听上去一飘一飘的。全师以这事为例子，上了一堂生动的唯物主义教育课。

丈母像往常那样安安静静听冉东讲完，可是接着她说：“说是哄鬼，鬼就算是哄人的，精怪是有的。爷爷是看到蛇秀才才死的，那刘世伦还活到的，不是狐狸精送给他金元宝，他一个老单身汉有钱在张家起房子，找得到媳妇子？”

住在油榨坪口上的刘世伦，一直到三十多岁打单身汉。有天回家看人家把饭都做好了，屋里收拾得干干净净的。第二天他躲在阳沟里看，来的是个几排场的女的，是个狐狸精。狐狸精找人不找人才家儿好的，专门找打单身汉的，这样的人阳气没动，是纯的。狐狸精跟他好了三个月，每次来两手提的是鸡子，送给他好多东西。闻到刘世伦屋里经常有鸡肉香，红光满面的，问他他说了，就是别人见不到狐狸精的面。三个月之后，春天到了，狐狸精说她要走了，再不走雷要来打她。刘世伦舍不得她，扯到她不放手，她就说我有两道符，你挂在大门跟房屋门上，雷来了就打不到我，我可以再留三个月。刘世伦照她说的把符挂起来，当天晚上雷就打过来，一雷打到大门的符上，符就粉碎了，二雷打到二门上，又打在符上，狐狸精躲在床上的，就没事，又好了三个月。三个月再过去，狐狸精就走了，刘世伦跟到大家上四岔河伐木。伐木的时候他老是想狐狸精，狐狸精就给他做饭，每顿两个菜，一盘荤一盘素的，只有刘世伦能吃，别个吃不到，刘世伦要给别个吃，心口就要犯疼。后来有回实在想得不行了，狐狸精就伸出一只手来叫刘世伦摸，伐木的王老五和张家瓜儿都看见了的，白白胖胖的，跟池塘里的藕一模一样，五个指头上都是戴的金戒子，只有刘世伦能摸，别的人也想去摸，膀子就没见了，往后再也没现过。据说狐狸精虽说不现面了，给刘世伦留了好多元宝，他后来结了一门好亲事，四十岁上添的娃子，现在都成人了，儿子刘元在跑出租车。冉东搭车时问过刘元，刘元笑说晓得他的，他个人是说有那么回事吧。

冉东说这是人在山林中呆久了产生的幻觉，“他是个单身汉，本身成天想这些事，人家才说他身上有这种事，他个人也信以为真。我在山上割了两年漆，一成个把月睡在岩壑壑里，莫说狐狸精，连个毛狗子都没遇见过。从小我就没看见我们这一带有狐狸，倒有狐狸精？”

“那四舅爷的美女咒总是真的？他要没得咒语，那么多好女子会跟着他，鄢长芝都对他死心塌地的。”

“你听他吹，他不就是年轻时人才长得好一些，口才又好，在那种时代就算是很突出了，女的容易被他搭上。”

“他是真的，又有咒语又有符，没得文化的人还学不到呢。往常只有鄢主事会。鄢长芝还会画他那个符，跟绣花样的。我哪么都画不到。他不是传给你了的，要不外头女娃子那么喜欢你。”

冉东答不上言。

那年冉东和父亲、哥哥全家到山西去包矿，没包成，到河南去找活路又空了，三个人停在永济县城的一家小旅馆，身上的钱加起来只有一包烟钱，欠了几十块住宿费。

负责打扫房间的服务员小林是重庆人，冉东和她聊上了。他忍住烟瘾，用最后的那包烟钱请她看了场录像。还记得那场录像的名字是《大话西游》。烟雾腾腾的录像厅里，屏幕上至尊宝对紫霞表白“如果上天能够给我一个再来一次的机会，我会对那个女孩说三个字：我爱你。如果非要在这份爱上加上一个期限，我希望是，一万年”的时候，冉东的手搂住了小林的腰，她嘴里剥着自己买的葵花子子，很顺从地就倚过来了。以后两人在街上走了半夜，身旁拉煤的卡车轰隆隆驶过去。小林讲了家乡达州发大水的事情，冉东讲了踩滑板和伐木的事情。小林为冉东和内弟垫了房钱，从小林的工资里扣，还给了五十块钱，这样三个人才能离开，到运城找钱回家。上车的时候，冉东说一到西安就联系她，往后带她到家乡玩。到了西安之后他却忘了这事。

冉东留给她一个家乡的手机号。回家之后接到了小林的电话，问他路上好吗，当时黄菊就在身边给双娃子喂奶，冉东很慌地说了两句就挂了电话。第二天小林又打来，声音闹哄哄的有些听不清，冉东走到猪圈边跟她说了几句，让她不要老打电话，很花钱的。她说不要紧自己在话吧，一分钟三毛钱，就打十分钟。第三天冉东关了手机。

十几天之后从山上回家，妻子给了一封信。冉东接过来吓了一跳，是小林的信，她记下了冉东说过的八仙的地址，估计自己查了邮编，邮局的人知道冉东，就送过来了。信里小林有些生气，问冉东为什么手机一直关机，她并没有要他报偿或者怎么样，只是想跟他说说话。“难道我们连朋友也不是了吗？”

冉东撕掉了这封信扔进茅厕。幸亏黄菊不识字。但是再一次回家的时候，黄菊晚上非要跟双娃子睡一床，总感觉她在隐隐地哭泣，就像哪里一股细水在流，虽说她并未发出什么声音。冉东睡不成，问她怎么了，她拿出一封开了封的信，原来她收到第二封信，字迹和第一封信一样，她让双娃子拆开，大体意思念出来了。这封信里小林说冉东利用她，“当时你们有困难过不了坎，要帮忙直说也可以，为什么骗我的感情”，“你放心我不会来信了”。

冉东解释了两句，妻子没出声。冉东自己觉得恼火，吵她不该随便拆他的信，“你晓不晓得各人通信是受法律保护的？乱拆人家的信要抓起来！”妻子说我看看我男人的信也不行，你在外头做啥子我也不能问，问了就是犯法，你把我和双娃子捆到派出所去。冉东气不过，黑地里爬起来打了她两下。黄菊就哭，双娃子也哭。父亲惊动了，在房屋门外发话。天没亮黄菊就回油榨坪了。

父亲动员冉东到油榨坪接回了黄菊。冉东对丈人丈母解释当时确实是出于无法，不能看着老父亲被人扣着没饭吃。结果落下了话柄在这边，往后丈母在一次过喜会时候对人说冉家是穷鬼，穷得三爷子被人扣起来，靠冉东使美女咒解围。传到了娘和姐姐耳朵里，她们对丈母就有了仇气。

丈母觉得失言，又说："我晓得你品性好，会美女咒也不会乱使。"

四舅爷坐牢出来，一个人住在河对岸，养了几桶蜂子，冉东跟他开始学养蜂，舅爷爷说养蜂的手艺是他年轻时在外边浪学的，这样可以走到哪都饿不死，又自由自在。有一阵子，舅爷爷要冉东学他的美女咒，他说这个咒语是鄢主事流传下来的，失传了可惜。那是一本老古书，是鄢主事的墓被盗了散出来的。书上的字都是竖的，配的有好多符，是各种咒语，有五雷诀、伏龙咒、伏虎咒，鄢主事当年让龙回头给他造屋场，又能骑野明鬃羊下安康，就是靠了这本书。"破四旧"那阵有人传他有古书，舅爷爷就把书烧了，只记住了美女咒。舅爷爷教了冉东美女咒的咒语，里面请的是各路神仙，请了七仙女嫦娥月下老人，还请了张果老吕洞宾。舅爷爷要冉东拜他为师，他就把符传给冉东，符是一个"汇"字。遇到好看的女的，就给她倒水或者拿别的东西吃，趁她不注意，在水里头或者东西上用指头画个符，让她吃喝下去，再念咒，她就自然而然喜欢上你了，你要不反着念一遍咒语把咒解了，你走到天涯海角，她都会死心塌地跟着你，不管她是深闺小姐、青楼女子还是良家妇女。

"现在社会不一样了，你学这个也没得哪个逮你，不像我，一辈子成在这上头，也败在这上头。"舅爷爷回味地说。

四舅爷是在外地被抓的，抓的时候他正在取蜂糖，人家等蜂子都回桶了才抓的。根据法院的布告，他霸占妇女、玩弄女性多达二十九人，是一个男霸天。法院判决他无期徒刑。他在牢里从七几年呆到九几年，因为身体不行了才出来。

冉东没有学。

“这个只能败事。你看看鄢主事，没得哪个抓他，可他后来还是死在小老婆手里。”

舅爷爷没有想到地望到冉东，难过的样子，冉东后悔自己话说重了。过几天舅爷爷就害病了，孙子把他接下去，他的几桶蜂子留给了冉东，冉东乘夜背过河，立在丈母家四周高低的石头上。

四舅爷闭气时候念鄢长芝。他说想埋在油榨坪那条湾里。路太远，还是在蛇蚤河口田坎下葬了。

“你今天遇到袁子人了？”丈母凑在油灯旁边，用顶针补着一条裤子。补巴不是在膝盖就是屁股上。

“他都当校长了啊，他们祖坟就是埋得好。油榨坪里，只数他们一家子孙有出息，人才长得也好，学习也好，都考上学了。我爷爷那一辈，他们才搬到油榨坪来，还是地客，租鄢家的地种，只能租河对岸的，我们租的是油榨坪的好地。那时候鄢家也兴旺，半条让河都是他们的，办的有药铺，开的有油坊。没想到鄢家和我们几家遭一场大水打了，他们倒发旺起来了。可惜他们从油榨坪搬走了。”

守着油榨坪的老屋，是丈人的意思，他总觉得这里将来还会像当初一样繁华，尤其是旅游局的人过了一趟身之后。“要是这里建成了旅游点，我们卖苞谷砣汤洋芋片也能赚钱。”他这个想法说了有四五年了，再说的时候就被人家取笑。去年袁家搬家的席面上，袁子人跟丈人喝酒，因为袁家扯起来跟丈人家有些亲戚，他比丈人高一辈分，酒杯子端到说：“老侄儿子啊，我们都走了，油榨坪只剩下你们和五保户扎到，要把在往常，你们是好大一个地主哪。以后建了旅游点，你就是油榨坪旅游服务站站长，那时候我们回来看一下油榨坪，还得你这个老侄儿子站长接待。”席上的人没有几个有丈人那样的岁数，丈人的脸喝得红红的，又说不出个落头，坐席的人笑了一阵。

袁子人是油榨坪第一个考上中专师范的人，起运还是靠的他弟弟袁青松。袁青松从小聪明，人才长得比袁子人还漂亮。大地方老板和这边小学生结对扶贫，袁家靠关系弄上了，袁青松的照片寄过去，一封信一写，那边的老板就喜欢得不行了，寄钱寄东西不说，过了两年还把袁青松接到那边去上学，老板个人没有儿子，认了袁青松做干儿子。那几年袁子人在小学干得不好，就停薪留职到老板那去干，说是照顾弟弟。以后袁青松过不惯那边的生活回来了，袁子人还干了两年才回来，回来带的烟都是红塔山，给领导装的是中华，过不了好久就调到中心小学。他在镇上开了一家教育书店，专门给小学生卖教学辅导资料，在煤矿里还有股份，买了一辆小车接领导吃饭搞旅游。去年他当上了小学校长，在镇上起了三十多万的楼房，老人都接走了。

“讲人才，你和黄平也不比他们袁家的差。哪么就是没得人家会混，吃得开。”丈母说。她想到了这回黄平回来，黄平回来呆不了几天，说了要到福建去打工。他的那辆卡车还停在核桃坪，已经变成了一堆锈铁，雨水使它有点发胀了，喇叭花藤子从驾驶楼破了的窗户伸出来。

哑巴坐在对面的长凳上，脸稍微仰着，带着好像永远不变的微笑，不晓得他是醒着还是在瞌睡。火光映到他的脸上有些黑红黑红的，跟映在竹棍编的楼板一样，竹棍挂着阳尘，底下却透着光滑的微红，只有长年累月的柴火能熏出这种颜色。两只猫睡在哑巴的怀里，和冬天没过去的时候一样。

冬天里狗允许进屋，尽管过一会就要呵斥，像部队上的例行出勤，它们总是稍微出去一下又带着满身风雪回来。那时候哑巴的两腿之间会卧着一条狗，别的狗也老贴着他，使他身上看起来堆满了动物。雪把天地都盖住了，火却像是比现在温暖，土墙也显出厚，夜晚更长。坐在火屋里，和镇子只是隔了一条山，却像是隔了几百年的路程，祖人翻山越岭初次来到这里，雪地上踩出几行脚印。有时候冉东感觉自己和祖人一样老，以往的事情只是雪里几个模糊的脚印。他不知道是愿意一直这样，还是立脚就走再不回头。

倒洗脚水的时候，丈母说要和冉东睡一个屋，怕哑巴叫。

哑巴不洗脚。他站起来走了出去。冉东出门的时候，看见他靠在门框上，眼睛看着天。星星有点出来了。

天气渐渐暖和之后，哑巴晚上时常看天。他会一直望上很久，脸上有点被星宿照亮了，但又始终像蒙着一层薄雾。不知道他感到了什么，也许从一个遥远的地方有微光露出，但隔着一层幕布，像马戏开演之前，永远不会揭开。

天黑定了，油榨坪是在山底里，和牧场上的天空不一样。冉东绕过了山房，茅厕旁边拴着一只狗，看见人来并未出声。它看守着这一面黑暗里的坪，和斜上去的山坡。坪完全沉在黑暗里，广了很多，像是没有边，人掉在里面，什么都现不出。山坡因为是在背面，更黑一些。也许有什么东西来到近处，试探地停一下，狗会很强烈地叫起来。但也许一夜夜地啥子都没有。

旁边破锅里的猪食大半剩到。清像在这里站久了，它对于食物已经失去兴趣。但是冉东起身之后，它尽力凑了过来，在链子的范围之内找一点可食的东西。

牵铺之前，丈母把火蒙了。“你不蒙，他兴这样坐上半夜，把两大根柴都烤完。白天又不起来。”

哑巴应该还坐在火边。他一直很喜欢烤火。

这回哑巴从化龙山常青公司跑下来，正是化雪涨水的时候，哑巴过河的时候落水了，是五保户发现的，发现的时候哑巴半边歪在水里头，人已经冻僵了，赶忙弄了回来。让他换衣服，他不换，就穿着湿衣服在火边烤，像一个蒸笼冒汽。奇怪，哑巴虽说从来不洗脚不洗脸，身上冒的气倒不多于臭。

在常青公司也没有火烤，哑巴下来的时候手脚冻包红亮亮的。那个冬天实在是冷，常青公司让哑巴喂的那头熊也在笼子里头死了，当时常青公司从河对岸陈老汉手里把哑巴买去，就是为了喂这头熊。熊死了哑巴才跑下来的，常青公司的人倒想把他找回去。

丈母刚吹了灯，屋里一股柴油捻子味儿。

“哼，昨天老刘下来，要哑巴回去，还说是我把哑巴藏起来了，要我到乡上去，镇上去。我怕他个啰，哑巴是个人跑下来的，要在这里呆到，吃了两个月的粮食，他们想把哑巴要回去，要给我两百块粮食钱。冉东，你说我说得对不对？”

“老刘他那么个狗腿子，还在我面前甩甩的，还吓我。进我这个屋里来，还不坐，说是板凳上有灰。他算个么子东西，当年想说我我还看不上他们家儿呢！”丈母很气恼的声气。老刘原来住在油榨坪，曾经请媒人向丈母家提亲，丈母的伯伯想找个家境好的，没答应。刘家是修飞机场那一批搬上千家坪的，后来飞机场没修，他们变成了林场职工，现在常青公司承包了搞旅游，老刘又给常青公司跑腿。当年丈人坚持不肯上千家坪，就跟他现在不愿搬家一样。争嘴的时候，丈母经常骂他死脑筋。

丈母讲她年轻时候在汉中修三线，那是她一生中最远一次出门。“来招人的时候，我才十五岁，伯伯硬是不让我去。我报了名就跟鄢长芝陈桂枝他们去了。女的专门编的团，一个团有一千多人。都是大宿舍，一个人一个铺。放炮，炸狗头崖，装的一千多斤的大炮，我们躲了五里远耳朵都要捂到。坐卡车，下双河口看电影，一大车人拉下去，看完了又集中上车回来。”

“那时候我们害人，有的偷东西，一伙伙地偷团转农民的果木吃，瓜啦苞谷啦，那些农民放狗子咬我们，骂我们，骂得特别难听，说吃了屙不出来啦，喉咙长疔啦。我倒没多于害人，就是领头偷果木，每回叫别个上树去摇，个人不动手。”

这是丈母讲过多遍的。她的声音听起来渐渐远了。土墙一点光也透不进来，感觉睡在蜂箱里，不知道深夜有多长，要睡多久才睡到头。

哑巴在外头低低叫了两声，听起来他是在院坝里叫，可能火蒙了，他又出去看天了。

“一到半夜时候，他没得事了就怪叫，有时叫得没得那么吓人。兰娃子不肯打伴，你没来的时候，整夜整夜把灯点到大亮，不敢睡瞌睡。”

“要是我一个人睡这个屋里，哑巴他就不干，他要来打门。前几天我嫌那个屋里气味臭，睡这边啦，哑巴就来砸门，砸到晃晃啷啷响，还怪叫，把我吓得抖抖颤。我出去打了他两棒，他还想抢棒棒呢。”

哑巴的叫声像唱歌，又细又长。就是那些脖颈细长的麂子和麻羊子，都发不出这样的声气。冬天夜里火烧得很大，白天也没什么事，他抱着猫狗一直坐到深夜，过一会儿就会叫两声。冉东细心听，这时候的叫声要细腻清亮一些，确实像唱歌，里面好像包含着欢喜。有时候的叫声却很凄厉，就好像他忽然想到了以往某个时候特别悲惨的事情，到现在恐惧一点没减少。也可以说他不是明确地想，只是感到了，和他看星宿是一样的。哑巴看起来有二十来岁，在他十四五岁被河对岸陈家老头领养前，不知道他在哪方生长，父母姓名。陈家老头也喜欢打他，他还给哑巴起了一个大名叫陈立志，这个大名现在早没人叫了。他在搬到张家乡的时候把哑巴两百块钱卖给了常青公司，在常青公司他们又不晓得是怎样对哑巴的。哑巴的叫声也可能是喂熊的时候跟熊学来的，那只熊在铁笼子里每天都要嗷叫。白天有游客的时候它不叫，都是在晚上。

今天哑巴的叫是压低了的，可能因为冉东在这里，他叫厉害了冉东打过他几次。冉东穿着在福建当保安发的制服，丈母每次要吓哑巴的时候，比画说："山上穿警服的那个人要来了，你不听话他就要打你。"哑巴就听话了。

丈母还在说什么，冉东已经听不清，就像隔着几面土墙。模模糊糊地有个想法，熊死了，常青公司还急着把哑巴再要回去。他有点怀疑，他们想把哑巴再卖到别处。

冉东睡觉没有鼾声，也不翻身，就像没有个人在对面铺上。丈母想到他初来的样子，人才高高正正，宽眉大眼厚嘴唇上留点小胡子，不多话，眼睛柔和又有些心事的样子，有文化的人才会这样。丈母见到他就想笑，不自主地笑容就露出来了。到袁家屋里看家儿，一屋的人，就是冉东对婆婆和妈孝心好。不管丈夫多反对，说冉东没场面，女儿也不情愿，丈母还是坚持接了冉家送来的红包。

"冉东你要是讲良心，可要孝敬我这个丈母娘啊。"

铺上有些土巴，牵铺的时候没扫干净，也可能是这会墙上掉下来的，感觉有些像睡在地里。丈母也迷糊了，想到昨天的火笑，丈夫和儿子应该是要回来了，却还没回来，也许永远不回来了，儿媳妇兰子也不肯落屋，只有她守在油榨坪。爷爷看见白衣秀才死的那年，丈母刚刚出世，后来每回望到那个乱石窖，她总在想白衣秀才又出来了，站在那儿拿着一本书看。可是他再也没出来过，有些人说是他不该吓人，叫雷劈了，爷爷死的那年，乱石坳里好大的臭气，走在底下路上闻到好好的。

油榨坪走龙的那回，丈母勉强记事，伯伯说她当时就跟大人一起顶着簸箕站在山上的，可她想不起来那些事情到底是她看见的还是听说的了。说是大太阳的青天陡然来了一朵黑云，对直罩在油榨坪顶上，乌红黑暗，说是那种云的颜色从来没见过。云一合拢就像锅底，先下了一阵冷子，拳头大茶壶大的，石板屋都打毁了，人躲在门框底下。牛棚里喂了七条牛，一阵子全打死了。雨像桶从天上倒下来，伯伯说不得了，这是洪水要滔天了，赶紧往山上跑。全家人跑到山上，水跟到脚跟跑，一直跑到半山腰，看到整个油榨坪成了一荡乌嘟嘟的水，鄢家的油坊咔嚓咔嚓倒了，听见昂昂两声，龙从油坊底下拱出来，脚盆大的两个眼睛，跟煤炭火样的烧得通红，头上有角，身上的颜色是油腻腻金晃晃的，尾巴一摆，油榨坪的房子就都平了。伯伯后来说，这是捣油的磨桩子变的龙，所以是油渣的颜色。鄢家的油坊开久了，捣油的磨桩子浸透了油渣，后人懒，一直没有换，就变成龙了，彩娃子在核桃树底下看到的，可能就是那条龙。油渣龙走到雷打站卡在一座桥下头，叫雷打死了，三声雷一打，雨当时小了，水也退了。冉东说那个地方叫雷达站。可是丈母说是雷一打就站住了的意思。

雷打死了油渣龙之后，卡在桥底下，臭了，别的地方都烂光了，剩下一个龙头，听说被拖拉机站的一个人捡回去。雷达站离这远得很，冉东认识狮子岩的张医生，听他说年轻时候他在那个拖拉机站做过活路，他会下象棋，经常和那个人下到半夜。有一天棋下完了那人说，你信不信有龙王。张医生说他不信，那人就说，跟画条上画的一模一样，你信不信。张医生说我是个共产党员，虽然挨批判退了党，我还是信唯物主义。那人就带张医生到房屋里，房屋里有几大几长一口银柜，把柜子打开，里面是一个龙头，有三尺长，跟画条上一模一样的有獠牙、龙角、龙胡子。龙角还没长好，有两尺长，没发叉。可能是它没长好就走，被雷劈死了。那人一直不承认他拣的有龙头，后来文物局的人来调查他都没承认，有人怀疑他已经把龙头卖到外国去了。

油渣龙一走，鄢家的产业就完了，人也只逃出来鄢长芝和五保户他们两枝子，以后再也没发旺起来。有人说这是鄢主事的报应，鄢主事当年住在隔人潭，硬是叫要走的龙回了一下头，给他练出一个好屋场，硬是练到平平的，鄢家就是在这个屋场里发的。鄢家的后人在那个屋场失了一次火，又嫌那单悄，就搬下了油榨坪，开起了油坊，也不注重读书了，没想到是败家的根本。伯伯他们黄家的兄弟多，都逃出来了，辛苦奔了几年，又起了房子，家业都恢复了。有人叫伯伯把房子起到半山腰上，伯伯舍不得一坪好地，还是在原来的屋基上起了房子。伯伯死了，就和祖人一起埋在河对岸板栗子树坪里。丈母嫁到黄家的时候，黄家几大的院子，这一长排房子住了九家人，七妯娌。那时候油榨坪热闹得很，伐木的卡车都开到门上，冉东就是来伐木看上了黄菊的。现在只剩了一家人，有时候等于剩了她一个人，她想说什么说不出来，说了两句啥子自己听不清，好像她已经把说话忘掉了，慢慢忘了自己，没有自己这么个人——

半夜时候，哑巴忽然叫了两声。冉东从梦中惊醒，开始没反应过来，心里直打颤，像是有大事发生了。丈母却睡得很沉。有些恼火，想训斥哑巴两句，哑巴却不再叫了。那声音没走完头消失了，像是没在净黑的大坪里，人有些怅然，不知何来，模糊感觉哑巴叫声有一丝扯人心的，就像他在害怕啥子不好的事到来。他是不是晓得了丈人要回来了，丈人从来不喜欢哑巴，当初他第一次到油榨坪，丈母想留下他，丈人不肯，才叫河对岸的陈家老汉领养了。常青公司的人再下来，丈人可能会叫他们带哑巴走——一种模模糊糊的悲哀，糊上了冉东心头，就像他跟哑巴的事有啥子关联。

天亮醒来，丈母已经不在屋里了。出门大太阳就照到脸上，院坝里白光光的，只有哑巴一个人在坡上，丈母应该是又过河打猪草了。模模糊糊记到她出门说，今天在这里吃中饭。他在水缸边上洗了个脸，水缸底下跟昨天一样爬了很多蜂子，两只小猪又在附近啃嫩叶子。一只小猪的鼻孔上挂着清鼻涕，可能昨晚上睡在墙根下冻凉了。坐在院坝抽了一只烟，想到昨天下的粘网要收。

冉东顺着昨天的路线往上走，经过哑巴干活的山坡，哑巴昨天挖出的线今天又向上推了一点。他忽然模模糊糊地想到，哑巴看到他这样走过去，会不会心里不平，想到为啥子干活的总是他。但这会哑巴干得专心，没看见冉东。比起平地的活来，不需佝腰的坡上的活似乎使他舒心。冉东到了昨天放头半截粘网的潭，粘网被水冲力拧成了一股绳，裹满青黄的树叶，却没有一条鱼。这是在冉东意料中的。他有些犹豫要不要上隔人潭去看，后来还是想去把网取回来。

隔人潭的网一样裹满了树叶，但是他在往起扯网子的时候，意外地看到还粘着活物，由于没想到，头一下手还吓得一抖。粘住了一条不小的土鱼，有半尺多长，肉乎乎的，身子都弯起来，没有几口气了。冉东在下这条鱼的时候，网子牵动了两下，往起一提，网子那头还粘着一条半大的娃娃鱼。娃娃鱼由于身上的涎，被树叶几乎包严了。

这条河里几乎没有娃娃鱼了。像这么大的一条，遇到收的能卖三四百块钱。

几年前，冉东和父亲逮到过一条娃娃鱼，过秤有三斤二两。当时有个收鱼的出五百块钱，父亲嫌价钱低，想自己养几天时间。可是没想到养娃娃鱼的盆子装过猪油，娃娃鱼要在冷水里长，最受不得油腥，第二天看已经死了，落得吃了一顿娃娃鱼肉，父亲说当全家人上了一次大地方的馆子。娃娃鱼的肉很细嫩，像鸡肉，可能太细了，冉东没觉得多好吃。

娃娃鱼动了两下又秧了，像是死去了。说是娃娃鱼会装死，也可能它真的已经没有几口气，看上去像要烂了的样子，冉东来到这里之前，它和那条鱼一样一定挣了半夜。粘网就是这样，越挣越紧，粘上的鱼一直挣到死，这样死掉的鱼烂得快，隔夜收网就臭了，可能在挣扎中它们的内脏已经都坏了。娃娃鱼被网绳勒进肉里去，解都解不出来。冉东索性把网扯破了。

娃娃鱼到了手里还是闭着眼睛。往出取它的时候可能它被网绳弄痛了，在冉东的手里很轻地动了两下，两下就不动了，让人感到是一个温顺的小东西，顺从着对它的处置，还有一点依靠手掌的意思。现在它一点动静没有，也许真的是在装死，也可能确实没劲了。

应该找一个盆子，把它养起来。这样如果不死掉，过几天就能卖出去。但也可能养不活。

冉东这样拿着娃娃鱼坐了一会，他没有去看手上的娃娃鱼，在旁人眼里，他已经把这件事完全忘掉了，连自己在这里都不知道。但过了一会他就把娃娃鱼放进了潭里。娃娃鱼开始没有动，感到自己确实是在潭里了，就划动四条短腿带动身体向深处去。很慢，看起来是尽了力做一件该做的事。

剩下一条土鱼，还在网子上抖动了两下。一条土鱼等于没网到啥子。冉东解下了这条土鱼，也搁进了水里。土鱼还能侧起身子，鳍很微弱地晃动，和娃娃鱼一样慢慢进了深水。

隔人潭跟昨天一样安静。冉东对着潭抽完了一支烟，提起带着树叶的粘网往回走。

丈母已经过了两道滩，把猪草转到河这岸来。水很浅，水还凉，胸口有些疼，牵扯到肩窝里。想到自己十七岁那年，中午薅苞谷草，天气实在太热，躲在上面背静一点的潭里洗澡，水也是像这样凉。洗完了怕人看见，赶紧穿上衣服，身上的水把衣服打湿了，赤了半天，结果当天打喷嚏，晚上就咳嗽，发烧，第二天烧得不行了，胸口疼，来看病的郎中说："闺女哟，你毛病硬是要落一辈子哟。"

一辈子三股子里两股子在油榨坪呆过去了，剩下一股子却难得熬。这几天后颈窝一直有针在戳样地痛，老余说你这是骨质增生，做狠了的，将来只有瘫的一条路。"做吵，做吵，佝起脑壳做吵，做瘫了就不做了。"丈母想说狗日的老余，了不起你当了个林场工人，说我的风凉话。话没有出口，想到老余到底是个好人，算是有救命之恩。

那年子丈夫和内弟一起出门了，冉东也在南边打工，丈母一个人跟一仗狗子在屋里。那天丈母正在袁家屋场里扯猪草，来了两个人，一高一矮的从高上下来，都背着一个包，隔河喊说："我们是过路的，回来烧口水喝哇！"以往这里伐木，经常有来烧水吃饭的，那天也是母猪刚下了儿，丈母怕狗子抢食吃，把狗子套到的。丈母怕他们自己进屋，只好过河回来了。那两个人穿的都是花格子衬衣，绣的偏头，有一个还染成黄颜色，说的话是学八仙话又不像是本地的腔，不晓得是哪来的人。等回来了他们又不说烧水喝，问这问那的，这里有几户人，下河还有没得人户，你屋里的人出门了啵？丈母就故意说底下人户多得很，都是大路，我们男的在河对岸干活，一会儿就回来。当时河对岸老余正从回龙坪下来，在收药材。他们疑疑惑惑的，高个子在火屋里，矮个子出门打望了一通，说是他们来找药草，"你帮我们个顺便忙，给我们带路去找七叶一枝花"，丈母说我一个女人家，不认识啥子七叶一枝花，给你们帮不成忙。那个矮个子就问，"老实点，你们屋里有没得七叶一枝花？有没得七星？"丈母就紧张了，这间屋里正好搁了一袋子干七星，要是看见咋得了。

丈母说没得，那个矮个子就怄到了的样子，用手摸他的袋子，吵丈母说：“你好好答话！尽是在那扯谎！你屋里到底有几个人？你看看我这是么子！”丈母一看，他拿的一条铁链子，就想，今天活不成了。他们两个人把丈母逼在火屋桌子那个旮旯里，桌上有一把菜刀，丈母不敢去拿，怕他们抢下来倒砍自己。丈母说我有个么子不好好答话？你们说要烧水喝，我给你们烧了你们不要，说做饭你们也不叫我做，我一个女人，有个啥子不好好答话？我男人和儿子是在河对岸做活路，一会儿就回来，不信你们去看吵？那个高个子男的好像被丈母说住了，要从火那边过来一时还没过来，丈母一下子扑到窗户面前，打开窗户就喊河对岸的老余，你快来呀，快来，一连喊了三声。他们问你喊么子，丈母说我喊男人回来。他们就有点怕了的样子，没动。丈母始终站在桌子边上，心想到时候好拿刀。老余拿着挖药材的羊角镐来了，一听丈母说，把他们两个骂了一顿，把他们的包包都扔到坎底下去了，说你们快滚！那两个人才走了。老余说他是看见有两个人到了丈母家，以为是啥子亲戚，丈母一喊他想到出事了，拿着羊角镐赶紧过来了。“要不是你在河对岸啊，今天没命了”。

丈母晾了一下脚，就到袁家屋场去割猪草。自从袁家搬走后，他们原来的留地里长了一坝好猪草。

太阳下河了，猪草又插了一背。丈母坐下来歇口气，看到袁家屋前头刺玫瑰花开得红艳艳的。

丈母早就看到了这树刺花。她想去摘两朵，又有些胆怯。看到冉东在对面小路上往回走，她的胆子大些了，就向袁家老屋走去。

老屋的周围蒿子长得很深，路只剩下窄窄的一条白线，通到山房上，屋檐底下放着一口棺材。丈母知道这口棺材是袁家老人时多打了一口，打算卖的，又没卖出去，搬家的时候不好带着，就搁在这里了，还上过一层漆，现在漆皮都剥落了。但还是害怕，就像里面有人，就像有什么人后来睡进去了。丈母紧步转过山房，刺玫瑰就长在原来火屋床前的阶沿下，花枝子一直伸到做了挑廊的二楼。这是袁家发起来的时候，起房子要比人家好，做了挑廊好在楼上晒太阳，就跟大队部样的。这一座老房子确实不错，住了几十年，还是端端正正的，不像有的房子，几个月不住人就塌了。刺玫瑰有些开过了，红艳艳的花已经有些发黑，丈母用力够着采了几枝。往回走的时候，她想从门缝里看看屋里的情况。

她有些怕，心里简直跳，但还是趴在了窗台上往火屋里看，火屋里空空的，只有一只小孩的鞋在炉子坑里。丈母又扒着大门缝往里看。堂屋里地面干干燥燥的，隐约看得出一方板壁，板壁上一大方贴画条的痕迹，有些画好像还没撕下来。丈母在看着这方画条的时候，似乎板壁深处有啥子响，画条的黑影子浮动起来。丈母心一缩，两脚赶忙离开了大门，急急地往回走。心里想到那是对门河里的水响，脚下却还是走得急，害怕背后有东西撵来。

袁家板壁上的那一方画条，贴了好多年，他们屋里儿子女儿人才都好，也喜欢贴美女画条，一层层地贴。到前几年他们才不贴了。袁青松晚上睡在板壁后面的楼上，就有个女娃子来找他，要跟他睡觉，好排场的女娃子，两只大辫子一直搭到屁股上，腰硬细得只有一把把儿，说话细声细气的。袁青松小伙子正派，怕，不敢跟她好，给大人说了，大人叫他搬到楼底下灶屋里睡，那个女娃子还是来。袁家有个当武警的回来探亲，不相信有这种事，给袁青松打伴。结果晚上女娃子又来了，结果那个当兵的吓得头蒙在被子里，气都不敢出。袁家屋里就请端公，端公查了袁青松的八字，说他有花妖缘，屋里转了一圈，说是画条精，你们板壁上贴的画条太久，成精了。只要拿鸡血往画条上抹，再撕下来烧，画条精就走了，不来骚扰了。袁家就依端公的话做，把那一板壁的画都抹脏了，扯下来火都烧了大半天，板壁高头留下了一大方贴过画条的印子。以后画条精就再不来了。袁青松不久也当兵去了。

袁家的这一幢屋，要是在河对面，倒可以住，不该在这里。墙根底下已经开始长草了。挑廊也发黑了。看上去还是好好的，活像有人培修的样子，但肯定不敢再走人，过几年也就塌了。屋后头的板栗子树，还是照样结板栗，掉在屋顶上阳沟里也没有人拣。这么好的一幢房子，就没有人住了，丈母小时候简直想不到这样的事情，那时候人多房子窄，丈母一家住着两间进深的屋。那时每回到袁家屋里来玩，丈母都要昂脑壳看木头的挑廊，心想自家啥时候有这么一个，能够坐在上头，两脚还能吊下来，望出去老远。

吃了中午饭，冉东要走，几条狗猛叫了一阵，丈母和冉东都到山房上看，油榨坪边边上出现了一个黑点，还背着东西。只有一个人。走到那些岩头中间，辨出来是五保户鄢长友，他给丈母还一个罗筛，顺便请冉东去给他的猪打针。“我看到你在这，赶紧就来了。那个卖药的说他今天没得时候上来。”他齉声齉气地说。狗子绷着链子狺狺地狂，其实它们认识鄢长友，可他每次来它们还是很凶地叫，好像他是野物。

丈母问鄢长友买猪药看见兰娃子没得，有没有听说丈人跟黄平到八仙没。鄢长友说他看见兰娃子了，兰娃子没给他说啥子。丈母问她没说她回来打伴？“她没说。”

冉东背着注射器和鄢长友走的时候，丈母肩着薅锄在他们后面。走到岩石中间的洋芋地，丈母停下说：“你对直走啊？”“你晚上能不能来歇？”

冉东从喉咙里“唔”了一声。丈母跟了一步想再问，又算了。她佝下腰开始薅草。冉东知道她的影子在岩石和洋芋草之间，慢慢地小了，像插的那件吓老鸹子的衣服。后来更小，就匍在沙地上的一个黑点。每次见到她，冉东感觉她缩了一点儿，也许有天看着她却辨不出来。

上坡路两边灰白蒿子和一种硬草，薄土巴盖不住砂子。冉东在这里找到过一株盆景，是一株三颗针从石头底下冲起来，冲一段就盘曲，结成一层的饼，又从中心再冲，一共结了三层。他费尽心思把底下的石头掏空了一些，却发现三颗针的根盘在一方桌子大小的石头底下，弄开这块石头除非拿炸药。

五保户的棚子在坡顶上，这里原来也是一个屋场，前些年只剩下了几堵断墙，鄢长友在这些断墙中间架了柴棚，顶上搭了茅草蓬。柴棚的旁边的台子地上，鄢长友种了一上一下两块蒜苗，长得粗壮高挑，土巴干了显出点灰白。

河对岸正对的是崔家。崔家家族大，几弟兄都有出息，崔洪亮的哥哥在当村支书，在镇上起的有房子，只有崔洪亮一家窝在山坡坡里。

窝棚门边上，有一只看不出颜色的很小的狗凶狠地叫着，就像不认主人。等到人走近，它就缩着跑到一边去了。推开窝棚门，鄢长友的老婆正在推苞谷，头上包着一块手帕。磨子很低地架在地上，有些摇动，接苞谷面的木槽子眼看就要倒了，她却没有去挪正的意思，好像不管这些。看到人进来，她没有看一眼睛，就像都跟她没关系。

鄢长友招呼冉东在一条板凳上坐下来，他自己坐在一个很矮的木墩子上。两人对着烧火的灰坑，灰坑上挂一个缺口的吊罐，吊罐黢黑的厚得很，叫人奇怪这样厚的东西也会烧缺了。火坑旁边地上有一道水沟印子。冉东问屋漏？

鄢长友说是呢，前几天下雨，铺盖都打湿完了，没得那么多盆盆接，就顺着这条小沟流的。

村上说是给你补助些油布的吵？你没去弄回来？

今天我去要了，说人头还没分好，叫我明天去背。

国家还是想到你的嘛，你还说人家欺负你。

“想是想到的，就是去年前年的粮食和钱都没得了。今年子有一卷油布。”忽然又急促说，“欺负我的是老崔。他过月半打火纸问我借钱坐子，到腊月间还不还，我个人也要打火纸，就去拿回来，拿的时候他不在屋里。他跑到我屋里来，把我按在这个地上打我，就按在这个坑里。”他给冉东指那个地上的小坑，这个坑像是水冲出来的。“她来拉，他一铁瓢打在她额脑壳上，现在还包的手巾。”这些事冉东都听说过了。“钱坐子他倒是没拿成。”鄢长友说，他忽然站起来走到女人身边，去揭她的手帕，女人却挥手挡开。这时磨子下面架的木槽轰一声倒了，苞谷撒在地下，女人顿时很凶地叫骂，可是她骂的话连一个字也听不清。

她的脾气一直这样凶，从来不招呼人，也不出门。鄢长友捡回她的时候指望得个后，没想她不生。

鄢长友的头一门生过一回，可是生的不是人，鄢长友自己说“是个草鞋耙子”。当时鄢长友跑到丈母屋里借棉花，说：“她生了！”丈母和几个妯娌都来看，鄢长友的老婆就坐在冉东现在坐的这个地上，盆子里面放了一个扁扁的东西，背上长的冒白浆的钉钉，一边有一个气囊，一鼓一鼓，眼睛是瞎的，嘴巴还“吧嗒”“吧嗒”喘气。丈母吓得转身就跑，跑了一段又回头瞄，鄢长友端着盆子倒进了茅厕里。鄢长友的老婆身子底下都是血，倒没死，那个东西还没把她的命送了。丈母说鄢长友老婆生的是癞蛤蟆，“她洗了裤子在石头上晾，被癞蛤蟆爬了，又穿，就怀癞蛤蟆”。

生了草鞋耙子之后，鄢长友的老婆再没怀胎。她不光是个哑巴，还是个傻子，不会做活路，好吃，跟牲口样的没饱足，再吃都吃不饱，屋里的鸡子她会抓住自己烧了吃，倒是烧得熟。鄢长友打她，娘家周家屋里也不管了。后来闹荒年，没得粮食吃，鄢长友就把她打走了，她走到崖子上的大青树底下，可能是饿晕了，对直摔到河滩上。大热天，队长怕发臭，派人窖在水边上一个岩窝子里，蒙了几箦箕黄泥巴。

鄢长友的这一门是前几年才找的，不知道是从哪方来的这个女人，当时她提了一个大包袱，包袱里是衣裳破布和蛇皮袋子，从渡船口顺路往老八仙走，一天走一截，天黑了就打开包袱在岩屋底下过夜。走到让河口，鄢长友在河口做活路，就拿了她的包袱，叫她跟他走，她就跟他来了。

鄢长友把地上的苞谷面捧起来，老婆站在一边看到。她直着腰立起，肩膀佝着，显得很高样的，一动不动。鄢长友费力把木槽子弄正，过了一下，她蓦然又动了，接到推磨。鄢长友把猪药拿来，药面和药水一搅，往注射器里一推，只有半管子。

窝里猪见人已经不起来了，只是哼哼了两声。这是从去年过年之前养的猪胚子。冉东捏住猪的耳朵，耳朵发蓝。他手缩了一下，心想真有这种病。看来这猪已经没救了。冉东让鄢长友帮忙按住猪的后半身，把猪耳朵掰起来，从后面扎进去。猪很温顺。

“一百多斤了。”鄢长友掌着猪说。

有人疑心鄢长友不是鄢主事的后代，说鄢主事的后人这样。他就瓮瓮说是的。油榨坪被淹那回，他头上的两个哥哥都淹了，单剩下他这个齉包，那天他在人家屋里玩没舍得回来，回来弟兄都淹死了，爹娘没顾得娃子上山，剩下一个姐姐鄢长芝。

鄢家要遭败的事，鄢主事在他编的歌里讲了，是打的比方。鄢主事中了二老婆下的毒，要死了，就编的，叫在他的丧鼓上唱。歌能唱一本书，打丧鼓的陈老汉教给冉东了几句。开头说的女人吃醋，据说那时候人才好的女的都叫鄢主事霸占到的。鄢主事喜欢年纪轻的，年纪大的不答应，一大群女的把鄢主事在屋里围到，鄢主事有洋枪队保护，围得不行了就喊洋枪队来打。女人不开门，洋枪队有枪，只好开了，门一开，洋枪一顺就进门了。

狗日的女人扯扯拉
赶快着枪打
笼里的鸡无处奔
这才来开门

调子长又匀净，把他自己的一辈子都唱到了，骑明鬃羊下安康，进京赶考，放让河里的木料修安康城的事情都唱了，唱他自己是有命的人，不该坏在女人手上。中间的词冉东记不到，结尾唱他恃才占强，子孙要遭报应，

女子犯桃花
男丁不成人
狂风吹倒空心树
大水过后一抹平

鄢主事死在安康府，用马车拉的八抬大轿拉上回龙坪下葬的。鄢家的人搬下油榨坪之后，他的坟遭人毁了，金银财宝起走了。

丈母说，那是地质队的人起的，一男一女，都穿着白的确良衬衣，带着草帽，挎包里有缩山镜和钻山镜，缩山镜一架，再远的山都到你眼前了。钻山镜一照，山里面有啥子金银财宝都看到了。那个姑娘好排场，斯斯文文的，自己拿了一个杯子，问十四岁的丈母借

开水喝。“他们说天书峡有一对金蚂蚁，长到有狗子那么大了。我们这高头还有一个金子的小姑娘，只有一只手，挑着一根金扁担，他们都盗起跑了。”地质队的人还说油榨坪有一条龙还没走。他们没敢盗这条龙。

“你帮我今天带过去。”

“你对直走了？”鄢长友接了注射器，瓮着声问。

冉东没答话。

这里望油榨坪，一片甜秆草，风吹深深浅浅的。地里挑起吓乌鸦的黑衣裳，但做活路的丈母和哑巴望不到，也许被岩石遮住了。太阳底下灰幽幽的。山上有些漆树长在熟地里，已经很大了，那些熟地几年前种过一层荞子，现在只有无儿嫦。树在地里显得很远，树底一根一根之间离得宽，像是人再到不了那里去。

河心有两块大石头，还没结亲的时候去丈母家，遇上涨水，桥冲走了，冉东就从石头上飞，水再大不失脚。有一回，他在一块大石头底下沙窝里找到一个小野猪。小野猪脸烂掉了一半，嘴角细长的獠牙露出来，有点凶，眼睛却紧闭着，像是拱进沙里在睡。不知道它怎么到了这里，是被洪水打来，还是受了伤，找到这个地方等死。黑色的毛皮看上去还是好的，底下生了一面层的小虫子。

伐木

伐木

冉东和丈人离开小路上坡。膝盖深的软脚瘟下边，碎石头很急地梭下去，表示是一个陡石槽，虽然密麻麻地掩住了。狗挤开软脚瘟秆着急往上爬，碰着了丈人屁股上斜插着的斧子柄。“畜生。”他低低说了一句，听起来不算是骂，却有骂的意思在里头。

丈人不喜欢冉东的这条狗，就像他不喜欢冉东。非要和冉东说话的时候，他的话很省。他说不喜欢和冉东说话的原因是，冉东不好好跟他讲话。“你问他个啥子，他从喉咙里‘而’一声，像个哑巴。”“女儿把给了哑巴。”

冉东自己不晓得，为啥子会从喉咙里答问。小时候父亲问话如果回不清楚，父亲会拿烟杆敲人，尽管父亲烟杆的规模比早死的爷爷缩了很多。部队上操练，问答都要响亮准确的“是！”加上军礼。冉东也是这样回答。退伍回来和大家上四岔河伐木，开始也是响响亮亮的，你问我答。后来声音却渐渐小了，也不想说话了。要是有人问个事情或者商量一件事，冉东不好确定回答，就在喉咙里哼一声，别人以为他答应了其实他没答应。冉东不是想这样。好多时候他真的答不上来，人家又要他答。

早晨下河，黑色的溪壑水滑，脚不敢落实。水荷叶和猪耳朵晃动，顺着不知哪里来的风。到处有水流下注，疑问一直落下谷底，水流最后被细碎地切割，那些七星和兰心没有走完自己的生命。

河心跳石间，昨天放的木头已到了下游的菖蒲中，成了纯黑色。菖蒲顺岸溜爬，挽留干枝，它们那柔长的手指本身，也被抚动了一遍。石子的颜色深得不一样。这是水，昨天下了雨，河往两边走了一点，带走腐殖质和一些可能颜色暗了的青苔。

冉东坐在潭尾的木头上等待，对岸竖立的屏风里没有响动。如果有，从再远的乔木笼罩下也会传出，所以斧子叫“响子”。响有树的配合，每种树在斧子下都发出一种自己的声音，起初，这种声音很深远，像是树心里发出来。树尽心要把它包起来。

开春，树木的屏风还是褐色的。脚前水没有一点变。

河滩没有人行的脚痕，内弟可能不会来。要喊峡口肖家的两个人，喊不到人手就不做。就那么几根木头，又险又高。内弟黄平说。找不到人我就出门，我都在山里头窝了半年了。

往下游走，先顺着这边河岸，又跳过石头到另一边。每一处岩石上他几乎都呆过，又被风抹去了动静，就像那些过去和他毫无关系。他抽着一支烟又扔掉了，一小股青烟在清晨里凝聚又消散。走到峡口桥上，看见丈人一个人上来。

肖家的人没喊到，黄平儿顺便和肖家三儿出门，去山西了。

“他连响子都没带，说肖家有响子。我晓得他的鬼经。”丈人说。

丈人难得说这些。冉东觉得应该搭两句言，又感到他并非说给自己听。这事已经拖了一段，黄平儿早就想走。早两年开始，他就催丈人往河口搬。“山里的人出去拿啥子活命？”丈人说。油榨坪的人户一天天搬走后，黄平儿在家里一天都住不下去了。“搞新农村了，还住这么深。”他说，“死脑筋。”他时常是住在河口自己的丈人家里。

走了一段，冉东想该分手了，回二台子去整水，这几天水又在淘气了，不够羊子喝的。丈人却说那面崖上倒的有根杉树料。

“有几年了。跟我去放下来。”

那崖险得不一样，封住了河谷入口，河似乎是从它底下出来。冉东惟独没有上过这面崖，这是一片国有山，按说是不能伐的。也许有人放倒了那棵树，故意等几年才去放下来，好说是别人伐的。也许这个人是丈人。

木头从这样险的地方下来，很可能完全失去用处，纵使是一棵好的杉树料。但冉东没说话。他明白自己不喜欢丈人，有时感到对不住这个老汉儿。今天又是这样的时候，不能说啥子。

软脚瘟和名字一样缠脚，绿色太浓，浆汁滴湿了碎石头容易打滑。头上的树叶也又低又密，堵人的呼吸。必须经过一段才能进入到大树下面，树下的空间陡然升起去，气息青黑。丈人往上爬得不快。冉东知道他的左脚背上那处紫色，留着几年前被铁块砸伤的轮廓。

在河北铁矿里的那一块铁，不偏不倚砸在丈人的脚上，终结了他的打工历史。养伤的时间里，他的心思又回到了伐木。

但是那个时候早已结束，只有在高险的崖壑上还有一些成材树。丈人的心思只是四岔河带头伐木留下来的老习惯。

也许，这里不久就会变样，建旅游区或者修水电站。去年冉东给一队旅游局来考察的人带路，他们在磨盘潭上坐着歇脚抽烟，也给了冉东一根阿诗玛，说，有争论。叫潭，其实可以见底，一半衍成滩，石子的颜色是杂色的浅淡。对岸才比较陡，壁立的暗色的岩，近水位置有些延伸的罅隙，横着一根弯曲的长木头，不知道它怎样到了那里，像悬搁的另一条路。也许不久，炸药和钢钎来了，一堆堆土渣倾倒，压住原有的细小脉络。

有几条水痕变浅，或者消逝了。感觉出了，还说不出来。不好想象这里没有水了，石子裸露，两岸树木伸长的根失去湿气。

旅游局的人说，这个峡谷的生态基本是天然的，有一定旅游开发价值。

路过那处炭窑的旧址，脚下的炭末吸入长年的雨水，比较柔软又不湿脚。

热烈荒凉的草丛已经站上炭渣大半的领地，它们只是还藏着比那些运走的大炭小的火，几乎总在里面，吹一吹会露一下，雨水渐渐使它们的黑色更纯，像考试特用的硬铅笔的芯，尽力埋在底下。可是小火一点没减少。

冉东在这里遇到了背木炭的黄菊。她踩着被水冲乱的跳石过河，把自己藏在一大背黑底下。

冬天让一切隐晦。像有一些深处，青树的叶子透露，现在的树林表面一点。底下致密交错的线索，细处触及就断了，叫他不敢伸手出去。

两个人要去放下的这株杉木，应该是山壑里最好的一棵大树，有人一看到就不顾后果地放倒了它，才发现无法下河。

他一定过了很久才渐渐淡忘了它。它躺在那儿，成了他脑子里一个褪去的遗憾。

丈人心思更坚定，他不能允许让这根木料那样呆下去，不管后果如何。

两人钻出树丛来到了乔木下，呼吸立时通畅了。这是一个湿润的山壑，黑色的孔隙让人觉得它应该有水，却不见水的踪影。从苔藓和黑石深处长出根根参天的树，树顶到了很远的地方去，底下隔着距离，荫覆整条山壑。皮肤上落了一种最细微觉出的青气，又不能分辨。冉东知道，这里每棵乔木有自己的领地，让树下的乱石和苔藓保持湿润。只要伐倒几棵，这里的情形就会全变样，一个真正的乱石荡，连树下的小草和苔藓也会消失。四岔河里那些放木的木道现在还不长东西，似乎这样不明来由的碎石荡本来很脆弱，靠一种奇特的生机维持，斧子和放木的冲撞把生机带走了。

这里能够幸存的原因是国有山。乔木诱惑人一样长得太标直了，白光子和马鳞光树顶冲到天心里，哪一根都能解出几方木料。丈人眼睛朝上望，斧子在他屁股上一跳一跳的。冉东知道他看上了那棵，已经在心里过手它的尺寸。这是根青杠木，青皮现出黑色的竖纹，从底到顶一同的浑圆。青杠木是最端直又最浑圆的，用途倒不多。有时候人想，这样的树生出来不是为了用，就是这样长着，在树林中暗青地去到高处。这么望上去，在一个比天空更深的深处。冉东有点晕，心里感到脆弱的东西。

据说，伐木的人都会遇到这种情形，放倒一棵树的时候，没有人愿意去砍最后一响子。说是最后一响最危险，危险是在自己心里。

新工人不熟的时候，丈人就去砍最后一响子，他总是能够叫树朝他想要的方向倒下去，砸不到自己也不会伤到别人。他说，只要心里拿准，没啥子危险。只有砍双心树有危险，因为有两颗心，就没有准头了。

他后来不叫黄平儿砍树了，说黄平儿五心不定，容易出危险。

“伐木的人最没出息，今天伐了明天的光景，干不了一辈子。”黄平儿说。他拿家里伐木的钱买了一辆小四轮跑运输，小四轮停在核桃坪，让贼一夜间卸成了空壳。他又买了摩托车跑出租，车子跑坏之后出门了。

黄平儿离开四岔河之后，冉东也没有干多久，砍倒的树多了，他出神的时候越来越多，害怕砸到自己。他还呆在四岔河只是想说成亲事。亲事成了之后，碰上涨大水，冉东就出门去了南方。

走到乱石坳的上一截，大树之间的距离更空了，几根黑色的树干翻倒在乱石坎里，长得太重自己倒下了。

丈人停了下，掏出旱烟锅来吸，冉东掏出纸烟，两人分别点燃了火，狗停在两股小小升起的青烟之间。对这情景它似乎很安适，却又说不定含有小小的困惑。它的困惑总之是不算一回事，伸伸舌头就算了。它已经习惯了在乔木底下的腐殖质上站立，时时换脚以避免蚂蚁。

在来到山林之前，它在安康市的一座铁厂看门，又跟着建分厂来到让河。它虽然有狼狗的遗传，却不喜欢咬熟人，即使熟人是晚上走近。这虽然没出什么事，却让人觉得不放心。由于一直拴着，吃得也好，它的肉也越长越肥了。那天冉东去铁厂的时候，老刘手上正拿了一把剥皮刀，吊脖子的绳套也系在树上了。

冉东觉得自己缺一个伴。他晓得这条狗很喜欢人，就把它买下来，它很驯熟地跟着他来了。

既然进了山林，它也就克服自己身上一些东西，适应了这里。适应对于它也是个天生的任务，像以前努力适应那条不长不短的铁链子。

在丈人眼里，它自然还比不上那些能穿林翻崖撵仗的柴狗，它也能隐约感到丈人不喜欢它。可是只要冉东到哪里去带上它，再陡它也是要去的。今天它也没有退缩的意思。它还觉得自己有义务呆在冉东和他的丈人之间，就像有时呆在冉东和他的妻子孩子之间。

“呔。”丈人吐了一口气，冉东以为他要讲话。他却没有讲话，只是看看倒着的树。

这棵树确实庞大得异常，丈人倚靠的腰部有大脚盆粗，底端向山壑上方翘起，伸张着突兀的根杈，有些尖锐。看不出它原来的位置。就像它是完好地从另一个世界里被拔出，放在了这个乱石坳里。

另有一棵较小的在下面一点，遥遥相望。

冉东其实知道这样的树怎样被拔出和倒下，但还是有震动的感觉。似乎是以前感觉的储存，留了一些在心里。

也许是这种感觉把他和大伙分别开，虽然一起伐木，持油亮子照亮生火，抽公主烟，有时在河滩上架火煮方便面。他做这些的时候就像一个体验生活的人，像文化站那些下来收集民歌的干事。他会头靠在滩石上去想“伐木”这个词，人们通常说是砍树，只有一大帮人腰插着斧子背着干粮进山的时候，才换了这个名称，“伐”，听起来像是大部队占领一个地方。大伙几乎没人能写“伐”字，却平淡地说着这个词，就像说“吃”或者“去”。这样想着他的心思去了很远的地方，已经不在这个石头上，这条河里。他出神地望对面山上一根向河谷弯来的树，他坐在水边看书的姿势在这条河里新鲜，像《三言二拍》或者《平凡的世界》这样的书别人名字也不知道。好像正是这一点迷住了岳母，她坚持着把女儿嫁给冉东。

但是那渐渐成为过去，书看得少了，部队上养成的写日记的习惯停止了。如果他还这样做，那也没有意义。他想到这一点的时候就不写了。自己终究和周围的人变得一样，虽然他原来并没有特别想要自己不一样。就像过梁走下坡路，走出几步后，再也望不见坡那边的情形。你可以往回走两步，可是没有什么意思。

两年以前，他在一个新退伍的同乡那里看到一张兰州军区的《前进报》，报上一溜文化先进工作者的名字，一些名字后面标着（女）。他顺眼溜过去，看到“张离霞”三个字，心里动了一下，再看工作单位，写着青海公安局西宁铁路警察局，就合上了。这是她，退伍时她说过家里在联系分到铁路上。她父母本来都是铁路上的。那天她有些舍不得的意思，说你为什么不争取转志愿兵，这样可以继续留在青海，以后争取在当地转业，“说不定我家可以帮忙。”她那部队女兵明亮的眼睛盯着冉东，手指握着冉东送的日记本，上面题着两句话，“时间往前走了，战友却依然留在这里”。似乎凭着这个日记本和上面这两句几分像诗的句子，她有权利要求冉东一个回答。冉东只是在喉咙里“嗯而”了一声。这是他第一次从喉咙里回答别人。他感到自己和自己有了距离。实际上是“一个往前走了，一个依然留在这里”。

要是两年之前，他和她已经离得那么远，只是偶然看到一个名字，名字后面的内容无从得知。现在应该是离得更远。他离自己又走远了几步。脸上刻划的轮廓松弛了，上小学的儿子竟然敢于喊他“老汉儿”。

他像是故意来到这里，表面上和大家一样，却在人们吸烟歇气时走开，呆在不为人知的地方，跟小时候躲猫一样不让人找到。

有一次躲得太久，后来伙伴们都回家了，没有人来找，田地里安安静静的。冉东一下子很悲伤，被所有的人忽然弃掉，没人回头寻找。他将一个人呆在这儿，失去声音，变为老人。心里的东西，再不会出来，它们掉到更深的底下去了。

两人跨过了树干往上走。继续从山壑里走不行了，翻倒的大树以上不远就是陡崖，六七丈的黑色湿润的岩壁，有着微光，由于罅隙里隐约的流水。需要从旁边一面坡绕上去，其实一样悬直，像是稍微后仰的胸口。落叶叫它看起来柔缓了一些。

狗爬到岩壁下舔水喝。黑色的泉水想必含有苦味和小虫，它喝了两口就折回了。它不知道这苦味哪里来，是它不该深究的。

这里立即是个很难爬的地方，丈人和冉东都扯着树枝过去，只有四只脚的狗扒拉下许多落叶，冉东抓住它前爪拉了上来。丈人回头看了一眼。狗似乎感到了他的目光，缩在冉东后面。

崖壁上几乎没有土，长不出深壑里那样高大的乔木。但一株株的白光子和一笼鸡仍然努力抓住岩壑里的土，在里面你根本不知道它走到了多深的地方。这样的树没有多少可伐的，因为探着身子，大多被风吹弯了。然而从河谷里望上来，一株株白光子亮绿的枝叶浮在青杠木暗青的面上，层层叠叠，它那种样子像是这里最安心的保证。

刚上四岔河的时候，忽然见到那么错落繁多的乔木，大小努力向上生长，争取阳光，形成许多层次。白光子永远浮在最顶上，它爽朗青翠的木质似乎需要更多的阳光，它像一个年轻人那样伸展得胜的手脚。人们对它最先下手。它从那高耸的表面跌下来，发出很大的声音砸到地上，手脚都打烂了，冉东想起队上的华二杆子，他不是因为冒失是手长脚长得了这个外号。他站在高处为队上打核桃，忽然摔了下来，仰面朝天跌在地上，手脚都跌烂了。白光子被伐之后，整个山林就像矮了一截。它们的神态忽然变得瑟缩，像一个人在等待灾祸。这是冉东以前一点没想到的。

那些天里歇气或者吃饭，风吹过林子瑟瑟响，一片一片地传染，只要有点小风，声息就会从河谷一直传上山顶。那些根本还没有开始伐的林子也向这里低下头来。“坎，坎”，林中伐木的声音本来清晰有节，在风声里听来却有些含糊了，像一种堵在喉咙里打转的声音。

伐木却才刚刚开始。建起了两条滑道，把高远处的木头放下河谷。还有一帮人从回龙坪往下修公路，河谷里放炮的声响和伐木的单调的声音映伏。四岔河从来没有面临这样的情况。冉东到达那里的时候，光头山的顶上还有积雪，河谷的水简直还是冰水，一层暗青的楸树叶褐色里透露，有一些黑色的线索，山林显得潮湿和深，望进去感觉不一样了。说不上是哪里有了变化，也许就是空气返潮，最初的芽感到了湿气。接下来阳光暴暖，芽会以惊人的速度伸成新枝，抽出绿叶，白光子和灯台树最先变脸换妆，长青的女儿红也开花了，和火红的杜鹃花难以分辨，万物准备了那样多的翠一下子倾出来，满山满谷地堆叠。冬天暗青的叶子退到底里，保持山谷幽深的根源。这样的日子从地震遗迹以来就开始了，今年本来也没什么不同。但是就当那些芽刚刚刺出，伐木的声音也响起了。最初从深处透出，像是从那些树本身里面出来，是树本身的声音。但是当一些白光子和芝麻粒倒下去，林中现出了空隙，响子的声音就暴露无疑，不断有冲天的树带着全身的新意倒下去，刚要抽出更多新芽和绿叶的山林似乎吓住了，止步不前。

沉默了两个星期，中间没啥子变化。意外地下了一场雪，把那些无处不在的新芽的速度迟滞了。但是雪化之后，山林却好像和人争抢生命，或者想盖过这些人的活动，它以前所未有的速度猛烈繁茂起来，把一切稀疏的地方覆上了翠绿的枝叶。连那些林间被伐出的空隙，也被周围的树木伸长枝叶遮盖，它们的树枝从没有抽那么长。丈人说，他以往割漆的时候也没看见四岔河春开得这么浓，可能是降了一场春雪。人们在忽然覆盖一切的翠绿下面继续砍伐，被锯成整段的木料堆越来越多，那一年的整个春天像是山林在泼命和人斗。

丈人爬到了山崖交界处，从树叶间往下看见整个河谷，往另一边几乎可以看见油榨坪的房子。这里是一方突出的岩，岩下一小块平地，斜伸出一丛长成乔木的樱桃树，还有一根弯弯拐拐的红藤，挂在一株铁匠木上。红藤大多生在沟里，这株似乎专为了这棵铁匠木爬到了崖上来，也只有铁匠木能承住它。丈人坐在红藤根上，斜眼望了一下崖壁，又面无表情地望河谷。

崖壁上有小植物开着紫色的花，根茎是紫红色的，贴着根部有一个凝碧的小果实，像一种桃核。冉东看见心里一喜，伸手去摘了两个。这种小植物只生在悬崖岩壁面上黄黑的苔藓丛中，有点干又残留着水分，有树木遮阴，还一定要是麻果石的岩。要的是它那个小果实，但轻轻一扯整株植物就出来了，也不知道摘去了果实的话，它的根和茎虽然完整，还能不能活。这样看来，长这个小果实像是它的一个瘤，对它自己没有什么好处，可能就是神仙救人的，难怪叫神仙桃。

冉东摘了两个就停下来，他想到这小疙瘩未必有曾经想的效力，因为确实母亲已经去世了，虽然去世时喉咙里肿的一块消失了，能过水米了，她却还是去世了。当医生的三叔说，肿瘤转移了。

冉东是忽然觉得这东西可以治母亲的哽食病的。那段时间他像着了魔，认定一切西医都没用，治好母亲病的药一定在山上。当时他刚学着割漆，常常在两条湾之间的崖壑底下歇脚，这处明岩上长着几株神仙桃，春天开着小的紫红色花很好看，冉东会多瞄几眼。那个小疙瘩确实奇怪，就像树长的瘤，对于树是一种病，这种小植物是每株一个到两个，荒年可以煮着吃，老人知道能治肿包，冉东有时候觉得这是看着它像个瘤子想出来的。

但是那段时候，冉东想到这小疙瘩可以治母亲的病。他几乎爬遍了所有的明岩，找到了几百粒神仙桃。起初一吃下去，母亲就能够喝水了，三天后能够吃饭了，有半年时间就像没事了，大家都说这是神药。然而母亲的肚子忽然痛起来，那几天冉东在山上，等他接到信回去，母亲已经闭眼了。冉东还带着的几颗神仙桃落在了床铺草上。

丈人一开始就不信神仙桃能治癌症。“真那样他还成医生了。”冉东翻山越崖地找，丈人说：“要是这么找七叶一枝花，一年倒能卖几千块钱。”丈母说，“你眼里就只有钱，看不出人家的好孝心？你要是喉咙肿了，看你儿子给你这么找吧？”丈人就不说什么了。岳母回头暗笑着对冉东描画说，“我这么这么把你丈儿佬教育了一顿。”

冉东扔掉了那两小粒疙瘩，和丈人一样坐下来，从树叶底下眺望。半崖间依稀看出一条径，起伏挂到了远处的岩壑上，又绕向不知去向的地方。其实冉东知道那个去向，眼下小路的尽头却温暖迷茫。六岁的冉东躲在灯台树下，看到了远处从未到过的村庄，房子都是白的，明亮的阳光，有些红色的衣裳和窗子里面暗中的什么，小孩的笑声和大地方奇特的游戏。母亲带冉东走到这灯台树下，自己去了那村庄，却把冉东留下。冉东跟着她走过了贴着半崖的小径，山涧从深处倾泻前来，好多处小桥挂在湿润的涧口，像小孩子的一步，小叶飘动，下面万丈深。冉东要跟着母亲走入那些壑口，顺着山涧的脉络，去青墨的最深里，寂静里的潮润。母亲却走人家去了，把冉东留在这里。午后的眺望中，似乎一切永远安静，但下一刻呢？谁会来，或者永远不来？

狗头凑了过来，呼呼地吐着舌头，像一个炉子冒着热气。要是带些水就好了。冉东想。河谷就在树叶隙间的下面，河水曲折流着，有一两个地方反着光。河永远在谷底，离得那么远，预示着这是一个安全的位置，至少不易被发觉。可是河里也许在变，现在已经有什么事，今天早上他在水边没有发现的。

有一股水对岸下来，虎耳草和七星遮严了对岸湿润黑暗的岩壑，它们张着微小的叶片，有点像獾和果子狸竖起的耳朵，小心探望外界。只有近水有这样的青叶子，离开稍远一些都不行，和它们的名字一起一生在这个世界中。

“要修电站了。”丈人忽然说。

“今天在肖家说，下月打洞子。”

冉东的心里扯了一下，说不清。

工程开工都是在春天里，春天里人没有安心的感觉。真想回到冬天里，河谷底下黑色，水沿融了一半的小伏突。绵延雪坡阻挡，没什么人来。越过河谷，到那些褐色的潮湿的藤架下。很多小事藏了起来，找不到。

很久以前，这里来过地质队。岳母说，他们有一种钻山的镜子，戴上镜子一看，山里面的响动就看得清清楚楚，据说山里面也是水，装得深深的一洞，所以有些地方敲岩石感到是空的。贴着岩壁，听见深处水落的声音。

龙洞河引水隧洞开到一半，里面就拼命落水，瀑水喷得人进不去，停了半个月工。半个月以后水小了，里头慢慢干了，到后来就是干洞子，干活的人受不了粉尘，打钻的时候要喷水。

那年夏天里，山上的树都干了，黄焦焦的。秋天失了一场火，是一根通红的可以点火的油亮子首先燃起来，一下子燃上天，像在喜庆的婚礼上，炮子的碎屑四面撒。大家才知道，树本身有火，它靠的是山里的水活。所以有些地方看起来是明岩，却长出很大的树，叶子水一样。

丈人说过，电站开工，天书峡要打洞修路，黄平儿就不要出门了，在电站上做些活路。一天几十块钱。电站的人勘察的时候，他还问能不能包一截活路。

今天他说这个话的口气又不一样。冉东不好问他什么。

第一次去丈人家之前，冉东想那是在水边，有密麻屈曲的树和弯络的藤。黄菊挑着桶，走过一小段到河中打水，木桶是重的，扁担两头有点压垂下来。

那时冉东刚退伍，却像是孩子时候来了这个地方。树叠起去成了山，落下来成了河，像在一个井里下得很深。深处严密地无穷尽，直到树木和水的源头，这样的源头人根本进不了的，另一个世界里，不管外面如何变化。好好地在这里，像还没有人发现。

有一天，冉东爬到袁家后面的一座瀑布下。从河谷到这个瀑布是几截溪涧，断续叠在山壑里，冉东费了很大劲爬上来。这个位置清楚地看见崖下的肖家，远处的河谷。却完全掩藏在浓叶下，这么近又远。瀑布喷涌水汽，树叶终年长青滴水，潮润难以比方。瀑布脚下一种极小的树苗，和任何地方不一样。河谷里阳光灿烂，冉东却藏在这里，好像有一场兵灾，乡亲们已经远逃异乡，或者还浑然不觉，鸡犬可能面临灾祸。

你为什么来到了这里，无人知晓，你在这潮润的地方做啥子，要一万年这样呆着，乡亲们在这中间可能全部远走，连一只小老鼠也不留下。平时你在他们中间，伙伴们，还有父母，你却爬到了这里来。来的时候，你顺着溜滑水黑的涧道，像在甬道里，一个人到了这么高的地方。你没有告诉他们，瀑布轰隆冲下，内心的窟一片寂静。

山坳里没有高的树，石头上爬满了浑绿的藤蔓，得到天光，却绿得有些荒凉。

覆着绿色的乱石中央，一株三角风贴着一棵青椴木升起去，一起到了天空深处。周围没有别的树，三角风和青椴木翻白的尖叶擎成一层一层高耸的台子，在这里又不在这里地，虽然明媚无限，却连着下面山壑里倒卧大树的气息沉默。

在上方不远，是山顶险峻的下颌，还留着崩塌形成的巉角。也许是一场过去的地震，山壑里的碎石是这场地震的遗迹。地震也使水不知去向。

崖壁上只有消逝了的水的微光，供那些青苦的小植物生长。有一些湿润的岩隙脉络。也许那些水还在，埋于碎石深处，某天将这里一齐带走。

丈人向崖领下走去，翻过几块岩石之后，在一个地方停下来。冉东看到他脚边有一棵树。

这棵树没有下面山壑里倒的那根大树粗，但是一棵真正的大树。它不是一般的白光子或者马鳞光，它是一棵杉树，在这些阔叶的山林里，却有阔叶树那样强壮的胸围。它像一个自甘孤寂的人生长起来，一直潜在自己的岁月里。伐木的人仰头望它，它在树冠的深处那么高，内心长出的失落使他忘了后果，一定要从那高处把它放下来，躺倒在脚边，带着压坏了青草的梭状纹路和含蓄气味。

这棵树应该是从崖领上倒下来的，附近没有树桩的迹象。它保持着倒下的姿势，头朝下，树墩向上。伐木人砍倒它之后投入地削光了枝杈，成了现成的一根大木料。几年之中它的树皮上已生满苔藓和覆爬的藤叶，使它看起来是一株平常老去的木料，有经验的眼睛才一眼看出苔藓下杉树特有的紧凑和细致。

“晓得坏了没。”丈人说。到了这里，他倒不急于察看树木，像是他的事情已经完成，并不是这个心思。他取下了屁股上的斧子，但没有破皮看个究竟。他又开始抽小烟锅，就像他一点不会口渴。

其实，这样的一根树躺在这里，原因都不用想。树要是好的，冉东和丈人面对的还是同样的问题，怎么样放下河去。没有滑道，从悬崖上往下放，这样的树还能有用的可能性不大。那个人如果不是丈人，就是他放弃了。冉东心里忽然涌出一个想法，这棵树就这么躺在这里要更好。

从伐过木的人说，这样的想法是奇怪的，一棵树伐倒了，让它倒在那里没有任何的道理。冉东却产生过这种想法，那时在四岔河的青龙沟半腰，伐倒了一棵青杠木，有屋那样粗。从来没见过这么粗的木，大家商量拿它怎么办，有人说粮管所翻修粮仓要用大板子，卖给他们吧。那时公路已经修到了，一辆加长东风停在坎下，十几个人用撬棍横竖弄上车，大家目送东风车拉着这截房屋一样的木头磨下山。

伐这根木头的时候，六个人围着拿斧子砍了两天。它倒下来的时候，压断了下方的几十根树，还牵扯几棵树翻了墩，成了一条树林中的大通道。几天中大家在它的树墩上吃饭，有人打赌数它的年轮怎么也数不清。因为它是一棵双心树。说砍双心树是有灾祸的，领头伐木的丈人也常这么说，可是遇到那么大的木头，他还是领着头拿起了斧子，说“我来”。树倒的最后一斧子，他还是准确地控制好了方向。

冉东的姐夫租着粮管所的房子办猪场。冉东两次去玩，那木头搁在院子一堆锯末上没有动。姐姐说是粮管所破产了，粮仓也不用翻修，青杠木搁了下来。有人想买下来解地板条，木头太大，找不到合适的锯子，青杠木纹理太硬不柔和，也不适合做地板条。起初木头上盖了一块塑料布，后来布也被风吹掉了，木头受了雨水有点返青了。

年底的时候，青杠木不见了，锯末上面只有积雪。那天猪场杀猪，冉东意外地看到杀猪的案子特别宽大，是整木头刨的，有三条猪躺在纹路上等待开膛。冉东问姐夫，姐夫说这就是那段青杠木劈开的，因为青杠木一直放着没用，又没法锯开，粮管所职工商量用斧子和钢钎楔开，青杠木虽然硬却脆，容易楔开，楔成了几大块，最大的一块做了猪案子，其他几块劈成柴烧了，还刨了十来个猪食槽。

第二年开春涨桃花水的时候，连续下了几天大雨，大河里木料密密麻麻漂下，那一年住在大河边的人捞木料捞疯了，人都打走了几个。等到伐木的人再进入四岔河，前年修的公路完全不见了，被洪水从崖脚上洗得干干净净，只留下了一层炮炸的碎石茬子，运木料的卡车走到回龙坪就回头了。

头年秋天伐的那些木被水冲走了大半，残留的河岸上还留着一些，另外有大量的没来得及放下山，堆在采伐的山坳里。这些木头无法再运出去。头年秋天承包了采伐指标的丈人亏完了积蓄，还欠了几万块债。

丈人就是在那之后出门的。在铁厂里，那块铁准确无误地砸在了他脚背上。养伤的那段时间他常说做的一个梦，梦里在砍那棵大青杠树，怎么也砍不倒，他不管一切地砍，并且当心着大树朝自己压下来。他有这个经验，最后大树朝没有人的方向倒了。可是就在他松了口气的时候，砍松了榫头的斧子却掉下，不偏不倚落在脚背上。梦醒之后，他的脚背就开始温温痛，到了铁厂里，那砣铁正好就砸在隐痛的地方。

丈人在床上躺了八个月。到今天，债没有还完，今年想叫几个人伐木，清最后一笔信用社的债。

丈人躺在床上的那一年，那些木头躺在四岔河里，慢慢地覆盖上苔藓，长出蘑菇。它们好像倒没有死，只是变成了另一类松软些的东西，从土里现长出的。冉东割漆那年再看到它们的时候，有些不懂自己往常动手伐下了这些木头。为什么要放倒它们，剔去它们生机繁盛的枝叶，把它们从山上放下来，擦得遍身暗红的伤？当时看起来是为的啥子，一场大水却让啥子都变得无目的。没有人会再来动这些腐了的木头，比起粮管所那截用来杀猪的青杠木，它们这样地烂和长出蘑菇苔藓，倒像更合适。特别是几棵腐得厉害的老树，长出红色的线一样的小东西，几千条纤纤地竖着，顶上一个晶亮的小点，没人晓得它的名字。

眼下这棵树看上去没有像那些树一样腐了，因为它是杉树。既然爬了这么高来到这里，冉东还是站到了树上，拿起斧子刨开了一截树皮。它苔藓之下的树皮仍是暗褐的，冉东砍了一响子，缺口处的木质露出来，几乎让人料不到的雪白。对于一棵杉树来说，人总是要想它的木质是深棕色的，其实它包裹在皮下的木质初露的时候是雪白的，又白又干爽，和做成家具后一样没有水分。一种杉树特有的气息散发出来，就像它当初被砍倒的时候一样，神秘难言。靠着这气息它长久抵御虫子，延续百年的性命。

冉东顺着木头走向树尾，又劈了两个地方。苔藓之下的木质依然是完好地白生生的。鼻子有点不舒服，树脂气息过于强烈，这里像是回到了它生前的领地。

一棵树伐倒的时候，生命的气息浓烈地挥发出来，到了极致，一棵平时最普通的芝麻粒这时发出比芝麻多几倍的浓香，浓到发苦的程度，斧刃很快就糊满了树脂，必须擦过才能砍下一根。伐木人身上涂满了芬芳，他们在一种像喝醉了的情况下挥着响子，越干越用劲。晚上歇息的时候，他们的衣裳有些凝结起来，像穿着树皮。刺激的气味留在他们的鼻孔里，梦里会打喷嚏。直到伐倒了很大一片地方，伐木人提着响子伸伸腰，忽然感到周围浓烈的气息微弱了，空气变淡了，鼻子通畅地闻不出什么味道。心里忽然空了一块。

进四岔河几个月之后，冉东已经习惯了树倒下的气味。有天他在青龙沟遇到了一棵女儿红。一般的女儿红很小，最多有手臂粗，能做好的薅锄把。那棵女儿红却长了盆那样粗，五六丈高。它长在溪水旁边，当时不是开花时节，冉东当一般的树那样砍它，几斧子下去之后发现它颤抖得厉害，一般这么粗的树不会这么厉害的颤抖。他不知为何有些犹豫，停了手，但只有继续砍，这时树流出了大股的树脂，流得很厉害，像生漆一样的比水稠一点的东西。冉东低头时却吓了一跳，树脂流到水里就变成了红色，一种胭脂的暗红，把一潭水都染浓了。

冉东没有再砍那棵树。回家后他说给妻子，妻子说女儿红叫这个名字，不光是它开红花，应该是由于这个。你看那些做薅锄把的女儿红，沾了水之后就变成暗红的了。这棵女儿红长到这么大，应该是不平常的，你最好去搭块红布除罪，保佑我和娘的身体。我这段时间月经就是不调。

冉东没有去搭红布，但是他叫别人也不要去砍那棵女儿红。那棵女儿红流掉了一些血，第二年它的枝叶发得稀，但没有死去。

黄菊生娃子之后瘦成了棍，丈母说："女娃子瘦得不好看了，以前不是这样的，地板条一次能肩十根呢。"冉东出门和上山这些年，她一个人带着孩子做地里活路，身体瘦得一碰就像要倒了，邻居看着她在地里做活觉得怏人，"那么重的背篓她哪么背起的。冉东，你也忍得下心。"冉东也不能回答。妻子没有念过一天的书，出嫁之前就没怎么出过山，冉东有时候望着她那树枝一样的腰身，怀疑她是在一直不停地消瘦下去，总有天会完全消失，像一棵溪谷里的树移到了镇子上，慢慢枯了。不知道为什么，他觉得自己完全无可奈何，什么也不能做，而她也像懂，一点也不要他做啥子。

有时候冉东觉得黄菊身上有神秘，一种深山里才保留下来的东西。其实冉东见到她的第一天就感到了，他们结婚的时候有人担心，你是高中生又参过军，她是个文盲，能不能般配。冉东却习惯和妻子呆在一起。她话少，不出声就做了。她很少问冉东什么，冉东也就不用从喉咙里给她一个含糊的回答。

黄菊不像他那样不安，她离开让河后都很少说让河的事情。

结婚之后，冉东没有再做母亲带他走过山路的那个梦。从去年开始，他却又梦到两次这样的情景。一次是在山上牧场里，一次醒来妻子就在旁边。看着黑暗中的黄菊，不期然想到崖口眺望中的那个村庄。母亲消失了，只有一些白色房子在那里，也许有红色衣服的小女孩，他在房子窗玻璃里看出的暗红色可能就是她们。孩子们玩着远方新式的游戏。他们当中会是妻子吗？会是没有上过学也不会玩游戏的妻子吗？她为啥子躲在暗处的窗玻璃后面，虽说玻璃是一件美好的事？

母亲走了，没有说答案。

“是好的。”冉东说。

丈人还是走过来，用自己的斧子试了两下。这样杉树上又多了两处V字形的缺口。

他站在树墩那头看着树尾这边，有一下像是没有办法的样子，又朝四下里看。冉东知道他在找合适的撬棍。

冉东向自己旁边看了看，刚才他就感到这里应该是有一棵树。这根树确实是正好做撬棍，手臂粗细，冉东轮起斧子就砍下去。

斧子砍到树身之前发现，这是一根水冬瓜，也就是学名叫珙桐的那种保护树种。虽然它现在没开花，叶子和树皮的形状也辨别得出。

前几年这里办了省级自然保护区，林场把有采伐证的工人集中起来培训，讲解有几类珍稀保护树种，这一带有珙桐、秦岭冷杉和水杉，还有铁匠木。铁匠木那几年由于烧钢炭已经差不多绝了。

“珙桐在世界上只有我们这带有，又叫‘中华鸽子树’。”林场的人拿着一张照片，上面的乔木开着大白花，花瓣往两边翘起又下垂，“看到没有，它的花像鸽子，一对一对的，大地方表示和平。你们把它叫水冬瓜，几难听的土名字，不知道哪个老苕祖人起的。”底下的人都笑起来。

冉东想到广州的那个广场，广场上鸽子像人一样密麻麻在地上走着，他踩着滑板接近，鸽子例行公事地飞起来，又在几步远的地方落下。管理员却来制止了。

南方的半年里，冉东没有多少时间踩着那个城市的地面。公司让几个人溜着新产品滑板试验性能，冉东很快就脚下烂熟，溜遍了广州的大小街道。一天冉东溜着滑板来到同乡的模具厂，当保安队长的老乡和公司的副总在操场上打篮球。

冉东站在滑板上把一个落向他的球投进了篮筐，这本领是他初中时在操场上练自行车学会的。那时他每天把两脚放在行驶的自行车上转着圈投篮，直到有一天十个完全投进，忽然感到厌倦，从此很少沾篮球。老乡喊冉东和他们一起打球，把冉东介绍给了那个副总。

冉东天天踩着滑板去那里打篮球。副总让冉东到厂里来，给他一个保安队副队长。

冉东辞掉了滑板厂的工作，带着滑板去了模具厂，可是这时另一副总来了一个亲戚，想安在保安队，他提出意见说保安队里的陕西人已经太多了，正副队长不能都是陕西的。

冉东那天等副总和老乡来打篮球，太阳落进了篮筐他们没来。

冉东撂下了滑板就回来了。

林场专门成立了一个珙桐育种场，好几个专门的人员，有两个大温棚，棚子里都是种的洋芋秧子一样的小树苗。后来林场说要珙桐树苗，叫丈人他们留心找一些，五块钱一根。那段时间丈人带着冉东和黄平儿还有好些人找了个把月，弄了一整车，卖给了林场，赚了万把块钱。

想不到有人举报，说林场知法犯法，倒卖珙桐树苗。珙桐树苗是国家明令禁止挖掘和倒卖的。才知道珙桐被林场倒卖到了别处。听说刑法上规定，砍伐或倒卖十株珙桐这样的珍稀保护植物可获刑二到五年。

那段时间冉东和黄平儿都出外躲风声，那也是冉东最后一次出门打工。后来因为牵扯的人多，县里牵到市里，就没有过深追究，只叫丈人把卖的钱都缴了回去，一场事情就平息了，白干了两个月。

冉东发现这是一株珙桐之后，依旧两斧子砍下了。剔掉了枝叶，撬棍很快削好了，看丈人那边也剔好了一根撬棍。“伢，我到粗的这头来，你到前边掌方向？”

丈人没有应声地往下走。冉东往上站到了树墩一头。这一头大概有脚盆粗，砍得很整齐。冉东和丈人一同使劲，看似庞大得根本不会移动的杉树动了一下，这是伐木工人的经验。就是以前那个人一个人也撬得动它，他只是不知道是否该将它放下悬崖。既然冉东和丈人来到了这里，两人一路使劲把它从睡得太久的藤蔓和乱石中撬了出来，让它的一头对着下面悬崖。这样，只要它开始向下滑落，不管是那些石头和藤蔓都无法缠住它了。木头似乎不想顺当地离开这里，它的头卡在一个石坳里，这也算是它想攒一下劲。因为怕摆尾，冉东离开了树墩。丈人下了最后一撬棍，在树开始滑动时跳开。树开始往下慢滑，渐渐加快，忽然开始腾空飞起，树墩高高地耸起摆动，像一条摆尾的龙飞过了悬崖。

这样的情形冉东经过了无数次，他静立着，听底下传来巨大的回响，连串地从更低处升上来，一直到隐约听不见，像进了井底。从回响可以听出大树途中遇到什么阻碍，可能从咣啷中忽然传出咔嚓的声音，这是不好的预示，是大树从中间脆断。

伐木的经验还没生疏，冉东听出杉木在某个地方停住了。它可能还是完好的，但也可能已经断开。他要把斧子插在屁股后边，提着撬棍和丈人往下走。大树冲出了一条槽，他顺着这条槽往下走，要顺利一点。他们在底下还需要撬一次。他们需要从原路绕下去。这些都是自然的，既然大木已经放下去了，不在这里了。

但是他们都没有马上动，像那些伐木不久的人一样，放下了木头之后，还老站着听回响。实际上回音可能早就消失了，只是在他们耳朵里。当那些特别大的木头放下山，拿着撬棍的人看着那样庞大的木头从自己手边出走，像万年睡在山里的蟒扬起尾部，无望又不回头地冲下悬崖，粉身碎骨或者背井离乡，心里会有一种模模糊糊的东西，好久不说话。就算最愚钝的人，也会有一些出神。

只有干久了的人，才会若无其事地一根连一根放木料下山，像放一些干柴，让它们乱七八糟堆在山脚。冉东干过几天放木头的活，但他还是去伐木了。放木头的那几天让他有一种感觉，是在阵地上得胜之后，居高临下地枪毙敌人，被我们叫做敌人的那些人却毫无还手之力。也许那些被叫做“敌人”的人，实际是我们当中被拉出去的一部分呢。

在悬崖下面的乱石坳里，冉东和丈人看到了坠下的杉树。它断成了两截，大的一头卡在翻倒的黑色大树下，小的则被另一株活着的乔木挡住。确实，这么高的悬崖，没有木头能幸免，虽然它是一棵杉树。虽然在上头浑圆的它们看起来总是不可能断裂。

杉树光溜溜的身上有很多擦痕，带着一些草浆，它身上那些苔藓和树皮已经被剥擦光了，就像一个剥光了的人浑身通红。冉东和丈人查看裂痕有没有深入的。有一条裂痕从断开的地方延伸了一截。另外在腰部一条裂痕弯曲着。冉东又用斧子砍了两下，腰部的裂痕并不深。看来大部分还是好的，是表面伤。

它散发出比在崖上更浓的气味，可是它好像变细了，不再是它出发时那样的浑圆庞大。它顺从地在翻倒的大木前停了下来，头埋在底下，似乎是走到这没了什么力气，接受比它庞大的同类的庇护。一点看不出它在下岩时昂昂的样子。

丈人去看那截较小的杉木了。冉东提着撬棍，对付横倒的大树。

它也是在半路上，只是不是叫人手放倒的。冉东知道，这样的树生长在陡坡上，它越长越高大之后，树冠和树干的重量使碎石坳难以支撑，山上的风往下吹，它逐渐朝外斜，终于它被自己的重量拔出摔倒，这样的事只有它自己能够做成。这条山坳里参天的乔木最后都要走这条路。它死了，但是和它生前一样，像是还统治着这地方，保留着它死亡那个时候的气氛。

它好像是想把杉木留下来，变成这里的一部分。这里不应该有什么变动，事情在另一个缓慢的时间里进展和完成，跟底下道路没有关联。

看起来撬棍对付不了它，但冉东还是照次序来，挪开了挡住它的一块大石头，再撬它的头。狗跳到了大木头上，冉东连忙把它往上轰。“去，远些！”

狗往上站了一截，它似乎不太理解，望了一下冉东，又吐着舌头去看杉木冲出的槽沟。这条植物和碎石表面被破出的槽沟很显眼，一饼饼的小东西在利用这条新的道路。它提了提脚，避开它们。冉东觉得脚上痒了。

是臭蚂蚁，翻到的大树上有成饼的臭蚂蚁，大树在几十年里缓慢地为它们提供营养，它们也成了它势力的一部分。它们生活在潮腐的枝叶和苔藓里，屁股喷雾器一样尖尖地上翘，散发刺鼻的味道，像是密麻麻的消毒部队。在干燥明亮的地方根本看不到它们。

甩开脚，冉东使劲撬了一下，大树轰隆地颤了一下就往下滚。和当初翻倒的时候一样，它下面的碎石不稳固，被自己的重量推着下滑。大树翻动的一霎冉东心里猛然被人扯了一下，像断了：丈人还站在大树尾巴上。刚才冉东被臭蚂蚁烦扰，没注意到。喉咙里有极苦的苦味，似乎马上会死。

感到苦味的来源，碎石深处黑色的水。远古的地震被引发了，这里一切崩塌出走，永不存在。也许这根大木是地震遗留的线索。

心再活过来，冉东看见丈人离开木头走上来。原来他只是站在那截小的木头上面。

“小的没用了。”他说。

看来山壑里的阴暗叫人紧张。他怎么会变得这样神经？现在他看到羊腿上的伤，就会陡然心跳一下。去年死掉的两头波尔山羊，其中有一头种羊，让他全年的收入都亏进去了。只要在河里歇一夜，他就会梦到羊子在山上使劲往高处爬，爬呀爬，结果一失足摔下了，或者前腿踏进了猎人的套。去年那头种羊带着被钢丝套夹断的半截腿回来。他找到了那处套，半截羊腿还在钢套上，羊毛带着血。他没有去碰。

大树往下滚了一点就停住了，它是怎么也不会离开这里的。不过杉树已经和它没有关系。它停在那儿显得孤伶了。冉东撬动了杉树的头部，它朝下滑去，离开了这个地方。

小的那头一直留在了这里。它和另外一根横倒的大树挨在一起，就像回到了小时候，在大树的庇护下。慢慢地退化，成为这里的一部分。没人会再认出它是一棵杉树。

杉木没有停在路上，路太窄了。这条路切在半崖，随着人们往镇上搬，走的人越来越少，有点回到它起初的样子，小兽的依稀线索，留住一只脚印都困难。一架藤条的紊乱泄露杉木的行踪，它插在河滩，头被一圈粗的红藤套住，像冲进了一个勒脖子的套里。狗见到呜呜叫了两声。

比起在山壑里，杉木显得又缩了些短了些。可以说它变弱得厉害，连红藤的套也挣不脱。这些红藤在河岸上长长地匐行又突然爬起，姿势古怪地搭到一棵树上去。一路已有很多树在它们的勾搭下死去，它们自己被迫在河滩上走得越来越远，就像人们修的公路，开了头一直延伸下去，没个完。冉东抽出斧子砍断了红藤，木头没有什么响声地落到砂石上，原本分明的棱角由于下滑时在前，木质被撞得腐融了，像在水里浸泡了很久的烂渣木。作为木头，这一头已经完全废掉了。它的身上小口和裂纹更多了，气息却没有在山上那样清晰，也许是它沾染了太多碎石、腐土、草和小树的气味。冉东检查了一遍，发现从腰部延伸的那条裂纹又拉长了一些，但到尾部有大约一块板的长度保存了下来。“不容易”，他想，但是回想到在崖上它的浑圆和长度，剩下这一截又难说是剩下了什么。

回头望它下来的山壑，依旧是层叠的青树，看不出任何痕迹。它把这两个人和他们弄下山的木头都忘了，它只是生活在自己的时间里。

人和狗都喝了水，对着河坐着。一河的青白涌来，河谷盛不下，两岸的岩石隙壑都注满了。到这里收束，生生撞上有斑纹的坚硬岩壁，像进入了一个洞里轰隆地回响。

这些岩石上一圈一圈层叠的斑纹叫做“天书”，这段峡谷古代叫天书峡，这是旅游局的人说的。对面岩壁往上走，褐色的纹痕延伸，在斜坡高处褪色凝固了，像是水曾到达了那里。小的荚叶在石穴生长，也许透出枯干的微红。那些石穴像是离水面很远，停在那里，完全和这边无关，永世的隔绝。

丈人在抽烟。他没有去看这段木头。要把这段木头运上道路，到能架锯解板子的地方，要找到四五个人，而这和找这么多人伐木一样是有些不可能的，年轻人都在远方。

涨水的日子将到来，下了雨水是冷的，它也冷了。和那根过河搭跳石的木头一样，冲出峡口，成为大河中的木头。河中的木头是个过客，却有着既定的心肠。在有些深潭的水底，木头一直埋着，因为水太清冷，不肯腐烂而硬过心了，像铁。冉东听刻字的安爷爷说过，这叫做阴沉木，很好用作雕印章的。

洪水也许在梦里来临，人们还没有赶来之前，山谷已咫尺天涯。对面青的呼吸，消失在壑口汪洋。谁都有了丢失，呼唤一根树木的魂，像一条极小的鱼从沙砾和大石的底下回来。

在南方打工，有一次去植物园。热带温室那个钢玻璃大房顶前面立了一截又是木头又是石头的东西，后面已经是石头了，前面还明显是木头纹路，跟粮管所弄走的青杠木那么粗，木头洞里还嵌着小石子和沙。牌子上讲这叫硅化木，是海里的木头，木头走到了海，沉了底，被沙埋了，几百万年后就变成了这样子。冉东想顺洪水走的木头到了东海，也会变成这种又是石头又是木头，就像雕出来的龙。有些说是走的龙其实是木头，因为太大，顺着大水走，人看起来说是龙。

木头河里下来，撞在人心坎上。人站在岸边或屋檐下，一次次的撞击，心像一间房子受不住了。有人首先拿出抓钉、长杆，狠劲往漂下的木头上一杵，木头就被扎住了，像一头娃娃鱼拉到了岸边。有些人的杆子比十个人身还要长，特别是那些妇女，她们被抓钉拉进了大水。只有失踪人的家里在捞尸体，其他的人还在捞木头。水越涨越大，来不及转移的木头和人一起下了大河。夏南强的房子也漂下来了，他手里拿着杆子，呆呆地盯着自己房子在水上站着，门窗都还好好的，只是根脚融了一点。

那些年河里的木头是成千上万的部队，比水还要密麻麻。这么大的木头，大河的人没见过。山里就空了。

丈人抱起了那捆软脚瘟。他抬脚越过了杉木走到小路上，又停下来说：

“袁家搬家。后天。”

冉东有点意外，袁家在镇上的新房子这么快起好了。袁家搬走后，油榨坪只剩了丈人家和一家五保户。

他“嗯而”了一声。

丈人从小路上走去了，差不多看不见他，奇怪那些小草和树叶怎样做到这点，他们就像是植物的孩童，始终在最初发蒙的时候，这是一条还在萌发的路。人们在这路上搬家的时候不会意识到这个，小心翼翼，害怕在急折处摔倒和在小桥上坠落，其中也有冉东搭的一臂。将他们送走之后，冉东留在大青树下边，看不见他们去到的村庄。灯台树的绿白色花朵开了，黄昏屏风里一盏一盏擎起来，有了另外一种的亮，也许是反着夕阳的亮。

岸上湿的石头堆积起去，黑暗中两根藤条弯吊着。水中一大方平整岩石，可以坐着打牌钓鱼的，底下的水是清的，两处树叶在水面上簇积，相靠着不沉下去。

冉东在这里找过树疙瘩，烧过火，一点就飘散了。就像他拿烟的指头没有存在过。

冉东从跳石上过了河，把撬棍扔进河里。撬棍很快被冲走，像一个没有手的人揪不住两边光滑的跳石。那天在这里，涨了水的跳石使旅游局的人无法过，他站在这边石上，张开怀抱，一个一个鼓励他们跳过来，像孩子扑到他的怀里。那个说是最大的干部在他再三鼓励下扑过来，脱离了他的怀抱后说，像你这样有知识的小伙子，呆在山里，难得。有机会要多参与家乡开发。

冉东嘴角露出一丝笑意。他顺着涨水的痕迹往上走，在早上下河的水口离开了河岸。

旅行 一

旅行

一

屋里还是黑的，窗格透进了一丝丝光，只有老年人的眼睛能够觉察。婆婆看着这丝光慢慢下落，落到窗台上，椅背上，椅子上，地上。那些地方就发生难言的微妙变化。屋里其他地方还伸手不见五指，靠着后檐沟，本来就暗。婆婆熟悉这种黑暗，屋里没有电灯，虽然眼睛不好，却能不出差错在暗中做事。有时在一盏煤油灯的昏暗里做饭，食物似乎沾染上油的气息，婆婆并不讨厌。

屋里本来是有电灯的，但是幺儿子嫌多交电费，找老大老二他们商量，要分摊，没解决好，就把线扯了，说“老年人用不着电”。连这间屋子，幺儿也很不情愿婆婆住，但是这几间房子包括幺儿子住的都是祖上的老房子，老大老二他们都是自家另起的房子，认真起来，老幺也无话可说。婆婆自己开伙食，几个儿子按月拿供养，等于是完全和老幺没关系。但这间屋在幺儿堂屋里面，要从堂屋进出，堂屋没多少东西，但楼上炕了些苞谷。有一阵，婆婆过生有人送了两只鸡，婆婆养了一阵。幺媳妇怕婆婆上楼拿苞谷喂鸡，就把梯子收了，婆婆看出来了。其实八十三岁的婆婆，根本爬不了梯子，幺媳妇操心得多余。堂屋通往的火屋和灶屋，也全都上锁，专门买的暗锁。还有其他一些事情，婆婆都记得。

婆婆在等天大亮，冉家芝儿来了，过八道河姨婆婆家走人家。

婆婆决心要到妹妹家走一次，老姊妹见一面，这个念头已经起了几个月了。“再不过去，可能就一面也见不上了。”婆婆身体往常挺好，前半年忽然害眼病，有一阵眼睛简直看不见了，在医院工作的老三弄鱼肝油吃了两个月，才好起来。婆婆因此想法和以前大不同了。姨婆婆有三年没见面了，三年前，姨婆婆做活路手摔断了，翻冯家梁到这里的医院做手术。手术做好了，就是重活路不能再做。爷爷死了好多年了，婆婆有三个兄弟，都死了，一个兄弟远在南伽山，前三年死的，死的时候子侄没带信过来，好久才晓得。只剩这么两姊妹。姨婆婆现在身体不行了，她叫人带了几次信过来，叫婆婆去玩一趟。

到姨婆婆那里要翻冯家梁，有八十里路。坐车要不了半天，可是婆婆不能坐车，她站得离车近一点就心跳要吐。平时上狮坪街，婆婆从来贴着街边走。走路过去，婆婆开始想着简直不可能，但是慢慢地她就开始考虑：用三天工夫，第一天起五早动身，一天走到烂木沟口，那里有一个侄儿媳妇开店，歇一夜，第二天再走到大安坪，那里有一个老表妹，第三天翻梁子，就能到姨婆婆家了。一个人走肯定不行，老二老三他们也不得答应，想了好久。有一天河对岸院子冉家的芝儿来玩，说起八道有一个姑儿，一问离姨婆婆住得不远。婆婆就动了心思，她晓得芝儿爱玩，在屋里也没啥事情。晚上她翻了自己那个绸子大荷包，里面除了几根年代长远的金丝线，就是婆婆的积蓄，婆婆晓得有好多钱，但还是在黑暗里一张张摸过了，一百一十块钱，过生人家送的礼。等芝儿再来的时候，婆婆就劝她陪自己过八道，答应给她五十块钱。五十块钱，说实话婆婆晚上想到这个数目，自己都吃惊了，但是第二天她给芝儿说的时候已经想好了，一点都没打忑。芝儿有些吃惊，后来也就答应了。婆婆就是这样做好了自己的计划。

婆婆觉得这个早晨特别长。婆婆想：都这么老的人了，怎么还会嫌夜辰长？天终究要亮的，她只怕芝儿来得迟，年轻人贪睡。婆婆的包裹都理好了，要穿的衣服也准备好了，光线已经悄悄爬上搁在柜子上的衣物。一阵密麻杂乱的鸟叫声，透进星星点点的窗格。

芝儿和婆婆走出院子的时候没有人，只有几只鸡在刨。老五媳妇似乎在院子那头伸了一下头，又不见了。婆婆走人家的事几个儿子晓得，他们不答应，但婆婆坚持，说我自己出钱请人陪，他们就不言语了。老幺媳妇撇嘴巴，婆婆晓得按她的想法，这些钱也不该是婆婆自己的，“情还不是得由我们来还。”婆婆也有婆婆的想法，替老人还情天经地义，说实话子女还得完父母的情吗？婆婆也晓得，纵使地里活路再闲，他们也不得松口说拿一个孙子孙女送她过八道的。婆婆看看那些鸡，忽然涌起一个念头：自己走出这院子，是不是回不来了，再见不到这里了。老年人心思本来多，婆婆定定神还是走出了院子，芝儿替婆婆提着包裹，步子轻快，走在前边，后来才想到来扶着婆婆。婆婆的钱在贴腰的一个小口袋里，里面有五十块钱是准备到八道河了付给芝儿的，芝儿扶着婆婆的手，正好落在放钱的那个部位，婆婆开始不习惯，后来想到芝儿虽说喜欢玩，人还是老实。

路上在陈家院子遇到陈光明，问老太太你上街啊？婆婆说嗯。等到婆婆走过了，陈光明在门上说：“你还算是个富老婆婆！”这话婆婆听过很多次，听着心里也舒服，但还是觉得心里有话，跟外人说不出来。只能带到山梁那边说给老姊妹了。

上了公路，婆婆有些怯，她好多年没在公路上走过了，车子都开得飞快，留下一缕汽油味儿。婆婆挨到边上走，边上又是陡坎，芝儿紧紧扶到她。所好的是婆婆发现，公路不知哪一年变了，青光光的不起灰，芝儿说是柏油马路。婆婆想到好多年没踏上这条公路了呀！年轻时候，还没有公路，是一条旧社会的官马大道，顺着这条路，到千家坪顶上打猪草，下金鸡河背煤炭。老二就是在这条路上生的，那天是背了一大插背猪草，从清水沟回来，走到沟口上肚子就痛，路边上有个茅棚棚，刚挣到里头就生了。给老二起的名字就叫贵，因为他命本来贱，在路上生的，要个好名字来压得住。

阴历八月的天气，不热，风也不冷，婆婆心情轻松，在老磨坊闻到一股桂花香，原来是廖家院子的一树桂花开了，婆婆想不起来哪年院子里添的这棵桂花树，坎子上那棵老核桃树还记得，总有上百年了，原来背煤炭经常歇在底下躲荫。磨坊比核桃树可能还要早，老了，水槽上都长了苔藓，门锁到的，一半的瓦也没见了。婆婆问芝儿这磨坊还在用没得，芝儿说："哦，这里以往还是磨坊啊？现在早家家有电磨子了，这里可能是个抽水站。"

路两边的景物，婆婆总像是熟悉又不熟悉，这样走了蛮远，婆婆累了，坐下来歇一会，芝儿站在边上。婆婆想到问芝儿的婆婆，"胆道蛔虫好些没有？"婆婆已经几个月没看见芝儿的婆婆了，她是一个小个子的、抽烟的女人，当年还是村妇联主任，一河二岸跑上跑下，号召婚姻自主、参加女民兵队，男女竞赛什么的。人老了，一次背猪草过门槛摔了跤，腿子摔坏了，走路一跛一跛的。几个月前，得了胆道蛔虫，肚子痛得打滚，有一阵听说都要死了。芝儿说好些了。"肚子不痛了？""不痛了，一顿还能吃一碗多饭。""不是说重得很吵？"婆婆想到上次去看她，她像猫儿一样缩在床上，看到婆婆就哭了，说自己命不长了。婆婆捏着她的手，只有麻秆粗，脸上瘦尽了肉，现出了羊子的相貌，心里不禁一跳，人只有病到要死的时候，脸才会现出羊子相。婆婆也流泪，老年人的泪水少了，说是眼枯又没全枯，一点点渗出来。芝儿的爷爷也在边上哭，他腰杆有问题，平时啥子都要靠芝儿婆婆，看上去也可怜。婆婆问了，晓得她一天要痛几阵，痛一来满床滚，“感觉几十根针攒劲在里头钻，渐渐就痛昏了。”婆婆问吃了药没得，她说吃了几颗止痛片，开始管用，二回就不管用了。婆婆晓得芝儿家里穷，芝儿她爹老实，出门下了几年煤窑都没挣到钱，孝心还是有，有也不管用啊。“那哪么好的呢？”

芝儿说是有个工作的表哥来看婆婆，给了三十块钱，拿这钱拣了两服药吃了，就好了，“本来也不是啥子大病。”

婆婆点了点头，心里有些余味。路旁地里有些人在收苞谷，也有人背着一篓篓苞谷，从婆婆和芝儿身边走过。过身的时候，要瞅婆婆一眼，好像是奇怪她这么大年纪，穿得不算孬，在公路上走。有一个背苞谷的，背篓压得特别低，感觉是背不起，一身青布裤子，脚好像是“解放脚”，到了近前，稍稍从底下仰脸，一看果然是个老太婆，一张小小的带汗水的干巴脸，她也在望婆婆，两人不知怎么笑了一下。婆婆过身，心想她大概有七十多岁了，一般的七十多岁的老人，都还要在地里挣，直到哪一天实在挣不动了，就倒床了，一倒床到死不过是几个月半年时间。这样想，自己确实还算是有福的。

芝儿说：“婆婆你认得到她呀？”婆婆想了半天，想不准确。上了八十岁的，包小脚的老的她都记得，一河二岸没得几个，哪家的死了，哪家的打不过今年了。七十多岁的就多了，脚也是“解放脚”，包到一半放了的。几个老的再一死，就找不到包小脚的了。这一代的人就没了。

到仁溪沟吃中午饭，这里是两条公路交会的河口，地势险峻，半边河崖还是阴的，阴影里孤零零一家住户，兼带开店。门前几个跑出租摩托的，在等班车来。婆婆轻易不走长路，觉得饿了，芝儿却有点犹豫，但是附近没有其他的店。进店芝儿和女老板相互望了两眼，却没有说话。女老板瘦瘦的一张长脸，有些阴。婆婆问了价，说大碗面三块钱，小碗面一块五。婆婆觉得有点饿，喝了一碗稀饭还吃了半碗面，芝儿吃了一大碗。婆婆从腰间荷包里掏钱付账，那女人盯着。婆婆是拿的一张十元，她只找给婆婆四块，原来稀饭也算的一块五。婆婆把四块零钱装进左边上衣口袋里，免得总是在腰间掏。芝儿有点紧张，扶着婆婆就走出来了。那些跑出租的连声说："老太婆坐车啊！"婆婆说我坐不来你们那个！跑出租的说我开得稳当！芝儿扶着婆婆紧走，走了一截说婆婆你莫搭理他们，都坏得很。婆婆说刚才一碗稀饭那么贵，又没有加红糖什么的。芝儿说："那个女老板还坏些，她还是我的同学。"

芝儿和她是小学同学，现在芝儿还认得她，她认不得芝儿了，也许是装不认得。芝儿听说，她在这儿开店，自己还跑出租，专门宰外地客，她的摩托拉一趟人下渡船口要十块钱，本来只要两块。"她在店里开赌场，赢了好多外地人的钱，有时候纯粹是诈。听说还有卖淫的。去年公安查封了的，不晓得怎么又开张了，她会拉关系。"

婆婆有点后怕，说怪不得她看起阴阴的。芝儿说婆婆我们这一截走快些。婆婆答应了，这一段山势狭窄，风呼呼地刮，河崖有几十丈高。婆婆晓得是经常出抢案的。古时候，渡船口侯家就在这里抢劫过四川的官宦，发了财，有几件宝物传家，叫七星剑、阴阳镜、珊瑚树，后来不知道下落了，国民党政府查抄，也没抄出来，侯家两兄弟命案不少，同一天毙了，一个坑埋。老头子年轻时候，是大地主蔡举之的长工，要解放那阵，捉住了一个国民党溃逃的团长，要押下县政府，蔡举之吞了团长带的金条，想灭口，吩咐走到这里把团长解决了。老头子是押解人之一，他没忍心动手，另外两个人把团长推下河崖了。老头子他们回去以后，那个人竟然没死，又爬了出来，政府晓得了，蔡举之后来遭了镇压，老头子虽说没动手，也挨了批斗。他死顽固，脚还挨了荨麻草蝎，几个月起不了床，家里地也是分的最孬的。老头子人正派，就是脾气不好，婆婆没少挨他打。死的前一年，得了哽食病，吃东西吞不下去，医生看了说是喉癌，开始只能吃些面条，后头渐渐地就只能喝水，人一天天地饿，活活饿成皮包骨头，脱了人形了。最后十几天，喝水都呕转来，人一离水就快了，嘴巴都结了盐花子，看到造孽呀，老头子没哼过一声，怨过一句。想起来他一辈子没做过恶事，怎么就落到那种下场。他喜欢喝过夜的浓茶，晚上上床，非要泡一壶煨在火边上，第二天早上起来，头一件事就是咕嘟嘟喝完，医生说就是他这个习惯造成了癌症。婆婆想着这些事，眼睛也不禁有些热，却感到山风吹着眼眶的冷，脚下放快，走过了那一截，竟然出了毛毛汗。

在路上歇气，看到两个老太婆背着空背篓，迎面走来，看到婆婆就停下了，笑，问："哪家的老人家哟？走人家啊？"婆婆也笑，说："歇一会吵！"

她们就放下背篓坐了，一说，婆婆知道了其中一个是夏登云的妈，夏登云和老二在一个硫黄矿上搞过；她们也都晓得婆婆，就是没见过面。她们是去打猪草，早上已经打了一回了。婆婆晓得夏登云的妈不是他亲妈，夏登云是过继的。婆婆问她儿子还孝顺吧？她叹了一口气，没说什么。边上的老太婆说夏登云还好，媳妇不多于行。现在是住在一边的。前天为生活费，和媳妇吵了一架，夏登云也不出声。现在靠她自己和老头子种一块地，喂个猪。这个老太婆婆婆想不起了，她却说认得婆婆，婆婆当媳妇的时候，陪嫁过的时候她看到了的，有一个大柜子是雕花的，很沉，抬陪嫁的人都抬不起了，婆婆想起，那是抄蔡举之家分的。婆婆问她，晓得她死了老汉，一个人在过。婆婆和她们叹了一会儿现在的社会，说要是旧社会，年轻人不孝敬老年人，要遭族规处置的，政府也要惩治。现在好，政府也不管，也没得家法了，都是年轻人的天下，给你一口吃的就有一口，不给就没得。一个老太婆问芝儿：“你是年轻人，你说现在这个社会是不是就是这样的嘛？”芝儿笑笑不说话。她其实没有完全听清她们的话。老年人说话像微风，又像遥远的歌唱，芝儿坐在一边，清风从脸上吹过，也想到了自己的很多事情，又想不清，也许还是什么都不管好，阳光到底还是挺好的，夏天过去没有多久！

絮叨了一会，两个老太婆起身走了，婆婆也起身赶路。想到刚才的话，又联想起自己的事。有一段时间，她特别心疼幺儿的小儿子兵孙，有啥好东西就拿给他吃了，结果引起老大老二他们不满，还专门开了个家庭会，不准老年人偏心，结果婆婆就哪个孙儿也不能心疼了，连说话的人也没有。幺儿小的时候，婆婆也特别疼他，现在待亲娘比外人不如。婆婆不禁叹气。这回要去见的姨婆婆，听说孙女也不孝心，跟河南人跑了，伤透了姨婆婆的心。

走到烂木沟口上侄女的店里，时候已经不早了。婆婆的腿也酸了。

二

店门口，侄女陈文香正在和一个老汉说话。那老汉戴着破火车头帽子，弓着背，看起来虚得不行了。侄女沉起脸说：“我们还不是困难？”老汉低声絮叨说：“只拿两颗药吵。”他的声音像是重复给自己听的，和他的身体一样虚弱。侄女说：“舅爷爷，你看到我们是开药店的，我们的药还不是都拿钱买的，卖价又低，税收一除，有时候本钱都赚不回来吵。”老汉似乎没听见，说：“虚得简直不行了哇。”

这次声音更低了，几乎听不见。侄女似乎叹了口气，抬起头，看见了婆婆，吃了一惊，说“家婆哇”，赶紧过来了。

两姨侄说话，那老汉看到没人理了，就在阶沿下一把椅子上坐下了，手撑着头，像是勉强撑得住。他穿了七八件衣服，却依旧露出了胸口，因为这些衣服多半只有一两颗扣子，外面的就用一根布带扎着。婆婆和陈文香进了屋，婆婆说自己是去看姨婆婆，侄女还有些不相信，边上一个等到拿货的说：“好大的决心。”陈文香把货拿给他了，就说姑儿我去做饭啊，婆婆看她忙，叫芝儿帮忙刮洋芋，芝儿也没推。陈文香问是哪家的姑娘，婆婆说了。陈文香说那路上要招呼好。

婆婆坐了一会，想到屋外的老汉，出门一看，已经走了。进来问陈文香，侄女说老汉是她远房的舅老爷，是个孤老，总是不好，来讨药吃。“一颗药都是一颗药的钱，以前有好多回了，回回来拿，哪有那么多拿的呀。”婆婆问住在哪点的，侄女说就在上头不远，房子都偏偏倒的那家。

晚上，拉亮了电灯。陈文香是一个人开店，平时是要请人打伴的，今晚上就没叫人来，姨侄一边吃饭一边说话儿。侄女问到婆婆的身体，说上半年晓得眼睛不好，要来看的，店里实在走不开，亏得现在好了。婆婆说她晓得，一个人不容易。陈文香说现在生活还好吵，婆婆说还好，几弟兄生活费虽说爱拖，到底没说不拿，比起人家就算好的了。侄女点点头，忽然说起她的小哥陈文才，说他现在跑出租，车子经常从门上过，从来不打招呼，她反正永世不得踏他的门，他对待老的太过于了。侄女说到这儿，一口饭就含在口里咽不下去，婆婆也伤心了，说：“她是遭罪。”一颗眼水就下来了。侄女忿忿地说：“啥子遭罪，纯粹就是他害死的，起名是喂橘子，拼命地塞呀，堵呀，把气管堵死了，死了妈嘴巴里还是一嘴巴橘子！”婆婆头一次听到这种说法。她只晓得陈文才不孝心，媳妇更是狡狡不贤，起的高房子大屋不给姐姐住，姐姐住在一个孙子家的堂屋里，床对面就是鸡窝，每个月称的粮食，都是给猪吃的孬苞谷瓣子。陈文香说，陈文才他们不给煤炭，“我们拉了一车煤炭，他倒整天去烧，没要好久就烧完了，想把老的冻死。妈身体一直还好，就是到坡上捡柴渣渣摔了，倒床了。妈走的头一天晚上，陈文才说他要守一夜，以前他照面都不来打的，那天从哪里来的孝心，他守了一夜就把妈守死了。依得气我到法院告他！”

陈文香说，陈文才遭了报应。“妈过世不久那天晚上，他一个人睡在妈原来睡的屋里，加了一大炉火，门窗都关死了，就呛到了，早上他女人去看的时候，嘴里吐的白沫子，掐都掐不醒，泼水都泼不转来，呼天号地的，想到是妈在吓他，赶紧求妈饶过，后头好歹活过来了，躺了好几天，一号赶紧到妈坟上烧香，求保佑。是要保佑他的吔！现在他又跑出租。哪天是要跑下河的，以为没得报应吧！”

临睡前洗脚，婆婆解她的小脚，一圈一圈的，芝儿看着。裹脚布截下来有三尺长，最里头汗湿了，侄女拿去洗，“晚上烘一烘，早上就干了。”脚走得紧皱了，酸痛，婆婆伸到水里，好好泡一会。婆婆的脚是苍白的，多皱的，大拇指弓转来，五个脚趾紧紧屈在一起，大的三个脚趾显出说不出的奇怪形状，像石板地下长出来的芽子，最小的两个脚趾被压融了，和大的脚趾融在一起了。整个脚背也拱起来，让人看一眼心里说不出的发瘆。侄女把水添得很热，热好，包小脚的，最享受的就是这一股热力。一天都缠得紧紧的，放到水里就像一团紧绷绷的麻化开了，无言地落到水底。

芝儿说：“婆婆，你的脚好像比我婆婆的脚还小吔。”

“她的脚是三寸八分，我的是三寸六分，她的比我要大两分。过门的时候，新娘子下地头几步路，是铺了灰的，看踩的脚印的大小，脚印大了人家要笑的。新娘子穿鞋都拼命穿小的，脚大的，是现作鞋子，穿到了脚上再收针封口，穿上去就脱不下来，要拿剪子剪。”

“那时候讽刺大脚板，编的谚子说：大脚板，踩田坎，踩得蛤蟆只顾喊！”陈文香插言说。

“那是说的解放脚啦。民国二十几年，不提倡包小脚了，政府下令，包小脚要收小脚税，一双小脚五块银元。穷人家包不起小脚，有的包了一半的就放了，再下一代的就没包。家里有钱些的，还是在包，就耻笑穷人家包不起小脚的，编那些话。芝儿你大姨就是包到十四岁放的啦。”

“那现在还包干啥？包起多热呀。一走路就汗湿了。”

“一直包下来的，不包又不得行，指靠裹脚布把鞋子撑起来，要不是走不成路嘛。”

婆婆和侄女睡一床，又说了些话，侄女白天劳累，睡着了。婆婆人老睡得迟，也择床，黑暗里眼望着屋顶，想到很多陈年的事情，屋顶似乎结了蜘蛛网。过一阵就听见低沉的车声，由远而近，在门前那一段上坡吼，吼声再渐渐远去，归于沉寂，依旧是在锅底一样的大山里。想到今天一天的路，腿有点酸了。不管怎样，也要走到姨婆婆那头，哪怕一走拢就倒呢。

三

一大早起来，侄女留不住，赶紧做了点饭。吃了饭太阳出来了，婆婆和芝儿上路，陈文香又吩咐芝儿把婆婆招呼好。店里离不得人，侄女送到屋角就回去了。

婆婆走了几步，忽然看见一座奇怪的房子。

是一幢老式的草房子，可能还是解放前传下来的，主要的是它往一边倒，倒得很厉害，马上就仆地了，用了几根长木杆在一头撑住。这两根木头竟然就撑住了房子不动，但仍像马上就会倒下去，一阵风都不敢吹。这房子竟然开着门，里头有盆、凳子什么的。婆婆正在看，听到一个人哼，昨天那个老汉，就半躺半靠在院子里的柴堆上，在晒太阳，他闭着眼睛，看上去比昨天还虚了，似乎已经没力气睁眼睛。

婆婆想和他打个招呼，不晓得说啥子好，就默然过身。

土面的公路，早上看上去还很洁净，空气清爽，人的精神好。刚出八仙镇那截，是前两年铺的沥青路，听说是过三峡的战备公路；过了白沙河就是土路，走土路省脚些，就是来了车子有灰。山尖上有太阳了，像是抹的一层蛋黄，山顶上一家两家房子的土墙，也给抹上了，看起来和平时很不一样。下半截山坡没有阳光，是深色的，有些冷峻。太阳稀了，说明再过一段，冬天要来了，山脉的脚上结了冰，老年人就完全不能出门了，像老猫一样缩在火边上，给一个角落就够了。旧社会，火炉里边最热乎的角落有一把太师椅，总是留给家长的，还靠着一根长长的旱烟杆，竟然会比一个十岁娃子还长，家长平时抽小烟杆，坐到这把太师椅上，就抽大烟杆，在椅子脚上"嘣嘣"地磕灰。芝儿的婆婆就说过，那是封建作风，欺压年轻人。

芝儿问婆婆："姨婆婆是两个人还是一个人？"婆婆说姨爹爹早几年死了，"他会法术，法力高强。"

"真的？"

婆婆望着前方回忆。"他能赶小鬼，烧胎，招影子，画符。你四姑三岁以前光害病，差点死了，是姨爹爹给她画符烧纸，又让她拜了河坝里大石头做干老子，病才好了。"

"就是自生桥边上那块大石头啊？"

“就是那块啊。石头上也贴的符，好像是两根箭穿的小鬼。过年叫你四姑去给石老爷喂饭，拜年，一直到十二岁。”

“他死的那一年，就晓得自己寿限不长了。他给姨婆婆说，经常看见屋里有小鬼，缠他，说他往年使法压了他们，现在要报仇。姨婆婆又看不见。他晓得自己哪天过世，预先就叫屋里准备好了，衣裳给他换好了，最后说了一句‘我走了’，就过世了。”

婆婆说，姨婆婆嫁了四门，“命苦”。有一门还是个供销社主任，得病死了，第四门嫁的姨爹，又走在她前头。“她是个能干人，可是命也苦。儿子是个痴心疯，做活路一个人做不到，非要人领到。媳妇是个哑巴，虽说是哑巴，倒还灵醒。一个孙儿一个孙女，孙女莹娃子去年又跑了。”

迎面来了班车，一辆中巴，直直开到婆婆和芝儿身边停下来，婆婆他们连忙躲让，差点还掉下坎了，芝儿心里吃了一惊，想骂那司机，灰起来了，连忙往路里边躲让，车上就下来人，四五个，一看都是山西打工回来的，挤了几天几夜火车没洗脸的样子，有的还背着铺盖卷，用编织袋圆滚滚捆起的。中巴车放下了他们，就“呼”地开走，轮子又搅起一股尘烟。

有一个人下了车就骂道：“妈卖×，老子到山西才三天，就遇到出事，撵回来了。一分钱没挣到，贴了来去的车费。”另一个说：“你还强些。我干了三个月，工资没拿到，说撵就撵，一天都不准多呆，还不是只拿了个路费。”骂了这几句话就沉默了，佝头背起包裹进沟，婆婆想他们是黑石沟的人，这条沟她年轻时进过一次，沟里头开始没得人户，一直到顶上有一个王家院子，地特别孬，一块块竖的黑石头。那些人户是躲白莲教迁上去的，后来因为兵荒马乱，先是靖国军再是刘镇华再是土匪，就一直不下河。这些人要爬到中午才得到家。到家身上没得钱，又对老婆娃子如何说。婆婆问芝儿山西出了啥事，都给撵回来了？好像抱膝沟里的人好多也都回来了。

“我听街上人说的，电视上讲，金矿爆炸了，死了几十个人，死金老板没得良心，人还没救起来，就把井封了，抬上来的死人不让家属认尸，拉到山沟沟里随便埋了，烧了，给上头说没出事。埋了的人又叫野狗子拉出来了，记者采访，一报道，中央晓得了，发脾气，命令把山西的煤矿全都关了，打工的都撵回来，没有身份证的，派出所的押到火车站上车。自生桥的刘宝儿就在那个矿上打工，他说爆炸的时候好吓人啰，地都抖起来了，还以为发地震。他还抬了人的，抬了三十几个上来，老板不准抬了，命令他们不准向外人说，要不是他们个人的命就保不住。后头记者来采访，还叫他们去打记者，他没动手。刘宝儿说死四五十个人的事，那边经常都是的，这回是那个老板做的太过于了。”

婆婆想到芝儿她们院子刘家的刘全，就是在山西煤矿里塌死的，死了媳妇也改嫁了。芝儿说六队的三个还不都是塌坏了的。婆婆问芝儿你也出去打工了的，是到哪儿。芝儿说我跟他们不一样，我到广东。婆婆说你在那儿做啥子？芝儿说进厂。“那你为啥回来了吔？”芝儿不愿说了。芝儿没有说，婆婆也没有等她回答，那句絮絮的问话，似乎是她说给自己，消散了。

有个老头从后面赶上来。他走到婆婆歇气的地方就停下了，望婆婆，忽然说：“这不是老姐姐嘛！”

婆婆一看他，说：“幺兄弟呀！好几年没看见了！”

“有六七年了吧？”幺兄弟笑着说，显出他往昔的气度，高高的额头却现出很深的皱纹，头发也掉得快光了。他是婆婆娘家的表弟，叫陈仁宽，就住在前头的松树庙，以往是松树庙粮站的，风光过好多年。七年前一个晚辈结婚，婆婆在酒席上见到了他。当时他刚从监牢里回来，房子也卖了，老婆领着孩子跟了别人。七年来，额头上皱纹深了好几层，两颊的肉全都消下去了，显出吃了不少苦头，听说他在跑阴阳、看风水，还有人喊他半仙。

婆婆告诉了他自己去找姨婆婆，他说那你老姐姐还是有精神。婆婆就问他从哪儿上来，陈仁宽说是鸭河口周本利家起房子，“喊我去看看风水”。

“你这门手艺还好嘛。我到处听到人喊你半仙。”

“混个口食，也弄两根烟抽。”陈仁宽有几分不好意思地微笑，点起一根烟。“人遭了这个命，有啥办法吔。”烟雾从嘴中冒出，仍然笑着，却显出沉思的表情。婆婆看他手上提了一个公文包，里头大概装的是看阴阳的书，公文包漆皮几个地方露出了“麻子”，拉链都坏了，前十年干部都流行提这个包的，也经常看见他提个包上下交代粮食任务，是不是那个包一直提到了现在。谁也想不到，他会出账目问题，公职开销了，还坐了两年牢，回来啥子都没得了。“今年有六十几了？”

“六十五了。”陈仁宽似乎回味这个数字，一会说，“姐姐你怕要上九十岁了吧？民国二年的，是不是的？八十七了。”他的烟已经抽到烟嘴，仍不过意地咂了最后一口，咂得有点狠，才扔到路上。

“民国元年的，今年满八十八进八十九了。活不到几天了哇！”

“老姐姐你还精旺！恐怕还能活十年！”

“活久了招人闲。”

“你子弟他们还是孝顺吵，哪里像我，一口口食都要自己挣，活了一辈子，活到没得想头。”陈仁宽说话总是这样，话是微笑着随口说的，味道却长，婆婆觉得还是他搞了那么多年工作，知识不同，现在老了，还能学一门阴阳手艺，不求乞哪个。“你还是好，知书识字，有这个手艺，自己还是供得过来。”

“那倒是。还不是挣一顿有一顿。”

看婆婆歇够了，说："老姐姐，我们一路走嘛，走到我那里玩一会。"婆婆说你还住在粮站里的呀？陈仁宽说是的，那本来就是我的房子。三个人就一块走，芝儿扶着婆婆，陈仁宽开始不认得她，婆婆说了他就晓得了，说哦哦，你三舅母过世，我还主过丧的，当时还是新上路，心里有些紧张，主持下来效果还是不孬，人家都说我像个老都官。

路上又歇了两气，也遇到几个人，有认识婆婆的，更多是认识陈仁宽的，陈仁宽一路微笑和人打招呼。歇气的时候，他抽一支烟，望到天或者山，也是微笑的，现出脸上无数皱纹。太阳升高了，路上也暖和了，婆婆出了点汗，陈仁宽也在擦汗，叫芝儿赶紧给婆婆擦了，免得伤风。山上的色彩也柔和了，到处是褐色的落叶，还有青黄色的苞谷叶子。这里地势高些，苞谷还要过两天才收。有一处人家在打核桃，还从坎子上面扔过来几个，陈仁宽连说"好，好"，赶紧伸圆两手兜衣襟接住，脸上笑出千条皱纹。他还勉强吃得动，芝儿自然不用说，婆婆也喜欢吃，却要把核桃砸成糊糊，和芝麻白糖一拌，在家里她有时候就这么做。看到他们吃，婆婆感到香味，牙床动了两下，陈仁宽就说一会到我屋里，我给你捣两个，我还有点白糖，吃到香。

到了粮站，没什么人，现在粮站冷清了，跟过去不是一回事。陈仁宽引婆婆和芝儿到他的屋，屋门上还用红漆刷着"库房"的字样。开了门，里头不大，东西摆得乱，里角一张床，床上被子没叠。锅碗灶靠着一面墙，窗子下搁了一张桌子，油漆落得皮皮翻翻的，上头放了一顶草帽和一些纸。只有一个凳子。陈仁宽过去先叠了一下被子，一边说我这是单身汉熬的场，就是这么个景况啦，又扯平床单，喊婆婆和芝儿坐床。把手提袋里的书拿出来，搁到床头，说："我这几本书可是命根子，谋了好久谋来的，我不敢搁在靠窗户的地方，怕哪个给我谋起走了。”手提袋挂到墙上一颗钉子上，说：“我把炉子生起来，烧点水喝，做饭吃啊。”婆婆说你这里有哇？陈仁宽说肯定有吵，我一个人要开伙的嘛。只是吃得孬些，老姐姐和小侄女莫嫌弃，“我去换块煤。”就夹了一块蜂窝煤，找人换火去了。婆婆看那地上，蜂窝煤还剩了几块。

婆婆望着屋顶，发现跟她的屋一样，原来是有电灯的，现在电灯叫扯掉了。床头小柜子上有个煤油瓶子，有小半瓶煤油，婆婆闻到了自己那间屋里熟悉的气息。

陈仁宽回来，婆婆就问。陈仁宽依旧笑着说，“粮站那些小气鬼，嫌我没装电表，不交电费，把灯扯了。扯了也好，反正晚上我也睡得早，用不着，还能多抽两包烟。”火生起来了，两姊妹又坐着说了一番话，婆婆说听说前一段你在打官司，打赢没得嘛？

“差不多，我把院长都找到的，当时判我确实有冤情在里头，那一万块钱洋芋款哪里是我贪污了，我不过是做个保人，都叫那个四川佬弄跑了嘛！后头洋芋都烂了，那也是年成大要烂，我也没得办法！我要求恢复公职，赔偿我的损失。院长说，这一段在开会，叫我会开完了再去，再研究。我占道理吵！”

陈仁宽从案板下的角落里拿出几个土豆，两根莴笋，一根葱，一边去皮一边和婆婆说话。又说：“一会老姐姐你看看我手艺咋样。”炉子上水开了，陈仁宽问喝不喝茶，“我这里还有半斤今年的秋茶。”婆婆说不喝茶，陈仁宽倒了白开水，从一个小瓶子里倒了白糖，搅了两下。那个杯子就是他平常喝水的罐头瓶子，陈仁宽洗了两道。

芝儿端了水，慢慢地吹，扭头看了看陈仁宽的床，老式的大麻格格床单，颜色很深了，有个地方有小的破洞，幸好不是在脚那头，要不两天就会撑开。似乎总感觉有潮气，老年人的床都这样，婆婆给芝儿说过，“火气不够了。”

炒好了两个菜，莴笋炒鸡蛋和土豆片。婆婆感到陈仁宽拿出这些是不容易的。面条下得特别软，陈仁宽说芝儿你怕是吃不惯啊，芝儿说没啥子，我就是喜欢吃软的。婆婆吃了大半碗，没吃完，有些不好意思，她看到陈仁宽把她吃剩下的面条收到了一个碗里。芝儿的吃完了，陈仁宽自己不怎么吃菜，喊芝儿把菜吃完，“莫剩到了。”婆婆想到陈仁宽没出事以前那些年，和气还是和气，派头还是有一些的，说话也沉沉稳稳，有分量。人生真是想不到。

陈仁宽送到路上，老姊妹要分手了，开始还没得啥子，一说“走了”，忽然心里酸。对看了一眼，陈仁宽还是笑着，婆婆也带了点笑，明白再见的机遇不多了，她也感到，这是陈仁宽今天非要做一顿饭吃的原因。

四

婆婆的小脚已经越来越酸痛了，这天下午，她们好歹擦黑走到了大安坪，正在冯家梁脚下的一个小坝子，下来就全是翻山了。山上的庄稼也明明显显：靠河一带长得深，除了地势，大概也因为土巴深些，越往山上越浅，到了高的山坡上，就细秧秧的像小孩子的头发，和太阳晒焦的草不好分别，灰包石的地块裸露着。再往上，庄稼就消失了，望去只剩下一条盘山公路一直往上爬。

婆婆的一个堂妹在这里，大安坪头一家，老两口和儿子媳妇分开住着。婆婆走到的时候她正提起桶要倒猪食，圈里两只黑猪迎着食嗷嗷叫。堂妹也七十多岁了，靠着圈栏，费力把猪食桶提上去，再向猪槽歪倒，有胪节的手臂在黑布袖筒里绷直了。婆婆想到自己多年前喂的最后一条猪，也是个黑猪，特别肯变，婆婆本来属于不“发猪”，就是喂不出大猪的，那一条猪却杀了四百多斤，半边用了给老幺娶媳妇，老幺媳妇过门，弟兄就正式分家，往后就再也没喂猪了。婆婆和芝儿谁也没说话，好像这是个特殊的时刻，一直等到把食倒了，猪嗵嗵地吃起来，婆婆才喊了她一声。

堂妹惊讶地望过来。这时候堂妹夫从屋里出来，吃惊地喊了一声姐姐！就赶紧过来。他走路有些一瘸一瘸。婆婆在想他是啥时候得的毛病。

进屋坐了，火屋里很黑暗，堂妹对妹夫说：“你把电灯拉亮吵！”妹夫连忙去拉亮了，有两把椅子一条长凳，婆婆和芝儿坐椅子，妹妹妹夫就坐在长凳上，有点挤在一起的意思，妹妹就问婆婆怎么还走得动。火炉口很小，但屋子紧，还是暖和，火上吊钩挂了一小罐饭，扑哧扑哧冒气，又有一股玉米饭香。妹夫拿壶烧水喝，壶和饭罐碰到一起，他把饭罐升高一些，看出来手也有点抖索。妹妹说肯定走饿了，下鸡蛋面条吃，快得很。婆婆说我们就吃苞谷饭，妹妹说我们有面条。“明天早上再弄肉吃。我们还有一截腿胫肉，长了点虫，晚上就煮到。”

妹妹去忙活，妹夫陪客，有点无措，没话说，他是个瘦高的老人，戴了一顶旧火车头帽子，大概是遮掉光了的头发。后来水开了，他连忙倒水、冲茶，加糖，手一抖索水又泼到了地上，他显得很难为情。婆婆问他：“哪年得的风症。”

“就是去年子，生了一场病……今年子上半年才好……”

婆婆问病情，原来是在热天在田里干活，忽然中风昏了，一天才醒，“医生说是不该晒大太阳，”醒来后手脚就不灵便了，“又没得钱吃药，拖了几天。”老人望着什么，芝儿觉得他的眼光直直的，有一丝怨意。婆婆问：“蔡国顺他们不拿钱啦？”

这时堂妹进来了，端了一个耳锅，边取下吊罐边说：“还不是说没得钱，没得钱…… 也是没挣到钱，今年子初五出门，三月份就回来了，说找不到矿。”耳锅里有一个碗，是调好的鸡蛋花子，她大概又去灶屋拿了一回，耳锅就在火上热起来，响起来了，鸡蛋煎着哧溜哧溜的，土屋里一股土鸡蛋的香味。外面村庄没一点声响，这里比起八仙来，竟也像两个世界！芝儿记得有一年过年，从东莞回来，大雪封山 ，翻山走路到这里，看到好几个村民在路口抽烟，笑着闹着互相装烟，他们抽的都是“红塔山”！老王递给老李一支烟说：“我给你装一根好烟，红塔山啰！”老李说：“我还不是有！”掏出来一支递过去。芝儿很奇怪，看他们身上的衣服，并没有改观，暖和而已。有个人是松树庙的计生干部，老孙给他装，他拒绝了，笑说：“我懒抽得你这一块钱两包的红塔山，不如我自己抽祝尔康好些！”他给大家讲：过年前几天，有一架东风货车在这儿翻车了，人没伤到，车上都拉的假红塔山，贩子看弄不走了，就当场处理，“这里的人也哄哄地买哦，好像他们真的买的红塔山。不信你们看嘛，这里的人今年起码半年，个人抽的待客的都是红塔山！”大家就都笑起来。芝儿没有在大安坪停留过，只在那一次给她留下了强烈的印象，虽然烟是假的，毕竟很兴奋。要说还有啥事情，就是以前这里出过一个“王半仙”，传神了，他过生，做生的白糖装了一箩筐，冰糖装了一箩筐。有一家只有三个女儿，大女儿开始和王半仙好，得病死了，二女儿跟到和王半仙好；二女儿出嫁了，三女儿又跟到和王半仙好。王半仙后来被抓起来了，过几天又出来了，说是关得再严，他想出来随便就出来了，芝儿想不过是公安局把他放了。后来他拉了一帮人搞“鸡都叫”（基督教），散布谣言说收回香港要打大仗，2000年世界毁灭了，又抓了进去，就没见他再出来了。

面条下好了，妹妹给婆婆和芝儿一人舀了一碗，锅里还有，但她和妹夫没有舀，他们吃苞谷洋芋糊涂，说：“河坝里收的新苞谷，好吃!”下饭菜是两碗四季豆和一小碗辣子霉豆腐，四季豆是这个季节山里最多的，也可能是仅有的菜。妹夫不声不响地吃着，偶尔伸筷夹一两根四季豆，似乎他对于没有吃到面条，也有一种无声的哀怨，让芝儿觉得心里非常不安；但她确实小时候糊涂吃伤了，好多年不愿沾那个东西了。也许姑爷爷也并不由于要吃面条，只是他自从中风，添了一种哀怨神情而已。表姑婆和姑爷爷更多的都是吃辣子，看到他们的碗里很快变得鲜红，芝儿包括婆婆都觉得惊异，应该只有年轻人才这样吃。婆婆问妹妹还喜欢吃辣子啊?妹妹说：“冬天里没得菜吃，几个月指靠吃辣子，吃惯了。”婆婆说我是不多于敢吃。

芝儿吃完了面条，表姑婆喊她舀面条，她说喜欢吃糊涂，坚决舀吊罐里的。她也确实觉得糊涂挺香的，可能是因为新苞谷的缘故。她怕自己吃不完，只舀了半碗，姑婆对她说：“你铲底子的锅巴，香些。”芝儿铲了些锅巴，吃着果真香，隔了这么多年，味道像完全变了，有点后悔舀少了。

婆婆也吃完了，锅里面条剩下了，表姑婆看了看，就给姑爷爷舀了。面里的鸡蛋基本上都给婆婆和芝儿舀了，剩了一些蛋花子而已。姑爷爷还是默默吃着。表姑婆吃了很多四季豆。

婆婆想到很小的时候，离解放还有几年，跟叔叔伯伯还有爷爷奶奶一大仗人来这里，找妹妹的婆子妈问罪。妹妹家里人口多，养不活，五岁做了妹夫家的童养媳，婆子虐待她，白天一天做到黑，晚上只能睡炉子坑。冬天里，也只有炉子坑里暖和。那个炉子坑很深，妹妹每天爬出来很费劲，出炉子的时候，她就故意把灰少出点，堆得厚点，就又挨婆子妈打。后来婆子妈发展到动不动拿针扎她，饿饭，有一回饭没吃饱，在山上打猪草，下雨天一块乱石地，滑了一跤，手摔断了，婆子妈不说给她好好接，还打她，说猪草没弄回来。

虐待的事迹传到渡船口，娘家的人气愤了，大队人马上大安坪来算账，小孩子都邀到一路的，还有当时娘家人写他地种的大地主黄善族也一路主持公道。按照当时的规矩，虐待童养媳的，要用一根大钉子，从脚板心钉进去，看她的心是不是长错了，长在脚板底下了。

婆子妈吓到了，连忙跪地求饶，又赶紧请明洞子老张医生给妹妹接骨头，到底迟了两天，长了胪节。婆婆当时来，妹妹还睡在地上的，闭着眼睛忍痛，脸是瘦尖的，婆婆当时就觉得妹妹命肯定苦。好在后来解放了，人家都解除婚约，妹妹倒没闹，和妹夫结了婚，婆子妈那一套封建也不敢使了，慢慢儿女也大了，当家了。偏偏大儿子到四川城口割漆，又叫洪水打起走了。妹妹说他其实是被谋害的，是一路割漆的人贪他的漆，把他推下水的。

“要是老大在就好了。”妹妹竟然像知道婆婆心里所想，这么说了一句。但过了一下，又说：“在，也只照顾得了他个人，现在都是一样的，农村里哪个拿得出来钱啦……”

“那一上场子赌博，还不是几十几十地往上甩。”芝儿说。其实她自己也那么赌过。

“那是赌场上，旧话叫赌博场上无贫富，再穷的人押房子押地还不是要赌。那往常你们蔡家院子的蔡易之，把他爹的一个寨子都输给黄善族了啦。”婆婆回忆。

“你莫看那些人，下了赌桌一毛钱都是好的，哪个舍得拿出来？”妹妹说。“蔡家顺过年还不是输了一百多块。他们两口子都上桌子，劝又不敢劝。石头娃子都学会了。”

等一会，妹妹说：“我拿两个苞谷来剥。”她端来一个筲箕，里头有半筲箕苞谷，慢慢地剥。苞谷还很嫩，她的手沾上了白浆。芝儿坐过去帮忙。清香从指下飘出来。妹夫昏昏垂着头，婆婆想他也许很少在灯下久坐，和自己一样，习惯呆在黑暗中。脚有一种柔和的酸痛，期待着一盆热水的久久浸泡。一五早，妹妹就起来煮肉，屋里一股厚实的香味。锅里冒起来的汽，让土墙上的凹凸模糊了。

不知为什么，蔡国顺过来了，也许是闻见了肉香，他说来看是啥客。坐了一会，就走了，说了一句："姨儿，等会过去玩啊。"婆婆"哦"了一声。

婆婆其实吃不得瘦肉，只有两颗牙齿了。好多人都说："这也不容易！"有一颗牙齿就还有一条命。

吃了饭就上路了，今天得走到姨婆婆那儿！妹妹让回来一定到屋，婆婆答应了。妹夫也送出来，没说什么话，显得个子又瘦又高，芝儿忽然想，要是在现在，姑爷爷算是身材高大出众了，可是在这样的老人身上，却成了他的一种负担，他不得不时时弯下腰，因为站直了他会显得更高，更不适。在他们身上藏着一种矮个子的习惯。

蔡国顺媳妇在阶沿上看到了，说："姨儿，你们走了啊？说是到我们这吃顿饭啰。"婆婆说要赶路，二回着，就走。媳妇说那好生些。婆婆想到她开始说话的时候，妹妹就没有话了，不由有些不快。

五

公路上现出白灰，是灰包石的路面。在折弯地方，公路切断了平缓的岩层，裸露出灰包石的庞大断壁残垣，和远处多石的山坡一样，有种穷的感觉。婆婆却知道，这里几十年前其实是森林，当时只有一条过八道的小路，人在这条路上要总担心遇到野猪和豹子。有一种说法：一猪二虎三熊。

路口本来有一个太山庙，供奉关帝爷和打虎英雄武二郎，保佑出门人一路平安。现在痕迹都没有了，那棵老核桃树倒还在。山腰还有一些零落的院子，有人还在地里收迟洋芋，到底是地势高些。姨婆婆那边，怕也刚开始收苞谷。听说莹娃子跑出门没回来，家里人手怕不够，姨婆婆这时候说不定还在地里做。自己过去，她分不分得开身？婆婆想到这里，膝盖沉起来。脚本来就脱皮了，小腿肚子本来就是直的，老人的骨骼啊！没有了柔和的松紧性，随着贴骨的肉干缩，韧劲就消失了，只能等待搁在一个坑里了！老人的胃变小了，缩得跟孩子一样，它需要更精致的食物，拒斥一生中填满了它的果腹之物，而食物却变得意外的难得！老人的想头也脆弱干巴，喜欢在一个问题上纠缠：就像松脱的下巴抖动不停。婆婆坐在一块石头上，又坐上第二块石头，第三块石头，她走路、休息的间隙越来越短，她坐下就像要起不来，而且似乎心事重重，这无疑会使为挣五十块钱而来的芝儿不耐烦和担心。

婆婆还重新开始被卡车惊吓，这一带的公路弯大又陡，婆婆朝着每一个弯走去时，总是脖子略微伸出，眼睛直勾勾盯住前方，一副性命攸关的神气，腿脚却松松地落在后边，需要芝儿使力气。芝儿想到了婆婆也是直勾勾的眼光，当她坐在院子里盯住什么，眼睛就深得吓人。路途走了一大半，可不能最后出事啊！芝儿有点后悔陪婆婆上路，一个老人的分量说轻也轻，说重就太重，小小年龄的芝儿负不起的！院落消失了，灰包石地带也渐渐消失，两旁是生满灌木丛的山坡，那些树桩已经腐烂了。1958年和修三线时候，来了一个团的部队，挨茬一个个山头砍起走，就像剃头一样，只留下树桩和一些蘑菇，树脂的气味飘散，又渐渐消失。有士兵吃了有毒的蘑菇死了。部队驻扎了一年，走的时候山上是光的，后来又渐渐长了些树木，看上去是黄的。深山里还有些木料，婆婆和芝儿走过了一辆拖拉机，几个人正抬木料装车，其中一个人一边拿手巾擦汗，一边定眼看婆婆，说：“老年人你往哪儿走啊？”

婆婆说山那边。那人说还有几个大弯。婆婆问:“这山里还有木料啊?”

“还不是有些子。”他似乎是很无聊地回答。

婆婆看他的神气,想到一个人,解放后镇压了的吴登云,怀疑是吴登云的孙子。但没问。吴登云解放前和婆婆的父亲长期一路过四川背盐,婆婆见过他几回。吴登云脸上就是那种冷淡无聊的神气。解放时候,他不知怎么当了土匪,“持枪反抗”解放军,这是五条重罪第二条,和黄善族他们一路镇压的。镇压的时候,在松鸦乡坝子上开大会,婆婆看过的。

中午,歇在路边上吃干粮,是妹妹煮的几颗苞谷,和几个煮鸡蛋。芝儿拿着一个苞谷啃,往四周闲望,忽然看到路外灌木枝上一只松鼠,在吃什么东西,嘴巴一跳一跳的,嘴角总像在漏食物。不知为什么,她转过头望了望婆婆:婆婆捧了个鸡蛋在吃,下巴也是一跳一跳的,还从嘴角漏下来。

老年人想问题,也像松鼠抱着一颗坚果不放。

芝儿想到自己竟也会有老的一天,脑子里就空落落的,实在难以想伸展。

走下去,裸露的岩层成了明岩,嵌着碎白火石,地上都是青色的碎石,往往一条微细的青色岩脉在岩壁中长久伸延,似乎透露深处的神秘,这说明山顶快到了,婆婆的路也像那条岩脉,微细但是长久地伸延,就要到头了。

芝儿也感到迎面的风有些清痛,山坡上的灌木矮小稀疏,向下风口倒伏着。阳光和风一起加剧了。婆婆头巾飘飘的,似乎红了脸,芝儿自己当然脸更红。

大弯在考验人的耐心,两个人就像两辆负重的卡车,通过弯道的速度越来越慢,却没有倒退的意思,因为卡车没有退路。

在一个弯道边，芝儿喝了两捧山泉水，婆婆不敢叫她喝，是带的一个瓶子。这时候的水确实很甜，没有什么土气，是从山的心里流出来的。在广州，有时候多想这些庞大固执的山岩，没有什么道理的，如果说有道理，就是想喝一口岩石中的水！

婆婆和芝儿看到姨婆的屋子已经是下午。太阳低低掠过庄稼丛林，染上了深深浅浅的金黄色；婆婆一看到金黄的屋角，有种东西在心里响了一声，就落下了，落上软和的底部。在登顶时达到沉重和酸痛极点的双腿，还有沉重的呼吸，一下子失踪了，或者走入了歧途。只有眼睛在搜寻，它随同夕阳掠过田地，寻找熟悉的身影。

姨婆果然在地里，和屋子一样在田地堆叠的青黄色中间，似乎陷下去了。堆叠的是苞谷秆子和带壳的玉米。

姨婆在砍倒苞谷秆子，同时吩咐儿子和孙子掰苞谷时撕得利索些，不要剩好多壳叶，难得背；哑巴媳妇正背着空背篓从屋门走向田地，她刚刚在堂屋里那一大堆青色上又倒了一篓。姨婆伤残的左手握住苞谷秆，右手挥动弯刀，她就像当年那个伐木团的战士，所过之处剩一片空旷，断茎新鲜的气味飘散。

每隔一段，姨婆弯腰收拾倒下的玉米秆，她的右手从底下搂住这些粗糙甜润的植物身体，左手则在上面卫护。她在新鲜的田垄里仔细走回去，把新鲜的身体码在一起。姨婆的黑纱头巾被汗浸透，她的声音枯涩却明确，含有家长的权威性。庄稼又使这一切变得丰富。婆婆感慨地想到，自己从来没有当家长带领收割，年轻时是媳妇，后来是大集体，再后来有老头子，老头子死了就分家。虽然姨婆很苦，命里坎坷也多，在内心里，婆婆却羡慕妹妹，觉得她比自己能干。

现在，婆婆怀着内心新生的小小的骄傲，向妹妹走近，几乎要摆脱芝儿的搀扶。她早已忘记耽搁妹妹收庄稼之类的顾虑。她的眼睛里满是欣喜，三天的尖利旅程，在她那老年人枯黄的身心上，劈开了一道多汁的茬口。

姨婆婆忽然就发现了婆婆。其实儿子高发志先看见婆婆，但他只是一怔，像心里被谁动了一下，却不知怎么办。多少年来，这一直使他苦恼：像有一层东西，一种障碍裹着自己，当他想要说话，想清楚一个问题，表达一个意思，那种东西就阻碍着他，让他一筹莫展而绝望。他最多只能翻动舌头，夹杂手势，拼命突破阻碍，表达一个半通不通的意思。他呆呆地看着，姨婆婆却忽然惊醒了，本来她佝着身子全心在拣苞谷，但她的动作忽然止住，缓慢地伸腰，在犹豫，辨别、确认某种感触，猝然转身，眼光和婆婆的对上。两个老人都像有什么打进了眼睛。

"姐姐你来了。"姨婆婆说，笑着往过走，不过她的动作稍显呆滞，走了两步才发现刀还提着，松手让它坠落到地上，土地似乎变得松软，没有发出一点声响。婆婆也在笑着，看那刀落到地上，又看着姨婆婆走近。但是她看不太清了，因为眼睛就在这几步中湿润了。姨婆婆站到了对面，说："来了。你走过来的哟。"婆婆笑着说："是走过来的。走了三天。"她们沉默了，但是忽然开始抹眼泪，姨婆婆伤残的那只手扶住了婆婆肩头。她们一人拿了一个手绢，应该是很脏污了，擦着有些陷下去的眼眶。

六

堂屋里很黑暗，一开始年轻的芝儿似乎什么也看不见。门槛很高，比芝儿家的高得多，里边似乎比外边低，芝儿踉跄了一下，哑巴姨儿笑了一下，“呜”了一声啥子，芝儿这才想到她就是姨婆婆说的哑巴，相貌倒是看不出来，姨婆婆还说她蛮聪明。似乎高山上的住户，门槛都比低山的要高，大约是防野兽之类。哑巴媳妇把一篓苞谷“呼”地倾倒下去，进了火屋。眼睛习惯了，才看到堂屋外部是堆的苞谷，留下一条进里边的路，里边有一张床，挂着帐子，帐子也非常黑暗，看不出原来的白色了；另一边堆放着箱子什么的。一架梯子搭在楼梯口，楼是竹棍编的，也看不出颜色，似乎烟熏火燎，这间屋子黑暗的原因，大约是门窗少，东西多，也由于墙壁和楼顶都是黑的，使人疑心这间堂屋以前做过灶屋、火屋多少用途，或者实在太老了。芝儿从来没见过这样黑暗的堂屋，她感到不适，对今晚上在这里的吃饭、过夜担心起来，好在事也完成了，明天一早，她要下白果坪找自己的姨。

哑巴姨儿从火屋出来，像影子一样穿过堂屋，进灶屋提水，她朝芝儿又笑着“呜”了一下，指指火屋，芝儿推开了火屋的门，这扇门一推开又自动关上，除非拿什么东西挡住，这也是堂屋黑暗的原因。火屋光线同样昏暗，但比堂屋好一些，它只靠外边有一扇窗子，窗子小，蒙着油纸，油纸很老了，窗台上又搁着一溜瓶子、煤油灯啥的，都是黑乎乎的。这种屋冬天烤火很暖和。姨婆婆和婆婆靠在一起坐着，说着大约是路上和身体还好吧这些事，芝儿听不清，想起婆婆说的姨爹爹的故事，她有点沉溺于幻想，看着屋里头的景物：两张对面摆着的床，一张像堂屋里那样挂着帐子，也和堂屋里一样脏，大概是姨婆婆和姨爹爹的床，现在只剩一个老人了；对面的铺被很散乱，床头一个木箱子。哑巴姨进来，把壶垛在火上。她又取下窗台上一个瓷杯子，洗好了，放在火边上，芝儿看到杯子上写着“景德镇”几个字，却没看到盖子。

姨婆婆就喊哑巴姨儿去杀鸡子。婆婆说：“苞谷还没收完啦。”

姨婆婆说："有强娃子和他爹。"奇怪哑巴姨儿完全懂姨婆婆的意思，带着笑意"哦哦"两声，去了厨房。水开了，老人没有知觉，芝儿提下来，姨婆婆看到了，拿起杯子起身，打开木箱，取了一塑料袋白糖，倒了小半杯子，又拿另一个袋子加了一点茶。姨婆婆的动作缓慢婆娑，芝儿觉得她像一整辆满载谷物、蒙着布帘的车子在移动，发出轻微的簌簌声响。姨婆婆把糖茶放在婆婆和芝儿中间的地上。地上不怎么平，水倒了一点出来，流进火里滋滋的响，姨婆婆挪了一下，才稳了。

芝儿看到姨婆婆的手翻茬裂口，和父辈的一样粗黑，难怪她可以半天抓着烫杯子。大家就是这样，从一个杯子里喝水。水看起来有些混浊，看来姨婆家的水井属于沁水，不太好。婆婆问到姨婆婆今年咋样，姨婆婆说身体感觉不如去年，"还不是只有在地里做。我不伸手，活路都做不出来。强娃子一天都想玩，又说想到山西下煤矿。我说你再莫消提那些事了，百做百不成，前年你去挣了一分钱回来没得？好生在屋里把地种到。""该给强娃子说亲事了吧？访的有没得？""哪个有功夫给他访吔？他个人好像倒是访的有。""哪家的嘛？""汪家的，女娃子我不多于喜欢，原来和莹娃子好，怕是和莹娃子一个德行。她还喜欢摘人家地里的果木吃。"姨婆婆神色有些不快地点了一只烟。烟丝袅袅升起，芝儿感到惊奇。

姨婆婆忽然想起来说："姐姐你脚走累了，泡个脚吧？"婆婆说她晚上再泡。"你脚痛不痛？""有点痛。再有就是小腿肚子。"姨婆婆起身穿过堂屋，端了盆子来，盆子里有一点凉水，她手里还有一条手巾。姨婆婆添好了烫水，伸手试了试，就叫婆婆泡脚。婆婆一层一层解开她的裹脚布，屋子里充满了一种特别的气息，小时候母亲一开始洗衣服，单子被子衣裳裤子一晾一大院子，芝儿就闻到这种气息。在广州有一天，她无事走到一个院子里，院子里在晒被子，一大院子的被子，芝儿闻到那种气息，觉得很熟悉，鼻子忽然发酸。婆婆泡她的小脚，姨婆婆给她揉着膝盖和小腿。堂屋里有谁进来了一趟，把一背篓苞谷“呼”地倒在地上。哑巴姨儿忙完了，端个盆子进来加点热水，大概是好洗鸡油，斩开的鸡好好地躺在盆子里，是一只不小的鸡公。芝儿有点闷，出门站一会。姨婆婆对她的背影说：“茅厕在墙东头。”

芝儿看到太阳已经贴到山梁上，远近地里都有人在干活，有些背阴的地里，人开始往回走了。姨婆婆家地里，两个人还在慢慢地干。芝儿走到猪圈边看了看，半圈稀屎汤汤，是应该垫圈了。两条猪在吃新扔的苞谷秆，一条肥一些，另一条是明年的胚子，精瘦。茅厕就在墙背面，没有门帘子，芝儿上的时候很担心。回来经过窗子，听见里面正说到莹娃子。

“人家一裹就走了，喊都喊不回来呀。”姨婆婆说，“她爷爷在的时候，她还有点怕惧。爷爷一死，就没得哪个管得住她了呢。”

又说：“她跟人家裹起走的时候，也是在收苞谷，那时侯强娃子还在河南没回来，地里苞谷才收了一半，她就跑了，真的是个指望不到的东西，从小就看得出来！”

“她给屋里带过信没有？在做啥子？”

“哪个晓得？一纸半字都没得。裹她走的大队上的刘彩儿，听人家说是彩儿在那边拍黄片，还说贩毒。”

老人不说话了，芝儿望着远近的田地，太阳刚下去了，地里还敞亮，但有些山凹里已经开始变暗，心里无名地忧愁。乡下人不会像城里人那样说“寂寞”“忧伤”“痛苦”，但会说：“心里忧愁”，“添忧愁”，这个词的意思难说清楚。也许就是那些暗淡的山凹带来的感触。有人还在地里收庄稼，要收到什么时候？雪下了，麻雀黑乎乎飞到雪地，还是收不完吗？芝儿对这些毫无兴趣。虽然回来了，前一段还见了同在一条沟里的对象，可是真不知道是不是还会出去。

强子和他爹背着一包苞谷在往回走。芝儿进屋，看到灶屋里有火光，哑巴姨儿正在忙。火屋里，婆婆和姨婆婆偎在一块儿，姨婆婆还是抽着烟，袅袅上升的烟丝里，婆婆似乎睡着了。

强儿父子倒空了背篓进来，父亲就去拿地上的茶杯喝水。姨婆婆吼他说："客喝的杯子你就拿到喝！个人找个碗嘛！"这个五十来岁的男人，沉默地服从命令，走开去拿碗。强儿在卷起袖子擦汗，也去找了一只碗，碗口有个豁口。芝儿心里忽然觉得不安。

饭吃过了，撕过了一堆苞谷，劳累了一天的强儿和他爹妈都睡了，强儿睡楼上，他爹妈睡堂屋。芝儿才晓得竹楼上还有一张床。想到那个少年沉默地上楼，走入黑暗里，在一阵轻微的嘎吱响后睡下。他和她一样，出远门打过工，现在却睡在这山老扒楼上的黑暗里，不发出一点声音。芝儿睡火屋里那张没有帐子的床。姨婆婆和婆婆还没有睡，芝儿睡下以后，她们还在低声絮絮说话。电灯大概是山区小水电，特别昏暗，也就是照亮了个它自己，所以也不影响芝儿。

似乎说到了有一年的山洪，炉子坑里水都进满了，全家人怕屋垮，顶着大簸箕躲到坡上，那一面簸箕罩得下五个人；说到同队的王明福，要在姨婆婆地里挖炭洞，姨婆婆拦他，"他要打我，还骂我老不死的东西"；说到婆婆那间没有电灯的屋，爷爷喉头的癌；沉默了很久，又说起很多年前，姨婆婆死了第三门两年，人家给姨婆婆介绍姨爹，婆婆陪她去见面的事情。那时姨爹也是死了女人，姨婆婆带过去一儿一女，姨爹一点没嫌弃。死的那一年，姨爹就一直坐在这把椅子上抽旱烟，哪儿也不去，也不怎么说话……后来的话越来越断续，低沉，晦暗不明，芝儿在一天的疲倦后渐渐睡着了，床褥的陈年气息让她梦境深沉。

大　路

蔡志忠走下田坝的时候，到处蓬蓬地打谷子。

王铁匠也在他自家四分田里，一人打一人喂。蔡志忠走近了喊他两声，他才直起了腰杆说你呀。又来转马路。去年子你给我背了个铁坨下来，今年子你背的么子？

蔡志忠说今年子松火，就是一个挖断了的板锄。去年子那坨铁把我背遭了，回去就倒了床了，差点起不来了。不敢背那么重的了。

你这个老汉儿还是晓得嘛，我当你知不道轻重呢。王铁匠一边喂谷子一边说，你把板锄把搁到我屋里。我把这点谷子弄完了给你接，叫你转来的时候能拿到。

我这背篓里有酒，你还是喝一口。今年子是啤酒。

你还赶时髦，我喝到像刷锅水。你留着自己路上慢慢酝。

田坝成了新农村，山上迁下来好多户扶贫搬迁的人，紧贴到马路起了水泥楼房。邱家是乌鸦山搬下来的，两层带阳台的楼房贴的瓷砖，门前种了几棵金镶玉，去年种的今年就开花了。女人在门上喂关在笼里的鸡子，看见蔡志忠了，亲热问你这个老年人到哪儿去呀，这么大年纪了。蔡志忠问你们搬下来住得还好吧，她说住得还好，就是人生疏。你们啥时候也搬下来吵。蔡志忠说我们哪里搬得动哦。

今年春节初三，顺儿和秦国兰还在屋里，秀儿也回门来玩。秀儿劝嫂子今年莫出门了，老人年纪太大了，多于做不动了。秦国兰说她还是要出门，挣钱在路边上起新房子。蔡志忠说这么多年，你们到底存了些钱没得。顺儿当时不做声。

起了新房子，年轻人可以住大路边上的新房子，老的依旧住老房子。老房子住惯了，还不愿意搬下来。有两家搬下孟石岭的，冬天水泥砖墙不保温，老年人烤不惯蜂窝煤炉子火，年关过世了两个，楼房里打丧鼓也狭窄。老房子还是宽敞些。

王铁匠住的就是老房子，旁边起了新楼房，这是王铁匠今年上年起的，人家说是为他孙儿。老房子里鼓风炉火烧得旺旺的，一个小伙子在墩子上捶一个挖裂了头的羊角镐。蔡志忠问你是学艺的？小伙子挥锤说跟到打下手。爷爷多于打不动了。

蔡志忠会意了，你是他的亲后人啦。他还是晓得把手艺传个人嘛。

我以往也不想学。过年从东莞回来，那边厂里裁员，呆在屋里没事做，就跟到学一下。

学了好，学了好，管它到啥时候，只要有人种地，这个东西总有需要。花里底下邱铁匠父子办的铁器加工厂，把八仙的店子都包完了，就是质量赶不上你爷爷的。蔡志忠说，以往大集体的时候，你爷爷的名声大，发明创造，公家拿小车接到宁陕去传艺。那时候乌金出了两个省劳模，一个是我，一个就是你爷爷，我是养羊子，他是发明创造得好。同一年的，到省上照了相的。

爷爷是有这么个照片。照片毁色了，人头辨不清楚，他说上面有一个就是他，还有一个也是我们乌金的，那怕就是您哟。

我跟他挨到的。

小伙子叮叮邦邦锤羊角镐，蔡志忠觉得声音还不够均匀。他怕小伙子注意到了，赶紧转身卸下背篓。板锄把是搁在啤酒下面的，小心翼翼取出了喝剩的两瓶啤酒和一个挎包，把啤酒装在垮包里。

你爷爷说，我的板锄把他要个人回来接，我从孟石岭转来的时候拿。

好哇，您下孟石岭走人家?

不走啥人家，每年这个时候，我要顺大路下孟石岭一趟，一路走一路玩。

小伙子把打好的羊角镐淬到水里，哧的一声，一股白气冒上来。

我把背篓放在这，回来再到屋。

昨晚上还是犹豫了一会，要不要下孟石岭。

早些天过月半，秀儿下来给祖人烧纸，说伢你今年八十整周岁，莫像往年那样在大路上转了。你怕在这儿过欠人情，就跟妈一起上白沙去，到我们那好好过个生。蔡志忠说你屋里也有老的，上去添麻烦。

昨天老婆子陈菊妹也说，你身体不比往常了。去年那一趟回来，病的那一大架，腰杆都撑不起来了。今年你再下去，说起来是玩，莫到半路上走不回来。不如关门插户，人家当做人不在屋里就行了。

蔡志忠说以往不是没做过，七十四岁那年，小姨父在门上敲了一个对时，硬是不相信我没在屋里，后头还不是只有开门。老婆子说小姨父过世了，就没有他那么实诚的人了。蔡志忠说现在喂的有猪，关门插户哪么行。我还是背几瓶啤酒下孟石岭轻省，好久没出过门了，也想转一趟。

老婆子连夜煮了一坨肉，其实是最后剩下来的一张皮，从孙子树龄回来硬留到现在。早饭老婆子给蔡志忠舀了几块肉皮，糯糍糍的，要是瘦肉也咬不动。出门的时候，大猪在圈里嗷，老婆子还在煮猪食，蔡克忠扯了两匹猪圈上空的芭蕉叶给它，大猪有滋有味地撕吃起来。这个猪的架子已经撑好了，往后正是催膘的时候，前几天树龄却打电话回来叫卖猪。

他要回来说媳妇，对象是石泉县的姑娘，和他一起在东莞打工的。姑娘原来订了一门亲，欠了人家三万块钱的礼，女孩子父亲自己贷了两万，还有一万要树龄退。树龄父母在山西都没挣到钱，舅舅说支援，钱还没到位。

接电话那天正好秀儿提前下来做生，也说猪不能卖，一是不划算，二是你们一年又不买菜油，吃油肉都靠这口猪。后来树龄回来，蔡志忠坚持不答应卖猪，树龄使气，本来说是把姑娘引过来看一下也不了，呆了一天就过了石泉，提上了屋梁子上最后两块腊肉。

顺儿秦国兰两口子都在山西，名气打了多年的工，临到娃子这种事情，一千块钱都拿不出来。还好有个舅舅，先支援了一部分，树龄自己还要攒一股子，说是先把结婚证扯了。

也无法，一代管一代，树龄和姜生两个孙儿还是老的管大的，现在成人结婚，只有靠他们个人了。

走过屋旁烟地，陈木匠屋门前停了一辆出租摩托车，陈木匠正在上车。蔡志忠问哪去。

爹在金沙河过世了，姐姐通知我赶过去，今天晚上坐夜。

蔡志忠吃惊。他不是几天才过去玩？怎么过世了？

就是呢，他到了那边就起病，今天早上过世的。

那两个老的葬不到一起了。

命里到不了一堆。这边土料做起了，那边还现求人。

摩托车发动了。蔡志忠在后面走，经过了陈木匠娘的坟。坟在烟地坎下，陈木匠起给爹娘单另住的屋旁边。

陈木匠父母本身住在滔河，陈木匠到乌鸦山赵家做的门婿，老的跟到幺儿子。儿子不孝顺，听说如同孤老。另有两个女儿，轮流接去玩，两个老的分开的。前年老汉过了八十岁，陈木匠发愿心起屋，两个老的接到一起，死了合葬，方便后人上亮。

接下来老婆子就起病，春天里过世了。剩了老头子一个人住在烟地下边屋里，每天赵家送饭吃。屋里生了一炉火，摆了一副棺材，没有上漆，原来是两副一式的，老婆子过世用了一副。棺材旁边搁的是床。没有牵电灯，黑了就睡。蔡志忠有时到老汉屋里坐会，老汉不怎么说话，抽着小锅旱烟，问他啥子总是个笑。脸上没有肉，有些羊子的形状。

陈木匠把烟地给了老汉一块，老汉儿没事的时候就在地里做，长虫子的时候，他蹲在烟棵子下边，一个一个地择虫子。择累了，坐在老婆子坟边歇气。

金沙河路远，“村村通”没铺水泥，今天擦黑陈木匠不一定能到。

村里的水泥路铺了半截，看上去白光光的，有两截叫葵花盘子遮弯了。比起土路来，路面硬了些，不过平坦，膝盖下力审到些，一步一步慢慢走就行。

蔡志忠走到路上心里不落实，怕遇到人，像是偷到走的。不期然一个人骑摩托车从大路上来了，戴的头盔，到了村路上就取下来，是村长刘平。蔡志忠心里发紧。刘平骑到蔡志忠身边就停下来，说你这个老汉到哪去，蔡志忠说去修个板锄把。刘平说你们屋里修路的集资款，啥时候能交全，路是已经在享受了。蔡志忠连忙说年底一定交齐，“一定”两个字咬得重。刘平说你打电话给蔡家顺他们说，村里就剩你们和余勇一家没交齐了，卡住铺不了。余勇的情况又和你们不一样。

水泥路是上半年修的，国家的“村村通”工程，说是叫农民“天晴出门不沾灰，下雨不沾泥”。镇里补助了一半，另一半按人头集资，加上农网改造，家里要出四千八。当时带信叫顺儿和秦国兰兑钱回来，电话打到山西，说是秦国兰在四川，那边闹地震了，要他打路费钱过山西去。先前两口子闹矛盾，她跟到一个老板跑过去的，老板的厂做纸箱子。发地震厂房都震塌了，老板着埋了，她回山西的钱都没有。

后来好歹汇了一千五百块钱回来，说是先支的工资。出门这么多年，年年除了买化肥猪胚子，没得钱回来。树龄初中毕业了出门打工，他们就更没有钱回来了。去年生了那一场病，吃了上千的药费，收秋的时候实在动不了了，请了几个人，用钱的项数就多了。今年说是年底把集资款带回来，赶上大寒里修路。从这回树龄的事情看，又是虚的。

有时候想问他们在外边究竟做啥子，还闹矛盾。问了又要怄气，还有余勇这样的榜样，把媳妇娃子撂在屋里，真的三年五载不回来。

余勇的媳妇刘芳是去年修路的时候走的，她前一阵回来把娃儿接起走了。当时走的时候，她说自己也是没办法，勇儿三年没回来了，前年开始就没打过钱回来，她没得化肥钱，给波儿买作业本的钱都没有。听说勇儿在福建那边另找了，她过去看一看，把波儿寄到嫂子李英屋里。屋里的电视、VCD和两床好铺盖，也寄到嫂子屋里，请嫂子帮她平时望一下屋，莫叫人把门窗拆了，她还要回来。刘芳是四川忠县的人，跟勇儿在广东打工认识的，结了婚就过了这边来，侍候老的。老的过世之后，又有娃儿了，勇儿一直一个人出去打工。波儿递到嫂子的手里就哭了，刘芳眼水也下来了，说妈一定要回来的，要尖心上学。

听说刘芳到了那边，见到了勇儿，勇儿已经另找了人，娃子也有了。刘芳没有落头先回了四川。波儿在李英家里过了大半年，刘芳又出去到虎门县打工，从那儿回来把波儿接走了。电视、VCD和铺盖都没有拿。勇儿的房子是当时买郑家姨爹的，刘芳走之后，姨爹把房子收回来，转手卖给别人了。

这些年村子里的人少了，虽说马路修好了，逢年过节才有些摩托车走。乌金中学撤了以后，学娃子们上了狮坪，人就更少了。有些人家搬起走了，白天里看到房子还在，晚上到院坝里解手，一望远近黑乎乎的一片，就像遭了兵灾，一面乌鸦山没有剩下几户人。睡在土墙房子里，心里就有些起疑，是不是自己是这里最后的一代人。

这样的想法，有些像单独住在新寨子上的年头。那时候躲棒佬，跟到过继的三叔在黄家新寨子上住，开始是一寨子的人。后来棒佬闹过身了，说是去打日本。黄家的人前前后后都下了河，寨子上只剩三叔一家人。白天在火地里干活，晚上睡在石头房子里，风从石头缝里飕飕地进来，感觉从一座山顶到另一座山顶，世上只剩了自己。就那么过了六年，下河见到亲老子眼泪长流，硬是不愿呆了，宁愿出门背盐。

背盐来钱娶了媳妇，还在新寨子上过了一年，媳妇呆不住跑回娘家了。娘家没房子，挨到陈家屋场起了一独间屋，盖的苞谷秆，就在丰收电站出水的上边，这里望得见。在沙坝上开田种，沙坝是民国二十九年的一场大水冲出来的，也奇怪，以后再没涨到那么大的水。这才算是在河里安顿下来。

在沙坝地里，丢了两个娃子。陈家当道士的舅老爷吴少陵说是那里阴气重，以往是坟园，不适合出生小娃子。这才发狠搬家另立门户，搬到这坡上来，先得了秀儿，过了六年得了顺儿，紧跟着又当了模范。

沙坝地里丑娃子是还在吃奶，抱在怀里丢的。当时背盐回来半夜时候到的家，陈菊妹抱到怀里来开门，门开了一股河风一扫，大人身上都是阴飒飒的，月娃子一口奶堵在喉咙里，气就绝了。娃子死了以后，吴少陵说是河里不干净，娃儿叫阴魂拖去了，要放河灯给娃儿超度。请人扎了一只莲船，船上点的是灯，水里放的也是灯，晚上顺水走了，到河湾处也没沉。往年过几年大户人家就要承头放河灯，说是有人落了水，河坝里不干净了。那几年闹土改，地主斗倒了，没有人放了。丑娃子的河灯是偷到放的。

第二年得了转娃子，虽说是个女娃，招人疼得很。从小特别懂事，三岁的时候，爹娘出门做活路了，她在邻家玩，下了一阵白雨，她着急跑回来收衣服，大门插到的，往门缝里塞。后来陈菊妹在一块坟园地里薅草，转娃子跟到扯喂兔儿的草，一会儿哭了起来，问她又找不到伤势，就是脚底肿了。担心是蛇咬了，背到鸭河口去找医生，说是无名肿毒，敷了草药不起效。去找时医生睡在床上的，是个忌讳。转娃子的脚后跟就起白皮，干了，再后来就往起肿，肿起腰了，喊娘叫爹的，就死了。死了医生又说是蛇咬了，因为是坟园里的红蛇，无药可救。转娃子死了陈菊妹特别伤心，人都说转娃子眉清目秀的，像她小时候的模样。蔡志忠也记得九岁定亲时陈菊妹的样子，那时候刚起病，鼻子还没塌，确实和转娃子的眉眼一样的。连丢了两个娃儿，人就像害了几场伤寒病，都站不稳了。又在娘家受排挤，陈菊妹跟当初从寨子里跑下来一样，怎么也不肯再在大河里住。赶上解放，分到了这坡上的地，就搬上来起房子住了。

沙坝里自家的独房子塌了，陈家的老屋场还在，人都搬了，现在是做的翻砂厂。

机器轰轰隆隆地响，往年种的沙坝地，现在一台大挖挖机翻出了底，鹅包石起出来垒成一座小山，河沙用作起了电站。电站引走了水，放河灯的长滩水干了，往年河中心的猪槽石晾在沙坝里了，白乎乎地结了一层碱壳。

去年这个时候，猪槽石还在水中间。当时背的猪草机重，蔡志忠在大路旁歇了一会，起头喝了半瓶啤酒，想到了还在龙精沟住的顶小时候，有时候下大河，看到有女娃子躺在猪槽石中间玩水捞鱼。鱼要从猪槽石中间过，顺手能捞起来。那时候也奇怪，女娃子洗澡是不忌讳的，猪槽石能把她们遮到。男娃子逗她们，朝她们扔石子，喊女娃子不要脸。蔡志忠从来不敢扔。十三岁那年跟一仗小娃子背麦李子下岚皋卖，遇到两个女娃在猪槽石中间玩水，他鼓起勇气扔了一次，没敢太使劲，石头落在离猪槽石很远的水面上，有个女娃抬头望了他一眼。他一看是自己定了亲的菊妹，女娃子也认出他来了。蔡志忠脸顿时烧到了脖子。那时候她鼻子已经看得出来一点毛病了，一路的娃子喊烂鼻子女娃子。陈菊妹赶紧低了头。蔡志忠的脸更烧得很，背起背篓就赶路。

那时候蔡志忠开始操心陈菊妹的鼻子，听说她长了匿虫，到处求医，医生配的捻子，里头包的药塞到鼻子里，都治不断根。匿虫藏在鼻子里不出来，一点一点地吃，把鼻子吃塌下去了，剩了一张皮，后来皮都吃了。说是非要把鼻子吃光做数。从九岁到十七岁，蔡志忠娶她过门的时候，陈菊妹的前半截鼻子就吃到没有了，没有了镇中脸变了形，简直认不出来原来的人。

那时候各样的灾病多。有一回蔡志忠从大宁县背盐回来，一个伙计都没邀到，在镇坪县一个小学校对门盐路上歇脚。那时候是刚解放不久，老师带领一仗小学生在升旗。老师长了个大瘿包，吊到胸前。蔡志忠认真数了一遍，一仗三十七个小学生，只有五个没长瘿包的，葫芦大拳头大的，大小都有一个。跟那方的水土有关系，镇坪县南江河和太平河长瘿包，八仙河没得瘿包，匿虫病多。解放以后慢慢地就消灭了。

陈菊妹的鼻子是1955年治好的，那时候孟石岭有了卫生所，公家照顾下孟石岭找李医生打“六六六”针，多长的针管子，一个月要下去三趟，打三针，后来又上了狮坪好多趟，总算治好了，把后半截鼻子保住了。

蔡志忠取了一瓶啤酒，依旧是在去年磕的石头上开了，喝了小半瓶。心里立刻就感觉舒坦了，走在大路上心里畅快。以前只晓得喝白酒，这个滋味是前年子过年才尝出来的。

前年子过年树龄回来，买了几瓶啤酒，说爷爷你尝下嘛。白酒你多于喝不得了。前一阵膝弯痛，到乌金乡上检查，说是白酒喝过了量，又一直蹲到解手，静脉曲张了。以后一是解手不能蹲久了，一是要戒酒。蔡志忠说戒了白酒，等于是戒了我的命。陈菊妹说你活了这把年纪就这么点出息。家里称盐的钱都叫你喝掉了。一喝醉了酒就哭，拉到人絮絮叨叨地说话，你不嫌丑人我嫌丑人，就像你一辈子受了多大的冤枉。以后究竟不敢多于沾白酒了，渴了半年的酒瘾，树龄叫尝啤酒，一尝觉得味道不行，说这也叫酒，像是刷锅水扎嘴巴。可是树龄下一顿又劝，他爹拦他都不行，说老年人喝啤酒好，蔡志忠再喝了一回，味道就跟头一次不一样了，那天起首，以后就改喝啤酒了。只是价钱虽然和白酒差不多，喝起来还是贵，不能经常喝。这次过生买了一件子，今天出门背了四瓶，敞开喝一回。

眼睛皮眯着，微微的风吹，旁人看见以为这个老年人眼睛闭起的。其实就是眼睛老瞎了，也能没有失误走下孟石岭。小娃子时候是背麦李子下孟石岭和花里卖，后来是当盐背佬，二十块钱一个肘子，老秤八十五斤，新秤一百斤。从四川大宁盐场背过来，下岚皋卖，一个卖到三十二块钱，一个肘子涨十二块。给的是关金券，一块钱上面印的数字是一千块，一个肘子要三万二。民国三十二年背头一回，总共背过十一年的盐，一共四十三回。1954年以后不准私人背盐卖麦李子这些了，给本地方背粮食，从花里街运上狮坪街。背的米、麦子，供应公家。给公家的贸易公司背生漆、党参、核桃米子，从狮坪街背下安康。一百斤背一百里给三块四，后来涨成三块六。1958年往后，搞短途运输，从杨柳坝背东西上狮坪又背货转来，出去一天，要给队上交八毛，余下的归自己。那时候是小路，顺到坡上走的，沿河下孟石岭要一早晨，进毛家湾，走完头上分水岭翻过南坪，自己生火做晌午饭。又上岭过洛河，上毛家山，又下吉河，上财神庙，再往下过黄洋河到张滩，单趟三百多里路，背一百七十多斤下去要七天，回来蔡志忠只要一天一夜，大部分人都走不拢。晚上打着火把赶夜路，走到陡岩路上，望到眼前有么子影子跳过去莫分心，莫管河里的响动，不然被它引到一分神就下岩了。以前有摔坏的人要拉人垫背。背篓里带一块小石头，走到底下杀人湾石王老爷跟前，把石头砌到石王老爷脚下，敬了他，走路就不伤脚力。

杀人湾的崖大，水急，走下去顿时感到阴风。当时修双坪公路，蔡志忠是从这起手，也是唯有的在这出了一次险情。

那时候蔡志忠在当队长，队上的活路不好做，社员混工分，随时要招呼，没有积极性，因为任务重。三队八十五口人，任务是四千九百斤。有两年的谷子社员没尝到新，晒干扬净交给国家。有三年麦子没尝到新，都交到杨柳坝仓库。吃草根，样样都吃遍了。坡上的小刺秆煮的饭，刺把舌头都刺破了。蔡志忠就报名参加修公路，一个月得十二块钱工资，伙食钱在里面除。

开始是和另一个人搭手，给三百人的连队做饭，做了八个月，弄苞谷粉子蒸面面饭，搅糊涂。两口锅搅糊涂，一口锅要装两挑水。

两个大甑子蒸面面饭，拿盆子舀苞谷面要十几盆子。规定一个人一顿只能吃七两，一月四十五斤。菜是萝卜干菜也有青菜。团部吃的是细粮，一顿五两，有一回让蔡志忠他们去看到称过的。中间隔两个月，连队也吃一回灰面馍馍，一回一斤。过阳历年的时候发米。馍馍和米都带回家，两个月回一趟家，呆一两天又走。当时是连队管理，就是修到乌鸦山脚下的时候，也不能随便回家，按照连队的编制，早晚要站队点名。

做了八个月的饭，团部让蔡志忠当连长，管乌金的九十多个人。底下的人都服从，连张家、八仙的亡命之徒也听教，放炮除石头，一直没出过事故。只有在杀人湾打炮，一个叫周献章的，放炮以后石头还没落定，他非要去看，叫一块桌子大的石头下来砸没了。人都传是一个姓周的县长下来视察出事了，其实他是名字叫周献章，人是个好人。双坪公路修起，就坏了这么一个人命，没想到是存起的，路通后接二连三出事故。现在公路不从杀人湾走，因为垮了一次大奔巴[1]，新死了十几条人命。架了两座大桥，改线到对岸去了。

大桥头上有一个拐子潭。有阴阳先生说过，拐子潭的水汽干了，杀人湾就要垮奔巴。电站修好当年六月间，红太阳天气，乌金的学娃子骑自行车回家，这截公路在加宽，推土机叫学生等到。河里潭里还有些存水，几个孤老田的小娃子在潭里放毒药拣鱼。山就坐下来了，把几个学生连同一架出路面的推土机蒙在里头，半边山坐到河里，总共死了九个人，八个是学生娃子。

大桥改线之后，孤老田起了一条半边街，都是山上人搬下来起的水泥平房。房子紧挨着，后身的猪圈厕所也紧凑，有人家的厕所埋管子直通到河坝，河坝里有一股腥味。街上开了一家废品收购站，

1 奔巴，泥石流。

堆的纸壳子，码的一摞一摞的酒瓶子，等大车拉下安康。门前一桌人在打麻将，有的是掰苞谷抽空打一圈，挂着苞谷缨子的背篓还顿在地上。废品收购站的老板周疤子有一架三轮车，有时候到乌鸦山来收瓶子，啤酒瓶子比白酒瓶子贵，四个空瓶子能换一瓶啤酒。周疤子坐在上首的，看见蔡志忠手里拿的啤酒，背的背篓，说你这个老汉，来卖啤酒瓶子换酒哇？

蔡志忠说我背篓里是有几个瓶子，都还没开，只有手上这个，先搁到你这，回来其余的也给你，换一瓶酒回去喝。周疤子说你这个老汉还会想。蔡志忠说送上门的生意，你么子做不得。就把手里的瓶子搁到瓶摞子上去，说你这个场场越办越大了，又当大老板了。周疤子说人家修电站开矿的才是大老板，我没修来当大老板的命。

周疤子最风光的时候是在凤凰尖开硫黄矿，当时蔡志忠在他的炉子上。那是为顺儿娶媳妇，欠了一千多块钱的账，为了还账，五十七岁上的凤凰尖。周疤子起初有一个炉子，他想赚大钱，又投本开了一个炉子，新招的工人。一个工人往炉子里加矿石，硫黄烟子气味一冲就滚进去了，后头两个人去拉，跟到滚进去。里面是红堂堂的火，几分钟人就烧过了，骨头渣渣都没留。周疤子赔了三个工人的命钱，跟身他的一满车硫黄又翻车倒在河里，煮开了，造成了大型污染，河里的水毒坏了人，上面来调查，从此封了矿，蔡志忠也就下了山。硫黄矿是个危险活路，好在周疤子修公路的时候在蔡志忠手下做过了的，照顾他没在加炉组上干，干的是推车运矿石。周疤子本人那以后就没翻过来身。

过了第二道桥就是新寨子了，路从金鸡河口起坡，一直爬上顶有几架白岩，岩上还隐约看得见寨墙。每回走到这里，蔡志忠要歇一气，坐在马路边水泥墩子上，起头喝第二瓶酒。

寨墙子还基本上是好的，就是没人上去了。末一回上去是接三叔下来养老。下来半年三叔就死了。去鸭河出四十三块买一副油漆土料，把老汉安葬了。

三叔是胀死的。当时是困难时期，苞谷不兴推成粉，都是吃煮苞谷饭。老汉中午在吃了煮苞谷饭，出门做活路，晚上又吃煮苞谷饭，苞谷没煮熟，干活又喝水，苞谷吃到肚子里发胀，晚上胀死了。

那以前三年三婶去世了，他们有一群羊子，调了一副土料，就安葬在寨子底下。三婶的丧事没有上去，因为陈菊妹跟她感情不好。

过门后陈菊妹上了新寨子，三婶嫌她，不给盐吃，等两个小的上坡了在屋里做好吃的。成天在坡上做活路，九月间掰苞谷，槽里风赶倒了，在雪窝里抠。下雨天挖陡坡，薅陡坡上的草，不掉土巴。分的粮食是糠颗子、麦麸子。蔡志忠出门当背佬，三婶就打陈菊妹，把手杆打折了，陈菊妹就下河了。和二姨转去拿铺盖，三婶把铺盖收了，只剩一条席子。陈菊妹找了民兵队长，才把席子拿下来。

刚生下来的时候，陈菊妹在娘怀里就上过一回新寨子。棒佬柯麻子来了，娘一碗糖鸡蛋没来得及吃，打到床底下。下大雪，单子一裹就上坡跑棒佬。月母子跑不动，在马槽里叫棒佬追上了，把娃子脑袋两边一挤提到。娘说才两天，老总莫那么提，怕把头提断了。棒佬叫娘做饭，娘说月母子做的饭脏，棒佬叫她滚。又遇到第二拨棒佬，娘说我个月母子，前头老总把我放了。人家说滚你的。爬上了新寨子，又要娘做饭，娘说我月母子做饭不干净，黄家的人说你月母子到我这里来，不吉利。叫娘挑水洗门槛。棒佬退了以后，娘又去挂红。

娘生了十二个儿女，丢了六个，陈菊妹是第一个留下来的。前头生的长毒牙齿，掉在自己喉咙里，毒死了。说是要瞅到牙齿掉的时候用勺勺接，没看准时候。后头的一个女娃不想要，在被子里蒙死了。陈菊妹脚下抚养成了三个弟弟，一个在四川割漆，涨竹筒子水冲走了，一个在四川金堂县。幺舅爷在粮站上，前几年跑出租出车祸死了。只有两个姨儿[1]来往亲切。

小姨儿在狮子岩。二姨住在下面乌金街上的。

蔡志忠已经几年没有见到二姨，只是碰见两回姨夫郑老师。回乌鸦山收房子的时候，郑老师没有到屋。转手三万五，卖给了蛇蚤河里搬下来的人。蔡志忠有些怕在街上遇到郑老师。还住在乌鸦山的时候，郑老师过生蔡志忠是去的，蔡志忠过生因为不在屋里待客，郑老师也没来过。搬下乌金街以后，两家来往就更少了。街上遇见了不好弄的。

偏巧走到乌金街上，就在二姨的房子下面，遇见石山了。二姨的小儿子石山在对面店里买方便面，看到蔡志忠叫了一声，蔡志忠说你要出门啦。石山说是要出门，到上海去，媳妇在那边办了个茶馆，喊他过去打帮手。蔡志忠问娃儿呢，石山说娃儿一路带起走。蔡志忠说那好了嘛。石山说好了。

石山两口子前两年闹矛盾，媳妇想脱离他，石山领到娃子回来了。上一次遇到郑老师，不好问这件事。后来听说是想回转了，关系在恢复。现在看来事情过去了，避免了余勇和刘芳的结果。石山说上去玩吵，爸爸没在屋里，妈在屋里。蔡志忠说不上去了，我还有点事情要下田坝。二姨身体还好吵？石山说姨父操心，妈身体还好，就是下不了楼，成天坐的轮椅。来了人她送到楼口口上。蔡志忠说要叫她多晒会太阳。

二姨害风湿病腿脚肿坏了，两个膝盖肿得南瓜大，三年前起头就不下楼。姨父家的楼是贴着坡起的，后面有个天井，蔡志忠上去过一回，背面坡靠得紧，基本透不下来阳光。当时郑老师也没在屋

---

1 方言中对平辈人的称呼，一般是跟着孩子喊，以示尊敬。

里。病害久了，郑老师喜欢打牌不常落屋，又在街上开了个文具店。石山在屋里的两年还好，走了二姨又落单了。

当年“红卫兵”起事的时候，二姨和姨爹各是一派的，闹到要离婚的程度。后来姨爹属于的“红三司”在八仙扎不住，撤过镇坪，姨爹想跟过去，被二姨阻拦了。过去的人晚上睡在红石河公屋里，被这边追过去的人包围了拿机枪扫，一次死了六个。以后离婚的事就罢场了。但是姨爹提起来过，怀疑是二姨通的信，要不二姨咋晓得。二姨就说我总是不该救你的命。

回回走到乌金街上，膝盖痛的感觉就开始了。

去年过生回来，到了家吃不下饭，第二天倒床，浑身麻木。下乌金找孟医生说是风症，连吃九服药花了四百多块钱，也没起效，孟医生还叫吃，蔡志忠不吃了。后两服的一百二十块药费还没结。

孟医生的处方开得大，要说以往走医运还是见效。秀儿小时候腿杆长疮，是在孟医生手上看好了的。开始长疤子流黄水，流到哪里长到哪里。后来不得了了，用桐油搽，用烫鸡子的水洗，都不中用。铺盖都染到黑臭，闻不得。后来队上搞副业挣了点钱，引到地段医院去，孟医生跷个二郎腿，话没问完，捡了三服药洗，三服药喝，三服药搽。回来一个周，疤子就结壳掉了。

那些年孟医生有医运，下药有药王扶持到的。眼下不扶持了，看病就不行了。过年秦国兰回来，引蔡志忠上狮坪医院透视，还拿了新农合的本本。医院里说没透出来，打了两天吊针。哪样的费用能报销，说是要写申请书，秦国兰去问了下，也没弄清楚。回家身上麻木得轻了，膝盖却承不住力了。

望见孟医生的诊所，只开了一扇门，似乎没有营业，脚下不由得想快些走过去，不想孟医生从门里出来了，往街上倒水。

孟医生却并没有看见蔡志忠。他的腰杆弯得太厉害，几乎是九十度和地面平行了，望人的时候，有一种向上昂起头的意思。孟医生当了一辈子的医生，如何没治好自己的病，据说在安康医院检查的，再过几年彻底要残废了。他的驼背是从儿子出事就严重了。

以前孟医生的儿子在八仙交警队，是技校毕业找关系进去的，当了副队长。他喜欢赌博，十几万的罚款叫他交到赌桌上。那两年八仙的公路罚款多，骑摩托车的人抱怨上不了路了，群众的反映大。查处之后要坐牢，孟医生卖了县上买的房子，保住了儿子只是开除公职，过重庆打工了。以前儿子当副队长那几年，人说孟医生的背一点点地起来了。儿子出事之后，中断了下安康治疗，孟医生的背就完全驼下来了。

蔡志忠没和孟医生打招呼，这么对面站着自己的个子高，心里局促。一般是在诊所坐下来，那时孟医生坐在藤椅上，身子稍微往后仰着，背驼就不多于看出来，比自己高一点，像个医生的样子。

金鸡河口上有个大龙潭，滩口上有一排跳石，对岸覃家院子踩跳石过河。前年蔡志忠下来的时候，看见几个人在潭上架绳子扎木头。原来他们是在编筏子，顺到绳子两边来回悠。去年下来他们就在用筏子了。

眼下却看见一个人踩着沙坝过河，河坝里干了，龙潭只剩下存的一锅水。筏子拴在岸边晒着的，大约是泄洪才用得上。

蔡志忠想，今年过年可以过河去上坟，不用再走跳石。自从腿关节生了毛病，几年没给爷爷和娘上亮了。两个姐姐也老了，住在沟沟岔岔里更走不下来。

搬上龙精沟之前，这里是蔡家的老屋场，望见的几根老古树，从那时起已经不知年代。爷爷和娘的坟都是埋在树底下的，同一天死的。

民国三十年发瘟症，当时家族大，太婆脚下几代人住在一起的，租的蛇蚤河朱先生的地种。先是太婆发病过世了，爷爷跟到发病，亲戚来探病，来了就走不脱了，连带死了三个亲戚，自家有爷爷娘两个堂妹还有一个叔叔过世。下葬的时候，因为瘟症没有人敢来帮忙，挖坑垒坟都是自家人。蔡志忠只有六岁，跟到也在大河里抱石头。有一块石头砌在娘的坟靠尾的地方，第二年靠石缝长了一根金银花出来，没有人敢掐这树金银花泡水喝。

瘟症过后，家里衰败了，叔叔听了岚皋上来的人煽动，在山顶上一块凹地里种鸦片，等岚皋的人上来收。鸦片才开花被人告密，政府查处了，罚款一百五十个银元，家里的积蓄都缴光了。那一年遭大灾，朱先生看到蔡家败了，以种鸦片违法的理由，收回了蔡家租的一百多亩地，转手租给四川逃荒来的地客，老话叫上扯手，能再收一笔银元。蔡家只好全家上了龙精沟，祖人的坟都留在河坝里了，蔡家河坝也改成了覃家河坝的地名。

上了龙精沟，租的沙颗颗地，要交八担课，家里的粮食就不够了。父亲娶了后娘，带了弟妹过来，全家十三口人吃饭。蔡志忠娘过世了，位置不行，碗里舀的总是比别个平些。看到三叔没有儿女，吃得好，就个人奔到新寨子上，依附了三叔。冬月二十七上的寨子，多深的雪，腊月二十五写的过继的字，算是脱离了父亲的关系了。

顺儿小时候，带到给妈上过两次亮，不敢过水，还是背到背上的。树龄和姜生，完全没有到过老屋场，地方都不晓得。他们都走得远，将来能不能给自己和陈菊妹上亮都不知道了。

自己还有几年，确实也说不到了。陈菊妹也老了，棺材还没着落。前年从金鸡河里拉木料，做了蔡志忠的料。1965年起房子，自己当着队长，没有用队上的木料，是金鸡河里的人帮助。1985年顺儿结婚起新房子，是拉的金鸡河的木料。前年做棺材，又是进的金鸡河，找的一根毛栗子树，请陈木匠做的。

忽然想到，眼下陈木匠的爹走了，一口棺材还放在那里。干脆跟顺儿两口子说，就便买过来给陈菊妹预备，只看他们有没得这个心。不预备是不行了，看到人还在地里奔，身体个人明白一年不如一年。今年收苞谷非要请人了。重活路都做不了了，做得了的是扯苗、薅草，上肥，跪到地里还能将就。挖窝子、背粪，是不行了，去年下的架。收秋，做不了了。

前年种的地有五亩多，今年退了郑老师的地，还剩了四亩多。陈菊妹的腿子几年前就不行了，两个膝盖长颅结，蹲下去就起不来，地里活路完全靠一个人。今年挖洋芋，顺儿两口子回来了。去年掰苞谷他们没转来，请两个人干两天，三十元一天。六月间一仗风，河坝里吹得碾子碾过似的，屋门前是烂鸡窝。又是大雨，着泥浆糊到。自己怕请的人不过细，先拣倒了的苞谷，从泥巴里往起抠，都是半边牙子，红眼睛。白天做完了，晚上躺倒，脚痛得不知往哪放。有时一脚没蹬好，抽筋了，卷曲的脚趾怎么也伸不直，只当从此残废了。

往年秦国兰提出分家，只好由了他们，另外打了灶台。老的只分到一亩地，退耕还林了五分，不够吃。当时余勇出门，沙坝里他们种的白窝子苞谷，问蔡志忠能不能承担，给两口袋苞谷就行。比起旧社会写地，这等于半送给你种。就承担下来。以后顺儿他们出门打工，回来又不另外起灶，在一起做饭，分了的家又合了，土地也由老的经管。从此的活路就做不完了。实在有做不了的一天，总要挣来个睡的地方。

路总有个完头的时候，到这里望得到田坝了，坡上坡下金黄黄的谷子，心里舒畅。到了能把背篓放下，在王铁匠屋里歇一气，以下的路就是悠悠和和了。去年在王铁匠这里，卸下了那一坨铁，身上顿时轻了半边，走下盂石岭，脚像是没有着地，出的一身汗，都叫风吹干了。不该回来猪草机又上了背，干的身子又出汗，天晚了风又冷了，外面冷里面热，吹到家里就倒了。田坝下头不远，公路边上，垮了一大架岩，岩头堆到路上来了，紧挨着有一间小庙，小庙没有塌到，里头供的有弘一大仙的像，李利川长年住在里头的。庙对门隔河是金猫关。

金猫关是进出八仙的门户。山上有一根松树，还在岚皋的地界就望见了，转了几个拐还在视线里。望过去不大大，像一棵小树亭亭的，实际上有两人合抱粗，没有人知道年代。蔡志忠小时候，这根树已经有这么粗了，树下有弘一大仙的庙。

弘一大仙是八仙本地人，原来没有地方住，住在金猫关寨子里的。他是个做活路的，给东家做了西家又做。哪家喊他，他都应承，就做不过来了。有一天发现东家地里他也在做，西家地里也看见他在做，这才晓得他成神仙了。他在笔架山成圣以后，金猫关就成了敬他的庙。

生了秀儿之后，陈菊妹一连几年没有怀，两口子就来了金猫关，给弘一大仙叩头，又在松树上搭红。转去就得了顺儿。

正要去还愿，造反派破四旧，把庙砸了，把树上搭的红扯了，一顿烧了，他们砸了庙以后在金猫关底下的回水潭里洗澡，结果为首的张经田和谭二杆子都沉底了，尸首叫青鱼吃得缺眼睛少鼻子的。张经田和谭二杆子平时都是水里的大王，两个人曾经比赛扎迷子，谭二杆子端一升麦李子下水，在水底下吃完了，上来剩半升麦李子骨骨。两个人一路淹死了，人就晓得弘一大仙显圣了。

李利川在公路边上烧石灰窑。前几年他新置一个窑子，挖沙挖出来一个菩萨头，眼睛嘴巴都是好好的，就是鼻子掉了一点。都说这是弘一大仙又显圣了，李利川有缘法。他就不置窑子了，在挖出菩萨头的地方修了两间房子，把菩萨头供起来，用了点水泥把鼻子补齐了，又给菩萨做了个身子。他自己就搬到庙里住，照管香火，给人抽签。蔡志忠和陈菊妹一路去上了高香，拜了菩萨头，就算是为顺儿还了愿。

去年有两个止河的老婆婆上来敬菩萨，走到离庙几丈远，陡然垮了一架岩，把两个老婆婆压在里头。光把人弄出来用了四天。石头擦到小庙塌下去的，小庙却没捎到。人说这是弘一大仙又显圣了，两个老婆婆做了恶事的，弘一大仙不喜欢她们来敬香。那以后来上香的人就少了。

蔡志忠走到庙门前，把酒瓶子放到，进去给菩萨像磕了三个头，李利川在旁边敲木鱼。蔡志忠跟李利川说求一根签。李利川放下木鱼拿出筒子来，问蔡志忠求么子。蔡志忠说求孙娃子的婚姻。李利川叫蔡志忠把筒子捧着摇几下，蔡志忠没有使劲摇，半天掣出一根签来。签子标了个“上平”，题的四句诗，李利川念到是：

挑起水桶上青山，居高莫嫌吃水难。

铁索桥上无板板，拆下大门做铺垫。

蔡志忠问诗意是么子，李利川又念到解释了一遍，说婚姻有难处，总体还是得成，是个好签。蔡志忠就从荷包里一个纸折的钱包里，掏了十块钱搁到像前头的纸盒子里，十块钱是上签的价，少不了了。这十块钱是卖板栗子得的钱，逮了猪儿剩下的。纸钱包是秀儿的女孩单花下来玩，给外爷折的，里外好几层蛮精巧的。

两人没再交言，蔡志忠出门拿了酒瓶子，一路走心里默了一阵，想到回去把四句诗解说给陈菊妹。只是前后的忘了，只记得铁索桥铺板板要拆大门，有些不安。总之是个好话，给了十块钱的。

孟石岭街上，老房子拆得差不多了，每家的楼房一层都起的铺面，也没什么买东西的人。往常老街上可以坐的两家杂货铺，前年就变成移动公司的门面店了，还有一家在卖彩票。四季河大桥头上有几个桥墩，蔡志忠在桥墩上坐着，伸直了腿子揉膝弯。也把解放鞋鞋带解开，揉一揉脚背。袜子上破了一个洞，蔡志忠又把解放鞋穿上了。有人拿着铲子到蔡志忠旁边来，往河里倒垃圾。河里有很多垃圾，五颜六色的。

蔡志忠拿出一瓶啤酒，慢慢地喝。眼前栽了几棵行道树，没有多高，只有几匹叶子，风吹着悠悠地动。这些树去年蔡志忠坐在这个桥墩上的时候还没有，天生是这种树型，像被修剪过的。人也是一出世就着修剪，活不成伸抖的样子。

四季河的水出来，算是补了大河里的水。要不然电站截起走了水，孟石岭这一截河坝要臭了。四季河是一条鸡肠子河，一百多里长一条岔河没得，顺着河修了过四川的公路。

这条路也是蔡志忠参与了修的，当时刚从河南回来，就到处打听有没有活路做，要还出门欠的债。阴历二月十五上的四季河，还是给工人做饭，到五月二十五回来，挣了二百五十块钱，赶忙给信用社还上了。

起先黄启贵招人，说河南的钱好挣，好多八仙人都在那，二姨的大儿子银辉也在那，叫蔡志忠去做饭。出门没有路费，找信用社贷了二百块钱，走的时候去拿的。姜会计说你啥时有了啥时还。正月初五出的门，五十多人在黄启贵手下，到了河南闯王乡，多深的雪，铺了一层木板，铺盖直接搭在木头上，女人头发长的掺在雪里凝了，天亮起不了身。街上的水龙头被绿凌冻死，拧不出来水，沟里的都是黑水，一天到晚冷水热水喝不到。带队的黄启贵在那边搞男女关系发作了，人家要杀他，他跑了，这些人就撂在街上了。后来说是有个男的提了一个带盖子的热水瓶，找上找下找蔡志忠，原来是银辉，见面揭下瓶盖子，倒热水叫蔡志忠喝。银辉在闯王乡的矿上下井，给钱扶持蔡志忠回来，他个人没回来过年，年后却在那边塌坏了，骨灰都没弄回来。郑老师去的，才赔了九千块钱。

顺儿秦国兰这一代，依旧是过山西下矿。树龄和姜生他们还好，在东莞打工，虽说走得更远，没有下井。不知道他们那边是怎样的地方，只听他们回来说起，一个一个的小镇子，白天人都在工厂里，街上看不到人。晚上人都出来了，尽是密麻麻的年轻姑娘小伙子，集市上人挤人，吃的用的玩的耍的，百样的都有，说的是带家乡口音的普通话，东西南北各省的人凑齐了。回到八仙，就像到了少有人口的古时候，呆一天心里就慌了。这样的地方，往后只剩老年人留着了。

听到孙子辈的这些话，心里有些发慌，像是八仙转眼没有了人口，只剩下自己和陈菊妹两个孤老，树龄和姜孙他们都不会回来。这会想到铁匠铺里的小伙子，有些羡慕王铁匠，要是自己能有个过硬的手艺，能传给后人吃饭就行了。可惜同样是劳模，自己只是会放个羊子。

桥头往下有一间上了年代的板壁房子，两头的楼房都起好了，只有它歪歪倒着，就要倒在下头楼房上的样子，侧面用一根柱子撑着。据说这间房子几年没有人住了，闹鬼，想讲价买下这房子的人，接连死了两个人，一个年纪轻轻的，在南方皮鞋厂里打了几年工，回来娶亲买房子，忽然发作白血病死了。另一个出了交通事故。以后就没人敢买这地基了。

前些年蔡志忠打听这间房子的住户，说是一对老的无儿无女，老汉早些年就死了，老婆子前几年过世了，过了几天，臭了才有人晓得，没有人安葬，公家拉下安康火化了。地基归了公，想卖给私人起房子。

这间房子里，陈菊妹歇过一夜。有一回陈菊妹下孟石岭来打针治匿虫，是礼拜天，到街上下班了没打成。天黑了，在马路上转，这家的老婆子就喊陈菊妹去歇。晚上蔡志忠不见陈菊妹回去，下孟石岭来找，在街上家家户户敲门问，一直问到这家，老婆子和陈菊妹睡的一铺，老汉起来开门，才问到了。这家姓蔡，说起来还是家族，蔡志忠就和老汉睡一铺，早上才一路回去。

老汉会查八字，他对蔡志忠说，你屋里的得这个病，你莫嫌。她的病是从你们订婚起首的吧？你们订婚的时辰不合，你克她。她不得这个病的话，她就死了。

回到田坝的时候，王铁匠在屋里了。他看到蔡志忠来，起手打那把断薅锄。蔡志忠说你哪么要等到我回来才给我打，王铁匠说是让你多坐一会。蔡志忠把最后一瓶啤酒拿出来，说你还是不尝啊，我又只有一个人喝。一时没打开酒瓶子，小伙子拿过去在铁墩子上开了。蔡志忠说你还是好，有传人，房子也起起了。

风箱呼呼地响，薅锄断的部位在火里烧得通红，映到王铁匠的脸有深深浅浅的沟，一条明一条暗。每一年下来，王铁匠脸上的沟深了一分。前些年王铁匠老伴死了，自己住在一边。儿女都出去打工，也没拿供养。那时候自己拿的是白酒，两人一人喝一口。喝多了王铁匠说到，他这么多年打铁，其实存的有一笔钱，就是不愿意叫儿女知道。死的时候把存折一烧，贡献给国家。没想这次下来，新房子已经起起了。

我这房子不是给儿子起的，是给孙子起的。王铁匠看着小伙子说。他有这个心学艺，就算将来出门，社会变动，说不定还要回来落脚。

也是的。眼下这个社会要说好，确实也好，政府只差给农民喂饭了。就是我不多于适应了。跟不上形势。蔡志忠喝了一口酒，一只手揉脚。

小伙子没说话，把薅锄把放到铁砧上，爷孙轮番挥锤一顿砸，两截就熔到一起了。王铁匠夹起薅锄淬火，小伙子在一旁看到时间长短。王铁匠拿起来看了看，又把薅锄把送进炉膛里。小伙子开了鼓风机，炉膛里的火又呼呼地燃起来。蔡志忠在后面，看着小伙子的耳垂被火光映透，显得格外红红的，呷了一口酒说，你这个年轻人踏实，放在过去，也能跟你爷爷，当劳模。

小伙子转脸看着蔡志忠说，眼下当劳模，要做老板，叫人家给他劳动。老板做大了，拿些钱出来做慈善捐助，就当了劳模、人大代表。这次“5·12地震”，我打工那个总公司的老板姓陈，捐了一个多亿，说是还搭了几千条猪。你们那时候的劳模，要靠自己劳动，跟现在肯定是两个样子了。

评劳模是养羊子第二年。乌金原来没有羊。1954年成立高级社，过四川买了羊，回来让蔡志忠放。每天出坡，背一个一米多长的斑竹筒子，里面是人尿，尿是起五早到各户人家去找的，在人家夜壶里现倒。到了山上，找个草厚的地方把尿筒一撒，羊子就群在那里吃。不这样的话，你把嘴笼子一解，它再饿还是要满山遍野跑。找不到厚草的话，就砍一堆马桑树叶子码到，浇上尿，它在有尿的地方一顿吃，吃饱了，就不乱跑了。母羊下了儿，要弄些渣渣火，小心提到火上，翻来覆去烤，烤热了抱回来。起手二十五只羊，后来分给双坪大队三十只，给五台四十只，给五队二十只，下剩七十一只，喂了四个年头。到第二年上，就评上了省劳模，连评了两年。

羊子为首的是一只大母羊，它一出圈在前头走，有的想要上前，它就踢它。一吆出去，利利索索半里路，排场得很。后来大母羊吃了野猫屙尿的草，胀气死了。母羊子死了全队煮羊肉汤喝，蔡志忠没忍心喝，自己的那份打给秀儿，看到她们两娘母喝，眼泪就下来了。村上开会，蔡志忠也受了批评。

带头的羊一死，不好放了，羊子走得乱七八糟的，不成个样子。赶上炼钢铁办食堂，羊子一只一只地杀，就没心劲了，羊子过手给了吴德怀，死了几只，别的闹饥荒基本上吃光了。房子修好之后，蔡志忠到了三线上修铁路，给人做饭，一去几年。

眼下想到那只大母羊子，心又隐隐地发紧，可能人老了，周身的毛病渐渐入了心，一碰就发作。酒就起作用了，能把紧的地方化开。一口酒回过味道，薅锄又淬了一道火，打好了。拿到手里，两边摸不出高低，只是表面浅浅一道印子，像是小孩子的铅笔画上去的。蔡志忠把薅锄装进背篓，在上衣荷包里找钱。你莫找了，这回不要你的。蔡志忠说这哪行。你做的是收钱的手艺。

你回回在我这过生，我没给你置办过，还喝你的酒。今天当是还你个人情。我晓得你明年反正是走不下来了。我也打不了两年铁了。

蔡志忠出了铁匠铺，往乌鸦山走，太阳来时总在前头，现在落在后面了，影子在大路上伸出去很长，背篓像是长在背上。掰苞谷的人背到最后一背，从蔡志忠身边经过，苞谷都整齐冒尖地插在背篓里，闻得到太阳的煳气。地里的苞谷林子没有了苞谷坨，一身轻松却又像失去了什么，叫人心里轻飘飘的。蔡志忠想到了陈菊妹，这会可能才从地里回来，把猪草倒在大锅里煮好了，一盆一盆地使力端到猪圈，倒在猪槽里，饿了半天的猪，嗵嗵地吃起来了，半截嘴筒子都埋在伙食里。下昼的饭在锅里焐好了，上午还剩的有几块肉皮。预备了猪的，老婆子也不会撂下人的。

想到这里，心里暖暖和和的。脚下加快一点，膝盖也不是多于痛了，和背上的负担，像是叫人一起接过去了。太阳落山之前，蔡志忠踩着自己的影子，能一直走到家。

转
山

转 山

天没亮，小兰起来了。拉电灯热饭吃。娘问了一声:“起来了哇?”每次总要问这么一声。总是:“嗯。”热的是油炒晚上剩的干洋芋。理理货篮，其实不用，晚上理好了的。一头是针头线脑，小衣裳鞋袜，一头是百样的碎嘴零货。临出门，娘问一声:“走了哇?”也是“嗯”。轻声跨门，晓得娘就起来。

小兰“转山”。转山是八仙的土话和行当，把零货挑上那些住在高山很少下河的人户。路远的，出门一趟要好几天，比如这回小兰要去的龙兴沟崂上。先要翻一架大山梁，就在小兰面前，慢慢走上棕色的枯糙的山半腰。太阳就出山了，不过太阳还在山顶，离小兰还远。就像十几岁的小兰离现在的小兰，是初一跑操时一声哨音，疾然停在操场上，山坡蕨叶的气息扑上脸，混着整个队列的喘气，急急忙忙，一瞬间想不清。

等太阳晒干了夜气，山梁就会更枯糙，想法也无形消散。

小兰歇气，回头看自家的屋，已经很小了，落在一道山坳里。现在，小兰已能看到不窄的地段。越往上走，她越能看得宽，所谓抽身上楼梯，一步一景，直到一眼看尽几条湾几道河几条山。

干这个，已三个月了。一般来说，大姑娘稀罕干这个，这行当有时候可能出事，一种没有固定时间地点的可能，造成时刻担心，空荡荡地就怕。小兰一直听说这件事：鸦河一个转山老汉，走到四川城口两交界，住宿岭上一户人家。不知是个黑店，人家请他喝他就喝，拦都拦不住，酒里下了蒙汗药，一路十八岁的儿子察觉了想跑，人家门外一边一个举板斧等到，齐刷刷剁掉两条臂膀啊！小伙子还奔了几步。不是没人说小兰，娘也不赞成，可小兰还干这个。

顺着一道紧贴岩下的溪，细得被草遮严，走进一道深沟，溪边坡上白蒿，星星点点飞扬，沟底铺了一层。有的伸到脸上，看清了那依稀的茎秆，人一下进入枯糙的小世界，忘了现世！可是一走到溪水发源的岩下，垂着一块大石头，简直是个岩屋，小兰身上落了阴影，小世界就消逝了，这个世界久远埋伏的恐惧，忽然压上心头！碰到一个三十多岁的人，下山背肥料的，小兰心里有点惊喜。搭了两句话，原来他是专门受雇背肥料的，因为各家的男人大多出门了。一袋子背上崂两块钱，他一回能背三袋。

走上山梁顶，太阳已照到对面山头。小兰出了汗，叉腰歇歇，就望那些山，跟以前那样，还是那样，叫她心里一动。照上了太阳，都露着土和石头，块块棱棱的，那处深这处高，一道一层连绵过去，和小兰刚爬的枯糙的棕色山梁不大一样。但要是能到了那些山上，看这里，这里也会像那里，小兰知道。小兰不知道的是心里的滋味，不知道山风在吹，一小绺额发在动。跟山比，即使壮壮实实的小兰也太小了，是想不通的！

小兰是一年前从兰州回来的。那以前她最远去过安康。小兰的一个叔在兰州部队上当师级干部，顾恤亲戚。小兰高考后，叔正好回来了一趟，带着司机，开专门小车。就带小兰去了兰州，在部队上开的一个招待所里当服务员。小兰干了几个月又回来了。地里也没什么活路，她就要转山。娘说人家说：“你一个高中生，转山……”娘俩像有点怨气。

小兰憋了半天说："我能做啥子？"

下山梁，就是龙兴沟。第一次走进人家场院，打开货包，是在太阳三竿高。小兰没戴表。小兰本来有一只表，是兰州婶婶送她的，在招待所里没表不行，表还得准。回来转山，刚开头也带着，几回就发现没啥用，山头和山沟，天黑天亮的早迟相差很大，以太阳为准，太阳照不到，就马上要黑了。这一家小兰来过，四岁的娃子在轰刨豆秧的母鸡，一见小兰就进屋喊他娘。他娘头上别个梳子出来（小兰想她才起来），问："你这回挑的啥子？"那把梳子还是小兰上回卖的，这回挑了半天，却又选了一把，抱怨头上的梳子齿太紧，她头发多，梳得疼，小兰看她头发也是多，油油亮亮的一大盘，可她这回要的齿也未必宽。这一家的男人长年在外边，小兰听说她不安分。小兰看她的脸，山风吹得比河里的人粗糙，倒是红润，像刚抱了娃子的媳妇，眼睛也亮，小兰不敢看她的眼睛。忽然又有点替她担心，听说她男的是个歪角色，在河北白天下煤井，晚上结帮偷抢，前年搞回来一台电视机。那边公安一路跟过来，到河里，望望小兰刚爬过的山梁子，就算了。

如果男的晓得了呢？河那岸有一家，男女各偷各的，女的好了一个队，后头就得了病。男的不愿回来，常年摸娃娃鱼，走了几条河几条溪几个县，后来蹲了牢。

这一家是孤零零在山嘴上，倒是四周开了不少菜地、熟地，还种了一片竹园。转山，总有这样的体会：走到荒凉至极的地方，像是荒凉世界的尽头，再没有远景，转过一个山嘴，甚至一块挡路的石头，忽然现出一户人家，舒坦呆在那荒凉的中心，四周辟出一块熟地。总能叫人舒适、亲切，还惊喜，仿佛生命中有什么瞬间改变了，又明明不是一生。

龙兴沟的人穷，比不上鸦河，所以连自己的店都没有。不从小兰来的方向，从岚皋上来的方向进山，沟口上也有一两家富的，还把拖拉机路修到院坝上。有一家小兰知道，是包硫黄矿发的家。这几家院坝小兰不去转，还怕养的有大狗子。往里，往上就不行了，越上越窄，走到半梁上有个稍微宽的场子，早年是繁华过的，老名字叫“马场”，可想是通四川的码头。马场已没有影子了，连名字也改成“柳林”，可也没有一棵柳树。衰败的原因就是公路没来，公路不来由于山太险。小兰要到下午走到那个地方。

鸦河里比较富一些，因为通公路。沿河有几家起的小楼房。鸦河里只有那些山崂上的人家要货，走进很深的湾又爬很高的险路。零零散散挂在山尖上，这山望到那山，从大河里望，高得要爬一年。他们怎么样住到那山顶上的，什么时候住上去的，他们吃水的路一定深远，在很深很奇特的山壑。

有时候，也许是小时候，小兰站在河滩，望两岸的山发呆。一河乱石是冲出来的，曝晒在阳光下竟是深棕色，想到又看不透年龄。有时候，小兰挑着担走在大路上，大路绕着川道半腰，川道底部竟然很平很宽大，有一种世界广阔的意思，这世界怎样出来了，小兰又走进这个世界，大路无尽。前些年还有拉瓦罐的驴车，瓦罐在稻草上堆得高得奇怪，一路从四川过来。驴有一搭没一搭地走，两边的山顶和顶上人家，也像在跟着走，一天走完了，望去还是那些山顶，那户人家。现在修了柏油公路，卡车汽车跑得快，还有小汽车，更是一溜烟。那些山顶上的人家，却像永远停下来了，再不肯动一动。站在河滩的小小的小兰，也没想到，有天会一直往上走，上到这山顶。

走进险要的鸡公峡，线一样的路，高得贴拢了的山，入口很窄，峡里又空荡荡。小兰快步走进峡里，山风呼呼，阳光退到远崖上。小兰的心紧了，又空了，快步走，担着自己的心，担心像是无限的，又有无限的荒凉，从两旁崖巅直落进心里，在爱出“事情”的险路上，偏偏叫人分心。

小兰真的出过一件“事情”，也不知道算不算事情。是在蛇蚤河一个老婆婆屋里，小兰天要黑了才走到那一家，老房子熏得漆黑，檐下挂了两束干萝卜。小兰喜欢晚秋的时节，走近一户户人家，檐下都挂着玉米，路上也堆着苞谷壳，川道里有一种气氛，说是金黄的、成熟的气息，浅浅的清水里，也有影子。这家门洞里只有一扇木板，只有一个老婆子，翻检了半天丝线，小兰想她还看不看得清颜色。可能她看见的是年轻时的颜色？她的年轻时代就是小兰的现在，小兰想得心里一惊。原来，她不买丝线，倒想叫小兰歇。她家里只一个孙子。她儿子到南京做小工，下了火车就跟一路的伙伴走散了，后来就五年无音讯，媳妇就跑了，听说其实是给人拐卖了，河南河北都不知道。媳妇跑了有三年，孙子如今十六岁了。山崂崂上呆不住，成天往狮坪镇上跑，一成几天不回来，她怕倒不怕，就是没有个说话的人。

小兰也愁歇处，就陪她说话。吃了一碗糊涂饭。老婆婆烧了热水，一人一个瓦盆泡脚。泡了很久，小兰觉得舒服，紧紧的脚趾松了。老婆婆也一直在泡。小兰知道这叫“泡小脚”。小兰看一眼她的小脚，不敢细看。小脚越来越稀见了，小兰的外婆就包小脚，前年死了。小兰忽然想：过不了好多年，老婆婆一代的人过去，乡村就再看不见小脚了。好比转山的行当，也不知哪一天就消失了，小兰是最后一个也说不定。这不是一件什么事，但竟像憾然有种领悟。

泡完了脚，也没有点灯，满屋里闷黑，只在渣渣洼洼的灶台上剩有月光。两个人说话。老婆婆的牙齿不关风，小兰听懂了一点，不懂的多，像风吹树叶，使疲累的小兰要睡着了，就和老婆婆一床睡。

才睡了一会，门响了。老婆婆醒了，说是她孙子。孙子随身带了一支蜡，他一进来就把蜡点亮了。小兰只好在被子下不动。老婆婆问："咋这时候回来了？"孙子不搭话。老婆婆又解释小兰。小兰觉得他往这边瞧，他可能一进来就盯着这边了，心里大气不敢出，顶着被子跳得咚咚。换下的衣裤，还挂在床头！小兰不知啥时看过他一眼，可能是蜡烛刚亮时候，看他就是那种年纪还嫩，脸庞却老，叼着烟，晃过人多的镇子的年轻人。看上去，他们要一直晃到镇子空旷，不剩一个人，他们自己也就老了，都想不起来怎么老的。

老婆婆絮叨叨，总算讲完了，年轻人进了另一间屋。可小兰再睡不着，直到后半夜，迷糊了一会。迷糊着，忽然觉到胸口难受，像在一个很低的屋顶下，被檩子压着了。或者一块悬着的大石头下方，石头在坠下来。猛醒了，黑暗中有个人俯看自己，不禁惊叫了一声，人飞快逃走了，碰得椅子砰砰响，进了那边屋。老婆婆醒了，轻声问："是勇儿啵？是勇儿啵？"像坟里没声。

小兰穿上衣服，拥被坐起，冷汗渐渐出尽。炯炯瞪着黑暗，谛听风吹进墙缝，墙外狐狸小声叫。这样危坐着，觉察世界的无限，也知道了"危"的意思。天明，连忙挑货出门，那边屋里始终没有声息。

龙兴沟有四个队。马场在四队。小兰刚走完的三队，和四队之间隔一架山梁。在三队，小兰卖出三绺线，一双解放鞋，两块肥皂。还有一支牙膏，是一个姑娘买的，她才从东莞回来。她在买牙膏，她妈在哭唏唏抱怨，说她弟弟偷跑到少林寺学武，她追下河也没截住。小兰知道有这样的事。据说，狮坪一家地板条厂老板的儿子，偷了四千块钱，和几个哥们投到少林寺学艺。学了半学期，因为捣乱，被开除了，偷的钱大半交了学杂费，就在外边荡，杀了一个出租车司机，抢了车。公安追捕，就钻进玉米林，在玉米林中奔跑，枪声震耳，玉米叶子一条条撕裂了，惨绿的汁水滴上肩膀。一个伙伴跑不动被抓住了，另一个受了伤，他背着哥们跑了一里路，一想背着人肯定跑不掉，又怕哥们出卖，就一石头砸死了他，顺着地垄，到底跑掉了，现在老老实实呆在家里，可说不定哪一天又会惹事，众人说，要是能浪子回头倒还可能有出息。

在三队四队交界的山上，石老爷底下，小兰遇到一个放牛的人。

石老爷有房子那样大，像是骨碌碌从山顶上滚下来，滚到这儿不动了。看这里也没什么凹什么阻挡的，一种奇异的力量也许是原因。它是奇异的，身上贴的有求保佑的红纸条，还有人从湖北远道来烧香许愿。小兰在石头下歇，望山。对山上有歌曲的声音，悠悠飘过来，哪家在放录音机，看那声音出来的地方，却是一棵大树，黑压压遮住。整天在放的原因，声音变调了，仔细一听，叫小兰心里一动，原来是《十三不亲》。这歌真熟，乡村里到处流行。小兰没认真记过，却好像哼得出全部的调子，悠悠的，心里有些难受，又有些舒服。倒不大去想词：

爹娘亲，也不亲
……
儿女亲，也不亲
长大成人结了婚
结了婚那个要立业我的哥们呀
说来都是两家人

为什么乡村里流行这样调子哀哀的歌？还有《铁窗泪》《新十二月》，都是那个坐牢的迟志强唱的。

录音机应该是那家的打工仔带回来的。年轻人回来，现钱没多少，倒是常抱了一台收录机什么的。小兰从兰州回来，在安康汽车站，也有人当她是打工妹回家，给她推销。那里一个个柜台都摆满了收录机，都很大，各种各样的小灯和数字直闪，不停地放歌，放歌的人知道打工仔和打工妹的爱好，放的就有这首《十三不亲》，还有《大头皮鞋》和“流浪的人在外想念您，亲爱的妈妈，流浪的脚步走遍天涯，没有一个家……春天的小草又在发芽，又是一个春夏”，唱得小兰想掉泪。要不是没有钱，她怕是得买一台。《十三不亲》的调子从那样远的山上传过来，柔和了，却有点引得人沉静，引出长长的深思。小兰就深深走进这思里，比起平时是变了样。深思里却闻到一股牛气味，一个人牵牛来了。他说小兰是“货郎”，就坐下吸旱烟，眯起眼睛也像在听。年纪不小了，像个干巴儿猴。牛也老。他说他是赶牛从八道回来。一开春赶牛出家门，牛从白沙河起，一家家给人犁地，越暖越往高处走，渐渐翻过冯家梁一直下到八道河。春暖了才慢腾腾回来，一路受了累，也见了许多景致。

乡村里牛很少了，小兰转了几个月的山，没见过两条牛。是从包产到户开始的。包产到户的时候，小兰亲眼看见，队上人把炸药包绑在牛尾巴上，炸药包青烟直冒，牛吓得乱跑，母牛哞哞叫，公牛顶树，咬自己的尾巴，刚要咬到，惊天动地地炸了，牛嘴和尾巴都飞了，小兰震闷了。接着大伙拣肉、分肉、吃肉。这是由于不知分给哪家好。说不定哪一天牛彻底消失了。一想到这个，反应是“不可能吧”，分不开的牛和乡村。然而心里抽了一口凉气，剩下的是不懂。

就比如不懂：你为何来转山？

兰州的招待所里面，见天的活路是接待、打扫、送水送茶、整理房间。客人多讲杂甘肃口音的普通话，不会讲普通话的也硬讲普通话，小兰不大听得懂。小兰自己说普通话八仙腔很浓，特别有几个口语，“啵”、“皮面”（上面）、“舍了”（坏了），一出口就惹别的服务员和客人耻笑。

有回小兰给一个关中客人送水，他接水壶，不知道有意无意，捏住了小兰的手指，小兰一惊一甩，水壶就掉了，“砰”一声特别大，像爆了炸弹，小兰惊叫了一声：“舍了！”客人莫名其妙，试探地：“舍了？……不要了？”小兰想说要你赔！不知怎地，说不出来。小兰提着一大篓玻璃渣子出门，客人又喊道：

“舍了？……俺舍不得呀！”

婶娘老说小兰“土”，要她拔眉毛，做眼影。小兰觉得自己壮实、土气，硬要描细眉蓝眼睛，怕像妖精。婶娘四十多岁了，纹了眉，细得像没有，还每天画，小兰在兰州见到的女人没一个不画的。小兰就和婶婶亲不起来。叔叔虽好，不常在家，小兰在叔家里不自在。叔家里有一台电脑，蓝蓝的屏幕，还连着一个小尾巴，叫“鼠标”，小兰许是有点怕它，从来不碰。这天小兰做清洁，擦电脑台桌，动了一下那个“鼠标”，不料刚才明亮的屏幕立刻黑了，婶婶家的弟弟从卫生间出来，大惊失色：“小兰姐，把我刚打的文件删除了！”小兰不知道闯的祸有多大，望着黑乎乎的屏幕，真怕它了。

小兰回家的直接原因在于每个服务员都该抹口红，这其实是一项不成文规定。开始领导看叔叔的情面，容忍小兰。后来却有客人反映：“你们的服务员真不尊重客人，口红都不抹！”领导就找了叔，叔让婶娘转告小兰，婶娘说了小兰一顿。小兰晚上睡不着，特别想家，第二天就提出回来，一提出就无比坚定。

太阳刚偏西，小兰走到了“马场”。院中心放下货担，提嗓子喊了几声，只有两个老婆婆和几个小孩出来看。小兰上次来，是过春节，院子比较热闹，男人们和姑娘四处走动。看来春播过后，又都出门了。这里还有个队办学校，只有一个女老师，代两个年级。以前小兰和她搭过话，还替她带过粉笔：白的、红的，黑板上写出各种各样的字，像《一个都不能少》。今天怎么学校关着门，也少了些买水果糖的小学生。小兰问一个小娃子，小娃子说：“老师走了！不来了！”

另一个神秘兮兮：“怀肚子了！”

小兰愕然，接着想起这一段公路上添了个跑摩托车的小伙子，人家说他是龙兴沟的，跟沟里学校女老师好，叫人家怀了娃子。看来就是了。小兰知道她是狮坪镇上人，也是高中毕了业，到这沟里代课，十天半月回次家，一个人孤单，刚好那一年他没有出门，两个人就好上了。人家还讲家里人晓得后接她回去，不准出家门，孩子也打了。小伙子下河跑车，瞅机会过她家门前，瞄两眼睛。孩子打了，小伙子觉得没指望，出门下河北了。

老太太念叨：“都走了，走了！你倒又来了！我把作（以为）你也转不长呢！”

太阳要下山时候，小兰经过一个荒院子。远远地心里高兴，等到了近前，才看出院子已经搬了，剩一坝空房子，拆了石板，露着檩子、土墙，有的墙壁还好好的，院子边还有好端端的菜地，韭菜绿油油长得深，似乎是在一夜间被抛弃了。又像被施了法，定住了，有一种凶险的原因。小兰荒凉地低头，突然发现身边有一座新坟，也新得像昨天埋的，还插着花花绿绿的清明幡。恐惧马上胀大了头，“嗡”一响，那威胁了村子的原因现在威胁着小兰，跌跌撞撞奔跑，屁股后头有啥子追着，要把她毁灭了。这是深藏在没有人的大山中的恐惧，逼得小兰挣命脱逃，一口气奔上山顶，追逐阳光。一上山顶，眼前豁然开朗，刚才贴近山顶的太阳，一下子升起去几百丈，到了遥远的对山上空，还有一竿子时光呢！脚下、眼前是连绵的山，有些浑茫，有些尖角，那险的地方想是想不出来的，几乎从小兰脚下往前倒去，一层比一层矮，到远处又相反，一层比一层高，极远的山顶就是天际线，比小兰站的山顶更高。小兰不由迷糊：到哪里找歇处？一层一层走，走上去，走得到最高的山顶吗？有没有最高的山顶？没有的话，你还能在山上走多久？

图书在版编目（CIP）数据

世界 / 袁凌著 . -- 北京 : 中信出版社 , 2018.7
ISBN 978-7-5086-8922-7

Ⅰ . ①世… Ⅱ . ①袁… Ⅲ . ①中篇小说 – 小说集 – 中国 – 当代 Ⅳ . ① I247.5

中国版本图书馆 CIP 数据核字 (2018) 第 089667 号

世 界

著　　者 : 袁 凌
出版发行 : 中信出版集团股份有限公司
（北京市朝阳区惠新东街甲 4 号富盛大厦 2 座邮编 100029)
(CITIC Publishing Group)
承 印 者 : 上海盛通时代印刷有限公司

开　　本 : 880mm × 1230mm 1/32　　印　　张 : 11　　字　　数 : 267 千字
版　　次 : 2018 年 7 月第 1 版　　印　　次 : 2018 年 7 月第 1 次印刷
广告经营许可证 : 京朝工商广字第 8087 号
书　　号 : ISBN 978-7-5086-8922-7
定　　价 : 58.00 元

大方
sight

图书出品 中信出版·大方
策划编辑 王苏辛
责任编辑 王亚伟
营销编辑 王雨 王雅伟
装帧设计 邵年

出版发行 中信出版集团股份有限公司
服务热线：400-600-809 网上订购：zxcbs.tmall.com
官方微博：weibo.com/citicpub 官方微信：中信出版集团
官方网站：www.press.citic